Janette Oke

# Wenn es Frühling wird

Janette Oke

# Wenn es Frühling wird

Verlag Schulte & Gerth Asslar

Die amerikanische Originalausgabe erschien im Verlag Bethany House Publishers Minneapolis, MN 55438, USA, unter dem Titel „When comes the spring“.

Aus dem Amerikanischen übersetzt von Beate Peter

Best.-Nr. 15 102
ISBN 3-87739-102-8
1. Auflage 1989
Umschlaggestaltung: Bethany House / Gisela Scheer
Satz: Typostudio Rücker & Schmidt, Langgöns-Niederkleen
Druck und Verarbeitung: Mohndruck Gütersloh
Printed in Germany

# Personen

*Elisabeth Thompson:* junge Lehrerin aus Toronto, deren ganze Liebe ihrem Gott, ihrer Familie und ihren Schulkindern galt. Als ausgesprochen hübsches Mädchen und an den Komfort des Stadtlebens gewöhnt, bewies sie dennoch ein hohes Maß an gesundem Menschenverstand und zögerte nie, der Führung Gottes zu folgen und anderen stets eine helfende Hand zu bieten.

*Jonathan, Mary, William, Sarah, Kathleen und die kleine Elisabeth:* Elisabeths Verwandtschaft im Westen. Jonathan war ihr Halbbruder aus der ersten Ehe ihrer Mutter. Als junger Mann hatte es ihn in den Westen gezogen, wo er die rothaarige, liebenswerte Mary geheiratet hatte. Vier Kinder – ein Sohn und drei Töchter – waren ihnen geschenkt worden. Die kleine Kathleen hing ganz besonders an ihrer Tante Betty.

*Julie:* Elisabeths jüngere Schwester. Sie war ein hübsches, oberflächliches Ding, doch Elisabeth hing sehr an ihr.

*Markus:* Elisabeths jüngerer Bruder war das reichlich verwöhnte Nesthäkchen der Familie.

Zur Familie zählten außerdem zwei ältere Schwestern namens Margaret und Ruthie, die beide verheiratet waren.

*Wynn Delaney:* Jonathans Kinder nannten ihn liebevoll „Dee". Wynn war ein geschätzter, tüchtiger Offizier der Berittenen Polizei im Nordwesten Kanadas. Aus eigener Erfahrung wußte er um die Schwierigkeiten und Entbehrungen, die eine Berufung in jenes rauhe Gebiet mit sich brachte.

## Vorgeschichte

Als die junge, gebildete Elisabeth Thompson aus der Großstadt Toronto sich zu einer Einstellung als Lehrerin in der neuen Provinz Alberta bereit erklärt hatte, war das nicht so sehr aus Abenteuerlust heraus geschehen, sondern eher in der Absicht, Mutter einen Gefallen zu tun und ihren Halbbruder Jonathan nach langen Jahren wiederzusehen. Der Gedanke daran, das bequeme Stadtleben und ihr Elternhaus gegen ein Pionierdasein unter ungehobelten Provinzlern in Alberta einzutauschen, bereitete ihr beträchtliches Unbehagen.

Im Westen eingetroffen, schloß Elisabeth jedoch ihren älteren Bruder, dessen Frau Mary und die vier Kinder vom ersten Augenblick an in ihr Herz. Auch die Nachbarn und Schulkinder, die sie während ihrer Tätigkeit als Lehrerin in einer kleinen Landschule kennenlernte, hatten ihr Herz im Sturm erobert.

Dann begegnete ihr Wynn, der hochgewachsene, gutaussehende Offizier der „Royal North West Mounted Police“. Elisabeths einst eiserner Entschluß, niemals einen Mann aus dem Westen zu heiraten, geriet ins Wanken. Wynn jedoch schien keinerlei Heiratsabsichten zu hegen. Er vertrat die Ansicht, daß das Leben eines Polizisten im Norden viel zu hart und entbehrungsreich sei, um es einer Frau zumuten zu können, besonders einer so zarten und gebildeten Dame wie Elisabeth.

Elisabeth fühlte sich durch Wynns scheinbare Gleichgültigkeit gekränkt und abgestoßen. Sie beschloß, in ihre Heimatstadt Toronto zurückzukehren. Wynn wußte jedoch, daß er sie nicht gehen lassen konnte, ohne ihr im letzten Moment seine aufrichtige Liebe zu gestehen. Auf dem Bahnsteig bat er sie, seine Frau zu werden, und in der Geborgenheit seiner starken Arme wußte sie, daß sie ihrer Zukunft nun getrost entgegensehen konnte – an der Seite des Mannes, den sie von ganzem Herzen liebte.

## Große Ereignisse werfen ihre Schatten voraus

„Ist es schon fertig?"

Es war gewiß zum zehnten Mal in den letzten paar Tagen, daß meine kleine Nichte Kathleen diese Frage an mich richtete.

„Nein", antwortete ich geduldig, „noch nicht."

Ihre Lieblingspuppe im Arm, schaute sie mich schweigend mit ihren großen Augen an.

„Wieso dauert es bloß so schrecklich viel, bis ein Brautkleid fertig ist?" erkundigte sie sich wieder.

„‚Lange' heißt es richtig", wollte die Lehrerin in mir sie korrigieren. Statt dessen antwortete ich nur, ohne den Blick von dem cremefarbenen Satin unter der ratternden Nähmaschinennadel zu wenden: „Weil ein Brautkleid perfekt sein muß."

„Per ... perfekt?" wiederholte Kathleen verwundert.

„Genau. Das bedeutet soviel wie ‚vollkommen' oder ‚tadellos'. Es soll ja dem Mann, den ich heirate, gefallen."

„Aber Dee soll es doch gar nicht anziehen!" Ihre Empörung duldete keinen Widerspruch.

„Da hast du recht: Anziehen wird er's nicht gerade. Aber er wird mich darin sehen, und deshalb möchte ich, daß es tadellos wird."

Kathleen ließ sich nicht abwimmeln. Entrüstet zog sie ihre Kinderstirn in lauter kleine Falten.

„Dee wird sich überhaupt nichts aus deinem Kleid machen", stellte sie dann nüchtern fest. „Vati sagt immer, daß Mama auch in 'nem alten Kartoffelsack prima ausgesehen hätte."

Lachend zog ich die Kleine an mich.

„Das stimmt ganz sicher!" sagte ich und schob ihr eine weiche Locke aus der Stirn. In ihren Augen konnte ich sehen, daß sie irgend etwas auf dem Herzen hatte. Das Kleid konnte ein paar Minuten warten. Ich vergewisserte mich, daß das Pedal der Nähmaschine in der richtigen Stellung war, und legte den kostbaren Satin sorgsam auf dem hauchdünnen Schutzpapier zurecht, bevor ich mich erhob. Mein Rücken schmerzte, und meine Schultern waren völlig verkrampft. Eine kleine Pause würde mir guttun. Vielleicht war Mutters Rat, mein Hochzeitskleid bei Madame Tanier in Auftrag zu geben, gar nicht so dumm gewesen. Aber ich hatte das Kleid unbedingt selbst nähen wollen, ohne die geringste Ahnung zu haben, wie aufwendig und kompliziert ein solches Vorhaben sein konnte. Schließlich nahm ich Kathleens kleine, nicht ganz saubere Hand in meine und führte sie zur Tür.

„Wie wär's mit einem Spaziergang durch den Garten?" schlug ich vor.

Das Strahlen in ihren Augen verriet mir ihre Antwort. Energisch klemmte sie sich ihre Puppe unter einen Arm und hüpfte neben mir die Treppe hinunter.

Seite an Seite gingen wir durch den Garten. Die Frühlingsblumen standen schon alle in voller Blüte. Bei ihrem Anblick wurde ich wieder an meine Hochzeit erinnert, die für Anfang September geplant war. Welche Blumen wohl dann für meinen Brautstrauß blühen würden? Wieder eine Entscheidung, die ich noch zu treffen hatte. Liebe Güte, würde es denn damit nie ein Ende haben? Von dem Moment an, als Wynn mich gebeten hatte, seine Frau zu werden, hatte ich eine Entscheidung nach der anderen treffen müssen, von kleinen, unwesentlichen Dingen bis hin zu den weitreichenden. Ach, Wynn! Allein der Gedanke an ihn zauberte mir ein Lächeln auf die Lippen. Ich konnte es noch immer kaum fassen, mit einem Mann wie ihm verlobt zu sein. Er war der Traum eines jeden jungen Mädchens: hochgewachsen, charmant, selbstsicher, umsichtig – und dann sein Lächeln! Ich konnte es kaum glauben, aber dieser Mann liebte tatsächlich keine andere Frau als ausgerechnet mich! Ich hätte mich geradezu in meinen Tagträumen verlieren können, wenn Kathleen mich nicht darin unterbrochen hätte.

„Mama näht ein Kleid für mich."

Ich nickte.

„Hast du schon gesehen, welche Farbe der Stoff hat?"

Wieder nickte ich und dachte dabei an die zahllosen Stunden, die Mary und ich damit zugebracht hatten, Stoffe und Schnittmuster auszusuchen. Kathleen und Sarah sollten beide eine besondere Rolle bei der Hochzeitsfeier übernehmen.

„Mein Kleid wird aber auch perfekt", behauptete Kathleen.

„Ganz bestimmt!" pflichtete ich ihr bei. „Wenn deine Mama es näht, dann muß das Kleid einfach perfekt werden."

„Sarahs Kleid hat Mama schon fertig."

Ich schwieg, während ich die Pastelltöne der Gartenrosen betrachtete. „Diese Farben wären einfach ideal", überlegte ich im stillen. „Ob diese Rosensorte wohl im September noch blüht? Ich muß Mary unbedingt danach fragen." Doch wieder riß Kathleen mich aus meinen Gedanken.

„Wieso bin ich eigentlich zuletzt an der Reihe?"

„Wie bitte?" Ich war so beschäftigt gewesen, daß ich einen Augenblick nicht zugehört haben mußte.

„Wieso bin ich eigentlich zuletzt an der Reihe? Sarahs Kleid ist schon fertig, aber mit meinem hat Mama gerade erst angefangen."

Ich sah ihr in die fragenden Augen. Das war es also, was die Kleine die ganze Zeit beschäftigt hatte.

„Nun", stotterte ich, verzweifelt nach einer plausiblen Erklärung suchend, „nun, dein Kleid ist bestimmt auch bald fertig. Deine Mama versteht sich glänzend aufs Nähen. Es braucht gar nicht lange, bis sie ein Kleid gezaubert hat – selbst wenn's so ein aufwendiges wie deins werden soll. Dein Kleid ist bis zum September längst fertig. Weißt du was? Ich glaube, dein Kleid wird sogar noch vor meinem fertig sein. Sieh mal, du kommst gar nicht zuletzt an die Reihe, sondern ich!"

Kathleen hatte mich aufmerksam angesehen. Endlich schien sie beruhigt zu sein. Dann seufzte sie leise auf.

„Du bist wirklich schrecklich langsam im Nähen“, stellte sie fest und nickte feierlich. „Ich bin ja so froh, daß Mama flinker ist!“

Etwas anderes schien ihr noch Kopfzerbrechen zu bereiten.

„Warum macht Mama die Kleider denn so schnell?“

„So zeitig, meinst du? Weil deine Mama später einen ganzen Berg Arbeit vor sich hat, und die Kleider kann sie jetzt schon fertig machen.“

„Was denn für Arbeit?“

„Hm, sie plant das Hochzeitsessen, und dazu möchte sie das Haus für deine Großeltern auf Hochglanz bringen. Außerdem hat sie davon gesprochen, neue Vorhänge zu bestellen. Neben dem Hausputz ...“

Meine arme Schwägerin! Durch die bevorstehende Hochzeit kam tatsächlich eine Unmenge Arbeit auf sie zu. Mary war wirklich eine Seele von einem Menschen! Sie hätte sich bei weitem nicht so sehr um meinetwillen zu bemühen brauchen, aber sie bestand nun einmal darauf. Obendrein kamen ihre Schwiegereltern zum allerersten Mal zu Besuch, und auch aus diesem Grund mußte das Haus tipptopp in Ordnung sein.

„Ist Großmama denn sooo eine feine Dame?“

„Eine feine Dame?“ Ich lächelte. „Hm, sie mag hübsche Dinge, und bei ihr daheim ist immer alles tadellos aufgeräumt. Von anderen erwartet sie aber nicht, daß sie's genauso machen.“

„Das versteh' ich nicht richtig.“

„Weißt du, Großmama nimmt ihre Mitmenschen so, wie sie sind. Sie würde nie von ihnen verlangen, sich stets einwandfrei zu benehmen oder ihre Wohnung aufs feinste herzurichten.“

„Ich freu' mich schon auf Großmama!“ Ich merkte, daß es ihr von Herzen kam.

Die Augen wurden mir ein wenig feucht, und ich schluckte.

„Ich auch“, sagte ich leise. „Ich freue mich auch riesig!“

Aber die Ankunft meiner Eltern lag noch in weiter Ferne.

Sie würden erst kurz vor unserer Trauung am 10. September hier eintreffen, und auf dem Kalender stand erst Mitte Juli.

„Wollen wir nicht ein wenig schaukeln?“ schlug ich der recht schweigsam gewordenen Kathleen vor, um mich nicht in sehnsüchtigen Wünschen zu verlieren.

Die Kleine strahlte. Die Schaukel liebte sie heiß und innig.

„Möchtest du zu der Schaukel im Baum gehen, oder wäre dir die Veranda-Schaukel lieber?“

„Die Veranda-Schaukel“, entschied sie. „Dann können wir nämlich beide nebeneinander sitzen.“

Also machten wir es uns auf der Schaukel bequem und brachten sie mit vereinten Kräften in Schwung. Kathleen schmiegte sich an mich und hielt ihre Puppe wie ein kleines Baby in den Armen. Erst jetzt wurde mir klar, wie einsam sie sich in der letzten Zeit gefühlt haben mußte. Die bevorstehende Hochzeit hatte nicht nur mich voll und ganz beschäftigt, sondern auch Mary, so daß keiner von uns sich den Kindern genug gewidmet hatte. Schuldbewußt beschloß ich, ihnen von nun an mehr Aufmerksamkeit zu schenken. Ich zog Kathleen dichter an mich. Sie war so ein liebes, anhängliches Kind! Schweigend schaukelten wir eine Weile lang hin und her. Ich dachte an die anderen Kinder. Ob auch sie unter der Geschäftigkeit der Erwachsenen litten?

„Wo ist Sarah eigentlich?“ fragte ich Kathleen.

„Die ist zu Molly gegangen. Mollys Mama hilft ihnen dabei, Puppenkleider aus Stoffresten von Sarahs neuem Kleid zu nähen.“

Das war riesig nett von Mollys Mama, fand ich. Kein Wunder, daß Kathleen sich daheim ausgeschlossen fühlte.

„Und William? Wo ist der?“

„Vati hat ihn mit in den Laden genommen. Er soll beim Stapeln helfen. Kriegt sogar Geld dafür.“

Kathleen rutschte auf ihrem Platz hin und her. Der blanke Neid stand ihr im Gesicht geschrieben. „William hält sich für mächtig erwachsen“, sagte sie mit einem verächtlichen Unterton. „Er will sein Geld sparen und sich ein Schießgewehr davon kaufen – weißt du, so eins, womit man auf diese kleinen runden Punkte schießt."

Mit dem Zeigefinger malte Kathleen zur Erläuterung kreisförmige Figuren in die Luft. Dann fuhr sie mit ihrer Erklärung fort: „Und Lisabeth schläft gerade. Die schläft aber auch den ganzen Tag lang! Und Mama näht. Nichts für mich – irgendwas für Lisabeth. Und Stacy hat gesagt, die Plätzchendose ist schon voll, und deshalb können wir keine neuen Plätzchen backen."

Ich legte meinen Arm fester um sie. Die arme Kleine!

„Sag mal, hättest du Lust, mit der Straßenbahn in die Stadt zu fahren und unterwegs an der Eisdiele eine Pause einzulegen?"

Augenblicklich fingen ihre Augen wieder an zu leuchten.

„Oh, willst du das wirklich?" rief sie begeistert. „Wirklich, Tante Betty?"

„Ich frage deine Mama."

Die Kleine klatschte vor Aufregung in die Hände und warf mir dann ihre Ärmchen um den Hals. Ich spürte, wie mir sämtliche Kämme und Spangen in der Frisur verrutschten.

„Komm, wir schauen mal nach, was deine Mama von der Idee hält!" schlug ich vor.

Kathleen sprang auf und lief mir freudig voraus, um ihre Mutter zu suchen. Als ich Marys Nähstube erreicht hatte, war die Kleine schon dort, um ihre Bitte vorzubringen. Ihre Mutter sah mich fragend an.

„Ist dein Kleid etwa schon fertig?"

„Nein. Ich habe noch eine Menge daran zu tun", gestand ich der Ehrlichkeit halber. „Aber eine kleine Pause wird mir guttun." Daß auch Kathleen ein wenig Zuwendung brauchte, verschwieg ich lieber.

Mary nickte.

„Na schön, einen Moment Ruhe sollte ich mir vielleicht auch gönnen", meinte sie und erhob sich von der Nähmaschine. „Komm, Kathleen, ich mach dich schnell fertig!"

Mary rieb sich ihren von der Arbeit schmerzenden Nakken und nahm ihre Tochter an der Hand.

Ich ging in mein Zimmer, um mich umzuziehen und meine Frisur wieder in Ordnung zu bringen. Mein Blick wanderte zu dem glänzenden Satin neben meiner Nähmaschine. Einerseits konnte ich es kaum erwarten, mich wieder der Näherei zu widmen, um das Kleid sobald wie möglich fertigzustellen, doch andererseits wußte ich, daß Kathleen wichtiger war. Durch die vielen Hochzeitsvorbereitungen war ich angespannt und reizbar geworden. Nicht einmal in Wynns Gegenwart hatte ich mich gelöst geben können, und dabei würde er mich heute abend wieder besuchen. Ein vergnüglicher Nachmittag mit Kathleen war vielleicht genau das richtige, um mich für den Abend mit Wynn zu entspannen. Ich nahm meine kleine Brokattasche und kehrte dem Berg von Satin und Spitze den Rücken. Dann holte ich tief Luft und ging meiner aufgeregten Nichte lächelnd entgegen.

## Gute und schlechte Nachrichten

Wynn traf etwas früher ein, als ich erwartet hatte. Ich war noch in meinem Zimmer, so daß Sarah ihm die Tür öffnete. Den ganzen Nachmittag hatte sie Ausschau nach jemandem gehalten, der ihre Puppe in dem nagelneuen, handgenähten Kleid aus schimmerndem, himmelblauem Satin bewundern würde. Wynn begutachtete die Puppe und machte der jungen Schneiderin ein Kompliment. Sarah strahlte und setzte sich wieder auf die Stufen vor dem Hause, um dort voller Ungeduld die Ankunft ihres Vaters zu erwarten. Auch ihm wollte sie unbedingt die Puppe in ihrem Festtagskleid vorführen.

Nun übernahm es Kathleen, den Gast mit ihrem munteren Plaudern zu unterhalten. In allen Einzelheiten berichtete sie ihm von unserem gemeinsamen Ausflug in die Stadt. Wynn wunderte sich gewiß darüber, daß ich trotz meiner vielen Vorbereitungen für die Hochzeit noch Zeit für einen vergnüglichen Nachmittag mit meiner Nichte erübrigen konnte. In den letzten Tagen und Wochen hatte er von mir eigentlich kaum etwas anderes zu hören bekommen als Fragen und Pläne im Hinblick auf unsere Hochzeit. Kathleen war es gelungen, mich aus diesem Wirbel herauszureißen. Menschen waren immerhin wichtiger als alle Vorbereitungen. Ich hatte ja nicht einmal Wynn meine ungeteilte Aufmerksamkeit gewidmet! Wie Schuppen fiel es mir plötzlich von den Augen. Nun, das mußte ab sofort anders werden, nahm ich mir vor. Schließlich war die Ehe selbst wichtiger als die Hochzeit.

Ich summte eine Melodie vor mich hin, als ich mich auf den Weg zum Wohnzimmer machte. Eigentlich hatte ich beabsichtigt, Wynn bei seiner Ankunft dort zu erwarten, anstatt ihn müde und abgehetzt zu begrüßen, nachdem ich ihn eine Zeitlang hatte warten lassen, wie es leider schon mehrfach vorgekommen war.

Wynn hörte gerade Kathleens begeisterten Ausführungen aufmerksam zu. Der Anblick der beiden brachte mich unwillkürlich zum Schmunzeln.

„Und dann haben wir uns Schaufenster angeguckt, einfach nur so zum Spaß“, erklärte Kathleen. „Und dann sind wir mit der Straßenbahn so weit gefahren, wie's nur ging, weil wir wissen wollten, wo die Endstation ist, und dann sind wir wieder ganz bis nach Hause damit gefahren.“ Kathleen gestikulierte mit den Armen, um zu unterstreichen, wie unvorstellbar lang diese Fahrt gewesen war.

Wynn lächelte das kleine Mädchen an. Die Unterhaltung bereitete ihm sichtlich Vergnügen.

„Und habt ihr Spaß gehabt?“ fragte er. Die Antwort wußte er im voraus, doch Kathleen mußte es ihm trotzdem noch einmal bestätigen.

„Oh, einen Riesenspaß haben wir gehabt!“ rief sie begeistert. „Wir haben zwei verschiedene Sorten Eis probiert. Sogar Tante Betty hat zwei Eiswaffeln gegessen. Und für Sarah und William haben wir Zitronenbonbons mitgebracht. Lisabeth ist nämlich noch zu klein für Bonbons, weißt du“, erklärte sie, damit Wynn nicht etwa den Verdacht schöpfen sollte, das Nesthäkchen sei bei dem Ausflug in Vergessenheit geraten. „Und dann sind wir zu Fuß den Hügel raufgegangen, ganz von unten an, ohne die Straßenbahn. Tante Betty hat nämlich gesagt, sie brauchte Bewegung.“ Sie kicherte. „Wegen den beiden Eiswaffeln, weißt du“, fügte sie schelmisch hinzu. „Und beim Laufen haben wir Lieder gesungen.“

Es war tatsächlich ein wunderschöner Nachmittag gewesen. Das wurde mir bei Kathleens Schilderung unserer Erlebnisse noch deutlicher bewußt.

„Nehmt ihr mich denn beim nächsten Mal auch mit?“ fragte Wynn das kleine Mädchen. Kathleen nickte. Plötzlich tat es ihr furchtbar leid, daß Wynn dieser Spaß entgangen war.

„Vielleicht können wir morgen noch einmal in die Stadt

fahren“, sagte sie nachdenklich. „Ich laufe schnell zu Tante Betty und frag' sie.“

Kathleen sprang vom Sofa auf und stürzte zur Tür, um mich in meinem Zimmer aufzusuchen. Erst jetzt bemerkte sie mich. Auch Wynn sah auf. Seine Züge spiegelten zuerst Überraschung, dann Freude wieder. Er stand auf und hielt mir seine Hand entgegen. Keiner von uns sagte etwas, obwohl ich in seinen Augen las, daß er mich allerlei fragen wollte.

„Ja, wir haben tatsächlich einen einmalig schönen Nachmittag erlebt“, bestätigte ich Kathleens Bericht.

„Das sieht man dir an“, sagte Wynn und nahm meine Hand in die seine, um mich an sich zu ziehen. „Deine Wangen glühen geradezu, und deine Augen leuchten – du schaust beinahe noch hübscher aus, als du ohnehin schon bist!“

Ich widerstrebte ein wenig, als er mich in Kathleens Gegenwart umarmen wollte. Wynn schien meine Bedenken zu erraten.

„Kathleen“, wandte er sich an das kleine Mädchen, „möchtest du nicht auch zu Sarah und William gehen und vor der Haustür mit ihnen auf euren Papa warten? Deine Geschwister sind bestimmt auch neugierig zu hören, was du heute alles erlebt hast!“

Kathleen stürmte aus der Stube, und mit einem Schmunzeln zog Wynn mich erneut an sich. Diesmal leistete ich keinen Widerstand. Seine Umarmung und sein zärtlicher Kuß machten mir wieder aufs neue bewußt, wie sehr ich ihn während der vorausgegangenen hektischen Tage vermißt hatte. Ich konnte es ja kaum erwarten, bis ich endlich seine Frau wurde. Ach, von diesem Tag schien mich noch eine halbe Ewigkeit zu trennen! Vergessen waren die Berge von Arbeit, die bis dahin vor mir lagen, und ich dachte nur noch an diesen Mann, dem meine ganze Liebe gehörte.

Er unterbrach seinen Kuß und flüsterte mir ins Ohr: „Ich liebe dich, Elisabeth. Habe ich dir das eigentlich schon einmal gesagt?“

Ich schaute ihm ins Gesicht. Aus seinen Worten klang der Scherz, doch in seinen Augen stand tiefer Ernst.

„Schon, aber noch lange nicht oft genug – und außerdem ist's schon lange her!“ erwiderte ich lachend.

„Hm, dann muß ich das unbedingt nachholen“, sagte er. „Wie wär's mit einem Spaziergang im Mondschein heute abend?“

Ich lachte vergnügt auf. An diesem Sommerabend würde der Mond erst zu vorgerückter Stunde aufgehen.

„Ehrlich gesagt“, gab ich zurück, „hätte ich nichts dagegen, es vorher schon ein paarmal zu hören. Vor zehn Uhr wird es in diesen Breiten ja nicht einmal dunkel. So lange mag ich nicht warten.“

Wynn stimmte in mein Lachen ein.

„Also schön“, sagte er, „dann warten wir nicht auf den Mond damit. Aber einen Spaziergang mit dir lasse ich mir trotzdem nicht nehmen.“

„Abgemacht, wir gehen spazieren!“ versprach ich. „Und dabei unterhalten wir uns in Ruhe. Es gibt ja noch so viel zu besprechen, mein Lieber!“

„Wieder im Zusammenhang mit der Hochzeit?“ Es klang beinahe enttäuscht.

„Aber nein! Das kann warten. Heute abend wollen wir uns nur über uns beide unterhalten. Ich möchte nämlich noch eine Menge über den Mann in Erfahrung bringen, den ich bald heiraten werde, weißt du.“

Wynn küßte mich erneut.

Das Schlagen der Haustür kündigte uns an, daß Jonathan soeben von der Arbeit nach Hause gekommen war. Seine beiden Töchter wetteiferten darum, ihm alle Neuigkeiten auf einmal zu berichten. Der Vater bemühte sich, beiden gleichzeitig zuzuhören. Auch William brannte darauf, seine Erlebnisse des Tages loszuwerden. Er hatte wie ein erwachsener Mann in dem Geschäft seines Vaters gearbeitet und schmiedete schon jetzt Pläne, wie er das Geld, das er den Sommer über verdienen würde, ausgeben wollte. Mary gesellte sich zu der aufgeregten Schar und ließ sich von ihrem Mann mit einer Umarmung und einem innigen Kuß begrüßen. Jonathan hielt nichts davon, die gegenseitige Zuneigung der Eltern vor den Kindern zu verbergen.

„Sie sollen schließlich wissen, wie sehr ich dich liebe", sagte er oft zu Mary, und die Kinder wuchsen in einem Haus auf, in dem häufige Liebesbezeugungen zur Tagesordnung gehörten.

Die ganze Familie setzte sich in Richtung Wohnzimmer in Bewegung. Ich löste mich ein wenig widerwillig aus Wynns Armen. Vielleicht war es verfrüht, meine Zuneigung zu ihm vor Jonathans Kindern offen zu zeigen, wenn ich auch genau wußte, daß sie ihnen längst kein Geheimnis mehr war. Wie sollte ich meine Liebe zu ihm auch verbergen können? Sie schien mir ja förmlich aus allen Knopflöchern!

Inmitten der vergnügten Tischrunde beim Abendbrot, schien die Zeit wie im Flug zu vergehen. Das Eßzimmer war von Plaudern und Lachen erfüllt. Auch die Kinder wurden in das Gespräch einbezogen. Das Baby, das inzwischen darauf bestand, selbständig zu essen, sorgte für allerhand Heiterkeit. Doch trotz bester Absichten wollte es der Kleinen nicht gelingen, alle Brocken zielsicher in ihren Mund zu befördern. Sie landeten zu gleichen Teilen darin und daneben. Die Kinder lachten, womit sie die kleine Elisabeth nur zu noch größeren Kunststücken anspornten.

Wynn schien voll und ganz in der gelösten Atmosphäre der Familie aufzugehen. Hin und wieder faßte er meine Hand unter der weißen Damast-Tischdecke und drückte sie liebevoll. Dem äußerlichen Anschein nach war er so vergnügt wie eh und je, doch es dauerte nicht lange, bis ich ihm eine gewisse Unruhe abzuspüren glaubte. Er wirkte angespannt und bedrückt. Ich sah mich in der Runde um. Ob jemand von den anderen es auch bemerkt hatte? Jonathan und Wynn waren gerade in ein Gespräch über ein paar neue Unternehmen in unserer Stadt vertieft. Beide Männer waren über diesen Fortschritt erfreut. Jonathan schien keine Veränderung in Wynn wahrzunehmen. Mein Blick wanderte zu Mary. Obwohl die kleine Elisabeth ihre Aufmerksamkeit voll und ganz in Anspruch nahm, weil diese sich ihrer Hilfe tatkräftig widersetzte, machte Mary – wie gewöhnlich –

einen ausgeglichenen Eindruck. Ich begann mir einzureden, daß ich mich getäuscht haben mußte, und bemühte mich, der Unterhaltung wieder zu folgen.

Aber nein, es gab keinen Zweifel. Die Art und Weise, wie Wynn mich ansah, wie er keine Gelegenheit ausließ, um meine Hand zu halten, wie sein Arm meine Schulter sachte berührte – in allem steckte eine verschlüsselte Botschaft. Ich sehnte mich danach, nach der Mahlzeit endlich mit dem Mann, den ich bald heiraten würde, allein zu sein.

Ich hatte keinen Appetit auf Nachtisch, so daß ich zur Entschuldigung vorbrachte, am Nachmittag mit Kathleen schon zwei Portionen Eis verzehrt zu haben. Ungeduldig drehte ich meine Kaffeetasse in den Händen hin und her, während die übrigen ihr Dessert aßen. Ich hatte mir vorgenommen, heute abend um Wynns willen einmal völlig gelöst zu sein; ich hatte beschlossen, die Gedanken an alle Hochzeitsvorbereitungen von mir wegzuschieben, um Zeit für Wynn zu haben. Doch nun saß ich unruhig und nervös auf meinem Stuhl und konnte nicht einmal sagen, was es war, das mich aus dem Gleichgewicht gebracht hatte.

„Nun, wie wär's mit einem Spaziergang?“ schlug ich Wynn vor, als das Essen endlich vorüber war. Ein breites Lächeln war seine Antwort.

„Nichts lieber als das, Fräulein Thatcher“, scherzte er. In seinen Augen lag jedoch ein gewisser Ernst, so daß mir plötzlich ganz unbehaglich zumute wurde.

Wir verließen das Haus und schlenderten gemächlich durch die Straße. Nach kurzer Zeit blieb ich plötzlich stehen und fragte Wynn: „Würde es dir etwas ausmachen, anstatt eines Spaziergangs mit dem Automobil spazierenzufahren? Es wäre schön, wenn wir zu der Stelle fahren könnten, von der man den herrlichen Ausblick auf die Berge hat.“

Er lächelte.

„Prima Idee!“ willigte er ein. „Vielleicht können wir von dort oben aus auch den Sonnenuntergang beobachten.“

Bis zum Untergang der Sonne würde es noch Stunden dauern. Ich erwiderte Wynns Lächeln. Die Aussicht auf einen langen Abend mit ihm allein war verlockend.

Wir machten kehrt. Ich schickte mich gerade an, in Wynns Auto zu steigen, als er vorschlug: „Vielleicht solltest du eine Jacke oder einen Schal mitnehmen, Elisabeth. Bis wir zurückkommen, könnte es kühl werden. Ich hole dir gern etwas zum Überziehen."

„Mein leichter Mantel hängt im Flur. Der wird ausreichen."

Wynn war mir beim Einsteigen behilflich und machte sich dann auf den Weg, um mir den Mantel zu holen. Bei dieser Gelegenheit, so vermutete ich, würde er gewiß auch Jon und Mary von unserem Plan in Kenntnis setzen.

Unterwegs unterhielten wir uns angeregt. Wir ließen den Stadtrand hinter uns und hatten bald die Hügelkuppe erreicht, von der aus das Gebirge im Westen zu sehen war. Noch immer spürte ich Wynn etwas Ungewöhnliches, Sonderbares ab, bedrängte ihn jedoch nicht mit Fragen.

Auf dem Hügelkamm angekommen, stiegen wir aus und setzten uns auf einen umgestürzten Baumstamm. Er diente uns als perfekte Zuschauertribüne für das atemberaubende Panorama vor unseren Augen. Ich seufzte. Nur noch sieben Wochen, und ich sollte diese Berge dort aus der Nähe erkunden – als Frau Delaney! Ach, wenn unsere Hochzeit doch schon nächste Woche sein würde – oder noch besser: gleich morgen!

Wynn setzte sich neben mich und zog mich dicht an sich. Nach einem innigen Kuß verfielen wir beide in ein andächtiges Schweigen, um die Berge vor uns zu bestaunen. Sein Arm umfaßte mich fester. Auch er mußte gerade an unsere bevorstehenden Flitterwochen in den Bergen gedacht haben; denn er riß mich mit der Frage aus meinen Gedanken:

„Du wirst es dir doch am Ende nicht anders überlegen, Liebling, oder?"

„Wer denn ... ich?" stotterte ich verwundert.

„Weißt du, ich habe manchmal befürchtet, daß dir die viele Arbeit und die Vorbereitungen für die Hochzeit zuviel werden könnten."

Wieder seufzte ich, doch nun aus anderen Gründen.

„Ich war dir in letzter Zeit wirklich keine angenehme Gesellschafterin, nicht wahr? Ich hatte ja kein anderes Gesprächsthema als Hochzeitspläne! Du mußt mich für furchtbar langweilig halten, aber ..."

Er unterbrach mich mit einem zärtlichen Kuß.

„Und ich war dir so gut wie keine Hilfe", gestand er. „Ich würde dir nur zu gern helfen, aber ich habe einfach nicht gewußt, wie ich das anstellen soll. Ich hatte ja keine Ahnung, daß eine Hochzeit so viel Arbeit mit sich bringen – und so viel Nerven kosten würde", fügte er kleinlaut hinzu. „Manchmal befürchte ich, daß Mary und du das alles nicht bewältigen könnt. Ihr schaut beide reichlich blaß und abgespannt aus."

„Ach, Wynn!" klagte ich, „das Ganze ist einfach lächerlich. Heute ist mir besonders deutlich geworden, wie entsetzlich albern dieses ganze Theater ist. Ich werde gleich morgen mit Mary darüber reden. Alles läßt sich doch auch viel einfacher bewerkstelligen. Wozu schindet man sich nur in Grund und Boden, bevor man ein Leben zu zweit anfängt? Wenn ich mir nur halb soviel Mühe gebe, unsere Ehe intakt zu halten, wie ich sie mir mit den Vorbereitungen für die Hochzeit gemacht habe, dann ..."

Ich vollendete den Satz nicht. Wynn hielt mich fest in seinen Armen.

„War es das, was dir so sehr zu schaffen gemacht hat?" brach ich schließlich das Schweigen.

Ich spürte, wie er unwillkürlich zusammenzuckte.

„Habe ich etwa gesagt, daß mir etwas zu schaffen macht?" fragte er.

„Nein, ausdrücklich gesagt hast du's nicht. Ich habe es dir nur angemerkt. Ich weiß selbst nicht, warum, aber ..."

Wynn stand auf und zog mich mit sich. Er sah mir tief in die Augen.

„Ich liebe dich, Elisabeth", sagte er leise. „Ich liebe dich so sehr. Wie dumm war es doch von mir zu denken, ich könnte ohne dich leben!"

Er lehnte meinen Kopf an seine starken Schultern, so daß ich das stete, leise Pochen seines Herzens hören konnte.

„Aber da ist doch etwas, was dich beunruhigt, nicht

wahr?" fragte ich, ohne zu ihm aufzusehen. Ich fürchtete mich ein wenig vor dem, was ich womöglich in seinen Augen entdecken würde.

Wynn holte tief Luft und hob mir das Kinn, um mir in die Augen zu sehen.

„Der Bescheid über meine Versetzung ist heute mit der Post gekommen."

Seine Versetzung! Meine Gedanken wollten sich schier überstürzen. Es mußte sich um eine trostlose Gegend handeln, weil Wynn so ernst dreinschaute. Aber das machte mir nichts mehr aus. Ich würde mich schon damit abfinden. Mit allem könnte ich mich abfinden, wenn ich nur diesen Mann an meiner Seite hatte.

„Das ist doch völlig belanglos!" sagte ich gefaßt. Er mußte es mir einfach glauben. „Wirklich, Wynn, es ist mir gleichgültig, wohin wir ziehen. Das habe ich dir schon mehrmals gesagt, und ich meine es ernst. Ich werde es schaffen. Ehrenwort!"

Er zog mich an sich und küßte sanft mein Haar.

„O Elisabeth", stöhnte er leise, „es ist ja nicht der Ort, sondern das Datum!"

„Das Datum?" Ich löste mich aus seinen Armen, um ihn forschend anzusehen. „Wie – was willst du damit sagen?"

„Ich habe meinen neuen Posten am ersten August anzutreten."

Mein Kopf weigerte sich, das soeben Gehörte zu begreifen. So sehr ich mich auch bemühte, den Sinn zu erfassen, es blieb mir doch alles ein Rätsel.

„Aber das kannst du doch gar nicht", stotterte ich. „Wir heiraten ja erst am zehnten September!"

„Ich muß trotzdem gehen. Wenn man einen Versetzungsbescheid bekommt, muß man gehen."

„Hast du der Behörde denn nichts von unserer Hochzeit gesagt?"

„Selbstverständlich."

„Kann man denn gar nichts daran ändern? Ich meine ..."

„Nein, Elisabeth. Ich bin derjenige, der sich zu fügen hat."

„Aber wohin wirst du denn versetzt? Ist es ein Posten im hohen Norden, wie du gehofft hattest?“

„Ja, es ist im Norden.“

„Das ist aber ein weiter Weg, den du dann für die Hochzeit zurücklegen mußt. Im Grunde ist es völlig sinnlos ... Eine so lange Reise würde dich zuviel von deiner Zeit kosten, und ...“

„Elisabeth“, sagte Wynn behutsam, „bei der Distrikt-Polizei ist es nicht erlaubt, vor Ablauf der Dienstzeit aus dem Norden zurückzukehren.“

„Was willst du denn damit sagen?“

„Damit will ich sagen, daß ich von Anfang August an dort oben stationiert sein werde – wahrscheinlich drei bis vier Jahre lang, ohne zwischendurch zurückkehren zu können. Das hängt davon ab, ob ...“

Starr vor Schrecken unterbrach ich ihn.

„Was – sagst du da?“

„Elisabeth, unsere Hochzeit im September wird ins Wasser fallen müssen.“

Ich spürte, wie ich schwach wurde, und war froh, in Wynns Armen Halt zu finden. Einen Moment schien sich alles um mich zu drehen. Allmählich wurde mir die ganze Tragweite dieser Nachricht bewußt. Keine Hochzeit im September also! Die Berittene Polizei würde es Wynn vorerst nicht gestatten, seinen neuen Posten zu verlassen. In zwei kurzen Wochen sollte er seine neue Stelle antreten. Bis dahin blieb wahrhaftig nicht mehr viel Zeit.

Ich zwang mich dazu, wieder festen Boden unter den Füßen zu gewinnen, und sah zu Wynn auf. Noch nie hatte ich einen so gequälten Ausdruck in seinem Gesicht gesehen.

„Wie lange dauert die Reise dorthin?“

Meine Frage verwirrte ihn sichtlich, doch er antwortete: „Sechs Tage, hat man mir gesagt.“

„Sechs Tage“, wiederholte ich nachdenklich. „Dann bleiben uns nur noch neun.“

Wynn sah mich verwundert an.

„Neun?“

„Meine Eltern können innerhalb von drei oder vier Tagen

hier sein“, fuhr ich hastig fort. „Bis dahin kann auch mein Kleid fertig sein. Die Hochzeit könnte also am Samstag stattfinden. Danach bleiben uns dann vier Tage für die Berge und ein Tag zum Packen. Reicht das, Liebster?“

Er war sprachlos.

„Reicht das?“ wiederholte ich. „Können wir unser ganzes Hab und Gut an einem Tag verpacken?“

„O Elisabeth!“ sagte Wynn und drückte mich fest an sich. „Würdest du ... würdest du wirklich ...?“

Ich trat einen Schritt zurück und sah ihm tief in die Augen. In meinen Augen brannten mir die Tränen.

„Ich würde dich nie allein gehen lassen, Wynn. Niemals!“ stotterte ich. „Die Hochzeit wird vielleicht etwas anders, als ich sie mir vorgestellt hatte, aber schließlich ist es ja die Ehe, auf die es ankommt. Und obendrein werden wir unsere Familien und Freunde hier haben. Es wird trotz allem eine schöne Feier werden.“

In Wynns Augen standen Tränen, als er mich nun küßte. Schließlich löste ich mich wieder aus seinen Armen und sah auf das Gebirge in der Ferne. Nun sollte ich diese Berge nicht erst in sieben Wochen als Frau Delaney aus der Nähe kennenlernen, sondern in weniger als einer einzigen Woche. Es erschien mir unwirklich, fast wie ein Traum. Wynn mußte gerade an etwas Ähnliches gedacht haben.

„Eins zu null für die Berittene Polizei!“ murmelte er.

„Wie bitte?“ fragte ich erstaunt.

Er grinste.

„Bis zum September wäre es ja noch eine halbe Ewigkeit gewesen!“

Ich versetzte ihm einen sanften Rippenstoß, wenn mir auch selbst eine glühende Röte in die Wangen stieg.

„Ja, wir hätten tatsächlich lange warten müssen“, pflichtete ich ihm bei. „Andererseits ist der kommende Samstag wiederum ein bißchen arg überstürzt. Wir haben ja noch so viel zu erledigen, Wynn. Schon bei dem Gedanken daran wird mir angst und bange! Am besten fahren wir auf der Stelle zu Mary zurück. Liebe Güte, die wird ja einen gewaltigen Schrecken bekommen!“

„Halt, nur nicht so hastig!" wandte Wynn ein. „Hast du mir nicht den ganzen Abend versprochen?"

„Aber ich hatte ja nicht die geringste Ahnung, daß ..."

Er unterbrach mich.

„Also schön", sagte er. „Du mußt dein Versprechen nicht voll und ganz halten. Immerhin hat sich die Sachlage innerhalb der letzten fünf Minuten schlagartig geändert. Trotzdem bestehe ich darauf, wenigstens die nächste halbe Stunde über in den Genuß deiner ungeteilten Aufmerksamkeit zu kommen. Danach fahren wir zurück zu Mary."

Ich lächelte und ließ mich wieder in seine Arme sinken.

„Ich habe nichts dagegen", sagte ich ergeben.

## Hastige Vorbereitungen

Während der nächsten Tage war das ganze Haus von einem geschäftigen Treiben erfüllt. Mary rannte wie eine emsige Biene von einem Zimmer in das andere. Überraschenderweise war ich es, die die Ruhe bewahrte – ich, die ich seit jeher von einer aufwendigen und rundherum vollkommenen Hochzeitsfeier geträumt hatte. Wie oft hatte ich mich in Gedanken am Arm meines Vaters* den Mittelgang einer mit bunten Fenstern geschmückten Kathedrale zum Altar schreiten sehen! Ich hatte von einem Brautstrauß aus kostbaren Orchideen geträumt. Eine ganze Anzahl von Brautjungfern in kostbaren Kleidern aus den erlesensten Modehäusern Englands oder Frankreichs gehörten zur Feier, und die Orgel sollte brausend den Hochzeitsmarsch spielen.

Doch nun würde ich statt dessen in einer schlichten Kapelle aus Holz heiraten. Kein buntes Glasfenster würde das sommerliche Sonnenlicht in tausend Farben spiegeln; eine Pfeifenorgel würde es nicht geben. Nur ein paar Brautjungfern würden an meiner Seite stehen, und deren einfache Kleider würden sich kaum mit der Ausstattung aus den ersten Modesalons der Welt messen können. Und dennoch würde die Feier einfach himmlisch werden, denn ich würde neben dem Mann, den ich liebte, vor dem Altar stehen. Das allein zählte, alles andere war unwichtig. In dieser Gewißheit redete ich Mary beruhigend zu. Es war unnötig, einen übermäßigen Aufwand zu betreiben. Alles würde wunderschön werden. Davon war ich überzeugt.

Das Telegramm an Mutter und Vater wurde abgeschickt, sie sollten mit Julie und Matthew am Freitag mit der Bahn

---

* In den angelsächsischen Ländern wird die Braut vom Vater dem Bräutigam zugeführt.

eintreffen. Ich bedauerte nur, daß mir vor der Trauung am Samstag nicht viel Zeit bleiben würde, um mit meinen Eltern und Geschwistern zusammenzusein. Aber immerhin war es wichtiger, daß ich bereit war, mit Wynn die lange Reise in den Norden anzutreten.

Ich beeilte mich, mein Brautkleid fertigzustellen, was mir auch rechtzeitig gelang. Ich hatte sogar noch einen vollen Tag übrigbehalten, so daß ich mich anderen Dingen zuwenden konnte. Deshalb beschloß ich, meine gesamte Garderobe zu sortieren, und wählte diejenigen Kleidungsstücke aus, die sich für das Klima im hohen Norden eignen würden. Die Kleider, die ich im Schuldienst getragen hatte, verpackte ich in eine gesonderte Kiste. Dann fuhr ich mit der Straßenbahn in die Stadt, um ein paar Einkäufe zu erledigen. Wynn hatte die Aufgabe übernommen, sämtliche Haushaltsgegenstände zu besorgen. Trotz anfänglicher Bedenken wußte ich, daß er aufgrund seiner Erfahrungen im Norden ein sichereres Urteil besaß. Dennoch fiel es mir schwer, ihm diese Einkäufe ganz zu überlassen. Meine weiblichen Instinkte ließen mich ahnen, daß Wynn auf das bloße Überleben in dem rauhen Klima des Nordens bedacht war und wenig Wert auf eine hübsche, gepflegte Einrichtung legen würde. Ich bemühte mich, diese Bedenken standhaft abzuweisen, sobald sie erneut auftauchen wollten, und tat mein Bestes, ihm einfach blindlings zu vertrauen.

Der Donnerstag ging wie im Flug vorbei. Ich verlängerte ihn um mehrere Stunden, indem ich die halbe Nacht aufblieb, um zu sortieren und zu packen. Dabei überlegte ich krampfhaft, was eine Frau wohl während eines drei- oder vierjährigen Aufenthalts in der Einsamkeit des hohen Nordens benötigen würde. Doch es wollte mir einfach nichts einfallen. Woher sollte ich es auch wissen? Immerhin hatte ich in meinem bisherigen Leben nie ohne Geschäfte in erreichbarer Nähe auskommen müssen.

Auch Wynn hatte alle Hände voll zu tun. Er sortierte, verpackte und beschriftete alles, was wir für unseren Haushalt brauchen würden. Ein Palast würde unsere neue Behausung nicht gerade sein, warnte er mich mehrmals, und ich versicherte ihm immer wieder, daß mir das völlig gleichgültig sei. Ich händigte ihm die paar Habseligkeiten aus, die ich mir im vergangenen Jahr für meinen Bedarf in der Lehrerwohnung angeschafft hatte. Damit, so hoffte ich, würden sich unsere übrigen Ausgaben in Grenzen halten. Wynn nickte erfreut. Meine Haushaltsgegenstände und das, was wir in unserer Hütte vorfinden würden, reichte beinahe schon für unseren Bedarf aus, so daß es nicht nötig sein würde, zusätzlich noch viel anzuschaffen.

Ich versuchte, mir unser Heim in der Wildnis vorzustellen. Es sollte doch mehr als nur eine dürftig ausgestattete, ungemütliche Hütte sein, wohin mein Mann allabendlich nach einem langen, anstrengenden Tag zurückkehren würde. Wie sollte ich es aber anfangen, in eine rauhe Blockhütte mit einem Bretterfußboden ein wenig Gemütlichkeit zu zaubern? Vorhänge, Zierkissen und bunte Teppiche schienen die Antwort zu sein, doch für derartige Dinge hatte ich nun wahrhaftig keine Zeit mehr. Ich hatte ohnehin schon alle Hände voll zu tun, bis zur Abreise unser ganzes Hab und Gut transportfähig zu verpacken. Deshalb beschloß ich, mehrere Stoffe zu kaufen, die ich dann später verarbeiten könnte. Früh am Freitagmorgen fuhr ich mit der Straßenbahn in die Stadt. Die zarten, dünnen Musselinstoffe interessierten mich heute nicht. Statt dessen sah ich mir die grobgewebten, festen Stoffe an. Diese schienen sich weitaus besser für das Leben in einer Holzhütte im Norden zu eignen als die leichten, duftigen Stoffe. Ich entschied mich für kräftige Farben und gewagtere Muster, als ich sie gewohnt war. Dazu kaufte ich ein paar weichere Stoffe für den Fall, daß ich eine Ausstattung für ein etwaiges neues Familienmitglied zu nähen haben würde, bevor wir aus dem Norden zurückkehrten. Der Gedanke daran trieb mir eine warme Röte in die Wangen, und ich hoffte, daß niemand im Geschäft bemerkt hatte, daß ich eine Anzahl pastellfarbener Flanellstoffe ausgesucht hatte. In der Betriebsamkeit der letzten Tage hätte ich um ein Haar nicht einmal an diese Möglichkeit gedacht, doch drei oder vier Jahre waren immerhin eine lange Zeit.

Mit meinen Einkäufen beladen, fuhr ich wieder mit der

Straßenbahn zum Haus meines Bruders zurück und machte mich dann an die Arbeit, die zusätzlichen Dinge in den Schrankkoffern zu verstauen. Ich war gezwungen, ein paar Kleider wieder herauszunehmen, war aber davon überzeugt, daß die Stoffe sich als wesentlich nützlicher als die überflüssigen Kleider erweisen würden. Nachdem ich alles so fest wie möglich zusammengepreßt hatte, gelang es mir endlich, den Deckel des Koffers zu schließen und die Schnallen einzuhaken.

Erschöpft ließ ich mich zu Boden sinken. Meine Stirn war von Schweißperlen bedeckt. Ich gab zweifellos einen äußerst ungepflegten Anblick ab, warf ich mir stirnrunzelnd vor. Meine kupferfarbenen Locken waren aus den Kämmen gerutscht; mein Gesicht war heiß und gerötet, mein Kleid hoffnungslos verknittert und meine Hände ... Ich sah sie mir genauer an. Sie zitterten geradezu, als hätte ich mich soeben zu Tode erschrocken oder mich gewaltig überanstrengt. Aber das kümmerte mich jetzt nicht. Die Hauptsache war, daß ich es geschafft hatte. Meine Koffer waren gepackt, und ich war bereit. Nichts hielt mich jetzt mehr davon ab, mit Wynn in seinen hohen Norden zu ziehen. Es blieben nur noch ein paar letzte Vorbereitungen für die Trauung; danach würden wir eine kurze Hochzeitsreise machen. Nach einem letzten Tag der Vorbereitungen würden wir dann die Reise antreten, die uns zu unserer kleinen Hütte führen würde, unserem ersten gemeinsamen Zuhause.

Mit noch immer zitternden Fingern strich ich mir eine wirre Haarsträhne aus der Stirn und stellte mich, auf mein Bett gestützt, wieder aufrecht. In zwanzig Minuten würde das Mittagessen aufgetragen werden. Das reichte gerade noch aus, um schnell ein Bad zu nehmen und meine Frisur wieder in Ordnung zu bringen. Es galt, keine Zeit zu verlieren. Eile hieß das Gebot der Stunde. Der Freitag war schon zur Hälfte verstrichen, und vor der Trauung hatte ich noch manches zu erledigen. Obendrein sollte meine Familie aus Toronto um vier Uhr mit dem Zug eintreffen.

„Betty!“

Ich drehte mich in die Richtung, aus der Julies Stimme gekommen war, und sah, wie die hübsche, elegant gekleidete Dame aus dem Osten alles, was sie gerade in Händen hielt, einfach fallen ließ und auf mich zugestürzt kam.

Am liebsten wäre auch ich ihr entgegengestürzt, beherrschte mich aber mit Mühe. Endlich fielen wir einander in die Arme. Erst jetzt spürte ich, wie sehr ich sie vermißt hatte. Wir weinten beide, während wir einander noch umarmt hielten. Es dauerte ein paar Minuten, bevor wir wieder sprechen konnten.

„Laß dich anschauen", sagte Julie und trat einen Schritt zurück.

Ich ließ sie nur widerwillig los. Die Zeit, die wir miteinander haben würden, war ja so unbarmherzig kurz!

Sie hatte sich verändert. Wie eh und je war sie bildhübsch und putzmunter, doch ich spürte ihr eine gewisse Reife ab. Wie lieb hatte ich sie doch! Ich hatte sie mehr vermißt, als ich in Worte fassen konnte.

Erneut warf sie ihre Arme um mich, so daß mir der Hut verrutschte.

„Ich habe dich ja so sehr vermißt!" rief sie. „Wie konntest du mir das nur antun, Betty? Wie konntest du dich ausgerechnet in einen Mann verlieben, der dich ans Ende der Welt führen will?" Ein neckender Unterton schwang in ihrer Stimme.

„Warte nur, bis du den Mann siehst!" gab ich scherzend zurück.

„Aha!" sagte Julie und löste sich wieder von mir, um mir den Hut zurechtzuschieben. Trotz ihrer Bemühungen schien er noch immer reichlich schräg zu sitzen. „Aha", sagte sie noch einmal, „Betty, die Praktische, hat endlich ihresgleichen gefunden!"

Wir lachten, und dann hatte uns auch schon der Rest der Familie erreicht. Mutter war nicht wie meine Schwester mit der Vehemenz eines Wirbelsturms auf mich zugeeilt, sondern auf ihre besonnene, würdevolle Art.

„Elisabeth", sagte sie sanft, „wie geht es dir, Liebes?"

Wieder stiegen mir Tränen in die Augen und drohten bald, jeden in meiner Nähe zu überfluten. Auch Mutter weinte, doch es war ein weiches, sachtes Weinen, eher wie ein sanfter Regen als eine Sturmflut.

Lange hielten wir einander umarmt.

„Du siehst bildhübsch aus“, flüsterte sie mir ins Ohr. „Ich glaube, die Liebe bekommt dir gut!“

„Ach Mutter!“ rief ich, „warte nur, bis du ihn selbst kennenlernst! Ich kann's ja kaum erwarten!“

„Mir geht es nicht anders, Liebes.“ Da Wynn bis halb sechs Dienst hatte, war es ihm nicht möglich gewesen, mit uns zum Bahnhof zu fahren.

Jon begrüßte Mutter. Es war eine rührende Szene, als die beiden einander nach so vielen Jahren der Trennung endlich wiedersahen. Nachdem Mutter sich aus Jons Umarmung gelöst und ihre Fassung wiedergewonnen hatte, stellte Jon ihr voller Stolz seine Mary vor. Mutter und Mary mochten einander auf den ersten Blick. Auch die Kinder drängten sich um Mutter und Julie, um sich der Reihe nach in die Arme nehmen zu lassen. Derweil wurde auch ich aufs neue umarmt. Vater hielt mich lange an sich gedrückt. Er hatte mich schon oft umarmt, doch nun war alles irgendwie anders. Ich glaube, auch er empfand so. Ich war nun nicht mehr seine kleine, hilfsbedürftige Tochter. Bald sollte ich aus seiner Obhut in die eines anderen Mannes entlassen werden. Er gab mir einen Kuß aufs Haar und flüsterte mir zu: „Ich freue mich für dich, Elisabeth. Ich bin froh und traurig zugleich. Kannst du das verstehen?“

Ich nickte nur. Ja, ich hatte sehr wohl Verständnis, denn mir selbst erging es nicht anders. Es tat mir weh, meine Familie hier zurücklassen zu müssen. Am liebsten hätte ich sie mitsamt meiner Ausstattung in Kisten gepackt und mitgenommen. Aber nein! Im Grunde war das weder wünschenswert noch notwendig. Ich hatte doch Wynn! Mehr brauchte ich nicht. Mein Leben hatte sich verändert. So sehr ich meine Familie auch liebte, so war ich nun selbständig geworden. Ich war erwachsen und bereit, mich an jemand anders zu binden. Die feierlichen Worte dieses neuen Bundes würden morgen gesprochen werden, doch mit meinem Herzen hatte ich dieses Versprechen schon gegeben. Ich gehörte zu

Wynn, einzig und allein zu ihm, von jetzt an bis an mein Lebensende. An ihm hatte ich meine Familie, meinen Beschützer, meinen Mitstreiter im Glauben, meinen Geliebten und meinen Kameraden.

„Ich hab' dich lieb, Daddy", sagte ich leise.

„Hab Dank für alles. Ich bin dir so dankbar, daß du mich zur Selbständigkeit erzogen hast. Das war mir noch nie so klar wie jetzt. Aber so ist es. Du hast mich für die Ehe vorbereitet – für Wynn. Und ich danke dir dafür."

Plötzlich wurde ich ruhig: ruhig und zuversichtlich. Vor lauter Besorgungen und Aufregungen hatte ich nicht einmal darüber nachgedacht, welche entscheidende Veränderung meine Heirat mit sich bringen würde. In meiner Verliebtheit hatte ich übersehen, daß das Leben zu zweit auch hin und wieder zu Schwierigkeiten und Meinungsverschiedenheiten führen würde, doch nun fiel es mir wie Schuppen von den Augen. In den Armen dessen, der mich für die Zukunft zugerüstet hatte, sah ich alles deutlich vor mir. Ich wußte, daß ich bereit war. Es handelte sich nicht um die Vernarrtheit eines Schulmädchens, sondern um die echte, tiefe Liebe. Ich würde die Gefährtin des Mannes werden, den ich von ganzem Herzen liebte. Mein Vater hatte mich gelehrt, was eine solche Liebe bedeutet. Ohne sich dessen überhaupt bewußt zu sein, hatte er mir den Weg zu einer glücklichen Ehe gewiesen, indem er den Menschen, die er liebte, mit Güte, Nachsicht und Treue begegnete. Fest drückte ich ihn an mich. Ich hatte meinen Vater sehr lieb.

Als er mich endlich losließ, stand ein hoch aufgeschossener junger Mann mit schlaksigen Armen und einem schrägen Lächeln vor mir. Ich starrte ihn entgeistert an. Das konnte doch unmöglich ... aber er war es wirklich. Mein lieber Markus! Ihm war sichtlich unbehaglich zumute; die rührseligen Begrüßungsszenen der Familienmitglieder verunsicherten ihn, so daß er sich lieber im Hintergrund hielt. Ich rieb mir eine Träne aus den Augen und betrachtete ihn erneut. Unglaublich, wie er in dem einen Jahr meiner Abwesenheit gewachsen war! Auch ich wußte nicht recht, wie ich ihn begrüßen sollte.

„Markus“, sagte ich beinahe flüsternd, „mein Junge, du ... du bist aber groß geworden!“

Er kam einen Schritt näher, und auch ich ging auf ihn zu. Dann hielt ich ihn auch schon umarmt, wie ich ihn so oft umarmt hatte, als er noch ein kleiner Junge war. Auch er schlang seine Arme fest um mich.

„Ich kann kaum meinen Augen trauen! Du bist ja schon größer als Vater!“ Ich bemühte mich, nicht schon wieder in Tränen auszubrechen, doch ich schaffte es nicht.

Auch Markus schluckte. Er war nun beinahe ein erwachsener Mann, und Weinen kam nicht in Frage. Statt dessen klopfte er mir ein wenig unbeholfen auf die Schultern, als begrüße er einen alten Schulkameraden. Auf einmal stand Jonathan neben uns. Zum ersten Mal begegneten sich meine beiden Brüder. Sie musterten einander wie zwei erwachsene Männer. Beide schienen von ihrem Gegenüber angetan zu sein, denn aus dem Händeschütteln wurde spontan eine herzliche Umarmung. In Markus' Augen stand unverhohlene Bewunderung. Diese Reise in den Westen würde der Junge sein Leben lang nicht vergessen.

Schließlich sammelten wir das Gepäck, um es in die beiden Automobile, die auf uns warteten, zu verladen. Jonathan hatte einen seiner Freunde gebeten, uns bei dem Transport behilflich zu sein. Wynn war zum Abendessen eingeladen worden. Ich konnte es kaum erwarten, ihm endlich meine Familie vorzustellen. Ich war sehr stolz auf sie alle und hatte sie allesamt von Herzen lieb!

Munter plaudernd erreichten wir Jonathans Haus. Es gab ja so viel zu erzählen! Und dann die Kinder! Jedes einzelne hatte es furchtbar eilig, seine Großeltern für sich in Beschlag zu nehmen und auch die Herzen ihrer neuen Tante und des neuen Onkels aus dem Osten im Sturm zu erobern. Alle redeten zugleich drauflos.

Jon und Mary zeigten den Gästen ihre Zimmer. Mary entschuldigte sich dafür, wegen der vorverlegten Trauung nicht mehr zum Hausputz und zum Nähen neuer Gardinen gekommen zu sein. Mutter versicherte ihr, daß alles wunderhübsch sei, und ich glaube, Mary spürte ihr ab, wie aufrichtig sie es meinte.

Die stürmische Julie ließ ihrer Begeisterung über alles freien Lauf. Sie und die kleine Elisabeth, die inzwischen die ersten selbständigen Schritte gemacht hatte, schienen aus demselben Holz geschnitzt zu sein. Auch die übrigen Kinder mochten Julie auf Anhieb, wenn Kathleen sich auch nach wie vor an mich klammerte.

An William hatte Markus bald einen treuen Bewunderer gefunden. William verehrte seinen Onkel auf ähnliche Weise wie dieser seinen großen Halbbruder Jonathan.

Da Julie mein Zimmer mit mir teilen sollte, machten wir uns, mit Koffern und Hutschachteln beladen, gemeinsam auf den Weg in das obere Stockwerk.

„Nein, diese Bahnfahrt war gräßlich!" beklagte sich Julie. „Es war entsetzlich heiß und stickig, und direkt vor mir saß ein dicker, kleiner Mann, der sich eine Zigarre nach der anderen ansteckte. Und gegenüber, auf der anderen Seite vom Mittelgang, saßen vier junge Burschen und unterhielten sich lautstark und ungeniert, so daß ..."

Lachend unterbrach ich Julie. Sie starrte mich verwundert an, aber ich nahm sie einfach erneut in die Arme.

„Du hast dich mächtig verändert", sagte ich zu ihr. „Vor ein paar Jahren hättest du in jedem von diesen Männern einen möglichen Verehrer gesehen."

In Julies Augen sprühte es.

„Oh, das habe ich auch jetzt", gestand sie. „Ich bin nur ein bißchen wählerischer geworden, weißt du. Unter den männlichen Passagieren waren nämlich auch eine Reihe erstklassiger Exemplare. Darauf wollte ich als nächstes zu sprechen kommen."

„Ach Julie, du kleiner Schlawiner!" schalt ich lachend.

„Ich kann's immer noch nicht fassen: meine große, vernünftige Schwester heiratet einen von diesen Wildwest-Pionieren!"

„Er ist gar kein Wildwest-Pionier, sondern gehört zur Königlichen Berittenen Polizei."

Sie zuckte nur mit den Achseln und warf ihren Hut auf

mein Bett. Vor ein paar Jahren hätte ich sie unverzüglich darauf hingewiesen, daß dies kaum der richtige Ort für ihren Hut sei, doch jetzt räumte ich ihn eigenhändig in das Hutfach im Schrank.

„Warte nur, bis du ihn kennenlernst!“ sagte ich. „Am Ende wirst du noch neidisch werden!“

Julie lachte.

„Ich habe mir schon lange überlegt, daß es dort, wo du deinen Fang gemacht hast, eigentlich noch mehr von der Sorte geben müßte. Stimmt's, Betty? Wie wär's, wenn du mich ein paar von Wynns Freunden bei der Polizei vorstellen würdest? Es gibt doch bestimmt eine Menge lediger Polizisten dort, oder nicht?“

„Aber natürlich. Unzählige sogar. Aber du darfst nicht erwarten, daß du einen von Wynns Kaliber dort findest.“

„So ein feiner Typ ist er also?“ Julies Augen funkelten. „Elisabeth Marie Thompson, mir will scheinen, daß du da ein wenig voreingenommen bist.“

„Du wirst es ja selbst sehen“, sagte ich. Dabei konnte ich es kaum erwarten, bis Wynn endlich hier eintreffen würde, um ihn Julie vorzustellen.

„Jetzt wird es aber höchste Zeit, daß ich Mary helfe“, seufzte ich, wenn es mir auch schwerfiel, Julie auch nur für eine Minute zu verlassen. „Fühl dich nur ganz wie zu Hause. Das Bad ist am Ende des Flurs, und die Wäschekammer findest du rechts vom Treppenabsatz, falls du etwas bügeln möchtest.“

„Wie herrlich ist es doch, die ganze Familie hier zu haben!“ sang es in meinem Herzen, als ich die Treppe hinabstieg. Wenn mir doch nur mehr Zeit für meine Lieben bliebe! Morgen sollte schon unsere Hochzeit sein, und gleich danach würden Wynn und ich abreisen. Dennoch würde es mir nie in den Sinn kommen, unsere Hochzeit zu verschieben, nicht einmal um meiner Familie willen. Ein Lied summend, betrat ich die Küche. Wenn ich mich nicht irrte, war es der Hochzeitsmarsch.

## Kostbare Momente im Kreis der Familie

„Ist alles bereit?“ fragte Wynn auf unserem gemeinsamen Spaziergang später am selben Abend. Wir brauchten die Stille. Das Haus war noch immer von Trubel und Unruhe erfüllt. Meine Angehörigen hatten den Mann, den ich heiraten würde, auf Anhieb ins Herz geschlossen, und ich gewann den Eindruck, als scharten sich alle begeistert um ihn. Besonders Julie schien wie vom Donner gerührt zu sein. Ich sah es ihr an. Sie konnte es kaum fassen, daß ihre große Schwester, die sich früher nicht das geringste aus den Vertretern des anderen Geschlechts gemacht hatte, nun einen Bund fürs Leben mit einem solch prächtigen Exemplar von Mann eingehen wollte.

„Wie hast du das nur geschafft?“ schienen ihre Augen vom anderen Ende des Zimmers her zu fragen.

„Ich habe es dir ja gleich gesagt!“ konnte sie in meinem Blick lesen.

Doch nun waren Wynn und ich allein miteinander, und so war es endlich möglich, ein ruhiges Gespräch zu führen.

Wynns Frage hatte mich aus meinen Gedanken gerissen. „Ist alles bereit?“ wiederholte ich, bevor ich eine Antwort versuchte. „Ich ... ich bin mir nicht sicher, um ehrlich zu sein. In meinem Kopf schwirrt es nur so, daß ich nicht klar denken kann. Aber schließlich ist es mir gleichgültig. Ich meine, letztlich macht es doch nichts aus. Du hast die Urkunde und den Ring, und ich habe mein Kleid. Meine Familie ist hier. Mehr brauchen wir doch gar nicht für die Hochzeit. Was scheren wir uns da unnötig um einen Berg von Kleinigkeiten, die am Ende ...“

Wynn lachte und zog mich an sich.

„Du bist einfach unglaublich, Elisabeth“, sagte er. „Wer

hätte es je für möglich gehalten, daß meine modebewußte, elegante Miss aus dem Osten so etwas sagen würde!"

Er zog mich näher an sich und küßte mich. Es war noch hell, und zu beiden Seiten der Straße befanden sich Wohnhäuser. Wir konnten leicht von jemandem gesehen werden. Wynns „modebewußte, elegante Miss" schob ihn sachte von sich.

„Schon gut, Elisabeth", sagte er lachend. „Ich konnte nicht widerstehen, aber ich werde mich beherrschen. Ehrenwort! – Aber nur bis morgen, versteht sich!" fügte er augenzwinkernd hinzu.

Ich errötete leicht und ging weiter.

„Deine Familie ist riesig nett", wechselte Wynn das Thema.

„Und sie denken dasselbe von dir. Ich habe es gleich gewußt, daß es so sein würde. Ach Wynn, ich bin ja so glücklich!"

Er nahm meine Hand in die seine und drückte sie sanft. Ich zog sie nicht zurück. Sollten die Nachbarn es doch sehen und die Stirn runzeln! Schließlich trennte mich nur noch ein einziger Tag von meiner Heirat mit dem Mann, den ich so sehr liebte.

„Und du? Bist du mit allem fertig?" fragte ich endlich.

„Alle Kisten sind gepackt und verschlossen. Das schwierigste an der ganzen Sache war die medizinische Ausrüstung. Einen Teil davon mußte ich aus Edmonton schicken lassen, aber jetzt ist sie vollständig."

„Medizinische Ausrüstung?" wiederholte ich erstaunt.

„Wir müssen alles von hier mitnehmen, Elisabeth", erklärte er mir. „Und zwar nicht nur für unseren eigenen Bedarf, sondern auch für die ganze Siedlung."

Ich hatte ganz vergessen, daß Wynn eine solch wichtige Aufgabe dort oben zu erfüllen hatte.

„Es gibt einen Hudson's-Bay-Posten dort", fuhr er fort, „wo es alles mögliche zu kaufen gibt, aber an Arznei und dergleichen fehlt es leider. Decken, Mehl, Salz, Tierfallen – solche Dinge sind jederzeit erhältlich."

Tierfallen! Welch eine fremdartige Welt würde nun bald

meine neue Heimat werden! Der Gedanke daran fesselte mich. Es gab so viel darüber zu lernen! Ich brannte darauf, sie endlich kennenzulernen und meinen Platz an Wynns Seite einzunehmen.

„Meine Habseligkeiten sind auch gepackt“, teilte ich ihm stolz mit. „Ich habe alles in dem großen Schrankkoffer unterbringen können. Das war kein Kinderspiel, glaub mir! Ein paar von meinen Büchern werden hierbleiben müssen, dazu der Hut, den ich eigentlich mitnehmen wollte, zwei Paar Schuhe und zwei Kleider, aber alles andere hat Platz gefunden. Was ich wieder aussortiert habe, werde ich ohnehin nicht dringend brauchen.“

„Deine Bücher hättest du aber einpacken sollen, Elisabeth. Du wirst sie vermissen.“

„Keine Sorge, meine Lieblingsbücher werde ich mitnehmen! Ich habe nur die wieder ausgepackt, die ich vielleicht brauchen würde, wenn die Indianer eines Tages auf den Gedanken kämen, eine Schule für ihre Kinder einzurichten.“

„Diesen Traum hegst du noch immer, nicht wahr, mein Liebes?“

„Hm ...“ Ich zögerte. „Ja.“

Wieder umfaßte er meine Hand.

„Das ist schön“, sagte er. „Es wäre wirklich wunderbar, wenn du einigen von ihnen das Lesen und Schreiben beibringen könntest.“

Ich lächelte. Wynns Verständnis und seine Ermutigung taten mir wohl.

„Vielleicht läßt sich in meinem Gepäck noch hier und da ein freies Eckchen für deine Bücher finden, Elisabeth.“

Am liebsten hätte ich mich in seine Arme geworfen und ihn fest an mich gedrückt, aber wir befanden uns noch immer auf einer bewohnten Straße von Calgary, und es war noch immer nicht dunkel geworden. Statt dessen drückte ich nur seine Hand und lächelte ihn strahlend an.

„Dank’ dir, Wynn! Ich würde die Bücher tatsächlich gern mitnehmen. Es sind nicht sehr viele, aber mein Koffer ist wirklich bis zum Platzen voll.“

Wir gingen weiter und sprachen dabei über unser gemeinsames Leben und viele andere Dinge. Dieser Vorabend unserer Hochzeit hatte etwas Geheimnisvolles, Zauberhaftes an sich; beide wünschten wir uns, die Zeit würde für eine Weile einfach stillstehen.

Als wir endlich das Haus wieder erreicht hatten, war die Sonne gerade hinter den fernen Hügeln versunken. In den Fensterscheiben spiegelte sich das sanfte Abendrot wieder. Die Luft war ein wenig kühler geworden. Wynn blieb vor den Stufen, die zur Haustür führten, stehen.

„Ich denke, ich werde nicht mehr mit hineinkommen, Elisabeth. Diesen letzten Abend mit deinen Lieben möchte ich dir nicht rauben. Schließlich werde ich dich ja nun dein ganzes Leben lang für mich haben."

Wynn führte mich in den warmen Schatten der großen Ulme. Ich ließ mich widerstandslos von ihm in die Arme nehmen.

„Ich sehe dich erst morgen in der Kirche wieder", flüsterte er. „Daß du dir's nur nicht bis dahin anders überlegst!"

„Nicht im entferntesten!" versicherte ich ihm und schlang die Arme fest um seine Schultern.

„Ich kann's kaum glauben: morgen ist es endlich soweit! Es ist so schnell gegangen! Du machst dir ja keine Vorstellung davon, wie erschrocken ich war, als mein Versetzungsbescheid so unerwartet früh kam."

„Erschrocken?"

„Ich hatte schon befürchtet, ich müßte ohne dich losfahren. Ich konnte dich doch unmöglich bitten, drei oder vier Jahre lang auf mich zu warten. Mir war entsetzlich zumute. Ich habe sogar den Gedanken erwogen, den Polizeidienst aufzugeben, aber für einen neuen Anfang fehlte mir das Geld."

„Ach, Wynn!"

„Ich hätte mir nie träumen lassen, daß du in eine solch überstürzte Trauung einwilligen würdest. Ich hoffe, du wirst es niemals bereuen, Elisabeth."

„Bereuen? Aber warum denn?"

„Weil dir eine Hochzeit, wie sie dir immer vorgeschwebt hat, nun versagt bleiben wird.“

Ich lachte.

„Wenn ich ganz ehrlich sein soll, Wynn“, sagte ich, „habe ich mir herzlich wenig aus Trauungen und dergleichen gemacht, bis ich dich kennenlernte. Erst dann habe ich zu träumen angefangen. Aber eine Hochzeit ist schließlich keine Hochzeit ohne dich an meiner Seite, stimmt's? Wenn ich nun zwischen dir und einer prunkvollen Feier zu wählen hätte, dann tut es mir nicht leid, auf die Feier zu verzichten!“

Ein Kuß war die Antwort.

„Ich muß gehen“, sagte er schließlich. „Wenn ich dir jetzt nicht deinen Schönheitsschlaf gönne, bin ich am Ende daran schuld, wenn du morgen keine strahlende Braut bist!“

Er brachte mich bis an die Tür und verabschiedete sich. Ich ging ins Haus. Vater und Mutter waren gerade im Begriff, sich in ihr Zimmer zurückzuziehen. Sie hatten einen langen, anstrengenden Tag hinter sich. Auf Vaters Vorschlag hin versammelten wir uns noch alle im Wohnzimmer, um gemeinsam eine kurze Abendandacht zu halten. Uns allen standen die Tränen in den Augen, als wir zusammen beteten. Selbst der schüchterne Markus sprach ein Gebet. Seine ernste Bitte um Gottes Segen und Geleit für seine große Schwester und ihren Wynn rührte mich zutiefst. Diese Andacht würde ich nie vergessen. Ich hatte mich noch nie so sehr mit meinen Lieben verbunden gefühlt wie jetzt, wo wir einander bei den Händen hielten und gemeinsam beteten, ohne uns dabei unserer Tränen zu schämen.

Der „Schönheitsschlaf“, auf den Wynn bestanden hatte, sollte mir jedoch in dieser Nacht versagt bleiben. Ein ganzes Jahr des Getrenntseins ist immerhin eine lange Zeit für zwei Schwestern, und Julie und ich hatten einander endlos viel zu erzählen. Wir redeten Stunde um Stunde. Jedes Mal, wenn die Standuhr unten im Flur schlug, nahmen wir uns aufs neue vor, jetzt endlich zu schlafen, doch immer wieder fand sich etwas, das die eine der anderen unbedingt noch erzählen oder sie fragen mußte.

Julie wollte alles über Wynn wissen: wo ich ihn kennengelernt und wie ich seine Liebe gewonnen hatte. Sie interessierte sich brennend für jede romantische Einzelheit unserer Verbindung, und wenn ich ihrer Wesensart ähnlicher gewesen wäre, hätte ich diese Geheimnisse gern preisgegeben. Da ich aber eher zur Schweigsamkeit veranlagt bin, behielt ich diese Dinge für mich. Sie gingen schließlich nur Wynn und mich etwas an, niemand anders.

„Wann hat er dir seine Liebe gestanden?“ fragte Julie.

„Hör mal“, gab ich schläfrig zurück, „ist das nicht ein bißchen zu neugierig gefragt?“

„Komm schon, Betty, es muß dir doch geradezu den Atem verschlagen haben. Raus mit der Sprache!“

„Um keinen Preis der Welt!“ wehrte ich ab. „Also schön, es hat mir den Atem verschlagen, aber mehr sage ich nicht.“

Ich mußte wieder an den Moment damals auf dem Bahnsteig denken, als ich gerade im Begriff war, in meine Heimat zurückzukehren. Dort, mitten auf dem Bahnsteig, hatte Wynn mir zum ersten Mal gestanden, daß er mich liebte. Der Gedanke daran ließ mein Herz auch jetzt noch schneller schlagen.

„Wie lange hat es gedauert, bis er um deine Hand angehalten hat?“ beharrte Julie.

„Eine halbe Ewigkeit“, sagte ich mit Nachdruck. Julie lachte.

„O Betty, sag schon!“

„Das war mein Ernst.“

„Hast du dich zuerst in ihn verliebt?“

„Das habe ich zumindest lange geglaubt. Erst später hat Wynn mir gestanden, daß er auch in mich verliebt war. Er war aber davon überzeugt, daß es aussichtslos wäre, mir seine Liebe zu gestehen.“

„Warum hat er es denn für aussichtslos gehalten?“

„Wegen seines Berufs. Er konnte sich nicht vorstellen, daß ich das Leben im hohen Norden verkraften könnte.“

„Ach, Unfug!“ rief Julie empört und schlug sich dann schuldbewußt die Hand vor den Mund. Hoffentlich hatte sie nicht die übrigen Familienmitglieder aufgeweckt!

„Ich bin genau deiner Meinung“, flüsterte ich zurück. Wir

brachen in Kichern aus und zogen uns die Decke über den Kopf, um das Geräusch zu dämpfen, wie wir es schon als Kinder getan hatten, wenn wir zu Bett geschickt worden waren und uns, anstatt zu schlafen, noch lange unterhalten hatten.

„Wie hast du es nur angestellt, ihn vom Gegenteil zu überzeugen?“ fragte Julie.

„Ich ... ich weiß selbst nicht recht“, stotterte ich. „Ich bin einfach abgereist.“

„Abgereist?“

„Ja, mit der Eisenbahn. Nach Hause.“

„Aber du bist doch noch hier!“

„Ja, schon. Ich bin ja auch nicht wirklich abgereist. Aber vorgenommen hatte ich's mir. Ich war sogar drauf und dran, in die Bahn zu steigen. Mein Gepäck hatte ich schon vorausgeschickt.“

Julie witterte ein aufregendes, romantisches Abenteuer und quietschte vor Vergnügen. Schnell zog sie sich wieder die Decke über den Mund.

„Hör mal, Julie, mehr erzähle ich dir aber wirklich nicht“, sagte ich entschlossen. „Ich wollte abreisen, und Wynn kam in letzter Minute zum Bahnhof. Er bat mich, nicht zu fahren, und fragte, ob ich seine Frau werden wollte. Ich bin geblieben. So, und nun reden wir von etwas anderem.“

„Eigentlich sollten wir schon längst schlafen“, sagte Julie. Sie bemühte sich, ihre Enttäuschung zu verbergen.

„Schon, aber wir haben ja nur diese Nacht zum Erzählen. Oder möchtest du wirklich jetzt lieber schlafen? Du bist doch sicher müde nach der langen Bahnfahrt.“

„Aber nein, gar nicht. Lieber möchte ich mich noch mehr mit dir unterhalten. Ich habe dir ja noch gar nicht erzählt ...“

Mehrere Stunden lang hörte ich nun Julies Berichten von ihren Liebschaften der vergangenen Monate zu. Sie waren voller Aufregungen und Enttäuschungen. Manch ein vielversprechender junger Mann war unter den Verehrern, aber auch manch langweiliger Kadett. Ich fragte mich im stillen, wem meine Schwester wohl diese Geschichten anvertrauen würde, wenn ich im Norden sein würde.

„Ist jemand dabei, der dir besonders viel bedeutet?" fragte ich schließlich.

Julie dachte nach.

„Weißt du, Betty, das ist ja das Sonderbare an der ganzen Sache. Wenn ich's mir recht überlege, entspricht keiner von ihnen so recht meinen Vorstellungen. Ist das nicht komisch?"

„Finde ich eigentlich gar nicht."

„Warum gebe ich mich dann überhaupt mit ihnen ab?"

„Du hast halt noch nicht den Richtigen gefunden", meinte ich. Daß sie noch nicht reif genug war, um zu wissen, wer der „Richtige" sei, verschwieg ich dabei wohlweislich.

„Weißt du, was ich denke?" sagte Julie langsam, als hätte sie soeben einen Geistesblitz gehabt. „Ich glaube, ich habe alles ganz falsch angefangen. Ich habe nach ihm gesucht, ob es der Richtige sei oder nicht, anstatt mich von ihm suchen zu lassen, wie du es getan hast."

„Aber Wynn hat auch nicht gerade nach mir gesucht", wand ich ein.

„Aber trotzdem hat es geklappt, oder etwa nicht? Ihr habt einander gefunden. Irgend jemand muß einfach Ausschau gehalten haben."

Wir schwiegen einen Augenblick.

„Betty", flüsterte Julie, „hast du je gebetet, was deinen zukünftigen Mann anbetrifft?"

„Manchmal schon. Ich habe gebetet, daß Gott mich davor bewahren möge, einen großen Fehler zu machen."

„Mutter hat auch gebetet. Das weiß ich. Sie betet immer. Sie sagt zwar nicht viel, aber ich treffe sie oft beim Beten an. Und Vater betet auch viel. Bei unserer Familienandacht betet er immer, daß Gott jedes seiner Kinder in allen Entscheidungen des Lebens recht leiten möge."

„Worauf willst du denn hinaus?" fragte ich neugierig.

„Vielleicht hat es gar nichts mit deinem oder Wynns Suchen zu tun, sondern allein mit Gott, der euch zusammengeführt hat."

„Dessen bin ich mir ganz sicher“, sagte ich nur.

„So habe ich eigentlich noch nie gedacht. Ich habe wohl insgeheim befürchtet, daß er mir einen älteren, seriösen, dicken, väterlichen Mann aussuchen würde, der alles andere als gutaussehend ist. Darauf habe ich mich um keinen Preis einlassen wollen.“

Ich mußte lachen, doch Julie meinte es ernst.

„Nein, Betty, so war es wirklich“, fuhr sie fort. „Und nun hat er dir beileibe keinen alten Sauertopf beschert. Wynn ist einfach ... einfach ...“

Sie stockte. Ich wußte nicht, ob ihr der passende Begriff fehlte, oder ob sie befürchtete, mir mit ihrer Schwärmerei zu nahe zu treten.

„Einfach unübertrefflich“, führte ich ihren Satz zu Ende.

„Ja, unübertrefflich“, wiederholte sie zustimmend. „Hochgewachsen, muskulös und stark, und dabei doch zartfühlend, verständnisvoll – und von einem selten guten Aussehen!“ fügte sie mit einem übertriebenen Seufzer hinzu.

Wieder lachte ich.

„Hältst du es für möglich, daß Gott genau so einen für mich vorrätig haben könnte?“

„Aber Julie, Wynn gibt es nur ein einziges Mal auf der ganzen Welt!“

„Das stimmt wohl leider“, seufzte Julie. „Nun, dann eben einen Zweitbesten.“

„Hör mal, Julie, wenn Gott dir erst den richtigen Mann gezeigt hat, wirst du ihn niemals für den Zweitbesten halten. Für dich wird er genauso einzigartig sein wie Wynn für mich.“

„Wirklich? Glaubst du, daß Gott auch in dieser Sache lenken und leiten kann?“ Julies Frage war ernst gemeint.

„Überlasse sie doch ihm; dann wirst du es ja selbst sehen“, schlug ich ihr vor.

„Warum fällt es einem manchmal nur so schwer, Gott ganz zu vertrauen?“ fragte sie.

„Das weiß ich auch nicht recht. Im Grunde sollten wir doch eigentlich wissen, daß wir uns voll und ganz auf ihn verlassen können, aber er muß uns immer wieder neu dazu ermahnen, ihm zu vertrauen. Vielleicht liegt es daran, daß wir bei bestimmten Dingen unbedingt unseren eigenen Willen durchsetzen wollen."

„Das Loslassen fällt uns oft schwer, nicht wahr?"

„Ja, wahrhaftig."

„Eigentlich wollte ich es dir nicht sagen, Betty, aber nach deiner Abreise von daheim habe ich zwei Wochen lang jede Nacht Krokodilstränen geheult, bis mir endlich klar wurde, daß ich meinen Kummer loslassen mußte. Ich habe dafür gebetet, aufrichtig und offen gebetet, und dann hat Gott mich von meinem Kummer befreit; statt dessen hat er mir eine neue Hochachtung vor meiner großen Schwester ins Herz gegeben. Jetzt kann ich mich richtig für dich freuen, Betty, obwohl ich genau weiß, daß ich dich verlieren werde."

Ich tastete im Dunkeln nach Julies Gesicht und strich ihr über die Wange. Sie war tränennaß, obwohl ihre Stimme fest geklungen hatte.

„Ich habe dich auch arg vermißt", gestand ich ihr. „Ich wünsche mir ja nichts sehnlicher für dich, als daß Gott dich eines Tages mit dem richtigen Mann zusammenführen möge, nicht einem zweiten Wynn, sondern jemandem, den du genauso lieben kannst wie ich meinen Wynn. Diesen Jemand gibt es ganz bestimmt; da bin ich mir sicher. Für diese Begegnung mußt du bereit sein, Julie. Sei bereit, ihm eine Frau zu sein, die er innig lieben kann, auf die er stolz sein kann – nicht nur auf ihre äußere Schönheit, sondern auch auf die Schönheit des inneren Menschen. Aber jetzt gute Nacht! Schlafen wir noch ein wenig, ehe die Sonne aufgeht!"

## Der große Tag

Obwohl mir nur wenige Stunden Schlaf beschieden gewesen waren, wurde ich am nächsten Morgen voller Vorfreude wach und stand unverzüglich auf. Julie schlief noch immer, eine Hand unter dem hübschen Gesicht vergraben. Sie wirkte eher wie ein schlafendes Kind, das nichts von den bevorstehenden Ereignissen des Tages ahnte, als wie eine reizvolle junge Frau, die sie war.

Ich schlüpfte lautlos in meine Kleider und verließ das Zimmer auf Zehenspitzen. Die Trauung sollte um elf Uhr stattfinden. Anschließend war ein Festessen für die Familie und engsten Freunde geplant. Mary hatte darauf bestanden, dieses Essen vorzubereiten. Dazu hatte sie eine Köchin und eine Servierdame bestellt, die ihr bei dieser Aufgabe helfen sollten.

Nach dem Empfang würden wir unsere Geschenke öffnen und ein paar Stunden mit unserer Hochzeitsgesellschaft verbringen, um dann um fünf Uhr den Zug in Richtung Banff zu besteigen.

Unsere Hochzeitsreise würde nun wesentlich kürzer als ursprünglich geplant ausfallen. Vier Tage in der herrlichen Bergwelt der Rocky Mountains reichten kaum aus, um sie auch nur einigermaßen kennenzulernen. Für gemächliches Reisen würde uns keine Zeit bleiben. Wir würden auch darauf verzichten müssen, eine kleine, entlegene Berghütte zu mieten, von der aus wir die Gipfel und Täler dieser zauberhaften Berglandschaft erkunden wollten. Statt dessen würden wir mit der Eisenbahn an unser Reiseziel fahren, wo Wynn uns ein Hotelzimmer bestellt hatte, und von dort aus würden wir einige Ausflüge in die Berge unternehmen.

Gleich am Tag nach unserer Rückkehr von Banff würden wir unsere Reise in den Norden antreten, so daß wir jede

Minute darauf verwenden mußten, unser Gepäck reisefertig zu machen.

Meine Bekannten aus Pine Springs waren bodenlos enttäuscht, daß wir sie nun nicht mehr vor unserer Abreise besuchen konnten. Sie hatten ein Dorffest zu unseren Ehren im Anschluß an unsere Hochzeit im September geplant. Daraus würde nun nichts werden.

„Aber wir können euch doch nicht einfach so sang- und klanglos abfahren lassen!" hatte Anna geklagt. „Wir müssen euch doch wenigstens unsere guten Wünsche mit auf den Weg geben!"

„Könnt ihr denn nicht zur Trauung kommen?" hatte ich in das krächzende, rauschende Telefon gerufen.

„Wir versuchen's. Wir versuchen's ganz bestimmt. Die Kleinen würden sich schrecklich grämen, wenn sie nicht dabei sein könnten", hatte Anna gesagt. „Die reden ja schon seit Wochen von nichts anderem!"

„Vielleicht kann Phillip euch mitnehmen", hatte ich vorgeschlagen, doch in Phillips Wagen würde womöglich kein Platz mehr sein.

„Mal sehen, was sich machen läßt", hatte Anna versprochen. „Mal sehen!"

All das schob ich nun von mir, um meine gesamte Aufmerksamkeit auf die Dinge zu verwenden, die unbedingt noch in der kurzen Zeit vor der Trauung erledigt werden mußten.

Mary war schon in der Küche. Sie bedeutete mir, mich neben sie zu setzen, und zeigte auf die Kaffeekanne auf der Herdplatte.

„Schenk dir eine Tasse ein und setz dich zu mir, Betty. Es zahlt sich immer aus, wenn man zuerst in Ruhe seine Gedanken sammelt, anstatt sich kopflos in die Arbeit zu stürzen."

Ich nickte und nahm mir eine Tasse. Die nächsten paar Minuten verbrachten wir damit, gemeinsam unsere Gedanken zu „sammeln". Mary hielt einen Bleistift in der Hand und schrieb alles auf, was uns in den Sinn kam.

„Die Blumen!" rief sie plötzlich entgeistert. „Betty, hast du die Blumen bestellt?"

Ich faßte mich an die Stirn. Das hatte ich doch tatsächlich vergessen! Ich hatte zwar mehrmals daran gedacht, war aber nie dazu gekommen.

Mary wurde nervös.

„Was fangen wir denn jetzt an?“ fragte sie. Alle Gelassenheit war von ihr gewichen.

Einen Augenblick war ich wie benommen; dann fielen mir die wunderschönen Rosen in Marys Garten ein.

„Würde es dir etwas ausmachen, ein paar von deinen Rosen zu opfern?“

„Meine Rosen?“

„Ja, die Rosen hinter dem Haus. Sie sind einfach zauberhaft. Ich glaube, sie würden sich ausgezeichnet für eine Hochzeit eignen.“

„Aber wir haben niemanden, der sie arrangieren könnte“, wandte sie ein.

„Das könntest du doch selbst machen. Du hast ein großes Geschick, was Blumen betrifft. Zwei Sträuße würden ausreichen, jeweils einen links und rechts vom Altar.“

„Aber dein Brautstrauß ...“

„Dazu nehme ich halt auch Rosen.“

„Aber ...“ wollte Mary aufs neue protestieren.

„Ich nehme sie lose in die Hand. Nur ein paar von den langstieligen Rosen, weiter nichts. Das wird bestimmt entzückend aussehen.“

„Die stecken aber voller Dornen“, gab Mary zu bedenken.

„Die Dornen können wir abschneiden. Markus oder William sind bestimmt gern bereit, das zu übernehmen.“

Mary lächelte. Dann nickte sie und trank einen Schluck von ihrem Kaffee.

„Gut, die Sache mit den Blumen hätten wir geregelt. Was fehlt noch?“

Gemeinsam besprachen wir die Trauung in allen Einzelheiten. Mein Kleid war fertig. Julie sollte neben mir stehen. Ihr Kleid mußte nach der langen Bahnreise dringend aufgebügelt werden, doch das würde sie selbst erledigen. Sarahs und Kathleens Kleidchen warteten nur noch darauf, aus dem Schrank hervorgeholt zu werden. Den Kuchen hatte eine von Marys Freundinnen gebacken. Er war einfacher ausgefallen, als sie beabsichtigt hatte, da ihr für eine prunkvolle Torte nicht genug Zeit geblieben war, doch ich hatte inzwischen einen Geschmack für das Schlichte entwickelt. Wynns Bruder Phillip sollte neben Wynn stehen, und der kleine Phillip war unser Ringträger.

„Wir haben ja noch kein Kissen für die Ringe!" fiel es mir siedendheiß ein.

„Das läßt sich schnell beheben", sagte eine sanfte Stimme hinter mir. „Ich habe bisher noch keine Gelegenheit dazu gehabt, auch etwas zu der Hochzeit meiner Tochter beizutragen. Wenn ihr mir ein paar hübsche Stoffreste gebt, habe ich das Kissen im Handumdrehen fertig."

Es war Mutter. Ich sprang auf und umarmte sie. Sie hielt mich einen Moment in ihren Armen.

„Nun, hast du ein paar geeignete Stoffreste?" fragte sie schließlich.

„Von meinem Hochzeitskleid habe ich ein paar Reste übrigbehalten."

„Das ist genau das Richtige. Und hast du auch Spitze?"

„Schon, aber ich bin mir nicht sicher, ob sie ausreicht."

Mary hatte eine dritte Tasse mit Kaffee gefüllt und einen Stuhl für Mutter zurechtgerückt.

„Spitze und Bänder habe ich im Überfluß", versicherte sie uns. „Sooft ich den Mädchen ein Kleid nähe, bestehen sie auf solchem ‚Zierrat'."

Wir tranken unseren Kaffee und besprachen dabei die Trauung und die darauffolgende Feier. Hier und da mußten wir uns mit Ersatzlösungen helfen, doch das beunruhigte mich nicht im geringsten. Normalerweise hätte ich, die ich sonst alles gründlich überlege und durchdenke, mich entsetzt geweigert, eine Hochzeit so aufs Geratewohl zu planen. Statt dessen verlebte ich einen erstaunlich ruhigen, beinahe verträumten Vormittag. In wenigen Stunden würde alle Geschäftigkeit hinter mir liegen, und ich würde endlich Wynns Frau sein.

# Hochzeit

Am Tag unserer Hochzeit strahlte die Sonne hell vom Himmel. Ich hatte dem Wetter nicht die geringste Beachtung geschenkt, bis ich endlich in Jonathans Automobil saß, das mich zur Kirche bringen sollte. Ich glaube, ein tosender Hagelsturm hätte über uns hereinbrechen können, ohne daß ich es in meiner freudigen Aufregung bemerkt hätte. Nun dankte ich Gott mit einem kurzen Gebet für den herrlichen Tag, um dann in den Gedanken wieder zur Trauung vorauszueilen.

An diesem Vormittag hatte es Momente gegeben, in denen ich ernsthaft bezweifelt hatte, die Kirche noch rechtzeitig um elf Uhr zu erreichen. Trotz unseres besonnenen Planens am frühen Morgen schien das ganze Haus von einer fieberhaften Geschäftigkeit erfüllt zu sein. Selbst Jonathan und Vater beteiligten sich an den Vorbereitungen, indem sie den kleinen Mädchen die Kleiderschärpen umbanden und ihnen die Schuhe anzogen.

Nachdem ich in das weiche, cremefarbene Satinkleid geschlüpft war, machte ich mir an meiner Frisur zu schaffen. Die Locken, die sich sonst beinahe wie von selbst zu einer Frisur ordneten, weigerten sich heute, meinen Händen zu gehorchen. Ich versuchte es mehrmals, doch ohne Erfolg. Erst jetzt bemerkte ich, wie sehr meine Finger zitterten. Julie kam mir zu Hilfe, und mit wenigen Handgriffen hatte sie eine festliche Frisur aus meinen Locken gezaubert. Nun fehlte nur noch der Schleier. Ich dankte ihr von Herzen und schlüpfte in meine Brautschuhe.

Als Julie und ich nach unten gingen, war das erste Automobil mit seinen Passagieren schon abgefahren. Mutter und Vater erwarteten uns in der Diele. Trotz der Unruhe der letzten Stunden wirkten sie innerlich gesammelt. Mutter wollten bei meinem Anblick die Tränen kommen.

„Du bist wunderschön, mein Kind“, flüsterte sie. „Dein Kleid ist ein Traum!“

„Nur schade, daß niemand so recht Augen dafür haben wird“, meinte Vater.

Ich sah ihn verwundert an.

„Deine rosigen Wangen und das Strahlen in deinem Blick werden das Kleid vollkommen in den Schatten stellen, Elisabeth!“

Ich lächelte und gab Vater einen Kuß auf die Wange.

Wir vier, Vater, Mutter, Julie und ich, standen ein letztes Mal als enger Kreis in der Diele von Bruder Jonathans gediegenem Haus und faßten einander bei den Händen. Vater betete, daß Gott mein neues Zuhause, wo es auch immer sein würde, mit seiner Liebe erfüllen möchte. „Laß Eintracht und Treue, Liebe und Zufriedenheit dort wohnen. Schenke Kraft für schwere Zeiten, ein heiteres und gelassenes Herz, wenn Spannungen aufkommen, und eine starke Schulter, die auch im Kummer Halt bietet.“ Nur mühsam konnte ich an mich halten, aber um keinen Preis wollte ich mit geschwollenen Augen und zerlaufenem Puder zur Kirche fahren, so daß ich mich mit aller Kraft dagegen wehrte, den Tränen nachzugeben. Mutter schneuzte sich leise und tupfte sich die Augen trocken. Dann war es auch schon höchste Zeit für uns, in das Auto zu steigen.

Am Portal der Kirche, wo ich auf den Beginn des Einmarsches wartete, raste mein Puls vor Aufregung. Vater mußte es geahnt haben, denn er nahm meine Hand in seine und drückte sie zuversichtlich. Ich sah hinter Julie her, die nun würdevoll auf dem Mittelgang nach vorn schritt. Ihr rüschenbesetztes Kleid wogte rauschend mit jeder Bewegung, so daß mir vom Zuschauen leicht schwindlig werden wollte. Ich schloß die Augen. Ich war als nächste an der Reihe und durfte um keinen Preis plötzlich ohnmächtig werden.

Ich hatte die Augen noch immer fest verschlossen, als Vater den ersten Schritt machte. Erschrocken öffnete ich wieder die Augen. Vater zögerte, damit ich mich seinen Schritten anschließen konnte. Der Zeitpunkt war gekommen. Feierlich schritt ich auf Wynn zu.

Die vielen Leute in den Bänken nahm ich nicht wahr. Ich weiß nicht einmal, ob ich den Pastor vorn am Ende des Ganges gesehen hatte. Das einzige, an das ich mich erinnern kann, ist Wynns Gesicht, das er mir nun zugewandt hatte, während ich den Weg zum Altar zurücklegte. Nur noch wenige Minuten, bis ich seine Frau wurde! „Mein Mann Wynn", sang es bei jedem Schritt in mir. „Herr, hilf mir, diesem Mann eine gute Frau zu sein!"

Mit einem sanften Druck am Arm brachte mein Vater mich zum Stehen. Wenn er mich nicht angehalten hätte, wäre ich gewiß bis zu Wynn weitergegangen, um meine Hand in die seine zu legen. Blitzartig rief ich mir die Zeremonie wieder in Erinnerung. Ich hatte an dieser Stelle stehenzubleiben, bis mein Vater auf die Frage des Pastors: „Wer entläßt diese Frau in die Obhut dieses Mannes?" geantwortet hatte. Erst dann sollte ich meinen Platz neben Wynn einnehmen.

Ich konzentrierte mich nun, so gut ich konnte, auf den Ablauf der Feier und sprach meinen Teil des Gelübdes, ohne dabei steckenzubleiben. Wynns Nähe war mir so deutlich bewußt, als könnte ich sie mit Händen greifen. Jedes Wort des Gelübdes war von tiefster Bedeutung. Während das Hochzeitslied von der Solistin vorgetragen wurde, sahen wir einander an und tauschten mit den Augen unausgesprochene Botschaften aus. Wynns Augen fragten: „Bist du dir auch wirklich ganz sicher?", und meine antworteten ihm: „So sicher wie noch nie in meinem Leben." Jeder von uns fand noch die Zeit, „Ich liebe dich so sehr!" hinzuzufügen, und Wynns Hand hielt meine fest umfaßt.

Die Trauung war vorüber, und gemeinsam schritten wir wieder auf den Ausgang zu. Mann und Frau. Von nun an würde ich immer bei Wynn sein. Nichts würde uns trennen. Nichts würde eine Kluft zwischen uns schaffen.

Der Vorraum der Kirche war voller Hochzeitsgäste. Anna und ihre ganze Familie waren gekommen. Ich fand nicht einmal die Gelegenheit, sie zu fragen, wie sie es nur angestellt hatten, hierher zu reisen. Wir fielen einander in die Arme, und sie drückte mir einen Kuß auf die Wange. Ich begrüßte die Kinder. Lars war ein beachtliches Stück gewachsen, seitdem ich ihn zum letzten Mal gesehen hatte. Olga brachte ein paar eingeübte Glückwünsche hervor, doch Else strich zaghaft mit der Hand über mein Kleid.

„Wie schön! Haben Sie das selbst genäht?"

„Ja, das habe ich", antwortete ich ihr.

„Wie schön", sagte sie wieder. „So weich und glatt. Sie können gut nähen, Fräulein Thompson."

Es war mir nicht einmal aufgefallen, daß sie mich bei meinem Mädchennamen angeredet hatte, doch Wynn war das nicht entgangen.

„Momentchen, Else", lachte er. „Sie heißt ja gar nicht mehr ‚Fräulein Thompson'!"

Else errötete leicht, doch sie stimmte in Wynns Lachen ein, schlug sich die Hand vor den Mund und kicherte: „Ich meine, ‚Frau Wynn'."

Wir ließen es dabei bewenden. Frau Wynn. Es klang so vertraut. Ich hatte nicht das geringste dagegen, „Frau Wynn" genannt zu werden.

Nachdem wir die Glückwünsche von allen, die sich zu unserer Trauung eingefunden hatten, entgegengenommen hatten, fuhren wir zum Haus meines Bruders zu dem Hochzeitsempfang. An Einzelheiten kann ich mich kaum noch erinnern. Ich glaube, ich war einfach viel zu aufgeregt. Das Essen war gewiß ausgezeichnet; jedenfalls hörte ich die Gäste das sagen.

Nach dem Festessen öffneten wir unsere Geschenke. Wir hatten so viele hübsche Dinge bekommen, die unsere einfache Hütte in der Wildnis schmücken würden. Ich dachte schon jetzt an den geschäftigen Tag zwischen unserer Hochzeitsreise und unserer Abfahrt in den Norden. An diesem einen Tag würden wir alle diese Geschenke noch in unserem Gepäck unterbringen müssen. Heute war ich jedoch zu glücklich, um mir darüber den Kopf zu zerbrechen. Alles weitere würde sich finden.

Schließlich wurde es Zeit, daß wir uns für unsere Eisenbahnfahrt nach Banff umzogen. Ich ging in das Zimmer, das ich in der Nacht zuvor mit Julie geteilt hatte, und streifte mir das Satinkleid behutsam über den Kopf, um meine Frisur nicht zu zerstören. Die nagelneuen Hochzeitsschuhe, die überall ein wenig drückten, zog ich ebenfalls aus und freute mich darauf, endlich in etwas Bequemeres schlüpfen zu können.

Ich beschloß, schnell ein Bad zu nehmen, bevor ich mich für die Eisenbahn umzog. Das würde nur ein paar Minuten in Anspruch nehmen; anschließend würde ich mich um so frischer fühlen.

Ich wählte das sommerliche türkisblaue Kleid, das Mutter bei Madame Tanier für mich gekauft hatte. Es bereitete mir das größte Vergnügen, hier im Westen so modisch aufzutreten. Vater hatte den Hut zu dem Kleid ausgesucht. Ich setzte ihn auf und stellte zufrieden fest, daß er mir bemerkenswert gut stand. Dann nahm ich meine Reisetasche, warf einen letzten Blick in den Spiegel und ging zu Wynn nach unten.

Da Jon uns zum Bahnhof fahren würde, hieß es nun Abschied von der Familie zu nehmen. Ich hätte es gewiß nicht übers Herz gebracht, ihnen allen Lebewohl zu sagen, wenn ich mich nicht so unbändig auf die Zukunft mit Wynn gefreut hätte. Der Beginn eines neuen Lebensabschnittes bringt jedoch stets den Abschied von dem alten mit sich. Man kann sich nicht an beide klammern. Selbst mir war das bewußt.

Dennoch fiel es mir sehr schwer, meine Angehörigen, die ich so sehr liebte, nun zurücklassen zu müssen. Unser Abschied war lang und tränenreich. Zugleich konnte ich es kaum erwarten, unsere Reise anzutreten, und endlich war der Moment unserer Abfahrt gekommen. Jons Automobil ratterte ein wenig schneller als gewöhnlich auf die Stadt zu. Nicht auszudenken, wenn der Zug nach Banff ohne uns abfahren würde!

Wir erreichten den Bahnhof in letzter Minute und stiegen, atemlos vor Eile, in den Waggon.

Zuerst schien sich noch alles um mich zu drehen. Obwohl ich nun still auf meinem Platz saß, rasten meine Gedanken zwischen dem geschäftigen Treiben dieses Tages, das nun hinter uns lag, und unserer gemeinsamen Zukunft hin und her. Ich versuchte mein Bestes, mich in den weichen Polstern bequem zurechtzusetzen, doch weder meine verspannten Muskeln noch mein schwirrender Kopf wollten mir gehorchen.

Wynn dagegen machte einen vollkommen gelösten Eindruck. Er streckte seine langen Beine wohlig von sich und lächelte zufrieden. Er sah mich an, und seine Augen verrieten mir, daß er mich am liebsten in seine starken Arme genommen hätte. Aus Rücksicht auf meine Zurückhaltung vor möglichen „Zuschauern" beließ er es jedoch bei einem Augenzwinkern, das mein Herz schneller klopfen ließ. Er streckte mir seine Hand entgegen, und ich umklammerte sie dankbar. Er mußte mir meine innere Anspannung angemerkt haben und begann, meine Finger sanft zu streicheln.

„Die Hochzeit war einfach wunderschön, mein Schatz!" sagte er dabei leise. „Selbst wenn du noch Monate für die Vorbereitungen gehabt hättest, hätte sie nicht schöner ausfallen können."

In meinen Gedanken, die sich wie ein Karussell drehten, sonderte ich die Dinge aus, die nicht ganz nach meinen Vorstellungen verlaufen waren.

„Das Kleid war wunderhübsch; habe ich dir das eigentlich schon gesagt?"

Ein schwaches Lächeln gelang mir.

„Vater hat gemeint, es würde ohnehin von niemandem bemerkt werden", murmelte ich.

„Beinahe wäre es mir so ergangen", gestand Wynn. „Dann fiel mir aber der Ratschlag wieder ein, den mein Bruder Phillip mir gegeben hatte. ‚Vergiß nur nicht, dir das Kleid genau einzuprägen!' hat er gesagt. ‚Sie wird von dir erwarten, daß du dich an jede Einzelheit erinnerst: an jede Spitze und die Zahl der Knöpfe.' Ich will es ehrlich zugeben, Elisabeth, daß ich die Knöpfe nicht gezählt habe; auch nicht die Spitzen und Rüschen, aber ich habe dein Seidenkleid bewußt gründlich angeschaut."

„Satin", korrigierte ich ihn.

„Also schön, dein Satinkleid“, wiederholte Wynn und strich mir dabei noch immer zärtlich über den Handrücken. „Woher soll ich auch den Unterschied zwischen Seide und Satin kennen? Daß es weder Segeltuch noch Drilltuch war, soviel war aber selbst mir klar.“

Trotz meiner inneren Anspannung mußte ich lachen. Das tat gut. Nun fiel mir Vaters Gebet für ein heiteres, gelassenes Herz in Zeiten der Anspannung wieder ein. Ich hatte mir noch nie vergegenwärtigt, wie wichtig ein Sinn für Humor sein konnte. Wynn hielt meine Hand noch immer fest umklammert.

„Was wird dir wohl von diesem Tag am deutlichsten in Erinnerung bleiben, Liebling?“ Ich wußte, daß er mir mit dieser Frage helfen wollte, mich aus meiner Zerfahrenheit zu lösen, und dafür war ich ihm dankbar. Erneut versuchte ich, mich bequem in meinem Sitz zurückzulehnen, doch dazu waren meine Gelenke noch immer zu verspannt. Ich wandte Wynn mein Gesicht zu und bemühte mich um einen gelassenen, heiteren Ton.

„Die Eile. Die aufgeregte Geschäftigkeit der letzten Stunden vor der Trauung. Die Angst, daß ich nicht rechtzeitig in der Kirche eintreffen würde und du mir böse sein würdest – daß du dir's in letzter Minute noch anders überlegen könntest und lieber ledig bleiben wolltest!“ scherzte ich.

Wynn lächelte.

„Keine Sorge, ich hätte es mir schon nicht anders überlegt. Immerhin waren mindestens noch drei unverheiratete Damen anwesend, auf die ich hätte zurückgreifen können. Ich habe sie genau gezählt.“

In gespielter Beleidigung zog ich meine Hand zurück, doch er nahm sie schnell wieder.

„Und was noch?“ fragte er.

Nun wurde ich ernster.

„Vaters Gebet. Vor allen großen Ereignissen betet er mit uns. Ich kann mich noch genau daran erinnern, als Margaret heiratete. Ich war ihre Brautjungfer, so daß ich Vaters Gebet miterleben konnte. Es war wirklich ergreifend. Im stillen habe ich damals gedacht: ‚Wenn ich nicht heirate, wird mir ein solches Gebet entgehen.‘ Das Gebet allein hat aber nicht ausgereicht, um mich heiratswillig zu machen.“

„Tatsächlich?“

„Damals war es mir todernst damit. Ehrenwort! Ich bezweifelte, daß ich jemals heiraten würde.“

„Und ich habe immer gemeint, daß jedes junge Mädchen nur auf die Gelegenheit wartet, von einem Mann – egal, wer es ist – vor den Altar geführt zu werden!“

„Bei manchen ist das vielleicht so.“

„Warum nicht bei dir?“

„Ich weiß nicht recht. Es war nicht das Heiraten an sich, das ich ablehnte, glaube ich. Ich konnte es nur nicht ausstehen, daß alle jungen Frauen nichts anderes im Sinn haben sollten, als einen Mann an Land zu ziehen – weißt du, das Vorurteil, daß eine unverheiratete Frau ihr eigentliches Lebensziel verfehlt hat. Es paßte mir nicht, daß alle Frauen über einen Kamm geschoren wurden.“

Wenn Wynn gehofft hatte, daß ich endlich gelassener würde, so sollte er sich getäuscht haben. Die bloße Erinnerung an die Anschauung einiger Leute, die ich einmal gekannt hatte, brachte mein Blut in Wallung. Ich rückte ein Stück von Wynn ab.

„Frauen sind nämlich durchaus in der Lage ...“ wollte ich fortfahren, doch Wynn unterbrach mich.

„Schon gut, du frischgebackene Frau Delaney. Mich brauchst du nicht davon zu überzeugen. Ich glaube dir ja aufs Wort. Schließlich habe ich dich in deinem Element, dem Klassenzimmer, beobachten können, und ich weiß, daß es nichts gibt, womit du auch als ledige Frau nicht fertiggeworden wärst. Ich bin allerdings froh, daß du das nicht ein ganzes Leben lang unter Beweis stellen wolltest. Vielleicht brauchtest du nicht so nötig einen Mann, wie ich dich brauche. Das ist der Grund, weshalb Frauen heiraten, Elisabeth: um ihre innere Kraft einem schwachen Mann zu schenken.“

Sein Gesicht war zwar ernst, doch ich entdeckte auch die Spur eines Augenzwinkerns darin. Ich schmiegte mich wieder an ihn und glättete meine krause Stirn.

Wynn hob mein Kinn zu sich empor, um mir in die Augen zu sehen.

„Deine innere Kraft ist es, die ich brauche, Elisabeth – und deine äußere Schönheit."

Gern hätte ich mich nun innig von ihm küssen lassen, doch der Eisenbahnwaggon war kaum der geeignete Ort dazu. Statt dessen erwiderte ich seinen Blick mit Augen, aus denen ihm meine ganze Liebe entgegenstrahlte, und schmiegte mich eng an ihn. Endlich hatte sich die Anspannung in meinen Muskeln gelöst, so daß ich bequem auf meinem Platz saß.

„Und du, Wynn? Was wird dir für immer und ewig in Erinnerung bleiben?" führte ich sein kleines Spiel von vorhin fort.

„Dein Gesichtsausdruck, als wir unser Gelübde sprachen", antwortete er, ohne zu zögern. „Die Art, wie deine Augen mir bestätigten, daß du jedes Wort ernst meintest."

„Ja, so war es", flüsterte ich.

„Das Grübchen in deiner Wange, als du mich anlächeltest."

Verlegen fuhr ich mir mit der Hand über die Wange.

„Wie dein Haar glänzte, als ein Sonnenstrahl durch das Fenster auf dich fiel."

Ich hörte glücklich zu.

„Wie weich deine Hand war, als du sie mir reichtest." Er streichelte diese Hand nun und sah sie dabei an.

„Die schöne Farbe deiner Augen, so leuchtend und klar."

Ich sah verschmitzt zu ihm hinauf und fügte an seiner Statt hinzu: „und mein ‚seidenes' Kleid."

Er lachte. Endlich waren wir beide ruhiger und gelöster geworden. Der lange, wunderschöne, ermüdende, angespannte Tag war nun vorüber. Die Hochzeit war ein traumhaft schöner Höhepunkt gewesen, doch nun lag sie hinter uns. Wir sahen unserer gemeinsamen Zukunft entgegen – unserer Ehe. Ich glaube, in diesem Moment gelobte ich mir, wie ich es noch nie zuvor getan hatte, meine Ehe noch schöner als meine Hochzeitsfeier zu gestalten.

Vielleicht empfand Wynn wie ich. Er flüsterte mir zärtlich

ins Haar: „Dies ist ja erst der Anfang, Elisabeth. Was wir heute erlebt haben, gehört uns als Erinnerung, aber vor uns liegt eine Gemeinschaft, die ein Leben lang halten wird. Es liegt an uns, dieses Morgen so zu gestalten, daß unsere größten Wünsche und Hoffnungen noch übertroffen werden. Ich hatte auch nie die Absicht zu heiraten, Elisabeth, aber nun bin ich froh, daß du meine Überzeugung geändert hast. Ich war noch nie so glücklich wie heute – und mit Gottes Hilfe will ich auch zu deinem Glück beitragen."

## Banff

Banff war einfach wunderbar. Die Schönheit dieser Berge läßt sich nicht in Worte fassen. Ich konnte mich kaum an ihrem Anblick satt sehen. Diese Gegend hatte sich einen bleibenden Platz in meinem Herzen erobert.

Am nächsten Morgen standen wir zeitig auf, um gemächlich auf der Speiseterrasse des Hotels zu frühstücken. Dabei schauten wir zu, wie die aufgehende Sonne das Tal nach und nach in glühende Rosa- und Goldtöne tauchte. Wynn erkundigte sich nach einer Kirche am Ort, und wenig später ließen wir uns von einem hoteleigenen Automobil in das noch verschlafene Banff bringen, um den Gottesdienst zu besuchen. Im Anschluß daran kehrten wir in einem kleinen Gasthaus zum Mittagessen ein. Wir bestellten Gebirgsforellen, die wir genüßlich verspeisten. Den Nachmittag verbrachten wir damit, gemächlich durch den Ort zu schlendern. Die eindrucksvolle Bergwelt um uns her, die wir zu zweit bestaunten, machte diesen Nachmittag wahrhaft unvergeßlich.

„Erzähl mir etwas über Banff", bat ich verträumt, während wir durch die Straßen bummelten.

„Für uns Weiße ist es noch eine sehr junge Stadt", antwortete Wynn. „Die Indianer kennen diese Gegend natürlich schon viel länger. Ein paar Kundschafter haben Banff gestreift, ohne sich lange hier aufzuhalten. Erst um 1880, als die Eisenbahnstrecke gebaut wurde, entstand hier ein kleines Städtchen."

„Und die Leute haben sich auf der Stelle in die Gegend verliebt und sind einfach hiergeblieben", vermutete ich.

„Als im Jahr 1883 die Thermalquellen hier entdeckt wurden, kamen die Besucher tatsächlich in Scharen. Gewitzte Geschäftsleute haben wenig später das Banffer Quellen-Hotel gebaut, um die hiesige Wirtschaft anzukurbeln. Das

Hotel wurde als das ‚beste Hotel in ganz Nordamerika‘ angepriesen und lockte Besucher aus allen Erdteilen an.“

„Und ich darf meine Flitterwochen ausgerechnet hier verleben!“ staunte ich überwältigt.

„Berge haben schon immer eine große Anziehungskraft auf Menschen ausgeübt. Viele Bergsteiger kamen, um die ungezählten Gipfel, die noch auf keiner Landkarte verzeichnet waren, möglichst als erster zu erklimmen. Erfahrene schweizer Bergführer wurden herbeigeholt, um Besucher anzulocken, und bald war Banff berühmt.“

„Trotzdem finde ich es noch recht ...“ ich suchte nach dem passenden Ausdruck – „recht ländlich“, sagte ich endlich.

Wynn lächelte über meine Bemerkung.

„Ja“, nickte er, „gerade darin liegt aber auch der besondere Reiz dieser Gegend. Die rustikale Lebensweise, die Bergführer, die Pelzhändler, dazu die betuchten Besucher aus der ganzen Welt – das alles ergibt eine reizvolle Mischung. Hast du nicht auch überall Brocken von fremden Sprachen aufgefangen?“

Ja, das hatte ich. Es war fast so fesselnd wie eine Reise ins Ausland.

Ich stieß einen tiefen Seufzer aus.

„Ach Wynn, es gibt ja so viel, das ich gerne sehen würde! Ich weiß gar nicht, wo wir anfangen sollen. Unsere Zeit hier ist viel zu kurz bemessen.“

„Wir suchen uns sorgfältig die wichtigsten Sehenswürdigkeiten aus“, versprach er mir. „Am besten fangen wir bei einem Gasthaus zum Abendessen an.“

Während wir unser Essen in dem gepflegten Restaurant des Hotels einnahmen, hörte ich zufällig, wie die Gäste an unserem Nebentisch über eine Wanderung sprachen, die sie heute unternommen hatten.

„Könnten wir nicht auch ...?“ fragte ich Wynn. „Ich meine, könnten wir nicht auch eine Wanderung machen? Ich würde die Berge so gern aus der Nähe erleben, nicht nur von Banff aus.“

„Hm, warum nicht?“ lächelte Wynn. „Es ist ein ordentliches Stück zu marschieren, aber wir werden es schaffen. Bei dieser Höhenlage wird es zwar anstrengend, aber lohnend werden."

„Wann?"

„Warum nicht gleich morgen?"

Ich klatschte vor Freude wie ein Kind in die Hände, um mich gleich darauf wieder zu zügeln. Ein solches Verhalten gehörte sich kaum für eine verheiratete Frau.

Wir verbrachten den Rest des Abends damit, unsere Pläne für den kommenden Morgen zu besprechen. Ich nahm mir vor, in aller Frühe aufzustehen, damit wir zeitig aufbrechen konnten.

Als wir unser Zimmer wieder erreicht hatten, teilte Wynn mir mit, daß er noch einige Besorgungen zu machen hätte. Er hatte schon zuvor etwas davon erwähnt, in der Hotelküche ein Picknick für morgen zu bestellen. Ich nickte und begann, meine langen Röcke nach einem durchzusehen, der sich für die Wanderung eignen würde. Trotz der steilen Wanderwege wollte ich mich für Wynn ein wenig adrett anziehen. Kein Mann wollte eine schmucklose, nachlässig gekleidete Frau. Ich wählte einen Rock, der zwar modisch, aber nicht zu weit geschnitten war. Darin würde ich mich bequem bewegen können. Als nächstes musterte ich meine Schuhe. Unter denen, die ich mitgebracht hatte, waren keine ausgesprochenen Wanderstiefel, doch es fand sich ein Paar, das recht robust gearbeitet war.

Nachdem ich meine Wahl getroffen hatte, füllte ich mir die Badewanne mit warmem Wasser. Dabei summte ich vergnügt vor mich hin. Ich freute mich schon jetzt auf unsere gemeinsame Wanderung und betete um gutes Wetter. In Gedanken sah ich uns schon auf einem hohen Gipfel stehen, von dem aus wir einen herrlichen Ausblick auf die grünen Täler um uns her hatten.

Bald hörte ich Wynn zurückkommen. Hastig beendete ich mein Bad. Meine Kleider, die ich für den morgigen Tag hervorgeholt hatte, lagen noch auf dem bequemen Sessel ausgebreitet, den Wynn womöglich nun benutzen wollte. Rasch schlüpfte ich in meinen nagelneuen weißen Morgenmantel, um den Rock und die übrigen Kleidungsstücke von dem Sessel zu nehmen. Zu meiner Überraschung lagen sie nicht mehr dort. Statt dessen saß Wynn in dem Sessel. Ein Blick auf die Garderobe bestätigte mir, daß er alles sorgfältig wieder beiseite gehängt hatte.

„Oh, vielen Dank!“ brachte ich verlegen hervor. Wenn er mich nur nicht für nachlässig und unordentlich hielt! „Ich hatte die Sachen nur für einen Augenblick dort hingelegt“, erklärte ich ihm hastig, „damit sich die Falten für morgen glätten.“

„Für morgen?“ Er sah mich fragend an. „Ich befürchte, daß uns nach unserer Wanderung nicht viel Zeit für andere Unternehmungen bleiben wird.“

„Genau das meine ich ja. Für unsere Wanderung.“

Wynn schüttelte verwundert den Kopf.

„Dieser Rock – für die Wanderung?“

Betroffen stotterte ich: „Etwas Passenderes hatte ich nicht im Gepäck. Die anderen Kleider waren mir für eine Wanderung zu unpraktisch erschienen.“

„Das stimmt vollkommen. Dasselbe gilt auch für diesen Rock“, sagte er und deutete mit einer Kopfbewegung auf die Garderobe, wo der Rock hing.

„Aber etwas anderes habe ich nicht“, beharrte ich.

„Ich habe dir etwas mitgebracht!“ Wynns Stimme klang zuversichtlich.

„Ein Kleid?“

„Nein, kein Kleid.“

„Einen Rock also?“

„Nein, auch keinen Rock. Einen Berg in einem langen Rock besteigen zu wollen, ist ein Ding der Unmöglichkeit.“

„Ja, aber ...“ Das Ganze war mir ein Rätsel. Ich konnte mir einfach keinen Reim darauf machen.

„Hosen.“

„Hosen?“

„Genau.“

„Aber ich habe in meinem ganzen Leben noch keine Hosen getragen!“ stieß ich hervor. In das Wort „Hosen“ legte ich meine ganze Abscheu.

„Dann wird es morgen das erste Mal sein“, sagte Wynn leichthin und deutete mit dem Kopf auf das Bett.

Ich folgte seinem Blick. Dort lag ein achtlos hingeworfenes Paar Männerhosen schräg über der Bettkante. Sie waren von einer geradezu häßlichen Farbe und hoffnungslos verknittert. Vor Schreck fehlten mir beinahe die Worte.

„Doch nicht diese ...?“ sagte ich entgeistert.

Allmählich begriff Wynn. Er stand auf. Mit seinem Blick suchte er meine Augen. Mein ehrliches Entsetzen war ihm nicht entgangen. Seine Stimme wurde weich.

„Tut mir leid, mein Schatz“, entschuldigte er sich aufrichtig. „Ich habe wohl nicht daran gedacht, welchen Eindruck sie auf dich machen würden. Keine besondere Schönheit, nicht wahr?“ Eine Spur von Enttäuschung stand in seinem Blick, als er nun zu dem Bett ging und die Hose, die er soeben erstanden hatte, aufhob. Mit seinen großen Männerhänden begann er, die Falten glattzustreichen. Ich bereute meinen Ausbruch und langte nach der Hose.

„Schon gut“, sagte ich, um Wynn nicht zu verletzen. „Die Falten könnte ich glattbügeln. Das ist es nicht. Es ist nur ... daß ... ich kann einfach nicht ... ich kann mich doch nicht in so etwas sehen lassen ... vor anderen Leuten, und ...“ stotterte ich unbeholfen.

Wynn schwieg und strich erneut über den grobgewebten Hosenstoff. Die Falten weigerten sich hartnäckig, aus dem Kleidungsstück zu verschwinden.

„Mein Rock ist vollkommen ausreichend, Wynn; hab trotzdem Dank, daß du so nett ...“

Wynn sah mir geradewegs in die Augen und unterbrach mich.

„In einem Rock kannst du keine Gebirgswanderung unternehmen, Elisabeth. Es wird kein Sonntagsspaziergang werden. Die Wege sind steil und bergen Gefahren. Ohne angebrachte Kleidung darf man sich nicht darauf wagen.“

Plötzlich wallte Zorn in mir auf.

„Und so etwas nennst du ‚angebracht‘?“ gab ich zurück und zeigte mit dem Daumen auf das häßliche Kleidungsstück.

„Für unsere Zwecke durchaus.“

„Na schön, aber anziehen werde ich sie trotzdem nicht“, sagte ich ein wenig vorschnell.

Wynn warf sie über eine Stuhllehne.

„Wie du willst“, sagte er gelassen.

Ich hatte gewonnen. Nur war ich mir nicht sicher, ob ich darüber glücklich sein sollte oder nicht. Unsere erste Meinungsverschiedenheit – und ich war als Sieger hervorgegangen. Wie siegte man als Ehefrau, ohne allzu matronenhaft zu wirken? Ich suchte nach Worten, um Wynn zu erklären, daß ich durchaus nicht die Absicht hatte, jeden Streit zu gewinnen. Ich wußte nicht recht, was ich sagen sollte, so daß ich das Zimmer durchquerte und begann, mir das Haar zu bürsten. Meine innere Anspannung blieb jedoch bestehen, während Wynn einen völlig gelösten Eindruck machte.

Ich sah verstohlen zu ihm hinüber. Er las gerade eine Zeitung. Er mußte sie gekauft haben, als er die Hosen erstanden hatte. Auf dem Fußboden neben dem Bett sah ich ein paar braune Stiefel stehen. Ich war im Begriff, Wynn nach ihrer Bewandtnis zu fragen, als mir auffiel, wie klein sie waren. Sie würden ihm ja niemals passen! Wozu standen sie aber dann in unserem Zimmer? Endlich dämmerte es mir: Wynn hatte sie gekauft, aber nicht für sich selbst, sondern für mich! Ich sollte sie bei unserer Bergwanderung tragen. Nicht genug mit den unansehnlichen Hosen – obendrein hatte er mir auch noch diese unweiblichen Stiefel zugedacht! Wie konnte er auch nur im entferntesten daran denken, sich in der Gesellschaft einer derartig schäbig gekleideten Frau sehen zu lassen?

Ich fuhr mir so heftig mit der Bürste durch das Haar, daß der Schmerz mir die Tränen in die Augen treiben wollte. Welch einen lächerlichen Anblick würde ich abgeben! Nie im Leben würde ich mich derartig würdelos und lächerlich kleiden.

Jemand mußte einfach das Schweigen beenden.

„Um wieviel Uhr gehen wir denn los?“ fragte ich unschuldig. Wir hatten zwar schon eine Zeit vereinbart, aber etwas anderes wollte mir nicht einfallen.

„Wohin?“ fragte Wynn und ließ die Zeitung sinken.

„In die Berge“, antwortete ich leicht ungeduldig.

Wynn antwortete nicht gleich.

„Elisabeth, ich fürchte, ich habe mich nicht klar genug ausgedrückt“, sagte er schließlich. Er legte die Zeitung beiseite und erhob sich zu seiner vollen Größe. Ich fühlte mich in seinem Schatten von ihm überragt.

„Der Weg ist streckenweise sehr steil. Das Klettern dort ist kein Kinderspiel. Man braucht sich zwar nicht anzuseilen, aber größte Vorsicht ist trotzdem geboten. Ein Sturz könnte eine ernsthafte Verletzung bedeuten.“

„Das hast du mir schon einmal erklärt. Ich werde mich vorsehen.“

„Beim Abstieg muß man hier und da sitzend über steile Felsbrocken rutschen.“

Er sah mich forschend an, um sicher zu sein, daß ich begriffen hatte. Ich nickte.

„Manche Stellen fallen so steil ab, daß man sich an den Wurzeln und Ästen von Bäumen am Abhang und an Felsvorsprüngen festhalten muß.“

Auch das hatte Wynn mir schon einmal erklärt. Ich nickte erneut.

„Bis zu dem Gebirgssee ist es ein langer, anstrengender Aufstieg.“

„Was willst du mir damit nur sagen, Wynn?“ fragte ich ungeduldig. „Hältst du mich vielleicht für zu unsportlich für diese Bergtour?“

„Nein“, sagte er ruhig. „Ich bin sicher, daß du es schaffen würdest. Wir können uns Zeit nehmen. Wenn du wider Erwarten Hilfe brauchen solltest, bin ich für dich da. Es würde mir sogar ein Vergnügen sein.“

Ich dachte an unseren geplanten Ausflug in die Berge, an Wynns Beschreibung des stillen Hochgebirgssees und an unser Picknick dort oben in der Einsamkeit der Berge. Mein Verlangen danach, die herrliche Bergwelt zu erleben, war stärker als je zuvor.

„Wann gehen wir also los?“ fragte ich erneut.

Wynn holte tief Luft und sah mich geradewegs an.

„Ich fürchte, der Ausflug wird nicht stattfinden, Elisabeth."

Mitten im Bürsten hielt ich inne. Verständnislos starrte ich ihn an. Was führte er im Schilde? Wollte er mich etwa für meinen Triumph bei unserer Meinungsverschiedenheit bestrafen? Aber Wynn war eigentlich nicht rachsüchtig veranlagt. Andererseits hatte Mutter immer gesagt, daß man einen Menschen erst gründlich kennenlernt, wenn man mit ihm zusammenlebt. Sollte ich mich denn so sehr in Wynn getäuscht haben? Das konnte ich kaum glauben.

„Nicht stattfinden?" stieß ich endlich hervor. „Aber warum denn?"

„In einem Kleid kannst du keinen Berg besteigen, Elisabeth, und du weigerst dich ja, Hosen zu tragen", stellte er sachlich und endgültig fest.

Ich hatte also überhaupt nicht gewonnen. Wynn hatte mir die Hosen nicht aufzwingen wollen, aber was die Bergtour im Rock betraf, so wollte er nicht mit sich verhandeln lassen.

„Aber das ist doch albern!" zischte ich. „Ich habe mein Leben lang nichts als Kleider und Röcke getragen, und bis jetzt ist mir deshalb noch nichts Ernstes zugestoßen."

„Aber du hast bis jetzt auch noch nie einen Berg bestiegen", war seine nüchterne Antwort.

„Und das wird sich wohl auch morgen kaum ändern", warf ich ihm entgegen. Die Heftigkeit meiner Worte erschreckte mich selbst.

„Das tut mir leid", sagte er nur. Dann wandte er sich von mir ab und nahm seine Zeitung wieder auf. Ich fuhr fort, mein Haar heftig zu bürsten. Eigentlich hatte ich mich längst genug gebürstet, aber ich wußte nicht, was ich sonst mit mir anfangen sollte.

In meinem Kopf jagten sich die Gedanken. Ich hatte schon viel von dem sprichwörtlichen ersten Ehekrach gehört. Ich wußte, daß Wynn sich nicht leicht erweichen ließ, aber dies war wahrhaftig ein lächerlicher Anlaß für einen Ehekrach. Er konnte doch unmöglich allen Ernstes von mir verlangen, diese häßlichen Männerhosen zu tragen! Kein

Mann, der seine Frau liebte, würde so etwas auch nur im entferntesten vorschlagen. Ich bürstete noch heftiger. Mutter würde mich ja glattweg enterben, wenn sie mich in einer solch abenteuerlichen Kluft sehen könnte! Wynn verstand einfach nichts von Frauenkleidung.

Endlich legte Wynn die Zeitung wieder beiseite. Er hatte gewiß weniger darin gelesen, als sich vielmehr dahinter verborgen.

„Du bist böse auf mich, nicht wahr, Elisabeth?" Seine Stimme klang so reuevoll, daß ich mit seinem Nachgeben rechnete. Ich blieb stumm, weil ich mir nicht sicher war, ob ich einen Ton herausbringen würde.

„Weißt du, daß wir erst einen ganzen Tag verheiratet sind und schon miteinander streiten?" fragte Wynn leise.

Ich antwortete noch immer nicht.

„Auf so etwas war ich nicht gefaßt", gestand Wynn. „Jedenfalls nicht so bald. Es tut mir leid Elisabeth. Ich liebe dich – das weißt du. Ich liebe dich sehr, und es tut mir leid, daß es so weit gekommen ist." Seine Worte klangen so aufrichtig, daß ich meine Bürste beiseite legte. Vielleicht war er am Ende gar nicht so starrköpfig. Ich war jedenfalls dazu bereit, seine Entschuldigung anzunehmen und das Ganze zu vergessen. Männer verstanden halt nichts davon, wie wichtig Frauen ihr Aussehen nehmen; so war es nun einmal. Jetzt, wo Wynn Bescheid wußte, würden wir in diesem Punkt nie wieder eine Meinungsverschiedenheit zu haben brauchen.

Ich ging auf ihn zu und schlang meine Arme um seinen Hals. Er zog mich an sich und hielt mich fest umarmt. Ich erwiderte seinen innigen Kuß und strich ihm mit den Fingern durch das dichte, dunkle Haar. Ich liebte ihn doch. Er war mein Mann, und ich liebte ihn.

„Es tut mir auch leid", flüsterte ich. „Wirklich leid. Ich habe mich wie ein ungezogenes Kind aufgeführt. So albern benehme ich mich eigentlich nie. Ich war wohl einfach nur zu sehr enttäuscht."

Er küßte mich wieder und hielt mich fest in seinen Armen. Ich bekam kaum Luft, doch das war mir gleichgültig.

Zärtlich fuhr ich ihm mit dem Finger über das kräftige Kinn.

„Um wieviel Uhr soll ich bereit sein?" fragte ich flüsternd.

„Es macht dir also nichts aus, in den Männerhosen loszugehen?"

Ich starrte ihn entgeistert an, stand auf und schob seine Arme von mir.

„Wynn", sagte ich entschlossen, „ich werde die Hosen nicht tragen. Ein für allemal!"

Auch er stand auf und erwiderte nicht weniger entschlossen: „Elisabeth, wenn du die Hosen nicht tragen willst, fällt unsere Tour ins Wasser. Habe ich mich deutlich ausgedrückt? Ich nehme dich nicht auf diese gefährliche Bergwanderung mit, wenn du darauf bestehst, einen langen Rock zu tragen. Ein Sturz könnte dich das Leben kosten. Ohne Hosen kein Ausflug. Die Wahl liegt bei dir, mein Liebes!"

Ich fuhr auf dem Absatz herum. Wie konnte er nur so starrköpfig sein? Ich war fassungslos.

„Dann werden wir uns wohl oder übel etwas anderes vornehmen müssen", sagte ich herausfordernd. „Diese Hosen ziehe ich nie und nimmer an. Habe ich mich ebenfalls deutlich ausgedrückt?" Ich betonte jedes einzelne Wort. „In diesen gräßlichen Männerhosen trete ich keiner lebendigen Seele unter die Augen – genausowenig in diesen ... diesen zentnerschweren, klobigen Stiefeln. Nicht einmal für eine Bergtour auf meiner Hochzeitsreise mit dem Mann, den ich liebe."

Wieder fuhr ich herum, um ihm den Rücken zu kehren, doch Wynn faßte mich beim Arm.

„Bitte werde nicht gemein, Elisabeth." sagte er leise, aber in seiner Stimme lag sowohl Härte als auch eine gewisse Traurigkeit.

Seine Worte brachten mich schlagartig wieder zur Vernunft. Ich war selbst über mein Verhalten entsetzt. So war ich beileibe nicht erzogen worden. Bei uns daheim stand dem Mann die Führung der Familie zu. Mutter hatte jeder von ihren Töchtern eingeschärft, daß eine christliche Familie auf diesem Prinzip beruht. Ich dagegen hatte mich gleich am ersten Tag meiner Ehe mit meinem Mann zerstritten.

Ich biß mir auf die bebende Unterlippe und wandte mich von Wynn ab. Er hielt mich noch immer beim Arm.

„Wir müssen unbedingt miteinander reden, Elisabeth", sagte er sanft. „Dazu ist aber im Augenblick keiner von uns beiden bereit. Ich mache einen kurzen Spaziergang an der frischen Luft. Ich werde nicht lange ausbleiben. Wenn ich wiederkomme – und wenn du bereit bist ..." Er ließ meinen Arm los. Ich hörte, wie er die Tür leise hinter sich schloß.

Wie lange es dauerte, bis Wynn zurückkehrte, weiß ich nicht. Ich verbrachte die Zeit ohne ihn mit Weinen und schließlich auf meinen Knien im Gebet. Wynn war das Oberhaupt der Familie – meiner Familie. So wenig ich auch seine Meinung teilte, so hatte ich mich dennoch zu fügen, wenn wir eine christliche, eine glückliche Ehe führen wollten. Nicht er, sondern ich war im Unrecht gewesen. Im tiefsten Grunde meines Herzens wußte ich, daß mein Mann mich enttäuscht hätte, wenn er nachgegeben hätte. Immerhin war er um meine Sicherheit besorgt. Ich brauchte das Gefühl, jederzeit bei ihm Halt finden zu können und ihn am Steuer unserer Ehe zu wissen. Warum in aller Welt hatte ich nur versucht, ihm dieses Steuer zu entreißen? Warum hatte ich so viel Aufhebens um mein Aussehen gemacht? Ich wußte es nicht. Ich wußte nur, daß ich im Gebet und unter Tränen der Reue Klarheit in meinem Herzen geschaffen hatte, als ich Wynns Schritte draußen im Flur hörte.

Ich öffnete ihm die Tür. Wenn mir mein Aussehen jemals wichtig gewesen war, so gab ich nun gewiß ein jämmerliches Bild ab, doch Wynn erwähnte das mit keinem Wort. Er nahm mich in seine Arme und küßte mich auf das tränenüberströmende Gesicht.

„Es tut mir ja so leid!" schluchzte ich. „Nicht, weil ich Hosen nicht ausstehen kann; daran wird sich wohl nie etwas ändern, Wynn. Aber es tut mir leid, daß ich dir etwas übelgenommen habe, das du nur zu meinem Besten getan hast."

Wynn strich mir das Haar aus der Stirn.

„Und mir tut es auch sehr leid, Elisabeth. Es tut mir leid,

dir so wehgetan zu haben, wo ich dich doch so sehr liebe. Es tut mir leid, daß ich dir den Gebirgssee nur auf diese Weise zeigen kann. Es tut mir leid, daß ich auf Hosen bestehen mußte, wenn ..."

„Bestehen muß", berichtigte ich ihn.

Er zog die Stirn kraus.

„Auf Hosen bestehen muß", wiederholte ich. „Ich möchte den See nämlich noch immer gern sehen, mein Lieber. Und wenn du mich wirklich noch mitnehmen willst, ziehe ich die Hosen an. – Bete aber bloß für mich, daß wir unterwegs niemandem begegnen", fügte ich schnell hinzu. „In dieser Kluft möchte ich nicht einmal einem Bären begegnen!"

Wynns Ausdruck spiegelte zuerst Überraschung, dann Erleichterung und schließlich Vergnügen. Er zog mich fester an sich und lachte auf.

„Glaub mir, Elisabeth, wenn es nur eine andere Möglichkeit gäbe ..."

„Schon gut!" beschwichtigte ich ihn.

„Ich liebe dich, Elisabeth. Ich liebe dich. Vertraust du mir?"

Ich nickte, den Kopf an seine Brust gelehnt.

„Es wird immer wieder Zeiten geben, Liebling, da wir nicht einer Meinung sein werden. Zeiten, in denen ich Entscheidungen treffen muß, die uns beide angehen."

Ich wußte, daß er an unsere gemeinsame Zukunft im Norden dachte.

„Ich werde dich unter Umständen um Dinge bitten müssen, die du nicht einsehen kannst oder die dir nicht passen. Verstehst du, was ich meine?"

Erneut nickte ich. Genau das hatte ich soeben im Gebet mit meinem Gott besprochen.

„Ich liebe dich, Liebling. Ich werde mich bemühen, niemals eine Entscheidung aus meinem männlichen Stolz heraus zu treffen, sondern einzig und allein aus Rücksicht auf dich und deine Sicherheit. Nimmst du mir das ab?"

Ich suchte seine Augen mit meinem Blick und nickte wiederum.

„Diese Tour wäre viel zu gefährlich für dich gewesen. Ich kenne die steilen Bergpfade, Elisabeth, und ich würde es niemals zulassen, daß du in die Gefahr kommst abzustürzen. Ich ..."

Ich unterbrach ihn, indem ich seine Lippen zärtlich mit meinem Finger versiegelte.

„Schon gut, Wynn! Endlich verstehe ich dich. Ich bin froh, daß du mich genug liebst, um mir meine törichte Eitelkeit auszutreiben. Ich meine es ernst, mein Lieber. Danke, daß du hart geblieben bist. Diese Lektion habe ich bitter nötig gehabt. Jetzt bin ich bereit, dir die Führung zu überlassen. Und ich möchte, daß du mich immer wieder daran erinnerst, wenn es notwendig ist – bis es mir in Fleisch und Blut übergegangen ist."

Mir standen die Tränen in den Augen, doch auch Wynn erging es nicht anders. Ich tupfte ihm eine davon auf der Wange trocken.

„Ich liebe dich, Frau Delaney", flüsterte er.

„Und ich liebe dich auch, Herr Delaney", antwortete ich.

Er zog mich fester an sich.

„Es tut mir unendlich leid, daß es dazu kommen mußte", sagte er.

Ich sah ihm tief in die Augen.

„Mir tut es nicht leid", sagte ich bedachtsam und aufrichtig. „Jetzt bin ich endlich bereit, dir eine gute Frau zu sein; bereit, mit dir in den hohen Norden zu ziehen – oder bis ans Ende der Welt, wenn es sein muß. Ich brauche dich, Wynn. Ich brauche dich, und ich liebe dich."

## Paradies der Bergwelt

Am nächsten Morgen standen wir zeitig auf. Wir frühstückten eilig und trafen dann die letzten Vorbereitungen für unsere Tour zu dem Hochgebirgssee. Wynn war zur Hotelküche gegangen, um unser Picknick abzuholen, das zusammen mit einem reichlichen Vorrat an Trinkwasser in seinem Rucksack untergebracht werden sollte. Während er unterwegs war, kleidete ich mich an. Nicht einmal von meinem Ehemann wollte ich in den häßlichen Hosen gesehen werden.

Ich hatte mir vorgenommen, jeden Blick in den Spiegel zu vermeiden. Mir graute vor meinem eigenen Anblick. Als ich einen Schal aus der Kommode holen wollte, stieß ich versehentlich doch auf mein Spiegelbild. Später war ich dankbar dafür. Ich stutzte, um gleich darauf in schallendes Gelächter auszubrechen. Als Wynn zurückkehrte, lachte ich noch immer. Er schien nicht sicher zu sein, ob ich tatsächlich aus Fröhlichkeit lachte, oder ob ich den Verstand verloren hatte.

„Schau mich nur an!“ keuchte ich atemlos. „Ich sehe ja wie ein alter Kartoffelsack aus!“ Als Wynn begriff, daß ich tatsächlich von meinem eigenen Anblick belustigt war, stimmte er in mein Lachen ein. Die unförmigen Hosen hingen zerbeult an mir herunter und versteckten meine Figur bis zur Unkenntlichkeit. Um die Taille hatte ich einen Gürtel geschlungen, was die Hosen ballonartig abstehen ließ.

„Sie sind wohl ein bißchen zu weit“, gestand Wynn. „Ich hätte dich vorher nach deiner Größe fragen sollen.“

„Darüber hätte ich dir ohnehin keine Auskunft geben können, weil ich ja noch nie Hosen getragen habe. Laß nur, es geht schon!“

Ich bückte mich, um die zu langen Hosenbeine ein Stück

hochzuschlagen. Darunter kamen die klobigen Stiefel zum Vorschein.

„Bist du fertig?“ fragte Wynn, als wir endlich genug über meinen zirkusreifen Anblick gelacht hatten.

„Fertig!“ sagte ich, erhob mich zu meiner vollen Größe und salutierte. Lachend verließen wir unser Zimmer.

Aus Rücksicht auf meine Furcht, den anderen Hotelgästen in diesem Aufzug zu begegnen, wählte Wynn den hinteren Ausgang. Durch die Seitengassen gingen wir zu dem Pfad, der zu dem Gipfel des Berges führte, und begannen unseren Aufstieg. Es dauerte nicht lange, bis ich begriff, wovon Wynn gesprochen hatte. Oft mußte ich an Zweigen und Wurzeln Halt suchen, um mich hochzuarbeiten. Immer wieder reichte Wynn mir seine Hand, um mir behilflich zu sein. Wir kletterten langsam und legten häufig Pausen ein. Ich wußte, daß Wynn mir zuliebe ein so gemächliches Tempo wählte, und war ihm dankbar dafür. Gelegentlich blieb ich stehen, um auf den schmalen Weg, der hinter uns lag, zurückzublicken. Er war unglaublich steil. Durch das Baumdickicht erspähte ich hier und da den grünen Schimmer eines Tals in der Ferne. Ich brannte darauf, die Baumgrenze zu erreichen, um einen ungehinderten Blick auf die einsame Welt zu unseren Füßen zu bekommen.

Zur Mittagszeit hatten wir unser Ziel erreicht. Bloßes Felsgestein erstreckte sich um uns her. Unter uns lag das Tal, in dessen schützenden Armen die kleine Stadt Banff ruhte. Der Blick war atemberaubend. Stellenweise war unser Wanderpfad zu erkennen, der sich durch Wald und Büsche wand.

„Wie herrlich!“ flüsterte ich, von dem Aufstieg noch immer ein wenig außer Atem. „O Wynn, ich bin ja so froh, daß wir die Anstrengung auf uns genommen haben!“

Er legte den Arm fest um mich.

„Ich auch“, sagte er nur.

Wir wählten einen Platz für unser Picknick. Der Aufstieg hatte mich hungrig gemacht. Wynn breitete seine Jacke auf einem glatten Felsbrocken aus und bedeutete mir, mich darauf zu setzen. Ich tat es und bestaunte dabei das Panorama vor unseren Augen.

„Wo liegt denn der See?“ erkundigte ich mich.
„Siehst du die Steinmauer dort drüben?“
Mein Blick folgte seinem ausgestreckten Arm. Ich nickte.
„Direkt dahinter liegt er.“
„Dauert es lange, ihn zu erreichen?“
„Nur rund eine halbe Stunde.“
„Komm, wir wollen uns beeilen!“ drängte ich.
Wynn lachte.
„Wir haben jede Menge Zeit“, versicherte er mir. „Den Abstieg werden wir viel schneller schaffen als den Aufstieg.“
Er faßte mich bei der Hand, und gemeinsam dankten wir unserem Gott für die Mahlzeit, die er uns bereitet hatte. In seinem Gebet dankte Wynn ihm auch für den herrlichen Ausblick und die Gelegenheit, diesen Tag gemeinsam zu erleben. Ich drückte seine Hand fester. Um ein Haar wäre uns dieser Ausflug entgangen. Mein Blick fiel auf die sonderbare Kluft, die ich trug. Alle Abscheu war längst verflogen. Statt dessen konnte ich belustigt darüber lachen.
Als wir unser Picknick beinahe beendet hatten, hörten wir plötzlich Stimmen. Offensichtlich machte eine zweite Gruppe heute die gleiche Wanderung wie wir. Die Stimmen näherten sich, so daß ich verzweifelt nach einem Versteck suchte. Ich erkannte die eine der beiden Stimmen. Sie gehörte ausgerechnet einer elegant gekleideten Dame, die ich Tags zuvor in der Hotelhalle gesehen hatte. Liebe Güte! Was sollte sie nur von mir denken, wenn sie mich in den unweiblichen Hosen sah? Nirgends konnte ich einen Winkel entdekken, in dem ich vor ihren Blicken sicher war. Ich holte tief Luft und begann, leise zu lachen. Wozu sollte ich mich genieren? Schließlich würde ich die Frau aller Wahrscheinlichkeit nach nie im Leben wiedersehen. Den Hosen verdankte ich einen unvergeßlichen Ausflug mit meinem Mann. Ich biß in mein belegtes Brot und warf Wynn einen schmunzelnden Blick zu. Er hatte mich um meine Fassung ringen sehen und schien zufrieden darüber zu sein, daß mein Sinn für Humor die Oberhand gewonnen hatte.
Ein Mann erschien. Er war hochgewachsen und dunkelhaarig. Seine Schultern waren schmächtig, und sein Gesicht

bleich. Er schien eher an Straßenbahnen und Mietwagen gewöhnt zu sein als an seine eigenen Beine. Wie er nur den Aufstieg geschafft hatte? Dennoch hatte ihnen die Wanderung offensichtlich Freude gemacht. Nun wandte er sich um und bot der Dame, die ihm folgte, die Hand. Ich hatte mich nicht getäuscht: es war die hübsche junge Frau aus dem Hotel. Ich fragte mich, wie sie den Berg nur erklommen hatte, ohne ihre Frisur zu ruinieren. Nach und nach kam sie hinter der Wegbiegung zum Vorschein. Ich starrte sie entgeistert an. Auch sie trug ein Paar unansehnliche Männerhosen! Wynn und ich tauschten einen Blick aus und bemühten uns mit aller Kraft, nicht in eine Lachsalve auszubrechen.

Im nächsten Moment hatte sie uns entdeckt und rief uns zu: „Ist es nicht wunderbar hier?“ Sie sprach einen Dialekt, den ich nicht sofort einordnen konnte. Zwischen zwei Bissen von meinem belegten Brot rief ich zurück: „Ja, geradezu traumhaft!“

Die beiden kamen näher und ließen sich auf einem Felsbrocken neben uns nieder. Sie waren noch außer Atem.

„Eine solche Kraxelei habe ich mein Lebtag noch nicht unternommen“, gestand der junge Mann.

„Ich hatte meine liebe Mühe, ihn dazu zu überreden“, erklärte die Frau zu meiner Überraschung.

„Haben Sie Erfahrung im Bergsteigen?“ erkundigte ich mich.

„Mit meinem Vater habe ich schon manchen Gipfel erklommen. Er war ein begeisterter Bergsteiger.“ Sie schien sich in ihren Hosen vollkommen wohl zu fühlen. Nun streckte sie die Beine von sich, um sich von der Anstrengung zu erholen.

„Sind Sie heute zum ersten Mal in den Bergen?“ fragte sie mich.

„Ja, für mich ist es das erste Mal“, antwortete ich. „Mein Mann ist schon einmal hier oben gewesen.“

Sie warf Wynn ein flüchtiges Lächeln zu.

„Wer einmal hier gewesen ist“, sagte sie, „den läßt die Bergwelt nie mehr los. Ich kann kaum genug davon bekommen.“

„Es ist tatsächlich sehr beeindruckend“, pflichtete Wynn ihr bei.

Plötzlich besann ich mich auf meine Manieren. Von unserem Picknick waren noch ein paar belegte Brote übrig.

„Hier, bitteschön“, sagte ich und reichte den beiden unseren Korb. „Bedienen Sie sich doch!“

„Vielen Dank, aber wir haben selbst vorgesorgt“, sagte sie und holte ein Essenspaket aus einem Rucksack hervor. „Wir brauchten zuerst eine kleine Atempause.“

Gemeinsam aßen wir unsere belegten Brote. Im Gespräch mit den beiden anderen erfuhren wir, daß auch sie auf Hochzeitsreise waren. Sie stammten aus Boston. Die Frau hatte sich eine Hochzeitsreise in die Berge erbeten, und er hatte ein wenig widerstrebend eingewilligt. Inzwischen hatte er seine Meinung geändert und genoß die Bergwelt dankbar. Er war Buchhalter von Beruf, und sie war die Tochter eines wohlhabenden Rechtsanwalts. Nach dem Tod ihres Vaters hatte sie sich einen neuen Partner gewünscht, mit dem sie Bergtouren unternehmen konnte. Ihr schmaler, hochgewachsener Mann schien nicht gerade zum Bergsteigen geschaffen zu sein, doch gewiß hatte er mehr Ausdauer, als man ihm auf den ersten Blick zutraute. Die beiden hatten sich vorgenommen, vor ihrer Rückkehr nach Boston noch einen oder zwei Gipfel zu besteigen.

Nachdem wir eine Weile miteinander geplaudert hatten, meinte Wynn, daß wir aufbrechen sollten, wenn wir den Gebirgssee vor unserer Rückkehr noch erreichen wollten. Die junge Frau stimmte zu. Ein langer, steiler Abstieg stand uns bevor, sagte sie, für den man gutes Tageslicht brauchte.

Wir machten uns auf den Weg, jedoch nicht ohne uns von dem frischgebackenen jungen Ehepaar mit den besten Wünschen für die Zukunft zu verabschieden, die sie ihrerseits erwiderten. Ich schämte mich nun nicht mehr im geringsten wegen meiner unförmigen Männerhosen. Wenn ein reiches Mädchen aus der Weltstadt Boston in einem solchen Aufzug auftrat, dann gab es keinen Grund für eine modebewußte junge Frau aus Toronto, es ihr nicht nachzutun.

Der Pfad, der zu dem kleinen Hochgebirgssee führte, war

streckenweise ausgesprochen gefährlich. Ich konnte mir nicht vorstellen, wie eine Frau ihn in einem Rock oder einem Kleid bewältigen könnte. Es wäre unmöglich – einfach ausgeschlossen. Ich war dankbar dafür, mich in meinen unansehnlichen Männerhosen bequem bewegen zu können.

Der See lohnte uns unsere Mühe wirklich. Er leuchtete so blau wie der wolkenlose Himmel über uns, und die Oberfläche schimmerte wie Glas. Man war versucht, den Fuß auf das vollkommen unbewegte Wasser zu setzen, so glatt und fest wirkte es. Als wir uns vom Ufer aus darüber beugten, war ich von der Tiefe des Sees überrascht. Das Wasser war so klar, daß man jeden Stein und jeden Schatten auf dem Grund erkennen konnte. Ich erhob mich und trat einen Schritt zurück. Der Blick in das Wasser hatte mich ein wenig schwindelig gemacht.

Wir hielten uns nicht lange auf. Der Rückweg ins Tal war weit, so daß wir nicht viel Zeit zu verlieren hatten. Wir begegneten dem anderen jungen Ehepaar noch einmal. Die beiden unterhielten sich angeregt miteinander, während sie zwischen spitzen, feuchten Felsbrocken vorsichtig einen Fuß vor den anderen setzten. Ich bezweifelte nicht, daß sie in Zukunft noch manche Bergwanderung miteinander unternehmen würden. Irgendwie beneidete ich sie darum. Im hohen Norden Kanadas gab es kein solches Gebirge – zumindest nicht in dem Gebiet, wo Wynn stationiert werden sollte. Er hatte mir erklärt, daß sich der Gebirgszug weit nach Norden erstreckte, doch da jenes Gebiet nahezu unbewohnt war, schickte die Berittene Polizei wenig Personal dorthin. Ich bedauerte es. Am liebsten hätte ich hoch in den Bergen gelebt.

Wir tasteten uns behutsam den Pfad wieder hinunter. Der Abstieg fiel mir beinahe schwerer als der Aufstieg. Ständig mußte man sich abbremsen, was sich zuweilen als äußerst schwierig erwies. Mehrmals geriet ich gegen meinen Willen ins Rutschen. Wynn hatte vollkommen recht gehabt: Es blieb einem oft keine andere Wahl, als auf dem Hosenboden über die steilsten Stellen des Abhangs bergab zu gleiten. Kein sehr salonfähiger Anblick! Was würde Mutter nur denken, wenn sie mich jetzt sehen könnte? Die Vorstellung brachte mich zum Schmunzeln. Ich griff nach Baumwurzeln, Zweigen und Gesteinsbrocken, um mein Tempo zu drosseln.

Am Ende des Tages waren meine Hände voller Kratzer, obwohl ich mir Wynns Lederhandschuhe für die schwierigsten Abschnitte des Weges ausgeborgt hatte. Meine Hosen starrten vor Erde und Fichtennadeln, und meine Frisur war restlos zerstört. Das frohe Lächeln auf meinem Gesicht hatte jedoch keinen Schaden gelitten. Es war ein wunderschöner Tag gewesen, ein Tag, den ich mein Leben lang nicht vergessen würde.

Unterwegs machten wir an einem rauschenden Gebirgsbach halt. Ich kniete mich nieder und beugte mich über das klare, kühle Wasser, um davon zu trinken. Der Bach entsprang einem Schneefeld direkt über uns, erklärte Wynn mir, und ich bezweifelte es keine Sekunde lang. Das Wasser war so kalt, daß meine Finger darin taub wurden und meine Zähne beim Trinken schmerzten. Eigentlich waren wir gar nicht durstig gewesen; wir hatten unseren Wasservorrat in Wynns Rucksack noch längst nicht aufgebraucht, doch Wynn hatte gemeint, daß ein Schluck Wasser aus einem Gebirgsbach unbedingt zu einer Bergtour gehört. Ich mußte ihm rechtgeben. Ich tupfte mir die Wassertropfen aus dem Gesicht, schüttelte meine Hände wieder trocken und sagte Wynn, wie gut das Wasser geschmeckt hatte. Auch er nahm einen Schluck aus dem Bach zur Bestätigung seiner Voraussage. Kein anderes Wasser auf der ganzen Welt schmeckt so köstlich und erfrischend wie das eines Hochgebirgsbaches.

## Rückkehr nach Calgary

Am nächsten Tag konnte ich mich vor Gliederschmerzen kaum rühren. Ich hätte es nie für möglich gehalten, wie viele Muskeln im menschlichen Körper Schmerzen verursachen können. Wynn schlug ein heißes Bad vor. Das warme Wasser linderte die Schmerzen ein wenig, aber nur, solange ich still darin sitzen blieb. Jede kleinste Bewegung rächte sich auf der Stelle.

„Ich wußte gar nicht, daß einem so viele Muskeln auf einmal weh tun können“, jammerte ich.

Wynn erbot sich, mir die Gliedmaßen zu massieren. Dankbar nahm ich sein Angebot an.

„Ich möchte nur wissen, wie es ihm heute geht“, murmelte ich in mein Kissen hinein, während Wynn mir den wehen Rücken rieb.

„Ihm? Wen meinst du damit?“

„Nun, ihren Mann. Das junge Ehepaar von gestern. Er sah mir nicht gerade wie ein geborener Gipfelstürmer aus.“

Wynn lachte.

„Allerdings nicht“, stimmte er mir bei.

„Wenn ich's mir recht überlege“, fuhr ich fort, hätte ich ihr die Bergsteigerei auch nicht zugetraut.“

„Hm“, sagte Wynn bedächtig, „ich kenne eine gewisse Lehrerin, der ich so etwas auch nicht gleich zugetraut hätte.“

Trotz meiner Schmerzen mußte ich lachen. Dann faßte ich einen Entschluß.

„Jetzt habe ich aber lange genug auf der faulen Haut gelegen“, sagte ich zu Wynn. „Uns bleibt nur noch ein einziger Tag hier in den Bergen, und ich möchte soviel davon sehen, wie ich nur irgend kann. Vielleicht lassen die Schmerzen bald nach, wenn ich kräftig marschiere. Wohin könnten wir denn heute gehen?“

„Bist du sicher, daß du gehen kannst?" fragte Wynn skeptisch.

„Ganz sicher", antwortete ich.

„Möchtest du lieber kraxeln oder gehen?" fragte Wynn.

„Nur gehen. Dieses Paar Hosen kann sich wirklich nirgendwo mehr sehen lassen, bis sie gründlich gewaschen sind."

„Hast du geeignetes Schuhwerk?" erkundigte sich mein praktisch denkender Gatte.

Ich zeigte auf das Paar Schuhe, das ich ursprünglich für die Wanderung gewählt hatte. Wynn schüttelte den Kopf.

„Nicht fest genug", entschied er, und dieses Mal ließ ich mich auf keine Widerworte ein.

„Also schön", sagte ich, „dann ziehe ich halt die Stiefel an." Ich holte sie hervor und hoffte dabei inständig, daß sie unter meinem langen Rock verschwinden würden.

Mit dem Ergebnis halbwegs zufrieden, nickte ich Wynn lächelnd zu und erklärte mich für abmarschbereit.

Wir verschwendeten keine Zeit. Am Vormittag besuchten wir die Bow-Wasserfälle. Sie waren zwar nicht sehr hoch, boten aber dennoch einen fesselnden Anblick. Das Wasser sprudelte ungestüm zwischen zwei Felsklippen hervor. Der Aufprall mehrere Meter tiefer verwandelte das klare Naß in einen milchweißen Schaum. Das Donnern war schon von weither zu hören. Es war ein wahrhaft eindrucksvolles Schauspiel. Ich hätte die Wasserfälle stundenlang bestaunen können, wenn Wynn mich nicht beim Arm genommen hätte.

„Ich dränge dich ungern zur Eile", sagte er entschuldigend, „aber wenn wir die Höhlen noch sehen wollen, wird es Zeit zum Aufbruch. Der Weg dorthin ist weit."

Es war tatsächlich ein langer Weg, und meine Füße, die in den schweren Stiefeln steckten, ermüdeten bald. Als wir eine Strecke mit öffentlichen Transportmitteln fahren konnten, brauchte es keiner großen Überredungskunst, um mich zum Einsteigen zu bewegen.

Der Fremdenführer in der Höhle war ein putzmunterer Schotte, der sich ein Vergnügen daraus zu machen schien, Besucher aus allen Teilen des Landes durch „seine" Höhle zu führen. Als er Wynn erblickte, lief er sogleich grinsend auf ihn zu.

„Hey, Delaney, wie geht's dir denn, altes Haus?“ rief er und schüttelte Wynn kräftig die Hand. Ohne eine Antwort abzuwarten, fuhr er fort: „Und sag mir bloß nicht, daß du ein Frauchen gefunden hast – und ein bildhübsches dazu!“

Wynn stellte mich stolz als seine frischgebackene Ehefrau vor. Ich hoffte inständig, daß der spaßende Fremdenführer meine Männerstiefel, deren Spitzen unter meinem Rock hervorlugten, nicht bemerken würde. Meine Sorge war umsonst gewesen. Anstatt einen kritischen Blick auf meine Stiefel zu werfen, nahm er seine Laterne und bedeutete uns, ihm in „seine“ Grotte zu folgen.

„Eine solche Attraktion gibt es kein zweites Mal auf dem ganzen Erdboden!“ versprach er uns. Dabei sprach er das „R“ nach schottischer Manier gerollt aus.

Ich fröstelte, als wir dem Mann über unebene Treppen aus Felsgestein in die geheimnisvollen Tiefen der Grotte folgten. Je tiefer wir in die Erde vordrangen, desto kühler und unheimlicher wurde es. Der alte Mann deutete auf seltsame Formen und Schatten im Halbdunkel um uns her und flüsterte allerhand gespenstische Vermutungen über deren Ursprung. Ich fror noch mehr, und Wynn legte schützend den Arm um mich.

„Nimm seine Geschichten nur nicht zu ernst“, flüsterte er mir zu. „Er erfindet jeden Tag ein paar neue davon.“

„Und sehen Sie mal dort drüben“, fuhr der Schotte fort. Er stellte sich dicht vor uns und senkte die Stimme, als könnte er womöglich von den Geistern der Schattenwelt gehört werden. „Sehen Sie die sonderbare Form dort an der Wand?“ Er zeigte mit der Hand darauf, und im Schein seiner schwenkenden Laterne schien sich der seltsam geformte Felsbrocken mit Leben zu füllen.

„Ja, diese dort drüben meine ich“, sagte der Mann und kam noch dichter auf mich zu, damit meine Augen seinem ausgestreckten Zeigefinger genau folgen konnten. „Das ist ein Skelett von einem Indianerkrieger, der hier in der Grotte umgekommen ist. Er wird wohl in einer Schlacht verwundet worden sein – oder vielleicht hat er auch vor einem Gewitter Schutz suchen wollen – und hat die Höhle nicht mehr lebend verlassen.“ Er unterbrach sich. „Das erzähle ich natürlich nur hübschen Damen, denen ich keinen Schrecken einjagen will“, fügte er hinzu. „In Wirklichkeit glaube ich, ist er hier mitten in der Grotte ermordet worden.“ Das „R“ rollte ihm gespenstisch von der Zunge.

Ich schüttelte mich vor Kälte. Im zitternden Schein der Laterne folgten wir dem Schotten weiter durch die Höhle. Überall fanden sich sonderbare Formen in den Felswänden, auf die er unterwegs deutete und seine Erläuterungen dazu abgab. Schließlich stiegen wir eine Leiter hinab zu einem unterirdischen See, von dessen Oberfläche es vor Hitze dampfte.

„Knien Sie vorsichtig nieder und fassen Sie mal ins Wasser!“ forderte der Schotte uns auf.

Ich war nicht sehr beherzt und hielt mich an Wynns Hand fest, während ich der Aufforderung folgte. Das Wasser war tatsächlich angenehm warm.

„Wie heizt es sich nur auf?“ fragte ich überrascht.

„Aye!“ rief der Schotte lachend aus. „Das weiß nur der Allmächtige persönlich. Er hütet ein paar von seinen Geheimnissen und läßt sich nicht so leicht auf die Schliche kommen.“

Wir machten uns auf den Rückweg. Ich freute mich auf den hellen, warmen Sonnenschein, der uns vor dem Höhleneingang erwartete, obwohl ich die Besichtigung um keinen Preis der Welt hätte missen wollen. Als wir ins Freie traten, mußte ich anfangs die Augen vor dem grell erscheinenden Tageslicht schließen. Erst allmählich wagte ich es, sie der Sonne abgewandt wieder zu öffnen.

Es dauerte nicht lange, bis meine Augen sich wieder an das helle Licht gewöhnt hatten. Ich reichte dem munteren Fremdenführer die Hand.

„Haben Sie vielen Dank“, sagte ich aufrichtig. „Es war mir ein großes Vergnügen!“

Aus seinen Augen sprühte es verschmitzt. Er nahm meine Hand, schüttelte sie kräftig und wandte sich dann an Wynn.

„Ich habe mich schon oft gefragt, warum du so ewig lange mit dem Heiraten gewartet hast, aber jetzt wird's mir endlich klar: du hast halt auf die beste Frau der Welt gewartet. Darum hat's so lange gedauert!"

Wynn grinste.

„Meinen Glückwunsch und alles Gute!" sagte der Schotte und klopfte Wynn kameradschaftlich auf die Schulter, bevor er sich der nächsten Gruppe von Höhlenbesuchern zuwandte.

Wir hatten Calgary beinahe wieder erreicht, als mich der Gedanke an den einzig verbleibenden Tag vor unserer Abfahrt in den Norden aus der Traumwelt meiner Hochzeitsreise riß. Eine leichte Nervosität begann sich meiner zu bemächtigen. Wynn schien es mir anzumerken.

„Stimmt etwas nicht?" fragte er.

„Ich habe nur eben daran gedacht, wieviel Arbeit uns morgen bevorsteht", seufzte ich.

„Nun, allzu schlimm wird's schon nicht werden", tröstete er mich. „Deine Truhe ist fertig gepackt, und die meisten übrigen Dinge sind auch schon reisefertig. Fehlen nur noch ein paar letzte Handgriffe, und alles ist erledigt."

„Aber die vielen Hochzeitsgeschenke, die wir bekommen haben ..."

„Julie und Mary haben sich erboten. Hab' ich's dir nicht erzählt?"

„Ich kann mich nicht erinnern ..."

„Tut mir leid. Ich wollte es dir sagen, damit du ganz unbesorgt sein kannst."

„Um so besser", sagte ich erleichtert. „Bleibt nur zu hoffen, daß sie Vorsicht walten lassen und reichlich Decken und Tücher verwenden. Ein paar von den Porzellansachen sind nämlich sehr zerbrechlich."

„Decken und Tücher?" fragte Wynn verwundert. „Davon werden sie nicht viel brauchen, fürchte ich. Mary hat sich erboten, die Dinge in ihrem Dachboden zu lagern. Ich denke schon, daß sie behutsam mit den Dingen umzugehen weiß."

„Lagern?"

Nun war es an Wynn, verwundert dreinzuschauen.

„Elisabeth, du hast doch wohl nicht im Ernst daran gedacht, all diese Geschenke mitzunehmen, oder etwa doch?“

„Na, also … ich dachte …“

„Aber das ist vollkommen ausgeschlossen. Die Polizei läßt nur ein bestimmtes Gewicht an Gepäck pro Person zu. Wir haben unsere Grenze ohnehin schon so gut wie überschritten. Obendrein dienen solcherlei Gegenstände dort oben im Norden keinem praktischen Zweck.“

Im ersten Moment wollte ich widersprechen. Kein praktischer Zweck? Die hübschen Gegenstände sollten aus einer einfachen Hütte ein gemütliches Zuhause machen, eins, in dem ich mich rundherum wohlfühlen konnte. War das vielleicht kein ehrenwerter Zweck? Dennoch hielt ich an mich. Ich erinnerte mich nur zu gut an das Gebet, das ich vor drei Tagen unter Tränen gesprochen hatte. Ich hatte meinem Gott gelobt, Wynn die Führung unserer Familie zu überlassen. Ich zögerte einen Augenblick lang, bis ich mir meiner Sache ganz sicher war, und warf Wynn dann mein herzlichstes Lächeln zu.

„Nun, dann scheint ja alles in bester Ordnung zu sein.“

Wynn legte seinen Arm um mich und zog mich fest an sich. Daß wir in einem gedrängt vollen Eisenbahnwaggon saßen, übersah er dabei dieses Mal.

„Dank' dir, mein Schatz!“ flüsterte er gegen mein Haar, und plötzlich wußte ich, daß ich viel mehr gewonnen hatte, als die Einbuße mich gekostet hatte.

Wie erwartet, erwies sich der nächste Tag als überaus geschäftig. Meine Familie war noch immer bei Jon und Mary zu Gast. Sie würden noch ein paar Tage bleiben, bevor sie wieder mit der Eisenbahn nach Hause fahren würden. Ich war für diesen einen Tag sehr dankbar, den ich vor meiner Abreise mit ihnen verbringen konnte.

Auf stundenlange nächtliche Unterhaltung mit Julie würde ich allerdings diesmal verzichten müssen. Sie hatte das Zimmer geräumt, das ich so oft schon während meiner Besuche bei Jon bewohnt hatte, so daß es für Wynn und mich hergerichtet werden konnte. Zuerst wirkte es sonderbar, doch ich gewöhnte mich schnell daran. Ich wußte ja jetzt schon kaum zu sagen, wie ich je ohne Wynn leben konnte, und dabei war ich erst vor vier kurzen Tagen seine Frau geworden.

Wynn war einen guten Teil des Tages unterwegs, um einige letzte Besorgungen zu machen. Er hatte sich bei dem Hauptquartier der Berittenen Polizei zu melden, wo er seine Anweisungen entgegennehmen sollte, und dazu lieferte er unser Gepäck ab, damit es gewogen und abgefertigt werden konnte. Den ersten Abschnitt unserer Reise würden wir per Eisenbahn zurücklegen; danach würden wir mit dem Boot weiterfahren und schließlich in einen Pferdekarren umsteigen. Während der Wintermonate hätten wir für das letzte Stück Wegs dazu noch einen Hundeschlitten gebraucht.

Wir blieben bis spät in die Nacht hinein auf. Es gab keinen Grund, zeitig schlafenzugehen. Zum Ausruhen hatten wir am nächsten Tag in der Eisenbahn mehr als reichlich Gelegenheit. Es war uns weitaus wichtiger, die kurze verbleibende Zeit mit der Familie auszukosten. Als wir schließlich die Treppe zum oberen Stockwerk hinaufstiegen, hatte die Standuhr im Hausflur schon Mitternacht geschlagen.

Ich öffnete die Tür zu unserem Zimmer. Wer mochte sagen, wann ich jemals wieder hier schlafen würde? Ich hatte dieses Zimmer ins Herz geschlossen. Hier hatte ich mich stets heimisch gefühlt. Ich würde dieses Haus und seine Bewohner sehr vermissen. Jedes der Kinder würde mir fehlen. Sie mochten womöglich schon halbwegs erwachsen sein, bis ich sie wiedersehen würde. Und meine lieben Eltern, ob sie noch immer ihr Haus in Toronto bewohnen würden, wenn ich aus dem Norden zurückkehrte? Und Julie? Ob sie während meiner Abwesenheit einen Mann finden und heiraten würde? Und aus Markus würde bis zu meiner Rückkehr längst ein erwachsener Mann geworden sein.

Um meine Zukunft mit Wynn in seinem Norden machte ich mir keine Sorgen. Was mir einzig zu schaffen machte, waren die Dinge, die mir in der Zwischenzeit hier entgehen würden. Wenn ich doch nur alles unbeweglich versteinern könnte, bis ich wiederkam! Doch das war unmöglich. Man konnte sich nicht an mehreren Orten zur gleichen Zeit aufhalten. Das Leben in Toronto und Calgary würde auch ohne die Anwesenheit einer gewissen Elisabeth Delaney weitergehen; das mußte ich so hinnehmen, wie es war.

Mir war ein wenig nach Weinen zumute. Ich vergrub den Kopf in meinem Kissen. Einen Augenblick lang befürchtete ich, meiner Tränen nicht Herr werden zu können, doch dann legte Wynn seinen Arm um mich und legte seine Wange an meine.

„Bist du auf ein Abenteuer gefaßt, mein Liebes?“ flüsterte er, und in seinen Worten schwang unverkennbar die Abenteuerlust.

„Ich denk' schon“, murmelte ich und tastete mit der Hand nach seinem Kinn. Ich lächelte in die Dunkelheit hinein, und Wynn spürte die Bewegung in meinem Gesicht. Er küßte mich auf die Schläfe.

„Ich habe mich noch nie so sehr auf den Norden gefreut wie diesmal“, vertraute er mir an. „Früher mußte ich oft daran denken, wieviel ich hier zurücklassen würde. Diesmal kann ich an nichts anderes denken als an das, was ich mitnehme.“

Ich regte mich in seinen Armen.

„Wenn ich dich nur niemals enttäusche, Wynn!“

„Darüber mache ich mir nicht die geringste Sorge.“

Seine Stimme klang nun sehr ernst. „Ich kann nur hoffen und beten, daß du selbst niemals enttäuscht wirst. Der Norden kann hart sein, Elisabeth. Er ist schön, aber er hat auch ein grausames Gesicht. Die Menschen dort ... es sind einfache, arme Leute – in mancher Hinsicht wie Kinder. Es sind die Menschen, um deretwillen es mich in den Norden zieht. Ich kann es selbst nicht erklären, aber irgendwie sind sie mir ans Herz gewachsen. Sie vertrauen mir und suchen Hilfe bei mir – kindlich und rückhaltlos. Deshalb fühle ich mich verpflichtet, mich dieses Vertrauens würdig zu erweisen.“

„Und das bist du ganz gewiß.“

„Ich bin mir nicht sicher. Ich habe immer das Gefühl gehabt, nicht genug für sie getan zu haben. Sie brauchen Ärzte, Schulen und am dringendsten Missionare. Missionare, die ihnen von Gottes Liebe erzählen. Sie haben eine so falsche Vorstellung von Gott!“

Plötzlich regte sich ein neues Verlangen in mir, eine Sehnsucht, die weiter reichte, als Wynns Menschen im Norden nur das Lesen und Schreiben zu lehren. Ich wollte ihnen auch helfen, den allmächtigen Gott kennenzulernen und an ihn zu glauben. Seltsam. Ich kannte noch keinen einzigen von ihnen, und doch verspürte ich eine unerklärliche Liebe zu ihnen.

## Aufbruch

Nach einem tränenreichen Abschied ging unsere Reise endlich los. Ich war traurig und aufgeregt zugleich. Es war mir selbst unbegreiflich. Wynn ahnte, was in mir vorging, und ließ mich ungestört meinen Gedanken nachhängen. Hin und wieder deutete er auf etwas, das mich interessieren würde, ohne jedoch eine ausgesprochen begeisterte Antwort zu erwarten. Der erste Abschnitt der Eisenbahnfahrt war mir vertraut; ich hatte diese Strecke über Red Deer und Lacombe schon manches Mal zurückgelegt. Als der Zug in Lacombe Station machte, hielt ich durch das Fenster Ausschau nach bekannten Gesichtern. Ich war schon nahe daran, die Suche aufzugeben, als Philipp, Lydia und der kleine Philipp – Wynns Bruder und dessen Familie – einstiegen. Wynns Mutter hatten sie ebenfalls mitgebracht.

„Der Schaffner sagt, daß der Zug hier mehrere Minuten Aufenthalt hat; er wird uns vor der Abfahrt Bescheid geben“, sagte Philipp.

Bald waren wir in ein lebhaftes Gespräch vertieft. Es gab unzählig viele Neuigkeiten auszutauschen. Viel zu früh wurden wir von der Ankündigung des Schaffners unterbrochen, daß der Zug in etwa fünf Minuten weiterfahren sollte. Es tat uns leid, unseren Besuchern Lebewohl sagen zu müssen, doch wir waren von Herzen dankbar für diesen kurzen Austausch. Zum ersten Mal hatte ich die ältere Frau Delaney mit „Mutter“ anreden können. Es war mir eine Ehre und ein Vergnügen.

„Gott befohlen, Elisabeth!“ sagte sie zum Abschied. „Dieses Mal fällt es mir nicht schwer, Wynn in den Norden zu schicken. Ich weiß ihn nun in den besten Händen! Gib aber gut auf dich acht, mein Kind! Aus Wynns Berichten weiß ich, daß es im Norden für eine Frau sehr einsam sein kann."

Ich bemühte mich, Mutter Delaney zu beruhigen, und versicherte ihr, daß ich für das, was auf mich zukommen würde, gerüstet sei. Dabei klang meine Stimme zuversichtlicher, als mir in Wirklichkeit zumute war. Mit jeder Meile, die die ratternden Eisenbahnräder zurücklegten, wurde der Stein, den ich in meiner Magengrube spürte, größer und schwerer. Wenn ich Wynn nicht an meiner Seite gehabt hätte, wäre ich gewiß schon vor Lacombe vor heller Panik aus dem Zug gestiegen.

Ich zwang mich dazu, meine Aufmerksamkeit auf die kleinen Ortschaften zu lenken, an denen wir vorüberfuhren, doch das fiel mir nicht leicht. Mit meinen Gedanken war ich weit von hier entfernt. Selbst wenn Wynn gutgelaunt eine Erklärung zu Dingen abgab, die in der Landschaft draußen zu sehen waren, konnte ich seine Begeisterung nicht teilen, so sehr ich mich auch bemühte.

Schließlich kam ich zu der Einsicht, daß ich einfach müde war und dringend etwas Schlaf brauchte. Ich legte meinen Kopf an Wynns Schulter. Ach, es war zwecklos! Anstatt zur Ruhe zu kommen, überstürzten sich meine Gedanken geradezu. An den tiefen, gleichmäßigen Atemzügen meines Mannes konnte ich erraten, daß er mir mit dem Einschlafen zuvorgekommen war. Ich freute mich für ihn. Er war gewiß noch erschöpfter gewesen als ich. Ich wünschte ihm von Herzen ein erholsames Schläfchen. Um ihn nicht zu stören, wagte ich kaum, mich zu bewegen. Die Eisenbahn dagegen rüttelte und schüttelte uns kräftig hin und her. Mit einem heftigen Ruck kamen wir plötzlich zum Stehen, um dann auf den Geleisen hin und her geschoben zu werden. Auf diese Weise kuppelte die Lokomotive einige der Waggons ab, vermutete ich.

Wynn wachte auf und streckte sich behutsam. Ich wußte, daß er sich bemühte, mich nicht zu wecken. Darum setzte ich mich aufrecht und lächelte ihn an.

„Keine Sorge", versicherte ich ihm. „Ich bin ohnehin schon wach."

„Hast du dich ein bißchen ausruhen können?“ fragte er.

„Ausruhen schon, aber schlafen nicht“, antwortete ich.

„Das tut mir leid für dich. Ich muß wohl eine Weile eingenickt sein.“

„Ja, aber nicht lange. Du hättest viel besser schlafen können, wenn der Zug nicht an jeder Holzhütte und jedem Indianerzelt auf der Strecke halt gemacht hätte.“

Wynn schmunzelte.

„Diesen Eindruck bekommt man tatsächlich, nicht wahr? Nun, bis Edmonton ist es jetzt nicht mehr weit.“

„Wie geht die Reise von dort weiter?“

„Wir übernachten in Edmonton. Morgen früh habe ich eine kurze Besprechung mit ein paar Beamten, bevor es weitergeht. Du kannst morgen lange schlafen, wenn du möchtest.“

„Wann fahren wir dann weiter?“

„Nicht vor elf Uhr.“

„Um wieviel Uhr muß ich aufstehen?“

„Neun Uhr ist früh genug – es sei denn, du möchtest dich noch ein wenig in der Stadt umschauen.“

„Darauf verzichte ich lieber“, lächelte ich müde. „Selbst um neun Uhr wird mir das Aufstehen nicht leichtfallen, fürchte ich.“

Als ich am nächsten Morgen aufwachte, war Wynn schon unterwegs. Ich sah auf die Uhr an der Wand. Liebe Güte, es war ja schon nach neun! Ich beeilte mich aufzustehen. Wenn ich bei Wynns Rückkehr reisefertig sein wollte, hatte ich nun keine Zeit mehr zu verlieren.

Ich hatte mich gerade frisiert, als ich Wynns Schlüssel in der Tür hörte.

„Du bist also schon auf!“ begrüßte er mich sichtlich erleichtert. „Ich hatte schon befürchtet, daß du verschlafen würdest.“

„Habe ich auch“, gestand ich, „aber nur ein paar Minuten. Ich mußte mich sputen, um die verlorene Zeit wieder einzuholen.“

„Dein Schlaf war gewiß keine verlorene Zeit“, meinte er. „Du brauchtest ihn dringend.“

Er kam näher und küßte mich.

„Du siehst erholter aus“, stellte er fest. „Wie fühlst du dich?“

„Großartig“, sagte ich mit einem Lächeln, hinter dem ich jegliche Spur von Ängstlichkeit verbarg. „Die Reise in die Wildnis kann losgehen!“

Er nahm mich in seine Arme.

„Dann wollen wir uns gleich auf den Weg machen“, sagte er. „Zuallererst frühstückst du aber.“

Wir setzten unsere Reise mit dem Floß fort, was eine neue Erfahrung für mich war. Anfangs war mir recht unwohl bei der Sache zumute. Der Himmel hing voller dunkler Wolken, und in das Floß aus Baumstämmen setzte ich kein sehr großes Vertrauen. Einzig durch die Holzstangen der Besatzung gelenkt, trieb es auf den Wellen des Flusses.

Wynn erklärte mir, daß einst der luxuriöse Raddampfer „North Saskatchewan“ diese Strecke befahren hatte, doch mit dem Aufkommen der Eisenbahn hatten die Boote immer mehr Passagiere verloren, und die Dampferfahrten waren schließlich so gut wie eingestellt worden. Auf unserer Strecke gab es keine Eisenbahn, so daß nur das Floß als Transportmittel blieb. Es trieb mit der Strömung nach Nordosten. Die Männer, denen es gehörte, verschwendeten auf der Fahrt stromabwärts keinen Tropfen Treibstoff. Erst bei der Rückfahrt würden sie einen einfachen Motor einsetzen.

Es sah nach Regen aus. Ich war mir nicht sicher, ob dieses seltsame Fahrzeug einem handfesten Regenguß standhalten würde. Wenn es nur nicht in den Fluten versank!

Die Sitze waren nicht sehr bequem, so daß ich mich bald nach einer Gelegenheit sehnte, um mir die Beine ein wenig zu vertreten. Dazu schien es aber vor lauter Kisten keinen Platz zu geben; nahezu jeder Zoll Bodenfläche war mit Bergen von Waren beladen. Die Unmenge Ladung, unter deren Gewicht sich die Floßseiten bogen, war wahrhaftig erstaunlich. Ich blickte mich nach unseren Koffern und Kisten um, konnte sie aber zu meinem Entsetzen nirgends entdecken. Wynn mußte meine Gedanken erraten haben.

„Sie sind dort unter der Segelplane verstaut“, bedeutete er mir.

„Möchtest du dir die Füße ein wenig vertreten?“ fragte er nach einem kurzen Schweigen.

„Oh, furchtbar gern – aber wo?“ gab ich zurück.

„Komm!“ sagte er und reichte mir seine Hand. „Für ein paar Minuten wird's schon gehen.“

Es war kein leichtes Unterfangen. Wir mußten uns einen Weg zwischen, über und unter zahllosen Hindernissen hindurch bahnen und dabei mit aller Macht um unser Gleichgewicht kämpfen. Ein heftiger Wind blies, und zuweilen warfen sich die Wellen des Flusses zu hohen Wogen auf. Ich knotete mir den Schal fester unter das Kinn und gab Wynn zu verstehen, daß ich vorerst vom Spazierengehen genug hatte. Wir kehrten an unsere unbequemen Plätze zurück.

Am frühen Nachmittag brach das Unwetter los. Der Kahn bot keinen Schutz vor dem Regen. Wynn trieb irgendwo eine Wachstuchplane auf, die er fest um meine Schultern legte. Der Wind riß und zerrte so heftig daran, daß ich Mühe hatte, rundherum auf allen Seiten von der Plane bedeckt zu bleiben. Ich spürte, wie ich an mehreren Stellen immer nasser wurde. Es fiel mir schwer, an etwas anderes als meine regenfeuchte Kleidung zu denken. Das Wasser war eiskalt, und der Wind peitschte die Wellen immer höher. Innerhalb weniger Stunden fühlte ich mich regelrecht elend, tat aber mein Bestes, nichts davon merken zu lassen.

Wynn gab sich alle erdenkliche Mühe um mich. Er rückte und zupfte die Zeltplane zurecht, zog hier und schnürte dort und wurde dabei selbst zusehends vom Regen durchnäßt. Die Männer der Kahnbesatzung dagegen schienen dem Unwetter keine große Beachtung zu schenken. Sie waren vermutlich schon unzählige Male bis auf die Haut durchnäßt worden.

Der Himmel verdunkelte sich, und es regnete immer

heftiger. Ich befürchtete, daß wir die ganze Nacht hindurch unterwegs sein würden. Wie weit war die Strecke, die wir auf diesem Floß zurückzulegen hatten? Irgendwo hatte ich das Wort „Athabasca" aufgeschnappt, doch das konnte kaum unser Zielort sein.

Wynn kam mit einer Neuigkeit zu mir: „Wir legen heute abend zeitig an, damit wir uns aufwärmen können. Ein Stück stromabwärts liegt ein kleiner Umschlagplatz, wo wir übernachten können. Eigentlich hätten wir heute eine größere Strecke zurücklegen sollen, aber das läßt sich jetzt nicht ändern."

Fröstelnd nickte ich. Mir konnte es nur recht sein.

Wenig später erriet ich an dem aufgeregten Rufen der Mannschaft, daß das Floß zum Anlegen ans Ufer laviert wurde. Mit einem dumpfen Aufprall landeten wir an einer Art Dock. Es war dunkel. Wynn half mir beim Aussteigen. Wind und Regen zerrten mir meinen Schal vom Kopf, so daß mein Haar wild um mein Gesicht flatterte. Ich versuchte vergeblich, es mit einer Hand zu bändigen, und gab meine Frisur dann hilflos dem Unwetter preis.

Wir gingen auf ein dunkles Gebilde im Abenddunkel zu. Hinter einem undeutlich erkennbaren Fenster flackerte ein schwaches Licht. Endlich ein Zeichen menschlicher Zivilisation! Ich flüsterte ein Dankgebet und eilte mit Wynns Hilfe auf das Haus zu.

Der Geruch eines Holzfeuers lag in der Luft, und ich freute mich schon auf die Wärme, die er versprach. Ich ging schneller. Dabei übersah ich in meiner Eile einen Baumstumpf direkt vor mir.

„Paß auf!" rief Wynn mir zu, doch da war es schon zu spät. Ich stieß mit dem Schienbein kräftig gegen das harte Holz. Vor Schmerzen schrie ich auf.

Wynn fing meinen Sturz auf, doch den Rest des Wegs zu dem Haus humpelte ich mit schmerzverzerrtem Gesicht. Wynn erbot sich, mich zu tragen, was ich in meinem Stolz ablehnte.

Als wir das Gebäude erreicht hatten, stellte ich zu meiner großen Enttäuschung fest, daß es sich weder um ein Haus, noch um eine Hütte handelte. Es war ein kümmerlicher Schuppen – ein Schuppen, der als Umschlagplatz für Wagen diente. Kisten, Tonnen und Stapel von Säcken lagen ohne erkennbare Ordnung an den Wänden des Raums. Eine Lampe auf einer behelfsmäßig zusammengeschreinerten Theke verbreitete ein dürftiges Licht. Das einzige Fenster des Schuppens war so verschmutzt, daß ich mich fragte, wie der schwache Lichtschein, den ich von draußen gesehen hatte, nur ins Freie gelangt war.

In einer Ecke lag ein Stapel Tierfelle. Erst beim näheren Hinschauen kam ich zu dem Schluß, daß es sich um eine Art Bett handeln mußte. Der Gedanke, darin schlafen zu müssen, ließ mich erschaudern.

„Tag!“ hörte ich eine Stimme krächzen. Ich fuhr zusammen. Neben dem bauchigen Ofen in der Mitte des Raums saß ein vernachlässigt gekleideter Mann. Ein dunkler Tabakstrom schoß aus seinem Mund, um scharf an einer alten Konservendose vorbei seitlich an dem Ofen zu landen, wo er zischend verkrustete. Der Mann war bei unserer Ankunft einfach sitzen geblieben und rührte sich auch jetzt um keinen Zentimeter.

Wynn nickte dem Mann zu.

„Tag, Charlie!“ sagte er. „Borgst du uns deinen Stuhl mal für einen Augenblick? Meine Frau hat sich gerade an dem Baumstumpf vor deiner Hütte am Bein verletzt.“

In dem ganzen Raum gab es nur einen einzigen Stuhl, so daß Charlie sich, vor Widerwillen grunzend, erhob.

Wynn schob mir den Stuhl zurecht und hob meinen Rock, um die Verletzung zu untersuchen.

„Bringst du uns bitte deine Lampe her, Charlie?“

Der bestimmende Ton in Wynns Worten ließ keinen Zweifel daran, daß er hier das Sagen hatte, obwohl Charlie diese Hütte sein eigen nannte.

Charlie brachte die Lampe. Mein zerrissener Strumpf wies einen häßlichen, klebrigen Blutfleck auf.

„Den Strumpf wirst du wohl ausziehen müssen“, sagte Wynn.

Ich sah mich hilflos in dem Raum um. Nirgends gab es einen Winkel, der mir als Umkleidekabine dienen könnte.

„Aber das geht doch nicht“, flüsterte ich mit einem nervösen Seitenblick auf Charlie.

„Dreh dich um, Charlie!“ befahl Wynn, und Charlie fügte sich brummend. Mit ihm wandte sich auch der schwache Schein der Lampe von uns ab. Im Halbdunkel war mir etwas zuversichtlicher zumute. Ich schob meinen Rock hoch und löste die Strumfbänder, die den jämmerlich zerrissenen Strumpf hielten. Diesen streifte ich ab, so schnell ich konnte, und zog den Rock wieder zurecht. Charlie trat von einem Bein aufs andere und spuckte erneut. Wo dieser Tabakstrahl landete, konnte ich nicht erkennen. Ergeben setzte ich mich wieder.

„Gut“, sagte Wynn. „Jetzt brauchen wir die Lampe, Charlie.“

Charlie drehte sich zu uns um. Einen Augenblick befürchtete ich, er würde als nächstes in unsere Richtung spucken, doch das tat er glücklicherweise nicht. Er hielt die Lampe und tat dabei sein Bestes, nicht hinzuschauen, während Wynn das Bein untersuchte.

„Keine sehr tiefe Wunde“, stellte mein Mann fest. „Kein ernsthafter Schaden, den ...“

„Abgesehen von dem Strumpf“, unterbrach ich ihn. Wynn zog die Augenbrauen fragend in die Höhe.

„Beine heilen wieder“, fügte ich erklärend hinzu, „aber Strümpfe nicht – und ich habe nur eine begrenzte Anzahl davon im Gepäck.“

Beinahe wider Willen mußte Wynn lächeln, antwortete aber nichts.

„Charlie, hast du einen Verbandskasten hier?“ fragte er.

Er brummte etwas vor sich hin und knurrte dann: „’n paar Sachen schon.“

„Setz die Lampe dort drüben ab und hol sie bitte“, sagte Wynn. „Ich möchte nicht das ganze Floß abladen müssen, um an unser Verbandszeug zu kommen.“

Während Wynn meine schwellende Wunde reinigte und verband, betraten die anderen Männer den Schuppen. Sie hatten das Floß sicher am Ufer festgemacht und waren gekommen, um sich nun ins Trockene und Warme zu retten.

Sie alle begrüßten Charlie lautstark. Dieser erwiderte die Begrüßung seinerseits mit einem Fluchen, einem Tabakstrahl und einem kräftigen Schlag auf die Schultern seiner Kumpane.

Ich fühlte mich ausgesprochen fehl am Platz. Diese Männer waren es offensichtlich nicht gewohnt, sich in Gegenwart einer Dame manierlich zu benehmen. Sie scherzten, fluchten und gaben sich Rippenstöße. Einer der Männer zog eine Rumflasche hervor, mit deren Hilfe sie sich allesamt die Kälte aus den Knochen vertreiben wollten.

Wynn machte sich an die Arbeit. Keiner der anderen Männer schien auf den Gedanken zu kommen, ihm zu helfen. Er setzte einen Kessel mit Kaffeewasser auf die Ofenplatte und erkundigte sich bei Charlie nach Essenskonserven, um eine Abendmahlzeit zuzubereiten. Charlie schien nicht viel daran zu liegen, seine Vorräte mit anderen zu teilen, bis Wynn ihn daran erinnerte, daß er alle Auslagen von der Polizei erstattet bekommen würde. Brummend holte Charlie daraufhin zwei Konservendosen hervor, und Wynn begann mit dem Kochen.

Ich erbot mich, ihm zur Hand zu gehen, doch er schüttelte den Kopf.

„Du mußt dein Bein schonen, Elisabeth. Hier, ich helfe dir!"

Bevor ich überhaupt wußte, wie mir geschah, hatte er mich schon von meinem Stuhl neben dem Ofen auf den Berg übelriechender Tierfelle in der Ecke gehoben. Ich wollte widersprechen, doch die Worte blieben mir im Hals stecken.

„Tut mir leid, Liebling", flüsterte Wynn, „aber du wirst wohl oder übel hier in diesem ‚Bett' übernachten müssen."

Ich schluckte meinen Protest hinunter und schloß den Mund gegen den Geruch, den die Felle ausströmten, während Wynn mich darauf zurechtlegte.

„Willst du etwa damit sagen, daß es keine anderen Betten hier gibt?“ fragte ich entsetzt.

„So ist es.“

„Aber du – und die anderen Männer ... wo werdet ihr denn schlafen?“

„Wir bleiben auch hier in der Hütte. Hier sind wir wenigstens vor dem Regen sicher, und unsere Sachen können am Feuer bis morgen getrocknet sein.“

Wortlos blickte ich mich in dem winzigen, überfüllten, mit Waren vollgestellten Raum um. Plötzlich hatte ich das Gefühl, ersticken zu müssen, und sehnte mich nach frischer Luft. Draußen heulte jedoch der Sturm unvermindert heftig, und der Regen peitschte gegen die Wände des Schuppens. Ich schloß die Augen und bemühte mich, wenigstens für die Wärme in diesem übelriechenden Schuppen dankbar zu sein. Wynn klopfte mir verständnisvoll auf die Schultern.

Als die einfache Mahlzeit fertig war, wurden ein paar Kisten, die als Tisch dienen sollten, näher an den Ofen geschoben. Wynn kam, um mich auf dem Weg dorthin zu stützen. Ich sagte ihm, daß ich wirklich nicht hungrig sei und gern mit einer Tasse Tee oder Kaffee vorlieb nehmen würde. Erst jetzt besann er sich, daß ich noch immer in meiner feuchten Kleidung steckte und erbärmlich frieren mußte.

„Entschuldige bitte, Elisabeth!“ sagte er. „Ich hatte es so eilig, eine heiße Mahlzeit für dich zu kochen, daß ich deine nassen Sachen glatt vergessen hatte. Ich wußte nicht, daß du bis auf die Haut naß geworden bist. Die Wachstuchplane war wohl nicht sehr wasserdicht, nicht wahr?“

„O doch, das war sie“, versicherte ich ihm tapfer. Wynn selbst war noch wesentlich durchnäßter als ich. „Ich habe nur hier und da ein paar Tropfen abbekommen, weiter nichts.“

Wynn fuhr prüfend mit der Hand über meinen Rock.

„Du bist klatschnaß geworden", stellte er sachlich fest. „Durch und durch. Zuerst ißt du etwas von der heißen Suppe, und danach werden wir deine Sachen zum Trocknen aufhängen."

Ich wollte ihm erneut widersprechen, doch Wynn ließ sich auf keinen Protest ein. Ergeben ließ ich mich zu dem Stuhl bringen, und Wynn füllte eine Tasse mit der Suppe, die er gekocht hatte, für mich. Ich trank sie in kleinen Schlückchen. Es war keine besonders verlockende Mahlzeit, aber sie war heiß und erstaunlich schmackhaft für ein Essen, das aus Konserven zubereitet worden war. Meine Kleidung auf der dem Ofen zugewandten Seite begann zu dampfen. Ich rückte auf dem Stuhl hin und her, damit die Wärme mich gleichmäßiger erreichte; dennoch fror ich noch immer, wenn sich auch Teile meines Rückens ausgesprochen heiß anfühlten. Es war ein seltsames Gefühl, trotz brennend heißer Körperstellen so jämmerlich zu frieren. Ich trank meine Tasse leer und bedeutete Wynn, daß ich nun bereit war, auf das Lager aus Fellen zurückzukehren.

„Hast du ein paar Decken zur Hand, Charlie?"

Charlie erhob sich ächzend von dem Faß, auf dem er sich niedergelassen hatte, und schickte einen Tabakstrahl auf den Ofen zu, bevor er in ein Regal langte.

„Eigens von Hudson's Bay hergeschafft", brummte er. „Kaum benutzt."

„Das wird sich auch bis morgen früh kaum ändern", gab Wynn unbeirrt zurück. Er trug die Decken in eine Ecke des Schuppens, wo er die Decken schützend vor mich halten konnte.

„So, nun steig mal schnell aus den nassen Sachen heraus!" wies er mich an.

Ich sah ihn fragend an. Das sollte wohl ein Witz sein. Der ganze Raum steckte doch voller Männer.

Aber nein, er hatte es tatsächlich ernst gemeint. Ich zuckte hilflos mit den Achseln, knöpfte meinen nassen Rock auf und ließ ihn zu Boden gleiten. Anschließend entledigte ich mich meiner Bluse und meiner Unterröcke und warf dabei immer wieder einen nervösen Blick auf die Decken, die Wynn um mich ausgebreitet hielt.

An den Geräuschen, die von jenseits der Deckenwand zu mir vordrangen, konnte ich erahnen, daß die vier Männer sich inzwischen an Wynns Suppe gütlich taten. Schlürfend und schmatzend machten sie sich darüber her. Ich war dankbar, daß mir zu den Geräuschen wenigstens der Anblick erspart blieb. Im stillen fragte ich mich, ob Charlie wohl zugleich Tabak kauen und Suppe essen konnte, oder ob er anläßlich der Mahlzeit ausnahmsweise auf den Tabak verzichtete.

„Streck dich nur bequem aus!“ sagte Wynn leise. „Ich decke dich schön fest zu.“

Er tat es und scheute sich nicht, beide Decken dazu zu benutzen. Ich lag vor Kälte immer noch zitternd da. Wynn ging wieder zu dem Ofen, nahm die Tasse, aus der ich soeben getrunken hatte, und füllte sie mit Suppe für sich selbst. Dann goß er Kaffee in eine zweite Tasse und kam wieder zu mir an das Bett.

„Wird dir schon wärmer?“ erkundigte er sich. Ich nickte. Obwohl meine Zähne noch immer vor Kälte aufeinander schlugen.

Jetzt, wo Wynn den Ofen nicht mehr zum Kochen benötigte und ich den Stuhl freigegeben hatte, drängten die Männer sich dichter um das Feuer. Ihre Kleidung begann zu dampfen und zu riechen, was der stickigen Luft in dem Schuppen nicht gerade zuträglich war. Ich war froh, meine Mahlzeit schon hinter mir zu haben. Bei dem starken, unangenehmen Geruch hätte ich keinen Schluck Suppe hinunterbringen können.

Ich schickte mich an, ein Stück zur Seite zu rücken, um einen Platz für Wynn freizumachen, doch dieses Lager war zweifelsohne nur für eine Person gedacht. Wynn hockte sich neben mich auf den Fußboden und nippte an seinem Kaffee. Seine feuchte Kleidung klebte ihm am ganzen Leib.

„Du bist ja immer noch ganz naß“, sagte ich. „Du wirst dich erkälten!“

„Keine Sorge, ich trockne schon mit der Zeit wieder. Mir geht es gut. Wie wär's, wenn du ein bißchen zu schlafen versuchtest?“

„Wie denn – hier?“ wollte ich ausrufen, doch ich wußte nur zu gut, daß er sein Bestes für mich getan hatte, und nickte nur.

Wynn ging wieder an den Ofen zurück, wo die Männer laut scherzend aßen.

„He, Herr Gendarm“, machte sich einer der Flößer über ihn lustig, „nicht übel gekocht für einen Gesetzeshüter!“

Die übrigen Männer stimmten grölend in sein breites Lachen ein. Wynn nickte nur schweigend.

„Vielen Dank für das Dach über dem Kopf und dein Bett, Charlie!“ sagte Wynn dann aufrichtig.

Charlie warf einen Blick in die Ecke, wo ich lag. Er hatte seine Suppe geschlürft, so daß ihn nun nichts mehr an dem Genuß seines Kautabaks hinderte. Eine Portion davon landete klatschend auf dem Stiefel von einem der Flößer. Der Getroffene schenkte dem Geschehen jedoch keinen Funken Beachtung.

„Schon gut“, versicherte uns Charlie. „Hatte sowieso nicht vor, die Nacht mit Schlafen zu vergeuden.“

Wieder brachen die Männer in grölendes Gelächter aus. Ich begriff beim besten Willen nicht, was so lächerlich war, doch bald sollte mir der Grund klar werden. Der behelfsmäßige Tisch wurde von den Suppentassen befreit, und ein Paket Spielkarten landete knallend darauf.

„Sie haben doch nichts gegen 'ne Runde Karten, Herr Wachtmeister, oder?“ fragte der dicke Schiffer.

„Nein, solange fair gespielt wird und keine Schlägerei ausbricht“, lautete Wynns Antwort.

„Dann werden wir wohl oder übel heute mal fair spielen müssen“, sagte der Mann zu seinen Kumpanen, und erneut dröhnte eine Lachsalve durch den Schuppen.

Kisten und Fässer dienten als Sitzgelegenheiten, und bald gesellten sich zwei Flaschen zu den Karten auf dem Tisch.

„Hätten Sie nicht Lust, 'ne Runde mitzuspielen, Herr

Wachtmeister?“ fragte der kleine dunkelhaarige Mann mit dem französischen Akzent und dem langen Schnurrbart.

Wynn schüttelte den Kopf.

Die vier Männer beugten sich über den Tisch, und die lange Nacht nahm ihren Anfang. Für Wynn blieb nicht viel Platz in dem Schuppen. Er bemühte sich, seine feuchte Kleidung am Ofen zu trocknen, und rückte sich zu diesem Zweck einen Holzklotz dicht an das Feuer. Auf diesen behelfsmäßigen Hocker setzte er sich nun und lehnte sich dabei an einen Stapel Kisten.

Hin und wieder wurde das Lampenlicht schwächer, und eine ungewaschene Hand langte herüber, um den Docht hochzuschrauben. Die Scherze wurden derber und lauter. Wynn erinnerte die Männer, daß eine Dame im Raum war, worauf es für ein paar Minuten ruhiger wurde. Je dunkler die Nacht und je leerer die Flaschen wurden, desto lautstärker wurden die Männer. Wynn sah ihnen schließlich nur noch schweigend und scheinbar unbeteiligt zu, doch ich wußte genau, daß seinem wachsamen Blick keine Bewegung im ganzen Raum entging.

Auch ich beobachtete alles von meiner Ecke aus. Nun fror ich nicht mehr so erbärmlich; die rauhen Wolldecken hatten ihren Zweck erfüllt. Ein paarmal wäre ich um ein Haar eingeschlafen, doch eine Lachsalve oder eine lautstarke Bemerkung schreckte mich wieder auf.

Wynn erhob sich von seinem Platz am Feuer, um nach mir zu sehen. Als ich ihn kommen sah, schloß ich schnell die Augen. Ich wußte zwar, daß das nicht ganz aufrichtig von mir war, aber ich wollte auf keinen Fall, daß er sich meinetwegen sorgte. Er hatte ohnehin schon mehr als genug an Belastungen zu tragen. Dennoch schlug mein kleines Täuschungsmanöver fehl.

„Wie geht's dir?“ erkundigte er sich leise.

Ich antwortete nicht gleich. Um ehrlich zu sein, fühlte ich mich unendlich fehl am Platze inmitten dieser fluchenden, trinkenden, kartenspielenden Grobiane. Noch nie in meinem ganzen Leben hatte ich mich in einer solchen Situation befunden. Um solche Leute hatte ich bisher immer einen großen Bogen zu machen gewußt. Wenn ich meinen Mann nicht an meiner Seite gehabt hätte, wäre ich gewiß vor Entsetzen wie gelähmt gewesen. Ich warf einen Blick auf die Männer. Der hochgewachsene nahm gerade einen langen Schluck aus der Flasche, während sein kleiner, dunkelhaariger Nebenmann schon mit ausgestreckter Hand darauf wartete, auch an die Reihe zu kommen. Wynn schaute mich immer noch besorgt an.

„Mir geht's gut", sagte ich kläglich; dann zwang ich mich zu einem überzeugenderen: „Wirklich, mir geht's ganz gut!"

„Und dein Bein?"

„Tut längst nicht mehr so weh."

„Ist es dir warm genug?"

Ich nickte nur.

Er kniete sich neben mich auf den Boden und zog die Decken fester um mich.

„Es tut mir leid, Elisabeth. Ich hatte eigentlich ein besseres Quartier für dich vorgesehen, aber der Sturm hat uns einen Strich durch die Rechnung ..."

„Schon gut", versicherte ich ihm rasch. „Du bist doch bei mir! Alles andere ist nicht so wichtig."

Er beugte sich vor und küßte mich. Seine ganze Liebe stand in seinen Augen zu lesen, wenn die Besorgnis auch keine Sekunde daraus gewichen war.

„Schlaf nur ein wenig. Du brauchst es!" flüsterte er und küßte mich nochmals. Dann ging er wieder an seinen Platz neben dem Feuer zurück.

Es wurde immer später, doch die Männer spielten, tranken und fluchten noch immer unentwegt. Charlie stand ächzend von seiner Holzkiste auf, um eine neue Flasche zu holen. Als er sie krachend auf den Tisch stellte, langte Wynn hin und beschlagnahmte sie schweigend. Vier Augenpaare musterten ihn herausfordernd.

„Wir haben morgen ein langes Stück Weg vor uns. Dazu brauche ich nüchterne Flößer. Charlie, wenn du willst, kannst du weitertrinken. Die Flasche gehört schließlich dir, aber reich sie bitte nicht weiter!“

Etwas Gebieterisches lag in seiner Stimme, und die Männer fügten sich, wenn auch nicht ohne ein widerwilliges Knurren.

Das Kartenspiel ging weiter, obwohl es offensichtlich an „Würze“ verloren hatte.

Nun endlich beschlossen die Männer, das Spiel zu beenden. Sie schoben ihre behelfsmäßigen Sitzgelegenheiten beiseite, um ein freies Fleckchen am Boden zu schaffen, und für kurze Zeit kehrte himmlische Stille ein. Dann erfüllten sie, einer nach dem anderen, den kleinen Raum mit einem Schnarchkonzert, das nicht zu überhören war.

Das Schnarchen klang beinahe noch widerlicher, als die Unterhaltung gewesen war. Mit einem ergebenen Seufzen drehte ich mich zur Wand und versuchte, die kurze Zeit, die mir noch blieb, zum Schlafen zu nutzen.

Ein paarmal hörte ich, wie das Feuer mit frischem Holz versorgt wurde. Ohne hinzusehen, wußte ich, daß Wynn es war.

Als der Morgen dämmerte, fühlte ich mich noch immer todmüde. Wenigstens brauchte ich mich nun nicht mehr zum Schlafen zu zwingen. Draußen regnete es noch immer, doch der Wind hatte sich gelegt. Ich nahm es dankbar zur Kenntnis.

Kaum hatte ich mich unter meinen Decken geregt, als Wynn auch schon neben mir stand.

„Wie fühlst du dich, mein Liebes?“ flüsterte er.

Mir taten alle Glieder und Gelenke am ganzen Leib weh, und in meinem verletzten Bein pochte es mit jedem Herzschlag. Dennoch gelang mir ein zaghaftes Lächeln.

„Ganz passabel“, erwiderte ich tapfer. „Würdest du mir bitte beim Aufstehen helfen?“

Wynns starke Arme zogen mich von meinem Lager auf die Beine und umgaben mich mit der schützenden Hand einer Decke, hinter der ich in meine Kleider schlüpfte.

Sie waren inzwischen trocken und fühlten sich viel weicher an als die groben Wolldecken.

Am Boden verstreut liegend, schliefen die Männer noch immer nach den Genüssen der vergangenen Nacht.

„Ich muß nach draußen, Wynn“, flüsterte ich. „Wohin kann ich nur gehen?“

„Wynn deutete mit einer Kopfbewegung auf die Tür.

„In den Wald“, antwortete er.

Auf meinen besorgten Ausdruck hin warf er einen Blick auf die Männer.

„Wegen der Kerle hier brauchst du dich nicht zu ängstigen. Die würden glatt bis nächste Woche schlafen, wenn ich sie gewähren ließe. Ich behalte sie schon im Auge.“

Wenn mich das auch außerordentlich beruhigte, so war mir der Gedanke an die freie Wildbahn als Abort nicht recht geheuer.

„Kannst du ohne Hilfe laufen?“ erkundigte sich Wynn.

Ich trat auf mein verletztes Bein, um seine Standfähigkeit zu prüfen, bevor ich antwortete: „Es geht schon.“

„Bestimmt?“

Ich machte einen unsicheren Schritt.

„Ich kann mich an der Außenwand festhalten.“

Er half mir bis zur Tür und öffnete sie für mich. Dann reichte er mir seine Jacke.

„Hier, zieh dir das über“, sagte er. „Es regnet noch immer.“

Ich zog die Jacke fest um meine Schultern und trat in den nebligen Morgen hinaus. Der Fluß verschwand fast völlig hinter dem Nebelschleier. Überall tropfte es von den Bäumen auf die lehmige Erde herab. Es gab kein trockenes Fleckchen weit und breit. Ich war dankbar, daß sich der Wind gelegt hatte.

Keine Minute länger als unbedingt notwendig hielt ich mich im Freien auf. Dennoch waren meine Schuhe vollkommen durchnäßt, und mein Rocksaum trug einen dunklen Wasserrand, als ich wieder in die übelriechende, enge Hütte zurückhumpelte. Ich sehnte mich nach der Wärme des Ofens, doch ich wagte es nicht, mir einen Weg über die am Boden schlafenden Männer zu bahnen. Wynn half mir an ihnen vorüber, und ich setzte mich auf den Stuhl, um die Füße der Glut entgegenzustrekken.

„Nicht besonders einladend da draußen, nicht wahr?“ meinte Wynn.

„Naßkalt ist es, aber wenigstens hat sich der Wind gelegt.“

Wynn schien sich über meine gesunde Einstellung zu freuen. Er lächelte mir zu und legte mir eine Hand auf die Schulter, als er mir mit der anderen eine Tasse Kaffee reichte.

„Nun, was meinst du: sollen wir die Reise fortsetzen, oder würdest du lieber hier bleiben und auf besseres Wetter warten?“

Mein Blick fiel auf die vier betrunkenen Männer am Boden. Der Geruch von Alkohol mischte sich nun mit anderen Gerüchen. Aus den halb geöffneten Mündern erklangen Schnarchtöne, die hin und wieder in den Kehlen stockten, um dann in einem Gurgeln zu enden.

In der Ecke war das behelfsmäßige Lager. Es war so schmal, daß man sich kaum darauf umdrehen konnte, und so uneben, daß ich mich fragte, wie Charlie überhaupt je darauf schlafen konnte.

„Wo werden wir heute abend sein?“

„Flußabwärts gibt es einen kleinen Handelsposten.“

„Sind da ... sind da ...“ Ich wagte nicht, von Häusern zu sprechen. Ich war mir nicht einmal sicher, ob es im Norden regelrechte Häuser gab. „Sind da auch Quartiere?“ brachte ich endlich hervor.

„Sogar ziemlich bequeme“, antwortete Wynn.

„Dann schlage ich vor, daß wir weiterfahren“, sagte ich entschlossen.

Wynn lächelte mir zu und beugte sich dann zu dem schlafenden Floßkapitän hinab.

Der Mann öffnete nicht einmal seine Augen, sondern wälzte sich nur auf die andere Seite, um gleich darauf weiterzuschnarchen.

„Blackjack“, sprach Wynn ihn laut an, „Zeit zur Abfahrt!“

Der Mann regte sich ungehalten. Wynn schüttelte ihn bei der Schulter. „Komm, steh auf! Sorg dafür, daß deine Mannschaft auf die Beine kommt!“ befahl er.

Blackjack warf Wynn einen grollenden Blick zu, doch bevor er protestieren konnte, erinnerte ihn Wynn: „Du wirst dafür bezahlt, uns an die Große Flußbiegung zu bringen. Wenn du das Geld haben willst, mußt du deinen Teil der Abmachung auch erfüllen.“

Der Mann stieß einen Fluch aus und stützte sich auf seinen Ellbogen.

„Der Kaffee ist heiß“, drängte Wynn. „Trink eine Tasse davon und mach dich auf!“

Es war beinahe amüsant, den munteren Kartenspielern von gestern abend dabei zuzusehen, wie sie sich vom Boden erhoben. Nun wirkten sie alles andere als lebhaft. Stöhnend und taumelnd hielten sie sich die Köpfe und brummten Flüche. Ihre Glieder schienen ihnen nicht gehorchen zu wollen.

Wynn zeigte wenig Mitgefühl.

„Kommt, los geht's!“ befahl er ihnen. „Der Nebel verzieht sich bald, und wir haben ein ganzes Stück Weg von gestern aufzuholen.“

Endlich waren alle wieder auf den Beinen. Wynn schenkte jedem bis auf Charlie eine Tasse Kaffee ein. Charlie schlief trotz des Tumults um ihn her noch fest. Hin und wieder regte er sich, um sich auf die andere Seite zu wälzen.

„Brauchst du das Bett noch, Elisabeth?“ erkundigte sich Wynn. Als ich den Kopf schüttelte, trug er Charlie kurz entschlossen auf das Lager. Er legte ihn so bequem, wie er konnte, darauf zurecht und warf eine Decke über ihn. Der Schläfer wachte nicht auf.

Zwei von den Männern bereiteten das Floß zur Abfahrt vor, während der dritte über das schlechte Wetter schimpfte.

Wynn warf einen Blick auf seine Taschenuhr.

„In zehn Minuten fahren wir ab, Wally!" eröffnete er ihm ohne Umschweife. „Zehn Minuten, mehr nicht!"

Noch immer vor Widerwillen knurrend, trollte Wally sich zu den anderen.

Wynn hinterließ genug Geld neben der Kaffeebüchse auf dem Regal, um das Lager für die Nacht und unsere Lebensmittel zu bezahlen. Charlie schnarchte noch immer, als wir die Tür hinter uns zuzogen.

Auf dem Floß, wetterfest von dem Wachstuch beschützt, stellte ich fest, daß es nur noch leicht regnete. Ohne den Wind würde die Reise längst nicht so unangenehm werden wie gestern.

Trotz des steten Nieselregens betrachtete ich die Landschaft an beiden Ufern mit Interesse. Es schien fast keine Bewohner hier zu geben; nur selten sah ich die Rauchfahne eines Holzfeuers und eine Hütte zwischen den Bäumen.

Die Gegend, durch die wir fuhren, war unberührt von jeder Zivilisation. Die Luft war frei von dem Staub und den Gerüchen der Fabriken in den Städten. Die reine, frische Luft war mir nach der Nacht in Charlies Hütte eine besondere Wohltat.

Allmählich wurde die Landschaft immer sumpfiger. Wynn setzte sich neben mich, um mich auf zwei hünenhafte Elche am Ufer aufmerksam zu machen. Sie steckten die Köpfe unter Wasser und tauchten erst erstaunlich lange danach wieder auf. Nasses Sumpfgras hing ihnen in den Mäulern, und sie schienen uns voller Empörung über unser Eindringen in ihr Revier zu mustern.

„Sieh doch nur, wie lange sie tauchen können!" sagte ich erstaunt zu Wynn. „Geht ihnen denn nicht die Luft dort unten aus?"

„Keine Sorge!" versicherte mir Wynn. „Diese Sorte von Elch ist wirklich ungewöhnlich. Sie können sogar nach Futter tauchen – manche von ihnen bis zu zehn Meter tief. Sie reißen sich das Gras vom Flußbett aus und tauchen dann wieder auf."

„Fressen sie ihr Gras dann auf dem Land?"

„Nein. Sie treten einfach Wasser. Elche können hervorragend schwimmen. Es gibt nicht viele Tiere, die es besser können als sie, glaube ich."

„Sie sind irgendwie – nun, häßlich, findest du nicht auch? Sie sehen so aus, als bestünden sie aus lauter Einzelresten."

Wynn lachte.

„Nun, man sagt ihnen tatsächlich nach", sagte er amüsiert, „daß sie eigentlich Pferde werden sollten, die ein Komitee entworfen hat."

Wir mußten beide lachen.

Da die Flößer den Tag in ausgesprochen übler Laune begonnen hatten, wich ich ihnen aus, wo ich nur konnte. Hin und wieder rieb sich einer von ihnen noch den müden Kopf. Insgeheim fragte ich mich, ob sie überhaupt in der Lage waren, das Floß zu steuern, besonders wenn wir in Stromschnellen gerieten, doch sie schienen flink bei der Hand zu sein, wo es nötig war. Wynn schien nicht besorgt zu sein, so daß auch ich mich beruhigte. Allmählich besserte sich ihre Laune, und am späten Nachmittag hörte ich Blackjack sogar ein Flößerlied singen.

Im Verlauf des Tages setzte sich Wynn öfters neben mich, um mich auf allerhand Sehenswürdigkeiten am Ufer aufmerksam zu machen. Die Sonne stand schon im Westen, und die Männer fluchten nun nicht mehr mit jedem Atemzug. Die Landschaft um uns her wirkte fremdartig, aber faszinierend. Ja, im Vergleich zu gestern genoß ich die Reise bedeutend mehr.

In der kleinen, übelriechenden Hütte hatte ich mich ernsthaft gefragt, ob ich überhaupt dazu geeignet war, die Aufgabe der Gattin eines Grenzpolizisten im hohen Norden zu erfüllen. Würde ich mich mit derart primitiven Lebensbedingungen abfinden können? Heute war ich zuversichtlich, daß ich der Aufgabe gewachsen war. Mein Bein schmerzte nicht mehr. Bald würden wir den Handelsposten erreicht haben, und Wynn hatte sogar von einem bequemen Quartier für die Nacht gesprochen. Ich wußte zwar nicht, wie viele Tagesreisen uns noch von unserem Ziel trennten, aber ich war überzeugt, daß ich alle Strapazen meistern würde. Immerhin hatte ich die erste Nacht überstanden, und schlimmer als diese konnte es gar nicht kommen. Von jetzt an würde mich nichts mehr aus der Fassung bringen können.

## Pierres „Hotel“

Die Hütte war zwar schlicht, aber für uns ausreichend ausgestattet. Das Beste daran war, daß ich sie nicht mit vier schnapsdurstigen Männern zu teilen brauchte, und sie bot Wynn und mir einen geschützten Unterschlupf.

Nachdem wir zu Bett gegangen waren, hörte ich plötzlich ein seltsames Geräusch. In der Dunkelheit schien es immer lauter zu werden, bis es geradezu vor meinen Ohren brummte. Ich hätte Wynn gern gefragt, was in aller Welt das nur sein könnte, doch seine gleichmäßigen Atemzüge verrieten mir, daß er schon eingeschlafen war. Ich spürte einen Stich. Erschrocken fuhr ich hoch und schlug zu. Wieder ein Stich. Ich schlug erneut.

„Steck den Kopf unter die Decke, wenn sie dich stören“, riet Wynn mir schläfrig.

„Was in aller Welt ist das nur?“

„Moskitos.“

Moskitos waren mir nicht fremd; ich war ihnen schon oft begegnet, doch dieses Nest, dieser dichte Schwarm nahm sich geradezu bedrohlich aus.

„Bist du dir ganz sicher?“ fragte ich Wynn.

„Ganz sicher“, bekräftigte Wynn. „Diese Hütte hat nämlich keine Fliegennetze vor den Fenstern.“

„Wie soll man nur dabei schlafen?“ fragte ich ratlos.

„Mit der Zeit gewöhnt man sich einfach daran.“

Wynn zog mich dichter an sich und schützte mein Gesicht mit der Decke.

„Das Beste ist, wenn du versuchst einzuschlafen, Elisabeth“, schlug er vor. „Vorige Nacht hast du kaum Schlaf bekommen.“

Ich lag still in Wynns Armen und bemühte mich, ihn nicht am Schlafen zu hindern. Das Brummen der Insekten wurde einmal lauter, dann wieder leiser. Im stillen fragte ich mich, wie viele Millionen von Moskitos wohl dazu notwendig waren, um ein solches Dröhnen zu produzieren.

Trotz der schützenden Decke und Wynns Armen um mich, gelang es den Insekten, mein Gesicht ausfindig zu machen. Ich hörte, wie das Surren immer lauter wurde, und dann spürte ich auch schon den blutgierigen Stich.

„Eins steht fest", nahm ich mir vor. „Unsere Hütte im Norden wird mit Fliegennetzen ausgestattet, selbst wenn ich einen Pettycoat dazu opfern muß!"

Müde und mißgelaunt stand ich am nächsten Morgen auf. Ich freute mich geradezu auf die Floßfahrt, durch die ich den Moskitoschwärmen zu entkommen hoffte.

Meine Erleichterung war jedoch nicht von langer Dauer. Die verhaßten Insekten folgten uns in dichen Schwärmen flußabwärts.

„Wynn", sagte ich ergrimmt, „sie kommen uns nach!"

„Im Norden gibt es Unmengen von Moskitos", erklärte er mir. „Sie gehören zu dem unangenehmsten Ungeziefer hier."

„Ach ja? Und wie heißen die anderen?" murmelte ich sarkastisch, doch Wynn entging mein Unterton.

„Stechfliegen zum Beispiel", sagte er. „Stechfliegen sind eine echte Plage – sowohl für Menschen als auch für die Tiere."

Wynn sollte recht behalten. Noch am selben Tag gesellten sich dicke schwarze Stechfliegen zu den Moskitos. Ich befürchtete schon, bei lebendigem Leib von den Insekten ausgesaugt zu werden. Vor meinen Augen quoll eine Schwellung nach der anderen auf meinen Armen auf. Ich wollte nicht einmal daran denken, wie mein Gesicht wohl aussehen mußte. Das Jucken trieb mich an den Rand des Wahnsinns.

Wynn zeigte Verständnis.

„Ich habe etwas, das dir vielleicht hilft", sagte er und begann, in seiner Arzneikiste zu stöbern.

Mit einer Salbentube kehrte er zurück. Die Salbe hatte einen widerwärtigen Geruch und sah ekelerregend aus, aber ich ließ mich dennoch bereitwillig von Wynn damit einreiben. Sie half tatsächlich gegen das Jucken, wenn sie auch die Insekten nicht von weiteren Angriffen abhielt.

„Wie kommt es nur, daß diese Bestien uns gestern verschont haben?“ erkundigte ich mich bei Wynn.

„Der Wind und der Regen haben sie verscheucht.“

„Tatsächlich?“

„Bei starkem Wind können sie nicht gut fliegen. Dazu sind sie zu leicht, und für den Regen haben sie auch nicht viel übrig.“ Ich überlegte mir ernsthaft, ob ich für mehr Wind und Regen beten sollte. Ich hätte alles gegeben, um die Plagegeister loszuwerden.

Nach einer Weile mußte ich mich wohl mehr oder weniger an sie gewöhnt haben. Ich begann sogar, an etwas anderes zu denken und die Reise in gewissem Sinne zu genießen.

Am Spätnachmittag deutete Wynn auf eine Bärenmutter mit zwei Jungtieren. Sie suchte am Ufer nach Futter. Vielleicht hatte sie Appetit auf Fisch; sie starrte nämlich aufmerksam auf das Wasser. Unserem vorübergleitenden Floß schien sie keinerlei Beachtung zu schenken.

Die verspielten Bärenjungen ließen mich die blutrünstigen Insekten eine Zeitlang vergessen, und ich erwog, mir später ein paar Bärenjunge als Haustiere anzuschaffen.

Die Abenddämmerung brach schon herein, als wir endlich in der Nähe der großen Flußbiegung am Ufer festmachten. Wynn hob mich an Land, da kein Anlegesteg vorhanden war.

„Seltsam, daß es hier keinen Steg gibt, wo doch unser gesamtes Gepäck hier abgeladen werden soll“, bemerkte ich. „Wird das nicht ein hartes Stück Arbeit werden, die schweren Kisten ans Ufer zu tragen?“

Wynn belohnte meinen Scharfsinn mit einem Lächeln.

„Der Steg ist hinter der Biegung. Unser Gepäck wird aber hier abgeladen. Neben dem Posten der Hudson's-Bay-Gesellschaft gibt es noch ein paar Hütten, aber ich habe gedacht, daß du die Trapperhütte hier den anderen vorziehen würdest. Hier sind wir unter uns, wenn die Unterkunft auch nicht gerade luxuriös zu nennen ist. Ich habe alles mit Pierre verabredet.“

„Wer ist denn Pierre?“

„Er verwaltet das Warenlager.“

„Ist er verheiratet?“

„Nein. Er ist ein eingefleischter Junggeselle. Seine Hütte ist noch verkommener als die von Charlie.“

Das konnte ich mir beim besten Willen nicht vorstellen.

„Ich wollte auf keinen Fall, daß du noch einmal unter solchen Bedingungen übernachten mußt“, sagte Wynn mit Bestimmtheit. „Charlies Hütte muß für dich der Gipfel der Widerwärtigkeit gewesen sein.“

Ich dachte an die vergangene Nacht: die übelriechende, enge Hütte, die fluchenden, trinkenden, kartenspielenden Männer. Nein, ich mußte gestehen, daß ich auf ein ähnliches Quartier nicht sehr erpicht war. Ich war meinem Mann dankbar, daß er für eine andere Unterkunft gesorgt hatte.

Wynn öffnete die Tür, die mit einem Ächzen zu protestieren schien. Ich hörte etwas huschen. Es war bestimmt ein kleiner, vierbeiniger Bewohner, der sich da in Deckung brachte. Ich drängte mich dichter an Wynn heran. Fürsorglich legte er mir den Arm um die Schultern.

„Nur keine Angst, Elisabeth. So ein winziges Geschöpf wird dir nichts anhaben können!“ lächelte er.

Er zündete die Lampe an, und ich stellte meine kleine Tasche auf dem mit Zeitungspapier bedeckten Tisch ab.

„Gehört die Hütte diesem Pierre?“ fragte ich und sah mich dabei in dem kärglich eingerichteten Raum um.

„Nein, sie gehört irgendeinem Trapper.“

„Wie kommt es dann, daß Pierre …“

„Das ist hier so üblich. Trapper überlassen ihre Hütten anderen, die ein Dach über dem Kopf brauchen. Pierre hat den Trapper bestimmt um Erlaubnis gefragt, aber selbst wenn es nicht so wäre, haben wir ein Anrecht auf die Hütte.“

Wynn machte sich im Inneren der Hütte zu schaffen. Er wischte die dicke Staubschicht mit der Handfläche von den wenigen Möbelstücken und überprüfte dann den Vorrat an Brennholz. In einer Ecke lag eine beträchtliche Anzahl an trockenen Holzscheiten, und kurze Zeit später brannte auch schon ein Feuer.

„Weißt du noch, wie deine erste Begegnung mit dem Ofen in Pine River verlaufen ist?“ Er hatte es mit einem Augenzwinkern gesagt, und ich errötete ein wenig. Es war ein wahres Wunder gewesen, daß ich nicht das ganze Schulhaus in Brand gesteckt hatte! Dann zog ich spitzbübisch die Nase kraus, und wir lachten beide.

Wynn ging nach draußen, um den Kessel mit frischem Flußwasser zu füllen, und stellte diesen dann auf den Ofen. Als nächstes begutachtete er das Bett. Es war schmal, und ich fragte mich im stillen, wie zwei Menschen nur darauf Platz finden sollten. Wynn warf die Wolldecken zurück. Es war offensichtlich, daß sie häufig benutzt, aber selten gewaschen worden waren. Ein Stück Drillich bedeckte die Matratze aus kreuzweise aufgeschichteten Fichtenzweigen und Moos. Um ein Haar wäre mir ein Seufzer entschlüpft. Ich hoffte, daß Wynn mein Entsetzen nicht bemerkt hatte.

Unser Abendessen bestand aus trockenen Keksen und Konserven von Polizeirationen. Wenn man es auch nicht gerade als schmackhaft bezeichnen konnte, so langte ich dennoch herzhaft zu. Die lange Floßfahrt hatte mich hungrig gemacht.

Ich bestand darauf, das Geschirr abzuwaschen. Wynn hatte sich als unser Koch in freier Wildbahn betätigt, und ich nahm diese Gelegenheit, mich an der Arbeit zu beteiligen, dankbar wahr.

Es dauerte nicht lange, bis ich die wenigen Utensilien gespült und abgetrocknet wieder an ihren Platz im Regal gestellt hatte.

Wynn breitete eine der abgetragenen Decken auf dem Fußboden vor dem Fenster aus, und wir setzten uns darauf, um uns zu unterhalten. Ich sah mich in der einfachen Unterkunft um und fragte mich dabei im stillen, ob unsere eigene Hütte wohl so ähnlich wie diese aussehen würde. Ich beschloß, mich bei Wynn danach zu erkundigen.

„Weißt du eigentlich, wie unsere eigene Hütte aussieht?“

„Nein, nicht genau. Ich bin noch nie in Beaver River gewesen."

„Aber du kannst sie dir vorstellen?"

„Ja, halbwegs."

„Hat sie wohl auch nur einen einzigen Raum, so wie diese hier?"

„Das halte ich für unwahrscheinlich. Das Quartier eines Mounties dient nämlich zwei Zwecken: es ist seine Amtsstube und seine Wohnung zugleich. Deshalb vermute ich, daß unsere Hütte mindestens zwei Zimmer hat."

Das freute mich ungemein. Ein getrenntes Schlafzimmer bedeutete mir viel.

„Ist es eine Blockhütte?"

„Ich denke schon."

„Mit Bretterfußboden?"

„Ja, bestimmt."

Einen Moment schwiegen wir, bis Wynn seinen Arm fester um mich legte und sagte: „Das muß dir ungeheuer primitiv erscheinen, Elisabeth."

Ich sah ihn an.

„Nun, in gewissem Sinne vielleicht schon, aber das macht mir nichts aus. Wirklich nicht! Sieh dir diese Hütte hier an. Zugegeben, sie ist einfach, aber mit ein wenig Geschick könnte man sie ganz wohnlich herrichten ..." Ich zögerte. Noch während ich sprach, fragte ich mich, ob das „Herrichten" in diesem Fall nicht an Zauberei grenzen würde.

Wynn gab mir einen Kuß auf die Wange.

Plötzlich ertönte ein sonderbares, entsetzliches, klagendes Geheul. Ich spürte, wie mir die Haare zu Berge standen. Ich schauderte. An die Schreie der Kojoten hatte ich mich mit der Zeit gewöhnen können, aber dieser Schrei war von vollkommen anderer Natur. Vor Angst rückte ich dichter an Wynn heran.

„Ein Wolf", meinte er. Ein erneuter Schrei ließ mich wieder erschaudern. Bald ertönte ein wahres Heulkonzert.

Ich hatte schon manches über Wölfe gehört. Die meisten dieser Informationen stammten von Julie. Wölfe trieben sich in blutrünstigen Rudeln herum. Sie hatten glutrote Augen und schlichen sich hinterlistig an ihre Opfer heran.

„Haben Sie uns schon umzingelt?“ flüsterte ich nervös. Meine Augen waren vor Schrecken geweitet.

Wynn nahm mich tröstend in seine starken Arme.

„Das halte ich für unwahrscheinlich“, sagte er unbesorgt. „Selbst wenn es so wäre, haben wir keinen Grund, uns zu ängstigen. Leg dich nur still vor das Feuer und hör genau zu, mein Liebes. Aus den verschiedenen Schreien kannst du schließen, wie groß das Rudel ist. Wölfe gehören zu der Welt des Nordens. Sie sind ein Teil der Umgebung, den man achten, aber nicht fürchten sollte. Akzeptiere sie, und vielleicht gelingt es dir eines Tages sogar, sie zu mögen.“

Ich bezweifelte, daß ich mich je mit den wilden Wölfen anfreunden könnte, bemühte mich aber nach Kräften, ruhig zu bleiben. Wieder zerriß ein Heulen die Nacht.

„Hast du das gehört?“ fragte Wynn dicht neben mir. „Ich vermute, daß das der Anführer des Rudels war. Hast du den befehlenden Ton in seiner Stimme gehört?“ Ich wollte den Kopf schütteln, doch Wynn hielt mich zu fest in seinen Armen. Ein befehlender Ton? Ich hatte jedenfalls nichts davon bemerkt.

Wieder ein Schrei. Dieser war nicht so langgezogen wie der andere und schien aus einer größeren Entfernung zu kommen.

„Dieser hier hat dem Chef geantwortet. Er wollte nur seinen Standort melden. Kannst du den Unterschied hören?“

Ich hatte es tatsächlich gehört. Geradezu unglaublich!

Ein weiteres Heulen ertönte. Es klang nahe, doch es ließ mich längst nicht so sehr erschaudern wie zuvor.

„Ein weibliches Tier“, meinte Wynn. „Wahrscheinlich gehört sie zu dem Anführer.“

„Sind die Wölfinnen zahmer als die männlichen Tiere?“ fragte ich. Der Schrei des Weibchens hatte viel sanfter geklungen.

„Ganz und gar nicht!“ lachte Wynn. „Die Wölfinnen können sogar erheblich aggressiver und gefährlicher als die Wölfe sein, besonders wenn sie Jungtiere haben. Unter den

Raubwölfen sind immer ein paar weibliche Tiere. Ich weiß nicht, wie die männlichen Tiere ohne sie überhaupt jagen würden. Sie verlassen sich auf den Instinkt der Weibchen. Eine Wölfin braucht nicht nur Futter für sich selbst, sondern auch für ihre Jungen. Sie jagt ohne Rücksicht auf Verluste."

Die Wölfe gehörten also zum Leben im Norden. Ich wußte zwar nicht, ob ich ihr Geheul je ertragen könnte, ohne eine Gänsehaut zu bekommen, aber Wynns Gelassenheit half mir, die Tiere in einem neuen Licht zu sehen.

Wieder ertönte ein Heulen. Unwillkürlich erschauderte ich erneut. Eine weitere Erklärung folgte. Wynn beschrieb das Rudel in allen Einzelheiten. Er hatte jedes der Tiere an seinem Heulen geortet. Dabei sprach er keineswegs von glutroten Augen und gierig hängenden Zungen, sondern er machte mir begreiflich, daß sie nichts weiter als hungrige, bedürftige Geschöpfe waren, deren Leben von der Natur um sie her und von ihrem Jagdinstinkt abhing.

„Wölfe reißen nur andere Tiere, um nicht zu verhungern", erklärte Wynn mir. „Das Überleben in freier Wildbahn ist kein Kinderspiel, weißt du."

Ich hörte dem widerhallenden Geheul eine Zeitlang aufmerksam zu. Die Wölfe schienen sich allmählich zu entfernen. Mein Herz schlug wieder langsamer. Beinahe hätte ich den Wölfen sogar zum Abschied „Weidmannsheil!" zugerufen.

## Mit Pferd und Wagen

Am nächsten Morgen gingen wir zu den kleinen, hastig errichteten Baracken, die als Warenumschlagplatz dienten. Bevor wir die Hütte verließen, hatte ich das Bett gemacht und das Geschirr gespült. Wynn hatte frisches Brennholz von draußen geholt, um einen größeren Stapel zu hinterlassen, als wir vorgefunden hatten.

Der Weg führte durch den Wald. An einer Stelle mußten wir einen Bach auf Trittsteinen überqueren. Wynn deutete auf einen Damm, den die Biber gebaut hatten, um das Wasser zu einem kleinen See aufzustauen. Die Morgensonne versprach einen klaren Tag, und die Vögel sangen um die Wette in den hohen Baumwipfeln um uns her. Es wäre ein herrlicher Spaziergang gewesen, wenn uns die angriffslustigen Insekten nicht auf Schritt und Tritt verfolgt hätten. Selbst Wynn hatte sich einen Halsschutz gebastelt, indem er ein Stück Stoff an seinem Hut befestigt hatte.

Als wir die Niederlassung erreicht hatten, betrachtete ich stirnrunzelnd die kleinen, einfachen Baracken. Schon ihr Äußeres wirkte alles andere als anheimelnd, und ich war dankbar, daß Wynn uns die Trapperhütte zum Übernachten reserviert hatte.

„Ich halte es für besser, wenn du hier draußen auf mich wartest", sagte Wynn. Ich fragte ihn nicht nach dem Grund. In der Nähe fand sich ein Baumstumpf, auf den ich mich setzte. Da niemand in Sichtweite war, hob ich meinen Rocksaum, um mein verletztes Bein in Augenschein zu nehmen. Den Verband hatte ich auf Wynns Anraten abgenommen. Frische Luft würde der Wunde guttun, hatte er gemeint.

Das Schienbein war von bunten Krusten der verschiedensten Formen übersät. Ich drehte den Fuß mit kreisenden Bewegungen hin und her. Die Schmerzen waren fast völlig verschwunden. Wynn hatte einmal gesagt, daß es in der Prärie, wo meilenweit kein Arzt zu finden war, nichts Wichtigeres gäbe als einen Körper, der gut von selbst heilte. Er schien erfreut festgestellt zu haben, daß seine Frau diese „Fähigkeit“ besaß.

Wynn blieb nicht lange in der Hütte. Mit ärgerlicher Miene kehrte er zu mir zurück.

„Was ist denn los? Sind sie schon wieder betrunken?“

„Betrunken? Halbtot sind die Kerle! Und zwar allesamt. Ich konnte keinen von ihnen wecken.“

„Du bist ihnen böse, weil sie schon wieder getrunken haben, nicht wahr? Das kann ich gut ver...“

Doch Wynn unterbrach meine tröstenden Worte.

„Ja, ich bin wütend. Wegen der Trinkerei? Ich sehe es zwar nicht gern, aber davon abhalten kann ich sie wohl kaum. Das ist deren Sache; so leben sie halt. Mit dem Alkohol helfen sie sich durch das rauhe Leben hier im Norden. Wo Menschen keinen Gott haben, suchen sie sich einen Ersatz. Whisky ist ein armseliger Ersatz, meine ich, aber viele Leute sind davon abhängig. Nein, ich bin deshalb so ärgerlich, weil sie meine Anordnungen in den Wind geschlagen haben.“

Ich sah ihn überrascht an.

„Sie sollten gestern abend das Floß noch abladen, bevor die erste Flasche geköpft würde. Daß sie heute morgen zu nichts fähig sein würden, konnte ich mir ja denken. Hier steht der Planwagen mit leerer Ladefläche, und in der Hütte liegen die Männer am Boden, die das Gepäck verladen sollten, und der Kerl, der den Wagen kutschieren sollte.“

„Aber was fangen wir denn jetzt an?“ fragte ich verzagt.

Wynn stand auf und hob mir das Kinn empor. Ein Lächeln breitete sich in seinem Gesicht aus.

„Wir machen uns halt selbst an die Arbeit, Liebling!“ sagte er. Seine Stimme verriet wieder die Zuversicht und die Energie, die ich so sehr an ihm liebte.

Es war ein hartes Stück Arbeit. Die Morgensonne stand schon hoch am Himmel, als wir fertig waren. Ich konnte nur wenig ausrichten. Die Kisten und Koffer waren zu schwer für eine Frau, und Wynn ließ mich nicht einmal Hand anlegen. Er hatte das Gespann so dicht wie möglich an den Steg geführt, um unnötige Schritte einzusparen. Ich erbot mich, die Pferde beim Halfter zu halten, da es keinen Pfahl gab, an dem sie festgebunden werden konnten. Wynn freute sich über meine Hilfsbereitschaft, doch das Unterfangen erwies sich als ein Fehlschlag.

Die Pferde waren unruhig. Ganze Schwärme von Moskitos und Stechfliegen umgaben sie, so daß sie sich schüttelten und mit den Hufen stampften. Wynn sah meinen Bemühungen, sie im Zaum zu halten, eine Weile zu und beschloß dann, die Pferde auszuspannen, um sie an einen Baum zu binden. Nun hatte ich nichts mehr zu tun.

Hin und wieder versuchte ich, mich nützlich zu machen, mußte aber einsehen, daß meine Versuche eher hinderlich als hilfreich waren. Schließlich gab ich auf und suchte mir einen Baumstumpf im Schatten, auf den ich mich setzte.

Ich dachte wieder an die Männer in der kleinen Hütte, die dort ihren Rausch ausschliefen. Eine Unverschämtheit von ihnen, Wynns Anordnungen nicht nachzukommen, so daß mein Mann nun ihre Arbeit selbst tun mußte!

Endlich war das Gepäck verladen, und Wynn spannte die Pferde wieder ein. Dann warf er einen letzten Blick in die Hütte, um nach unserem Kutscher zu sehen.

„Hast du diesmal Glück gehabt?" fragte ich, als er mit zusammengepreßten Lippen wieder zu mir kam.

„Nein." Es klang schroff und unverblümt.

„Was sollen wir denn nur tun? Bleibt uns nichts anderes übrig, als abzuwarten, bis er wach wird?" fragte ich.

„Nein, wir warten nicht. Es ist ohnehin schon spät. Wenn wir noch länger mit der Abfahrt warten, erreichen wir unser Etappenziel für heute nicht. Wir fahren los. Wenn er wach wird, soll er zu Fuß nachkommen."

Die Pferde trotteten langsam voran. Der Planwagen war schwer beladen. Auf dem Floß waren wir wesentlich schneller vorangekommen. Die Sonne brannte mir auf die Schultern herab, und die Insekten umschwirrten uns ständig.

Wir waren recht schweigsam. Wynn konzentrierte sich auf

die Pferde, und ich bemühte mich, an erfreulichere Dinge als die Hitze und die Insektenstiche zu denken. Verglichen mit dem rumpelnden, ratternden Planwagen, war das Floß der reinste Luxus gewesen.

Gegen Mittag legten wir eine kurze Essenspause ein. Dabei schweifte Wynns Blick immer wieder prüfend über den Horizont, wo dunkle Wolken aufzogen. Ich wußte, daß er ein Gewitter befürchtete, das uns unterwegs überraschen könnte. Doch wir erwähnten das drohende Unwetter mit keinem Wort, wenn ich auch merkte, daß Wynn die Pferde zur Eile antrieb.

Unsere „Straße" war kaum mehr als ein Wanderweg. Sie wand sich in Schleifen um Hindernisse wie ein Fluß. Stellenweise blieb uns keine andere Wahl, als aufs Geratewohl vom Weg abzuweichen. Die Pferde quälten sich steile Hügel hinauf, um jenseits wieder talwärts zu stolpern, während der Planwagen hinter ihnen her rumpelte. Wie gut, daß Wynn Erfahrung im Umgang mit Pferden hatte! Jedesmal, wenn wir ebenen Boden erreicht hatten, schickte ich ein Dankgebet zum Himmel.

An einem der Abhänge war selbst Wynn um die Sicherheit der Pferde und des Wagens besorgt. Er bat mich, auszusteigen und den Hang zu Fuß hinunterzugehen. Er sprang vom Kutschbock und suchte in seinem Gepäck, bis er die scheußlichen Männerhosen gefunden hatte. Seitdem ich sie zum letzten Mal getragen hatte, waren sie gewaschen worden. Ich nahm an, daß Wynn das selbst besorgt hatte.

„Am besten ziehst du die Hose an!" schlug er vor. „Einen Teil des Abstiegs wirst du nämlich aller Wahrscheinlichkeit nach im Sitzen zurücklegen."

Ohne jeden Protest steckte ich meinen einfachen Rock und den Petticoat in die Reisetasche, die zuoberst auf dem Gepäck lag, und schlüpfte in die Hose.

Wynn kutschierte los. Eigentlich hatte ich ihm nicht dabei zusehen wollen, aber ich konnte den Blick nicht abwenden. Die Bremsen des Planwagens sorgten dafür, daß er die stolpernden Pferde nicht überrollte. Ich stand mit angehaltenem Atem da. Immer wieder machte ich die Augen zu, um sie im nächsten Moment wieder zu öffnen, damit ich mich von Wynns Wohlergehen überzeugen konnte. Dabei vergaß ich vollkommen, mich ihm anzuschließen. Als Wynn den Wagen endlich auf einer ebenen Fläche zum Stehen brachte, stand ich noch immer wie angewachsen oben auf dem Hügel.

Ich errötete und folgte ihm hastig. Seine Warnung: „Nicht so schnell!“ kam zu spät. Auf dem steilen Abhang verlor ich die Kontrolle über meine Füße. So sehr ich mich auch bemühte, das Tempo zu drosseln, konnten sie mit dem Rest meines Körpers nicht Schritt halten, bis ich schließlich stürzte und den Rest des Hügels hinunterrollte. Im nächsten Moment sah ich auch schon Wynns schreckensbleiches Gesicht über mir.

„Elisabeth!“ sagte er atemlos. „Elisabeth, ist alles in Ordnung?“

Ich stöhnte und rollte mich seitwärts in eine etwas würdevollere Position. Ob ich mich verletzt hatte oder nicht, wußte ich noch nicht zu sagen. Ich besaß allerdings die Geistesgegenwart, dankbar zu sein, daß ich die abscheulichen Hosen trug.

Wynn begann, meine Knochen abzutasten. Ich wollte aufstehen; die Welt, die sich um mich her gedreht hatte, kam allmählich wieder zum Stillstand.

„Ich glaube, mir fehlt nichts“, sagte ich und bemühte mich, den Kopf zu heben.

„Bleib still liegen!“ ordnete er an. „Beweg dich nicht, bis wir ganz sicher sind, daß du dir nichts gebrochen hast.“

Er setzte seine Untersuchung fort. Nun war ich wieder ganz bei Sinnen.

„Wirklich, mir geht es gut!“ versicherte ich ihm beharrlich. Ich verspürte nur hier und da Schmerzen. „Das Ganze ist mir schrecklich peinlich, weiter nichts.“

Wynn überzeugte sich davon, daß ich mir tatsächlich keine Knochenbrüche zugezogen hatte, und seufzte erleichtert auf. Dann nahm er die Schürfwunden in Augenschein.

„Laß mich bitte aufstehen!“ bat ich ihn, und er half mir behutsam auf die Beine.

Er befreite meine Kleidung und Frisur von Schmutzresten und Blättern. In seinem Gesicht waren Erleichterung und Besorgnis zugleich zu lesen.

„Und dabei hatte ich dich gebeten, zu Fuß zu gehen, weil ich das für sicherer hielt“, sagte er kopfschüttelnd.

Ich begann zu lachen. Wynn sah mich fragend an, bis auch er lächelte.

„Ich glaube, ich habe gerade den Weltrekord im Abstieg dieses Hügels aufgestellt“, brachte ich lachend hervor.

„Und ich“, sagte er, „ich habe soeben den Weltrekord im Aufstieg aufgestellt! – Aber sieh mal da!“ Mein Blick folgte seinem ausgestreckten Arm. Unser Gespann war inzwischen ohne uns weitergetrottet. Es war zwar noch nicht sehr weit gekommen, war aber immer noch in Bewegung. Wenn wir uns nicht beeilten oder wenn die Pferde aus irgendeinem Grund scheuen sollten, würden wir einen langen Fußmarsch vor uns haben. Wynn lief den Rest des Hügels hinunter und beeilte sich, den Wagen einzuholen. Ich folgte ihm langsamer. An einem zweiten Sturz lag mir nicht viel. Die Schürfwunden und Prellungen reichten mir vollkommen.

Nach etwa einem Kilometer hatte er das Gespann erreicht. Die Pferde hatten den Pfad links liegen gelassen, und es kostete Wynn etliche Mühe, sie aus dem Dickicht, in das sie sich hineinmanövriert hatten, wieder zu befreien.

Als wir unsere Reise endlich wieder fortsetzen konnten, bemerkten wir, daß die schweren, dunklen Wolken nun fast direkt über uns standen. Die Luft hatte sich merklich abgekühlt, und der Wind wurde immer stärker.

„Wohnt eigentlich jemand hier in der Nähe?“ erkundigte ich mich. Wynn machte einen bekümmerten Eindruck.

„Ich weiß von niemandem.“

Selbst die Pferde schienen das drohende Unwetter zu wittern und warfen die Köpfe wiehernd in die Höhe.

Als wir einen Sumpf auf einem Steg aus Holzplanken durchqueren mußten, scheuten sie. Wynn zwang sie dazu, die ersten Schritte auf dem Steg zu wagen. Quietschend gaben die Planken unter ihren Hufen nach, um nassen Schlamm durch die Ritzen an die Oberfläche zu pressen.

Mir war dabei genauso mulmig zumute wie den Pferden. Am liebsten wäre ich zu Fuß gegangen, doch dann überlegte ich es mir anders. Hier und da lag der Steg mehrere Handbreit unter Wasser.

Die Pferde kämpften sich mühsam voran. Immer wieder blieb das eine der beiden bockig stehen, während das andere weitertrottete und dadurch an dem Geschirr des ersten zerrte. Dieses machte einen erschrockenen Satz vorwärts, rutschte dabei auf dem Steg aus und sorgte dafür, daß das andere sich weigerte weiterzugehen. So kamen wir nur langsam auf dem Steg voran, und ich seufzte vor Erleichterung, als wir endlich wieder festen Boden unter uns hatten.

Die Pferde schwitzten vor Nervosität. Sie waren nun so gereizt, daß sie sich bei dem ersten Donnerschlag, der die Luft zerriß, um ein Haar aufgebäumt hätten und davongaloppiert wären, wenn Wynn sie nicht mit einem festen Griff an den Zügeln daran gehindert hätte.

Ich rutschte unruhig auf meinem Platz hin und her und behielt dabei die schwarze Wolkenwand im Auge. Jeden Moment konnte der Regen losbrechen, und weit und breit war kein Unterstand in Sicht.

Wynn trieb das Gespann zur Eile an. Für eine forsche Gangart war der Planwagen zu schwer und ungelenk, so daß Wynn den Tieren nicht mehr als eine kleine Beschleunigung abverlangte. Sie gehorchten ihm willig; offensichtlich drängte es auch sie, ein Obdach vor dem Gewitter zu erreichen.

Als die ersten schweren Regentropfen fielen, entdeckten wir plötzlich hinter einer Wegbiegung einen Schuppen! Er wirkte verwahrlost, und wir wußten nicht, wem er gehörte. Doch er würde uns Schutz vor dem Regen bieten. Wynn lenkte das Gespann von dem zerfurchten Pfad auf den Schuppen zu.

„Mach schnell, bevor du restlos durchnäßt wirst, Elisabeth!“ riet er mir und half mir von meinem Sitz auf den Boden. Das ließ ich mir nicht zweimal sagen.

Wynn beeilte sich, die Pferde auszuspannen, und führte sie dann mit in den Schuppen. Er knotete ihre Zügel an einem Haken an der hinteren Wand fest. Ein ohrenbetäubender Donnerschlag ließ mich erschrocken auffahren, und die Pferde wieherten vor Angst. Nun regnete es in Strömen. Noch nie hatte ich einen so heftigen Regenguß erlebt.

Unser Obdach stellte sich als nicht sehr wasserdicht heraus. Wir mußten öfter den Platz wechseln, um zu verhindern, daß es uns auf den Kopf regnete.

Eine Stelle an einer Seitenwand schien verhältnismäßig trocken zu sein. Wynn deutete darauf und schlug vor, daß wir uns dort niederließen, um das Ende des Gewitters abzuwarten. Der Fußboden bestand aus festgestampfter Erde, und wieder war ich für die Hose dankbar. Wir setzten uns auf den Boden und lehnten uns an die Wand. Draußen tobte das Unwetter mit unverminderter Heftigkeit. Blitze und Donner wechselten sich ab.

Das Gewitter war nicht von langer Dauer. Nach einer halben Stunde war alles vorüber. Die dunklen Wolken zogen weiter, und das Grollen des Donners entfernte sich.

Unser Weg war nach dem starken Regenguß kaum passierbar. Wo wir noch vor kurzer Zeit über den staubigen Pfad gerattert waren, standen zahllose Schlammpfützen. Wynn machte mich darauf aufmerksam, daß wir noch Glück im Unglück gehabt hatten. Ein plötzlicher starker Regen drang nicht so tief in den Erdboden ein wie ein sanfter Nieselregen. Ich fragte mich, wie der Weg überhaupt noch lehmiger werden konnte, als er jetzt war.

Die Pferde taten mir leid. Die ohnehin schon schwere Ladung unseres Wagens wurde durch den Schlamm noch schwerer. Wir gingen zu Fuß, wo es nur möglich war, um die Last wenigstens um unser Gewicht zu erleichtern. Wynn hielt häufig an, damit sich die Tiere ausruhen konnten. Ihre Flanken hoben und senkten sich, und ihr Rücken begann zu dampfen, doch sie zogen ungeduldig vorwärts und zerrten an ihrem Geschirr, wenn wir eine Pause einlegten.

Eine einzige Wohltat brachte das Gewitter allerdings mit sich. Ein paar Minuten lang ließen uns die Moskitos in Ruhe. Gerade wollte ich Wynn meine Freude darüber mitteilen, als die Insekten uns wieder um die Köpfe schwirrten.

„Irgendwo auf dieser Strecke sollen ein paar Trapper leben“, sagte Wynn. „Ich hatte gehofft, daß wir ihre Hütte noch vor Einbruch der Dunkelheit erreichen.“

Es freute mich zu hören, daß es in dieser Wildnis ein paar menschliche Lebewesen gab, doch dann fiel mir Charlie wieder ein.

„Sind es nur Männer?“ fragte ich.

„Nein, es sollen auch Frauen und Kinder dabei sein.“

Ich atmete auf.

„Wie weit ist es noch bis zu ihnen?“

„Das weiß ich nicht genau. Ich kenne mich in dieser Gegend nicht aus.“

„Meinst du, daß wir es heute noch bis zu ihnen schaffen?“

„Das hoffe ich. Falls wir sie aber nicht mehr erreichen, übernachten wir einfach im Freien. Du hattest doch schon in Banff einmal unter dem Sternenhimmel übernachten wollen, erinnerst du dich?“

Und ob ich mich daran erinnerte! Unsere Flitterwochen waren viel zu schnell zu Ende gegangen, und zu einer Übernachtung unter freiem Himmel hatte die Zeit nicht mehr gereicht.

„Das macht bestimmt Spaß“, antwortete ich. „Glaubst du, daß es noch mehr Regen geben wird?“

Wynn ließ einen prüfenden Blick über den Himmel schweifen.

„Vorläufig wohl kaum“, meinte er. „Jedenfalls nicht mehr heute abend. Vielleicht regnet es morgen wieder.“

„Ach!“ seufzte ich bedauernd. „Wird das wohl noch eine Zwangspause für uns bedeuten?“

„Wenn es nicht allzusehr stürmt, können wir ruhig weiterfahren. Allerdings wird es nicht die angenehmste Kutschfahrt unseres Lebens werden.“

Durch den hellen Sommerabend war es uns möglich, unsere Reise noch lange in den Abend hinein fortzusetzen. Wir hatten nicht einmal zum Essen angehalten, sondern kauten unterwegs an trockenen Butterbroten, zu denen wir Wasser aus Wynns Feldflasche tranken.

„Weißt du“, begann Wynn, als ich gerade sagen wollte,

wie bleischwer meine Glieder wären, „ich fürchte, wir müssen die Hoffnung auf die Hütte für heute aufgeben. Es ist höchste Zeit zum Anhalten. Du bist bestimmt vollkommen erschöpft, mein Liebes, und die Pferde brauchen dringend eine Pause und ihr Futter."

Wir befanden uns inmitten eines dunklen, dichten Nadelwaldes. Ich hatte unterwegs manche Gegenden gesehen, die wesentlich einladender zum Übernachten wirkten als dieser Ort.

„Dort vorne sieht es nach einer Lichtung aus", meinte Wynn. „Da ist das Gras bestimmt weicher. Komm, wir schauen mal nach!"

Wynn hatte recht. Zu unserer Überraschung entdeckten wir außerdem eine kleine Holzhütte auf der anderen Seite der Lichtung.

„Sieh doch nur!" sagte Wynn erleichtert, „die Trapper! Besser hätten wir es gar nicht treffen können!"

Die Hütte war klein. Ich sah mich nach einer zweiten um. Wynn hatte von mehreren Familien gesprochen. Die anderen Hütten lagen gewiß irgendwo hinter den Bäumen verborgen.

„Hältst du's für möglich, daß eine von den Familien uns für die Nacht aufnehmen kann?" fragte ich Wynn.

„Selbstverständlich", lächelte er. „Auch wenn wir die ganze Nacht im Stehen verbringen müssen, haben sie Platz für uns."

Ich sah ihn fragend an, und er erklärte mir: „Gastfreundschaft wird hier im Norden ganz groß geschrieben. Die Leute haben zwar nicht viel, aber was sie haben, teilen sie gern mit anderen."

Als wir uns der Hütte näherten, sah ich verlegen an mir hinunter. Wynn hatte gesagt, daß hier Frauen wohnten, und ich trug grobe Männerkleidung. Außerdem sah ich aus wie ein Nadelkissen mit meinen Insektenstichen und Kratzern am ganzen Leib. Zum Frischmachen sollte mir allerdings keine Zeit mehr bleiben. Wir waren bereits gesichtet worden.

Vor der Hütte begrüßten uns vier Kinder – drei Jungen

und ein Mädchen. In meinem ganzen Leben hatte ich noch nie so arg zugerichtete Gesichter und Hände gesehen. Ich selbst war von Insektenstichen übersät, doch den Kindern hatten die Moskitos erbarmungsloser zugesetzt. Das schien ihre Stimmung jedoch keineswegs zu beeinträchtigen. Sie schlugen nach den aufdringlichen Angreifern, als sei es die natürlichste Sache der Welt.

Die Kinder führten uns in das winzige Häuschen. Ich stellte überrascht fest, daß es zwei Familien als Unterkunft diente. Die Männer schienen es für reine Verschwendung zu halten, zwei Kamine mit Holz zu versorgen, wenn einer völlig ausreichte. Das Innere des Hauses bestand aus einem einzigen, länglichen Raum, der von vier Erwachsenen und vier Kindern bewohnt wurde. Ein fünftes Kind war offensichtlich unterwegs; seine Ankunft schien in Kürze bevorzustehen.

Die Frau, die uns an der Tür empfing, war nicht weniger von Insektenstichen übersät als die Kinder. Am Herd stand die andere Frau und lächelte uns ein schüchternes Willkommen zu. Ich beschloß, mich wegen meines eigenen Aufzugs nicht mehr zu schämen, doch zugleich wurde mir das Herz ein wenig schwer. Würde ich die ganze Zeit, die ich im Norden zubringen sollte, so ungepflegt aussehen müssen? Dieser Gedanke war nicht gerade verlockend.

Wir wurden mit scheuer Herzlichkeit zu Tisch gebeten, während die Frau, die am Herd gestanden hatte, uns dampfende Schüsseln mit Suppe vorsetzte. Die Frauen hatten uns bereitwillig ihre Plätze überlassen. Ich wollte protestieren, doch Wynn schob mich auf den Stuhl zu, und ich begriff, daß ich auf keinen Fall die Gastfreundschaft dieser Menschen verletzen durfte. So setzte ich mich und lächelte die Frauen dankbar an. Ich war hungrig, und die Suppe duftete unwiderstehlich.

Von den Gemüsearten in der Suppe erkannte ich keine einzige. Wynn erklärte mir, daß die Frauen des Nordens sich wie in keinem anderen Landstrich auf die Kunst verstanden, eßbare Kräuter und Wurzeln im Wald zu sammeln. Wieder lächelte ich ihnen zu und bedankte mich dafür, daß sie ihr Essen mit uns teilten.

„Wir freuen uns ja, daß sie gekommen sind", sagte die ältere der beiden nur.

Niemand sprach ein Tischgebet. Unauffällig flüsterte ich ein kurzes Gebet, in dem ich auch für Wynns Essen dankte. Die Männer hatten ihn auf der Stelle in ein Gespräch verwickelt, ohne ihm die Gelegenheit zu einem Dankgebet zu geben.

Die Kinder schlürften geräuschvoll ihre Suppe. Es war offensichtlich, daß man Tischmanieren in diesem Haus keine große Bedeutung beimaß. Eine Tasse mit einem heißen Getränk machte die Runde. Ich reichte sie lächelnd weiter, ohne daraus zu trinken. Zu meinem Entsetzen hob Wynn sie an den Mund und nahm einen tiefen Schluck. Im stillen betete ich verzweifelt, daß Gott ihn vor einer schlimmen Infektion bewahren möge.

„Das war ein leckeres Essen!" lobte ich die Köchin, als die Mahlzeit beendet war. „Wenn wir mehr Zeit hätten, könnten Sie mir Kochunterricht geben und mir zeigen, wie man diese Suppe kocht."

Sie senkte verlegen den Blick.

„Kaum der Rede wert", sagte sie. „Der Bär gibt dem Ganzen erst den Geschmack."

„Der Bär?" wiederholte ich tonlos, während sich mein Magen verkrampfte.

„Das beste Fleisch kommt vom Bär", bekräftigte die andere Frau.

Einen Augenblick hatte ich das Gefühl, ich würde vom Stuhl fallen, dann sah ich den amüsierten Ausdruck auf Wynns Gesicht. Ich schluckte und rang mir ein Lächeln ab.

„So muß es wohl sein", sagte ich ruhig. „Die Suppe war nämlich erstklassig."

Ich sah, wie Wynn mich verdutzt anstarrte, und ich lächelte ihn an.

„Wenn wir uns erst in unserer neuen Hütte eingerichtet haben", sagte ich, „kannst du uns vielleicht auch einen Bären schießen. Dann koche ich dir auch eine solche Suppe."

Nun lachte er lauthals. Die anderen Anwesenden begriffen nicht recht, was uns so erheiterte.

Wir verbrachten die Nacht tatsächlich bei den beiden Pelzjägerfamilien. Zwei Betten waren vorhanden. Das eine davon bekamen Wynn und ich zugewiesen. Die beiden Frauen schliefen in dem anderen, und die beiden Männer nahmen wie selbstverständlich ein paar Decken und Mäntel, die in einer Ecke gestapelt lagen, und legten sich mit den Kindern auf dem Fußboden zum Schlafen nieder. Niemand machte sich die Mühe, sich auszuziehen.

# Fast am Ziel

Nachdem Wynn mein Bein am nächsten Morgen mit einem Schutzverband versehen hatte, machten wir uns auf den Weg. Wenn alles glatt ablief, würde dieser Tag unser letzter Reisetag sein.

Ich befolgte Wynns Ratschlag, meinen Kopf und meinen Hals mit einem Schal zu bedecken, doch die angriffslustigen Moskitos ließen sich davon nicht in ihre Grenzen verweisen. Auf meinen Nacken schienen sie es besonders abgesehen zu haben.

„Wie halten die Leute hier diese Plage nur aus?“ fragte ich Wynn, während ich an einem neuen Insektenstich kratzte.

„Sie gewöhnen sich halt mit der Zeit daran“, antwortete er nur achselzuckend.

Das bereitete mir Unbehagen. Seine Bemerkung sagte mir nämlich indirekt, daß ich keine andere Wahl hatte, als mich auch an die Insekten zu gewöhnlich.

Es war ein herrlicher Julitag. Obwohl Wolken am Himmel standen, regnete es nicht. Der warme Sonnenschein hatte die Pfützen auf dem Weg bald wieder getrocknet, und nur stellenweise mußten wir uns durch Schlammgruben vorankämpfen. Die Pferde legten sich mächtig ins Geschirr, um den schweren Planwagen über den aufgeweichten Boden zu ziehen. Wynn gönnte ihnen mehrmals eine Ruhepause, doch sie drängten bald zur Weiterfahrt.

Zuweilen führte unser Weg an Flußufern und Seen vorüber. Die Fische schnappten nach den Insektenschwärmen über der Wasseroberfläche. Ich wünschte ihnen von Herzen viel Erfolg bei ihrer Jagd. Immerhin bedeutete jedes Insekt, das in ihrem Magen landete, einen Quälgeist weniger für mich.

Gegen Mittag legten wir inmitten eines hohen Tannenwaldes eine Essenspause ein. Mehrere Arten von Nadelbäumen fielen mir auf, doch ich kannte mich nicht gut genug darin aus, um sie einzeln benennen zu können. Wynn war zu sehr mit den Pferden und der Feuerstelle beschäftigt, als daß ich ihn mit Fragen belästigen wollte. Darum machte ich einen kleinen Erkundungsgang und hob mir meine Fragen für später auf. Ich achtete darauf, daß ich Wynn nicht aus den Augen verlor, um mich nicht zu verirren.

Als das Feuer munter brannte, ging ich zu ihm zurück, um ihm beim Kochen zu helfen.

Wir hielten uns nicht lange auf.

In einem Moorgebiet, das wir durchquerten, entdeckte ich eine Elchmutter und ein Jungtier, ohne daß Wynn mich erst darauf aufmerksam zu machen brauchte. Ich war stolz.

„Sieh nur!“ rief ich. „Zwei Elche – und was für ein riesiges Geweih die Mutter hat!“

Wynn lächelte und sah in die Richtung, in die mein ausgestreckter Arm wies. Dann sah er mich wieder an und sagte lächelnd, aber ernst: „Ich muß dich korrigieren, Liebling, damit du nicht eines Tages ausgelacht wirst. Elche haben keine Geweihe, sondern Schaufeln.“

Das war mir im Grunde genommen nicht neu, doch in meiner Begeisterung hatte ich es einfach vergessen. Ich war Wynn für seinen Hinweis dankbar; dazu rechnete ich es ihm hoch an, daß er mich nicht ausgelacht hatte.

Ich sah den Elchen nach, bis sie außer Sicht waren. Dann drehte ich mich wieder zu Wynn um.

„Was gibt es noch für besondere Ausdrücke aus der Tierwelt, die ich kennen muß?“

„Wußtest du, daß Elche nicht schreien, sondern röhren? Und daß man bei Hasen nicht von Ohren, sondern von Löffeln spricht? Die Weidmannssprache ist voller besonderer Begriffe, die vom normalen Gebrauch abweichen.“

„Ja, du liebe Zeit, wie soll ich es da je lernen, mich richtig auszudrücken?“

Er lächelte mir zu und strich mir eine widerspenstige Locke von der Wange.

„Keine Sorge, im Lernen bist du kaum zu übertreffen", meinte er zuversichtlich. „Du bist nämlich ungewöhnlich schnell von Begriff!"

Ich freute mich über dieses Kompliment. Es war mir eine große Beruhigung, daß mein Mann sich nicht davor fürchtete, von seiner unwissenden Frau in peinliche Situationen gebracht zu werden.

„Sind wir bald da?" fragte ich Wynn wohl zum hundertsten Mal. Wir hatten gerade angehalten, um unsere Abendmahlzeit zu kochen. Er lächelte mir zu und breitete seine Landkarte aus. Dann sah er sich aufmerksam nach besonderen Kennzeichen in der Landschaft um. Nachdem er die Karte eingehend studiert hatte, deutete er auf einen Punkt darauf.

„Hier ungefähr sind wir jetzt", erklärte er mir. „Demnach haben wir noch neun bis zehn Meilen vor uns. – Nein nicht ganz", berichtigte er sich. „Eher nur sieben bis acht."

„Schaffen wir das heute abend noch?"

„Ich hoffe doch, wenn es auch spät werden könnte. Zum Glück bleibt es noch lange hell. Ich fürchte, wir werden jede Minute von dem Tageslicht brauchen, das uns noch bleibt."

Ich trug unsere Kochutensilien wieder in den Planwagen zurück, während Wynn die Pferde einspannte, und wir machten uns, wie ich hoffte, ein letztes Mal auf den Weg. Mein Herz pochte vor freudiger Erwartung, wenn ich daran dachte, wie nahe wir unserem Ziel waren.

Auch die Pferde schienen zu spüren, daß es der Heimat zuging. Wynn mußte sie trotz ihrer Erschöpfung und der schweren Last, die sie zogen, bremsen.

Zum Sprechen war ich nun zu aufgeregt, so daß die letzte Etappe unserer langen Reise recht schweigsam ausfiel. In meinem Kopf schwirrte es geradezu vor Fragen. Einige davon hätte nicht einmal Wynn zu beantworten gewußt, da er noch nie zuvor in Beaver River gewesen war. Wie mochte unsere kleine Hütte aussehen? Und was waren unsere Nachbarn für Menschen? Gab es wohl noch andere weiße Frauen auf dieser Umschlagstation? Und würden die Indianer mich mögen und in ihrer Mitte aufnehmen? Wie sollte ich nur

Gespräche mit ihnen führen? Vor lauter Fragen wurde mir förmlich schwindlig.

Die Sonne stand schon tief im Westen über dem Horizont. Wir hatten Beaver River noch immer nicht erreicht, und ich begann mich im stillen zu fragen, ob mein Mann sich womöglich verrechnet haben könnte, was durchaus nicht verwunderlich war, denn er hatte nur äußerst dürftige Informationen über die Örtlichkeiten. Gerade wollte ich meine Befürchtung äußern, als Wynn das Schweigen brach.

„Breitest du bitte die Landkarte auf deinem Schoß aus, Liebling? Ich möchte gern noch einmal einen Blick darauf werfen, bevor es dunkel wird."

Ich breitete die Karte aus, und Wynn studierte sie einen Moment.

„Wenn ich mich nicht irre, liegt die Siedlung direkt hinter dem nächsten Hügel dort."

Am liebsten hätte ich einen Jubelschrei ausgestoßen. Vor lauter Aufregung fiel ich Wynn um den Hals, womit ich ihm versehentlich den Hut vom Kopf stieß. Tanzend und rollend landete er im Straßenstaub. Bis Wynn sich aus meiner Umarmung befreit und das Gespann zum Stehen gebracht hatte, war sein Uniformhut der Berittenen Bergpolizei unter die stahlberingten Räder des schwerbeladenen Planwagens geraten. Voller Entsetzen sah ich zu, wie Wynn das klägliche Gebilde von der Straße aufhob. Die typische Wölbung der Kopfbedeckung war von den Rädern völlig platt gewalzt worden. Reuevoll schlug ich die Hände vor das Gesicht, doch Wynn kehrte grinsend auf den Kutschbock zurück. Nach ein paar sanften Boxschlägen in das Hutinnere setzte er sich das Gebilde wieder auf. Abgesehen von ein paar leichten Beulen glich es beinahe wieder seiner ursprünglichen Form, was ich kaum zu hoffen gewagt hatte.

Wynn behielt recht. Als wir die Hügelkuppe hinter uns hatten, lag die kleine Siedlung zu unseren Füßen. Ich unterließ es, Wynn erneut um den Hals zu fallen. Statt dessen war er es, der mich umarmte.

„Da sind wir, Liebling!" flüsterte er gegen meine Wange. „Endlich zu Hause!"

„Zu Hause“, wiederholte ich. Es war wie eine Zauberformel. Tränen stiegen mir in die Augen. Ich packte meinen Mann am Arm, obwohl er eigentlich beide Arme zum Kutschieren brauchte. Man stelle sich nur vor: wir waren fast zu Hause!

In der Abenddämmerung machte die Siedlung einen friedlichen, anheimelnden Eindruck. Über dem Handelslager der Hudson's Bay Company wehte ein Wimpel im Wind. Um dieses zentral gelegene Gebäude waren eine Handvoll anderer Häuser unterschiedlicher Größe verstreut. Je näher wir kamen, desto lauter wurde das Gebell der Hunde. Haustüren öffneten sich, und überall zeigten sich wißbegierige Gesichter. Einige der Dorfbewohner winkten dem sich nähernden Gespann sogar zu. Bestimmt wußten sie, wer wir waren. Sie mußten gespannt darauf sein, was der neue Gesetzeshüter und seine Frau für Menschen waren. Ich hielt mich an Wynns Arm fest.

„Wynn“, sagte ich, „wie heißt doch der Mann von dem Hudson's Bay Depot? Ich habe seinen Namen vergessen.“

„Lain“, antwortete Wynn. „John Lain.“

„Ist er verheiratet?“

„Darüber habe ich nirgends eine Auskunft bekommen können. Ich habe mich erkundigt, aber niemand schien je von einer Frau Lain gehört zu haben.“

„Dann wird es wohl auch keine geben“, sagte ich enttäuscht.

„Das ist nicht unbedingt gesagt. In den Listen werden meistens nur die Händler genannt, nicht deren Familien.“

Ich schöpfte neue Hoffnung, machte mich aber zugleich auch darauf gefaßt, die einzige weiße Frau in dieser Siedlung zu sein.

Die Dunkelheit brach nun schnell über uns herein. Überall sah man erleuchtete Fenster. Das Hundegebell wurde lauter, und immer mehr Menschen versammelten sich im Freien. Es waren zum größten Teil weiße Männer; auch ein paar Indianer waren gekommen. Wer mochte nur Herr Lain sein? Lebte er allein?

Wynn brachte das Gespann vor dem großen Gebäude mit

der Aufschrift „Hudson's Bay Company" zum Stehen und rief den Männern einen freundlichen Gruß zu. Ein hochgewachsener, breitschultriger Mann mit einem dichten Bart trat ein paar Schritte vor.

„Willkommen in Beaver River, Sergeant!" sagte er. „Ich heiße John Lain."

Er war allein.

## Unsere neue Heimat

Wynn schüttelte vielen der Umstehenden die Hand und nickte den übrigen zu. Einen Moment fühlte ich mich vergessen. Ich wußte nicht recht, ob ich vom Wagen steigen sollte, ober ob ich sitzen bleiben sollte, bis jemand meine Gegenwart bemerkte. Dann spürte ich, wie sich immer mehr Augenpaare auf mich richteten. Wynn führte die Männer von der Hudson's Bay Company näher an den Wagen und sah mit einem Lächeln zu mir hinauf.

„Das ist meine Frau Elisabeth. Elisabeth, darf ich dir Herrn Lain und seine Männer vorstellen?"

Lain schüttelte mir kräftig die Hand.

„Kommen Sie nur herein!" lud er uns ein, doch Wynn wehrte ab.

„Wir haben sechs lange Reisetage hinter uns, und meine Frau möchte sich gern für die Nacht einrichten. Wenn Sie uns nur zeigen, welche Unterkunft für uns bestimmt ist, sind wir Ihnen dankbar."

Herr Lain nickte verständnisvoll. Er deutete nach Westen auf eine hohe Baumgruppe. Der Umriß einer Hütte war gegen den fahlen Horizont erkennbar.

„Dort drüben ist Ihre Hütte."

„Gibt es dort auch einen Platz für die Pferde?"

Herr Lain musterte unser Gespann. Plötzlich schien ihm etwas einzufallen.

„Sagen Sie mal, wo ist eigentlich Canoue?" fragte er.

„Als ich ihn zum letzten Mal gesehen habe, schlief er. Er hatte mit den anderen ein paar Flaschen geköpft, und ich konnte ihn einfach nicht wecken. Zum Warten hatten wir keine Zeit; deshalb sind wir ohne ihn losgefahren."

Der Depotverwalter schüttelte bedächtig den Kopf.

„Mit der Flasche hat er seine Probleme, soviel steht fest.

Ich hab' ihn gewarnt. ‚Canoue', hab' ich gesagt, ‚mach mir nur keine Dummheiten. Ich kann dir nicht dauernd zu neuer Arbeit verhelfen, wenn du deine Stelle verlierst.' Er hat das Geld bitter nötig gehabt." Lain zuckte mit den Achseln. „Nein, drüben bei Ihrer Hütte gibt's keinen Platz für Ihre Pferde. Sie können sie aber bei mir unterbringen. Ich hab' eine Koppel hinter dem Laden."

Während Herr Lain noch sprach, spürte ich, wie mich ungezählte Augenpaare anstarrten. Die meisten der Umstehenden waren Männer, wenn ich auch mehrere Indianerfrauen unter ihnen entdeckte. Ich versuchte, ihnen ein Lächeln zuzuwerfen, fühlte mich aber zugleich unendlich fremd und fehl am Platz. Ich konnte es kaum erwarten, bis Wynn das Gespräch beendete, damit wir unser neues Zuhause ansteuern konnten.

Endlich stieg er wieder auf den Kutschbock, wendete das Gespann und lenkte es auf die kleine Hütte zu, die uns als erstes gemeinsames Heim dienen sollte.

Ich hielt es vor Spannung kaum mehr aus. Wie mochte die Hütte aussehen? War sie in gutem Zustand? War sie mit dem getrennten Schlafzimmer versehen, das ich mir so sehr wünschte? Ich war versucht, die Augen zu schließen, bis wir angekommen waren. Jubelnde Vorfreude und zugleich entsetzliche Angst erfüllten mich.

Als Wynn die Pferde anhielt, wußte ich, daß der große Moment gekommen war. Er zog mich dicht an sich.

„Jetzt, Liebes", flüsterte er, „bist du bereit?"

Meine Lippen waren trocken. Ich nickte nur.

„Was wirst du heute abend an Gepäck brauchen?"

Ich hatte nicht die geringste Vorstellung, was ich als erstes brauchen würde, da ich nicht wußte, wie die Hütte ausgestattet war.

Wir hörten Stimmen hinter uns und wandten uns um. Eine Gruppe kam näher. Es war Herr Lain, der uns zurief: „Dachte mir, am besten laden wir Ihren Wagen gleich ab. Dann bleibt Ihnen die Arbeit morgen früh erspart, und sie brauchen sich die Pferde nicht noch mal extra zu holen."

Es war ein gutgemeintes Angebot, und Wynn rechnete es

ihm gewiß hoch an. Auch ich hätte mich dankbar erzeigen sollen, aber ich hatte davon geträumt, unser erstes gemeinsames Heim ohne die Gegenwart fremder Menschen zu betreten – nur Wynn und ich, sonst niemand. Nun befanden wir uns in Begleitung eines Hudson's-Bay-Händlers und einem Gefolge von Dorfbewohnern. Enttäuschung stieg in mir auf. Wenn Wynn sie doch nur allesamt wieder fortschickte und ihnen zu verstehen gab, daß das Abladen bis morgen früh warten könnte! Doch nichts dergleichen geschah. Wynn stieg vom Wagen und half mir beim Aussteigen.

„Nett von Ihnen!" sagte er. „Es wird nicht lange dauern bei der tatkräftigen Hilfe, die Sie da mitgebracht haben!"

Im Halbdunkel kämpfte ich gegen die Tränen an, die mir in die Augen steigen wollten, und machte mir klar, daß Wynn meine Gefühle als Frau wahrscheinlich nicht verstehen würde. Während ich das Angebot der Männer als Eindringen in einen sehr privaten Moment empfand, sah er nur die praktische Seite der Sache. Die Kisten und Koffer mußten abgeladen werden, und hier war jemand, der seine Hilfe dazu anbot. Ich dachte an die romantische Vorstellung eines jung verheirateten Paares, das ihr erstes Heim feierlich und ohne die Gegenwart anderer betrat. Es war vielleicht albern, aber ich hatte insgeheim sogar die Hoffnung gehegt, über die Schwelle getragen zu werden.

Bis ich festen Boden unter den Füßen hatte, hatten sich die Männer schon tatendurstig um unseren Planwagen geschart.

„Vielleicht möchtest du ins Haus gehen und die Männer anweisen, wo sie das Gepäck abstellen sollen", schlug Wynn vor.

Am liebsten hätte ich spitz bemerkt, daß das Gepäck vorerst bleiben könnte, wo es war, aber das wäre töricht von mir gewesen und hätte zu Mißverständnissen geführt. So ging ich ergeben auf die Tür zu, wo Herr Lain, die erste Kiste in den Händen, einen Schritt zur Seite ging, damit ich ihm die Tür aufsperrte. Wie romantisch!

Die Tür klemmte. Ich mußte den Griff mit beiden Händen umklammern und mit aller Kraft daran ziehen. Als sie endlich nachgab, schürfte ich mir die Fingerknöchel an dem Türrahmen auf. Die Wunde schmerzte heftig, und die Tränen in meinen Augen rollten mir über die Wangen, ohne daß ich es verhindern konnte.

Im Inneren der Hütte war es stockdunkel. Ich hatte keine Vorstellung, wo ich nach einer Lampe suchen sollte. Draußen war es inzwischen fast völlig dunkel geworden, und die wenigen Fenster ließen so gut wie keinen Lichtschimmer herein. Ich zögerte. Herr Lain stellte sich von einem Fuß auf den anderen. Er wartete darauf, daß ich ihm sagte, wo er die schwere Kiste abstellen sollte.

„Stellen Sie sie dort an die Wand!“ wies ich ihn an.

Er schien meine Hilflosigkeit geahnt zu haben.

„Ich schau' mal nach, ob ich eine Lampe finde“, erbot er sich. Es dauerte nicht lange, bis er Licht gemacht und die Lampe so aufgestellt hatte, daß die Männer genug sehen konnten.

Aus und ein gingen sie. Männer, die ich noch nie im Leben gesehen hatte, stolperten in meinem neuen Heim umher, ohne sich vor dem Eintreten die Schuhe abzuwischen. Einer von ihnen spuckte sogar auf meinen Fußboden. Wynn selbst war noch draußen und beaufsichtigte das Abladen des Wagens. Ich stand unbeholfen mitten in der Hütte und wußte nicht recht, was ich tun sollte. Dann fiel mir ein, daß auch ich eine Verantwortung trug und den Männern Anweisungen zu geben hatte, wo sie das Gepäck abstellen sollten. Aber woher sollte ich wissen, wo unsere Kisten hingehörten? Ich hatte nicht die geringste Ahnung, wie viele Zimmer wir überhaupt hatten. So bedeutete ich den Männern nur mit einem Zeigefinger, den sie hinter den wuchtigen Kisten ohnehin kaum sehen konnten, daß sie alles „dort drüben“ abstellen sollten, bis unser gesamtes Hab und Gut bis an die Decke an der Wand entlang gestapelt stand.

Endlich riß der Strom von ächzenden und schwitzenden Männern ab. Nun drangen nur noch ihre Stimmen von draußen herein. Wynn unterhielt sich noch mit ihnen, bevor sie sich wieder auf den Heimweg machten. Ich trat indessen ungeduldig von einem Bein auf das andere. Was hatte er nur so lange da draußen zu tun? Konnte er sich nicht einfach bei den Männern bedanken und sie fortschicken?

Ein leises Surren näherte sich. Bald erklang ein zweites summendes Geräusch. Dann verdichteten sich mehr und mehr Summtöne zu einem mir nur zu vertraut klingenden Gebrumm. Wir hatten den Moskitos ein willkommenes Ziel geboten. Die geöffnete Tür und die brennende Lampe hatten sie angezogen. Unsere Hütte mußte geradezu von einer Armee dieser abscheulichen Biester erfüllt sein! Ich stieß einen ärgerlichen Schrei aus und schlug die Tür mit einem Knall zu.

Wynn sprach noch immer mit den Männern. Niedergeschlagen wandte ich mich dem Stapel von Kisten an der Wand zu, um mich auf die Suche nach Bettzeug zu machen. Ich nahm die Lampe zur Hand und untersuchte die Kisten näher. Die Beschriftung half mir nicht weiter; die oberen Kisten schienen allesamt Wynns medizinisches Zubehör zu beinhalten. Wie sollte ich nur ein Bett für uns zurechtmachen? Unterwegs auf der langen Reise hatte ich mich damit getröstet, daß die Nächte auf unebenen, unbequemen Lagern nun gezählt seien und daß ich bald in meinem eigenen Bett in sauberer Bettwäsche schlafen würde. Jetzt aber konnte ich unser Bettzeug nicht finden! Um es genauer zu sagen, ich wußte nicht einmal, ob es hier überhaupt ein Bett gab. Als ich gerade mit der Lampe in der Hand das Zimmer verlassen wollte, um mich im Rest der Hütte nach einem Bett umzusehen, steckte Wynn den Kopf zur Tür herein. Ich wollte erleichtert aufatmen, bis ich ihn sagen hörte: „Ich bringe die Pferde zurück ins Dorf, Elisabeth. Es wird nicht lange dauern. Fühl dich ganz wie zu Hause hier!“

Ich glaube nicht, daß er etwas hätte sagen können, was mich mehr verletzt hatte, als diese Worte: „ganz wie zu Hause!“ Das hier war also mein Zuhause. Meterhohe Kistenstapel. Kein Ehemann. Keine Decken für mein Bett. Und ich todmüde. Ich sehnte mich nur noch nach einem warmen Bad, um den Reisestaub abzuwaschen und anschließend in ein sauberes Bett zu kriechen. Dann würde ich mich schon eher „wie zu Hause“ hier fühlen. Und Wynn. Ich sehnte mich nach meinem Mann. Schließlich war es seinetwegen, daß ich überhaupt in diese abgelegene Gegend geraten war.

Ich ließ meinen Tränen nun freien Lauf. Mißmutig wischte ich mir die Augen und schneuzte mich ein ums andere Mal. Mit der Lampe in der Hand stolperte ich in einen zweiten Raum. Dieser war mit einem Tisch, einem Ofen, einem einfachen Regal und einer Liege ausgestattet – kein richtiges Bett, sondern nur eine Liege, auf der niemals zwei Menschen Platz finden würden.

Ich sah mich nicht genauer in diesem Raum um, sondern ging durch die Tür in ein angrenzendes Zimmer. Hier war eine Leiste mit Kleiderhaken an der Wand. Außerdem gab es eine uralte, wacklige Kommode und, o Wunder aller Wunder, ein richtiges Doppelbett! Es hatte sogar eine Matratze anstelle eines Sacks voller Fichtenzweige und Moos. Die Matratze war nicht sehr sauber, und uneben war sie dazu, aber immerhin war es eine Matratze. Bettzeug schien es nicht zu geben. Ich sah mich nach einem Regal um und fand tatsächlich eins, aber auch dort konnte ich keine Decken und Bezüge finden.

In dem anderen Zimmer suchte ich weiter, ohne etwas zu finden, das sich als Bettzeug geeignet hätte. Statt dessen entdeckte ich drei Stühle, die ich vorhin übersehen haben mußte. Zwei von ihnen waren aus Holz; der dritte, eine Art Sessel, stand vor dem Kamin. Ich freute mich über den Kamin, doch dann wurde mir klar, daß er einem überaus praktischen Zweck diente: er war die einzige Wärmequelle im ganzen Häuschen. Nochmals machte ich eine Runde durch den Raum, die Lampe vor mir hertragend. Das Zimmer war spärlich eingerichtet und nicht sehr sauber zu nennen. Dann entdeckte ich etwas, das ich beim ersten Durchgang nicht bemerkt hatte. Über dem Kamin hing ein großes Tierfell – ob als Wandschmuck oder als Schutz gegen kühle Witterung, wußte ich nicht zu sagen. Ich stellte meine Lampe ab und trat näher. Ich zog daran, doch das Fell schien in der Wand verankert zu sein. Ich zog erneut. Nichts. Ich faßte mit beiden Händen zu und zog mit aller Kraft. Da – mit einem lauten „Ratsch“ und einer riesigen Staubwolke löste sich das Fell, und ich landete darunter auf dem Fußboden.

Mühsam befreite ich mich von dem Fell und stand wieder auf. Das Fell fühlte sich steinhart und stachelig an, nicht so weich wie die Felle, die ich von Calgary her in Erinnerung hatte. Ich schleifte es ins Schlafzimmer und zerrte es durch die Tür. Dann ging ich zurück, um die Lampe zu holen. Mit Mühe und Not gelang es mir, das Fell auf das Bett zu ziehen und auf der Matratze auszubreiten.

Ich sah mich um. Dies war also mein neues Zuhause. Es war schmutzig und spärlich eingerichtet und hatte ein unebenes Bett mit einem übelriechenden Tierfell anstelle von Decken und Bezügen. Es gab weder Vorhänge noch weiche Teppiche hier, und die Fenster starrten geradezu vor Schmutz. Selbst der Kolben der Petroleumlampe war voller Ruß. Das Schlimmste an der ganzen Hütte jedoch war, daß ich allein war. Bei dem Gedanken daran liefen mir erneut die Tränen über die Wangen. Ich trug die Lampe in das andere Zimmer zurück und stellte sie dort auf den Tisch – eine Maßnahme, die eher dazu dienen sollte, die Moskitos aus dem Schlafzimmer zu locken, als Wynn mit Licht und Wärme zu begrüßen. Dann ging ich in das Schlafzimmer zurück, zog die Schuhe aus, kroch unter das harte Tierfell und begann, wie ein Kind zu schluchzen. Ich sprach nicht einmal mehr mein Abendgebet. Mir war so elend zumute, daß ich Gott lieber nicht unter die Augen treten wollte, und in meiner jämmerlichen Gemütsverfassung lag mir auch nicht viel daran, etwas von ihm zu hören. Ich war so erschöpft, daß ich nicht lange weinte und bald in einen tiefen, erbarmungsvollen Schlaf fiel.

## Wir richten uns ein

Als ich am nächsten Morgen aufwachte, brauchte ich ein paar Minuten, bis ich wußte, wo ich war. Mit der Erinnerung kam auch die Verzweiflung zurück, wenn sie auch nicht mehr so schmerzhaft wie gestern abend war. Ich sah an mir hinunter. Ich war mit richtigen Decken zugedeckt. Das Fell, das ich unter Aufbietung aller Kräfte ins Schlafzimmer gezerrt hatte, lag neben dem Bett als Teppich auf dem Fußboden. Dort wirkte es sogar anheimelnd und gemütlich. Ich trug noch immer meine Kleider von gestern; Rock und Bluse waren nun nicht nur von Flecken übersät, sondern auch hoffnungslos zerknittert. Meine Frisur war vollkommen ruiniert. Vor dem Einschlafen hatte ich nicht einmal die Haarnadeln herausgezogen. Über Nacht hatten sich einige davon von selbst gelöst, so daß mir ein Teil der Haare wirr um das Gesicht hing, während ein Rest noch hochgesteckt war. Ich zog mir die übrigen Nadeln heraus und ließ mir das Haar lose über die Schultern fallen, um es grob mit den Fingern zu ordnen.

Kaum hatte ich mich geregt, als Wynn auch schon mit einem besorgten Ausdruck im Gesicht auf mich zu eilte.

„Bist du …“ begann er, um mich dann in seine Arme zu schließen, bis ich um Luft ringen mußte. „Es tut mir so leid, Liebling!“ flüsterte er, und ich hörte ein Zittern in seiner Stimme.

Ich sah zu ihm auf. In seinen Augen glänzten unvergossene Tränen. Auch mir wollten wieder die Tränen kommen. Ich klammerte mich an meinem Mann fest und weinte mir den ganzen Kummer des vergangenen Abends von der Seele. Er ließ mich gewähren.

Als meine Tränen endlich versiegten, nahm Wynn mein Gesicht in seine Hände und sah mir tief in die Augen. Vielleicht suchte er nach einer Antwort auf unausgesprochene Fragen. Ich konnte noch nicht lächeln, aber ich war bereit, mich wieder zu fassen. Um seinem forschenden Blick auszuweichen, schloß ich die Augen. Er küßte mich zärtlich und ließ mich wieder los.

„Bist du hungrig?" fragte er. Erst jetzt bemerkte ich, daß es nach frischem Kaffee duftete. Zu meiner Überraschung verspürte ich tatsächlich einen Bärenhunger. Wieder sah ich an mir hinunter.

„Ich weiß nicht, was ich dringender nötig habe", seufzte ich, „ein Frühstück oder ein Bad!"

„Wie wär's, wenn du zuerst frühstückst?" schlug er vor. „Das Bad erledigen wir dann später."

Ich schlüpfte in meine Schuhe und glättete ein paar Falten in meinem Rock mit der flachen Hand. Dann sah ich Wynn hilflos an.

„Wohin kann ich nur gehen?" fragte ich.

Er verstand, was ich meinte.

„Nach draußen", antwortete er.

„Einfach nur ... nach draußen?"

Er nickte.

„Soll das bedeuten, daß es hier nicht einmal ein ... nun, eine Toilette gibt?"

„Das Dorf ist einen Kilometer von hier entfernt."

„Trotzdem ..."

„Ich sorge dafür, daß sobald wie möglich etwas unternommen wird", versprach er, und machte sich wieder an die Arbeit, mit der er schon beschäftigt gewesen war, während ich noch schlief. In seinen Augen hatte wieder der Schmerz gestanden, den ich vorhin an ihm bemerkt hatte. Vielleicht war er zu dem Schluß gelangt, daß er mit seiner Befürchtung doch recht gehabt hatte und ich tatsächlich nicht für das rauhe Leben des Nordens geschaffen war. Wieder blinzelte ich mir die Tränen aus den Augen und ging „nach draußen".

Die Sonne schien. Ein ganzer Vogelschwarm hatte sich hoch in den Bäumen um unsere Hütte niedergelassen und zwitscherte fröhlich. Sie versammelten sich nun in immer größeren Scharen, um sich bald auf die Reise in wärmere

Breiten zu machen. Von dem Dorf her drangen ferne Stimmen und Hundegebell an mein Ohr. Tief atmete ich die frische Morgenluft ein. Die sanft gewellten Hügel waren von Nadelwäldern, Pappeln und Birken bewachsen.

Es war eine hübsche Gegend. Ich würde es schaffen. Ganz sicher! Ich würde das Haus wohnlich einrichten, mich selbst erst einmal waschen und ordentlich anziehen und Wynn versprechen, daß ich hier glücklich sein würde, solange ich ihn an meiner Seite hätte. Plötzlich stieg eine dunkle Vorahnung in mir auf. Was würde aus mir werden, wenn ihn seine Pflichten auf lange Reisen durch sein Revier führten? Wenn ich wie gestern abend in der Hütte allein sein würde? Er hatte das geborgte Gespann zu versorgen gehabt. Unmöglich hätte er den Hudson's-Bay-Händler damit beauftragen können. Der hatte schon genügend andere Verpflichtungen. Wynn hatte nur getan, was er für notwendig erachtet hatte, und dennoch ... Es würde mich viel Mut und Überwindung kosten, unsere Hütte inmitten der Wildnis zu einem trauten Heim zu machen. Ich konnte es mir nicht leisten, jedesmal zu schmollen, wenn Schwierigkeiten auftauchten oder wenn ich die Bequemlichkeiten des modernen Lebens vermißte. Schließlich wollte ich hier glücklich sein. Mehr noch: ich wollte, daß Wynn hier glücklich war. Dazu brauchte ich Hilfe. Ich wußte nur von einer einzigen Quelle, die mir diese Hilfe geben konnte. Ich blieb stehen, um zu beten.

Als ich die Hütte wieder betrat, hatte ich meine Fassung wiedergewonnen. Wynn war mit den Kisten beschäftigt. Meinen Schrankkoffer hatte er ins Schlafzimmer geschoben und unter dem einzigen Fenster dort abgestellt. Ich hob den Deckel in der Hoffnung, etwas Passendes vorzufinden, in dem ich mich zum Frühstück sehen lassen konnte, doch die Röcke, die ich hervorhob, waren genauso zerknittert wie der, den ich anhatte. Schließlich gab ich die Suche auf und sah mich nach einem Waschbecken um. Wynn hatte mir schon eine Waschschüssel bereitgelegt und ein frisches Handtuch an den Haken gehängt.

Ich wusch mich und ging dann an den Herd. Die Kaffeekanne verbreitete ein unwiderstehliches Aroma, und Wynn hatte einen Pfannkuchenteig angerührt, der nur noch in die Pfanne gegossen zu werden brauchte. Die Pfanne war schon erhitzt, und ich goß den Teig löffelweise darauf. Das zischende Bratgeräusch und der Butterduft stellten meinen Magen auf eine harte Geduldsprobe.

Wynn kam zu mir in die Küche.

„Mmmh! Riecht prima hier!“ meinte er und legte mir eine Hand auf die Schulter. „Ich konnte das Frühstück kaum erwarten.“

„Warum hast du nicht einfach mit dem Essen angefangen – oder mich geweckt?“

„Ich dachte, daß du deinen Schlaf dringend brauchtest. Und meinen ersten Tag hier wollte ich nicht ohne dich anfangen.“

Ich schluckte und wehrte mich gegen einen erneuten Tränenausbruch. Die Bitterkeit war nun überwunden. Ich wollte sie auf keinen Fall erneut hochkommen lassen.

„Was hältst du denn von unserer Hütte?“ fragte ich, um ein Gespräch anzufangen.

„Sie ist größer, als ich gehofft hatte.“ Es klang erfreut, und zum ersten Mal machte ich mir klar, wie recht er hatte. In der Dunkelheit hatte ich drei Räume ausgemacht. Ich hatte mir wenigstens zwei erhofft. Es war mir nicht einmal in den Sinn gekommen, dankbar dafür zu sein.

Ich lächelte Wynn an.

„Das stimmt. Ich hatte mir Hoffnungen auf ein getrenntes Schlafzimmer gemacht, und diese Hütte hat sogar eine Wohnstube dazu.“ Ich sah um mich. Die Stube war zwar winzig, ließ sich aber durchaus gemütlich herrichten. Da war der Kamin, über dem noch ein Fetzen des Tierfells an einem Nagel hing. Durch das Fenster sah man in Richtung Osten das Dorf liegen. Die Liege stand an der Wand und daneben der – nun, der gepolsterte Stuhl. Im Vordergrund waren der Herd, ein paar grobgezimmerte Geschirr-Regale, der Tisch und die beiden Stühle, dazu ein Ständer mit der Waschschüssel und zwei großen Wassereimern.

„Woher stammen denn die Eimer?“ fragte ich verwundert. Ich konnte mich nicht erinnern, sie gestern abend dort gesehen zu haben, und es waren nicht die Eimer aus meiner Lehrerwohnung, die ich Wynn zum Einpacken gegeben hatte.

„Ich habe sie geborgt“, gab er zur Antwort. „Ich hatte mir gedacht, daß du bestimmt gern ein Bad nehmen würdest, und deshalb habe ich Lain darum gebeten. Es hat eine Weile gedauert, bis wir soviel Wasser zum Kochen gebracht hatten. Ich glaube, es wäre besser gewesen, wenn ich gleich wiedergekommen wäre, anstatt auf das heiße Wasser zu warten.“

Ich starrte die schweren Eimer an. Sie waren fast bis zum Rand gefüllt. Wynn hatte sie gestern abend einen Kilometer weit durch die Dunkelheit hierher geschleppt, damit ich ein Bad nehmen könnte. Und was hatte er vorgefunden? Eine kindische Frau, die sich unter einem verstaubten Tierfell in den Schlaf geheult hatte.

Den Pfannenschieber noch in der Hand, ging ich auf Wynn zu. Ich schlang meine Arme um seinen Hals und flüsterte: „Entschuldige bitte! Ich habe mich wie ein eigensinniges Kind benommen.“

Er nahm mich in seine Arme und küßte mich. Eine Zeitlang herrschte Schweigen. Wir hatten wohl beide ein paar Dinge, über die wir nachdenken mußten. Der Geruch von verbrannten Pfannkuchen riß mich in die Gegenwart zurück. Glücklicherweise waren sie noch eßbar. Sie schmeckten sogar wie die teuerste Delikatesse nach der getrockneten Marschverpflegung der vergangenen Tage.

Wynn half mir dabei, unsere Kisten und Koffer auszupakken. Den ganzen Vormittag über sortierten wir unser Hab und Gut und brachten es in den drei Räumen unter. Nach einem schnellen Mittagessen ging Wynn in das Dorf, um in dem Handelsdepot ein paar Dinge zu erledigen. Ich versicherte ihm, er könne ohne Sorge gehen. Ich hatte mir nämlich vorgenommen, mit Wurzelbürste, Wischlappen und heißer Seifenlauge dem Schmutz in der Hütte zu Leibe zu rükken.

Gerade scheuerte ich die Regale in der Küche aus, als ich

Männerstimmen hörte. Ich wartete darauf, daß jemand an unsere Tür klopfte, doch nachdem es mehrere Minuten lang still geblieben war, trat ich ans Fenster und sah hinaus. Zwei Männer mit einem alten Karren, der hoch mit Brettern beladen war, hielten einen Bogen Papier ausgebreitet und schienen eine Auseinandersetzung darüber zu haben. Bald hatten sie sich geeinigt und machten sich mit Spaten, Hammer und Säge an die Arbeit. Zuerst begriff ich nicht, was sie vorhatten; doch als ich am späten Nachmittag die Form eines kleinen Gebäudes erkannte, wurde mir klar, daß Wynn keine Zeit verloren hatte, sein Versprechen einzulösen. Eine Toilette war nötig, und mein guter Mann hatte dafür gesorgt, daß eine gebaut wurde. So leid es mir auch tat, ihn mit diesem zusätzlichen Auftrag belastet zu haben, so war ich doch sehr erleichtert über die neue Errungenschaft. Ohne eine solche Einrichtung würde ich mich nicht sehr lange wohlfühlen.

Ich scheuerte und wischte, während die Männer draußen hämmerten. Mein Rücken und meine Arme begannen zu schmerzen. Dennoch gönnte ich mir keine Pause. Ich hatte mir vorgenommen, das Haus bis zur Abenddämmerung blitzblank geputzt zu haben.

Ich scheuerte die Regale, die Fenster und Fußböden. Die Matratze wischte ich mit einem feuchten Tuch ab und schleppte sie dann ins Freie, um sie an der Sonne ein wenig zu lüften. Auch das Polster der kleinen Liege zog ich nach draußen. Dann wusch ich unser gesamtes Koch- und Eßgeschirr ab und räumte es in das frisch gesäuberte Regal. Auch die Konserven und das Dörrobst brachte ich in dem Regal unter. Was nicht mehr darin Platz fand, stapelte ich auf dem Fußboden auf. Die Bratpfanne, die Spülschüssel und einige andere Utensilien hängte ich an ein paar Haken an der Wand auf.

Die Küche war bei weitem kein Schmuckkästchen, aber sauber war sie nun wenigstens, wie ich erfreut feststellte. Ich beschloß, Wynn nicht mehr zu bitten, Türen für die Regale zu zimmern. Ich war ihm ja so dankbar, daß er für das gewisse Örtchen gesorgt hatte! Das war mir wesentlich wichtiger als alle Regaltüren der Welt. Vielleicht würde mir auch selbst eine Idee kommen, wie ich das Regal abdecken könnte – vielleicht mit einem kleinen Vorhang.

Es war schon spät am Nachmittag, als ich nach draußen ging, um die Matratze wieder ins Haus zu holen. Das Hereinholen erwies sich als wesentlich mühsamer als das Hinausbringen, doch mit viel Anstrengung gelang es mir schließlich, die Matratze wieder durch die Tür zu zerren und auf das Bett zu heben. Als nächstes bezog ich unser Bett mit frischem Bettzeug. Welch ein herrliches Gefühl, endlich wieder in einem richtigen Bett zu schlafen – und in einem sauberen dazu!

Ich holte meine Kleider und Wäsche aus der Kiste und hängte sie an die Haken. Sie mußten dringend geplättet werden, doch das würde ich an einem anderen Tag erledigen. Schließlich konnte ich unmöglich alles an einem Tag schaffen.

Als Wynn zurückkehrte, war das Innere des Hauses sauber und aufgeräumt – wenigstens die beiden Räume, die wir als unsere Wohnung betrachteten. Wynns Dienststube wartete noch darauf, eingerichtet zu werden, doch er hatte mir gesagt, daß er das selbst besorgen würde. Zu unserer großen Überraschung hatten wir hinter dem Schlafzimmer einen Lagerschuppen entdeckt. Dort konnten wir unsere Kisten, Koffer und Truhen unterbringen. Wynn hatte vorläufig alle Kisten, die wir heute morgen ausgeleert hatten, in seiner Dienststube abgestellt.

Unser Abendessen bestand aus Verpflegungsrationen der Berittenen Polizei. Außer den Konserven hatte ich kein Fleisch zur Hand, und Gemüse fehlte völlig. Es war eine einfache Mahlzeit, doch wir aßen sie voller Dankbarkeit: wir waren endlich da, wohin wir uns berufen fühlten. Wir hatten ein Zuhause, und wir hatten einander. Zugegeben, ein ganzer Berg von Arbeit wartete noch auf uns, bevor wir uns vollständig eingerichtet hatten, aber der Anfang war gemacht. Ich vergaß meinen steifen Rücken und meine schmerzenden Arme und besprach mit Wynn, wie wir die kleine Hütte noch wohnlicher gestalten könnten. Ich sah aus dem Fenster auf das grob gezimmerte kleine Häuschen mit seiner schiefen Tür und den unförmigen Dachpfannen und war so dankbar wie für das eleganteste Badezimmer mit Kacheln und Fliesen.

„Danke, Wynn!" sagte ich. „Dank' dir, daß du das Klosett so schnell bestellt hast. Das war sehr nett von dir!"

„Ich wollte, daß du dich hier so wohl wie möglich fühlst", sagte er lächelnd.

So begannen wir also unser gemeinsames Leben im Norden Kanadas. Nach einem langen, heißen Bad in einer Blechwanne, die ich an einer unserer Außenwände gefunden hatte, war ich zuversichtlich, daß es mir hier in diesem Landstrich an nichts fehlen würde.

## Die Nachbarn

Während der nächsten Tage ging Wynn seinen Verpflichtungen als Hüter des Gesetzes nach, und auch ich fand kaum Zeit zur Muße. Jede Minute verbrachte ich damit, unsere schlichte Hütte in ein gemütliches Heim zu verwandeln. Den Stoff, den ich in Calgary gekauft hatte, holte ich nun aus der Kiste hervor und nahm Nadel und Faden zur Hand. Es war kein leichtes Vorhaben. Der Stoff war fest gewebt, und da ich keine Nähmaschine zur Verfügung hatte, mußte ich alle Nähte von Hand setzen. Ich hielt alles so schlicht wie nur irgend möglich. Bald hingen Vorhänge an den Fenstern, und aus der Liege wurde durch einen hübschen Überwurf eine Art Couch. Dazu nähte ich ein paar passende Kissenbezüge. Wynn überraschte mich mit zwei Tierfellen, die er einem Trapper im Dorf abgekauft hatte. Die Felle waren viel sauberer und weicher als das, was ich von der Wand gerissen hatte. Das alte Fell benutzte Wynn in seinem Dienstraum als Läufer; eins der beiden neuen Felle legte ich vor den Kamin auf den Boden, das andere neben unser Bett. Sie wirkten ausgesprochen dekorativ, wenn ich mich auch zu Anfang nicht recht an den Geruch gewöhnen konnte, den sie ausströmten.

Ich suchte das Bügeleisen heraus, das Wynn eingepackt hatte, und machte mir ein behelfsmäßiges Bügelbrett zurecht, auf dem ich unsere Kleidung zu plätten versuchte. Mit dem Ergebnis war ich zwar nur halbwegs zufrieden, doch mehr ließ sich unter den gegebenen Umständen leider nicht erreichen.

Der erste Sonntag in unserer neuen Heimat rückte näher. Es war ein seltsames Gefühl, keinen Gottesdienst besuchen zu können. Ich fragte Wynn, was wir nur tun sollten. Mein Vorschlag war, eine Andacht bei uns daheim zu halten und die Dorfbewohner dazu einzuladen, doch Wynn hielt es für klüger, damit noch eine Weile zu warten. Statt dessen könnten wir ein Picknick einpacken und einen Spaziergang am Fluß entlang machen, meinte er. Ich gab gern meine Zustimmung und sah nach, was ich uns zum Mittagessen zubereiten könnte.

Die Landschaft war wunderhübsch. Hier und da zeigten die Laubbäume sich schon in flammenden Herbstfarben. Ich wunderte mich, wie früh sich die Blätter färbten, doch Wynn erinnerte mich daran, daß wir uns hier ein gutes Stück nördlich von Calgary befanden.

Wir gingen nicht sehr weit. Alles war mir so neu, daß wir immer wieder stehenblieben, um uns etwas Interessantes aus der Nähe anzuschauen. Wynn beantwortete meine zahllosen Fragen geduldig. Nicht weit vom Fluß entfernt, im tiefen Wald versteckt, entdeckten wir da und dort eine Hütte. Ich fragte Wynn, wer dort lebt.

„Das weiß ich noch nicht“, antwortete er. „In der kommenden Woche werde ich mehr über unsere Nachbarn erfahren. Übrigens werde ich während der Wochentage viel unterwegs sein, Elisabeth. An manchen Abenden werde ich erst sehr spät nach Hause kommen.“

Ich nickte nur, ohne etwas zu sagen.

„Du nimmst es mir doch nicht übel, oder?“

Ich zögerte mit meiner Antwort. Vor den langen Tagen ohne Wynn graute mir geradezu. Andererseits hatte ich an meinem ersten Morgen hier in der Siedlung ernsthaft gebetet und dabei gerade dieses Problem vor Gott gebracht. Deshalb konnte ich nun aufrichtig sagen: „Du wirst mir sehr fehlen, das ist gar keine Frage. Aber es wird gehen. Ich ... ich habe mit Gott schon darüber gesprochen, und jetzt ... jetzt bin ich bereit. Ich weiß, daß du nicht den lieben langen Tag in deiner Dienststube sitzen kannst. Du kannst dich auch nicht immer nur in der Siedlung aufhalten. Mach dir meinetwegen nur keine Gedanken. Ich habe noch so viel Arbeit im Haus zu erledigen, daß ich schon keine Langeweile bekommen werde.“ Dabei gelang mir sogar ein zaghaftes Lächeln.

Wynn nahm meine Hand in die seine.

„Ja, ich weiß, du bist sehr fleißig gewesen. Unser Häuschen sieht schon viel behaglicher aus, seitdem du dich ans Werk gemacht hast. Ich bin richtig stolz auf dich!“ Sein anerkennendes Lächeln trieb mir eine warme Röte ins Gesicht. „Ob du wohl die Zeit erübrigen kannst, ein paar von unseren Nachbarn zu besuchen?“ fuhr er fort. „Immerhin wohnen wir jetzt hier, und es wäre nett, wenn du mit unseren Nachbarn Bekanntschaft schließen könntest.“

„Ich habe auch schon daran gedacht. Jeden Tag nehme ich mir vor, zu dem Handelsdepot zu gehen und mich dort vorzustellen, aber bis jetzt habe ich einfach noch nicht die Gelegenheit dazu gefunden, so daß ich's immer wieder verschoben habe.“

Wynn nickte verständnisvoll.

„Nächste Woche tue ich es ganz bestimmt. Morgen muß ich Wäsche waschen, aber am Dienstag könnte ich hingehen.“

„Das wäre gut. Mir wäre wohler zumute, wenn ich wüßte, daß an den Tagen, die ich unterwegs sein muß, ein paar gute Freundinnen bei dir wären.“

Ich schwieg eine Zeitlang. Wynn bemerkte es.

„Irgend etwas beschäftigt dich, nicht wahr?“ vermutete er.

„Es ... es ist nur ... Also, ich ... ich weiß halt nicht, wie ich ...“ Es fiel mir schwer, die sonderbare Furcht, die ich verspürte, zum Ausdruck zu bringen. „Also, ich weiß nicht, wie ich mich mit diesen Frauen unterhalten soll. Ich kenne doch ihre Sprache gar nicht!“ So, nun war es heraus.

„Du wirst dich schon irgendwie mit ihnen verständigen können. Da bin ich mir ganz sicher. Gewiß wird es dir anfangs schwierig vorkommen, aber du wirst schnell ein paar Brocken von ihrer Sprache aufschnappen, und viele von den Indianern können etwas Englisch. Außerdem gibt es noch die Zeichensprache. Die Indianer sind Experten in der Kunst, sich durch Handzeichen verständlich zu machen. Du wirst sie schnell verstehen lernen – aber das kannst du nur, wenn du dir tatsächlich Zeit für sie nimmst.“

Ich wußte, wie recht Wynn damit hatte, und beschloß,

meine Arbeit nicht mehr als Entschuldigung vorzuschieben, sondern mich mutig meinen neuen Nachbarinnen vorzustellen. Es wäre viel einfacher für mich, wenn Wynn mich dabei begleiten könnte, aber seine Pflichten würden es ihm nicht erlauben.

Der Himmel bewölkte sich. Ich sammelte unsere Essensreste wieder in den Picknickkorb, und wir traten eilig den Rückweg an. Das Wetter war plötzlich umgeschlagen, und nach einem sonnigen Vormittag überzog sich der Himmel schnell mit dunklen Wolken. Bald darauf brach ein heftiges Gewitter los. Wynn zündete ein Feuer im Kamin an, und wir ließen uns davor auf dem Bärenfell nieder und unterhielten uns über die Menschen, die wir zurückgelassen hatten, und dann über unsere neuen Nachbarn hier im hohen Norden.

Bisher war meine Bekanntschaft mit den Dorfbewohnern auf den Abend unserer Ankunft beschränkt geblieben. Ich war von einem Kreis freundlicher Gesichter umgeben gewesen. Wenn ich es mir genauer überlegte, war allerdings mehr Neugierde als Freundlichkeit darin zu lesen gewesen. Ich konnte mich nur an einen einzigen unter ihnen erinnern, der gelächelt hatte: John Lain. Von meinem Fenster aus hatte ich den beiden Männern zugeschaut, die den kleinen Schuppen draußen errichtet hatten, und aus der Ferne hatte ich ein paar Indianerfrauen mit ihren Kindern beobachtet, die auf den Waldwegen um das Dorf spazierengegangen waren. Sie hatten unsere Hütte voller Neugier gemustert. Keine von ihnen hatte bei mir angeklopft, und da ich nicht wußte, was ich zu ihnen sagen sollte, hatte ich ihnen auch meinerseits keinen Gruß zugerufen.

Nun, das alles mußte sich jetzt ändern. Selbst wenn es für mich bedeutete, eine neue Sprache zu lernen, mußte ich meine Nachbarinnen hier im Dorf kennenlernen. Wenn ich doch nur ein paar weiße Frauen unter ihnen finden würde! Dann hätte ich jemanden, mit dem mich etwas Gemeinsames verband.

„Du warst bis jetzt noch nicht in dem Hudson's-Bay-Depot, nicht wahr?“ fragte Wynn.

„Nein, noch nicht.“

„Du wirst erstaunt darüber sein, was es in einem solchen Lager alles zu erstehen gibt. Allerdings sind die Waren verhältnismäßig teuer. Die Transportkosten werden auf den Preis aufgeschlagen; deshalb steht man sich wesentlich besser, wenn man so viel wie möglich von dem, was man braucht, von daheim mitbringt."

Ich dachte an unseren hochbeladenen Planwagen voller Kisten, Truhen, Schrankkoffern und Fässern.

„Ist jener Kutscher eigentlich je wieder aufgetaucht?" fragte ich. Der Mann war mir bei dem Gedanken an den Planwagen plötzlich wieder eingefallen.

„Kutscher? Welchen Kutscher meinst du?"

„Nun, der Kutscher, der uns eigentlich hierher bringen sollte, aber am Abend davor zu tief in die Flasche ..."

„Ach, der! Ja, vor zwei Tagen ist er zu Fuß hier eingetrudelt. Er hat die abenteuerlichsten Gründe und Ausreden zu seiner Entschuldigung vorgebracht. John hat ihm eine tüchtige Standpauke gehalten. Danach hat seine Frau ihm Gänsebraten mit Buttermilchbrötchen vorgesetzt."

„Seine Frau???"

„Hab' ich dir noch nicht von ihr erzählt? Es gibt tatsächlich eine Frau Lain."

Ich strahlte förmlich vor Freude. Nun konnte ich meinen ersten Besuch in der Siedlung kaum abwarten. Wie schön würde es sein, sich endlich wieder einmal nach Herzenslust unterhalten zu können! Vielleicht würde ich sie sogar an einem Nachmittag, wenn Wynn unterwegs war, zu einer Tasse Tee einladen. Dann würde mir der Tag nicht so endlos lang erscheinen.

„Was für eine Frau ist sie?"

„Ich habe sie noch nicht kennengelernt. Ich habe nur zufällig gehört, wie John einem von seinen Männern die Geschichte von dem pflichtvergessenen Kutscher, der Strafpredigt und dem Gänsebraten erzählt hat."

Ich stellte mir Frau Lain als eine Frau in meinem Alter vor; dann überlegte ich, daß sie vermutlich älter als ich sein mußte, wenn sie mit John verheiratet war.

„Haben sie Kinder?" erkundigte ich mich.

„Das weiß ich nicht.“

„Nun, das werde ich alles erfahren, wenn ich zu dem Lager gehe“, sagte ich entschlossen und voller Vorfreude.

Beim Frühstück am nächsten Morgen teilte ich Wynn mit, daß ich meine Pläne geändert hatte und noch am Nachmittag in das Lager gehen wollte. Er schien erfreut festzustellen, daß mir sehr an einer neuen Bekanntschaft gelegen war.

„Was soll ich denn nur sagen?“ fragte ich ihn.

Er sah mich verwundert an.

„Wie meinst du das?“

„Hm, ich kann doch nicht einfach in das Lager spaziert kommen und Herrn Lain verkünden, daß ich nur seine Frau kennenlernen möchte, weiter nichts.“

Wynn schmunzelte.

„Nun, das wäre doch nicht so außergewöhnlich, scheint mir. Die Lains würden sich sogar freuen, daß du sie so gern kennenlernen möchtest. Aber wenn dir das unangenehm ist, dann erledigst du vielleicht deine Einkäufe zuerst, und anschließend, wenn du ein paar Worte mit Herrn Lain wechselst, könntest du beiläufig erwähnen, daß du auch seine Frau gern einmal kennenlernen würdest.“

„Einkäufe? Aber an Einkäufe habe ich eigentlich gar nicht gedacht.“

„Es muß doch irgend etwas geben, das du gebrauchen könntest. Sieh dich nur mal gründlich um!“

Ich zögerte. Wynn sah mich fragend an.

„Hm ...“ begann ich langsam. „Also, du hast doch gesagt, die Lains leiten das Handelsdepot im Dorf. Ich weiß aber gar nicht, wie man um Dinge handelt ... ich meine, ich habe noch nie etwas durch Feilschen erstanden. Was soll ich nur eintauschen? Felle habe ich nicht, und ...“

Wynn begann zu lachen. Er hob mein Kinn zu sich und küßte mich auf die Nase, doch das Lachen stand ihm dabei noch in den Augen. Ich begriff, daß ich soeben das Stadtmädchen in mir verraten hatte. Nun konnte ich entweder böse auf meinen Mann werden, weil er mich ausgelacht hatte, oder ich konnte mit ihm über mich selbst lachen. Einen Moment hätte mein Zorn um ein Haar die Oberhand gewonnen. Dann fiel mir wieder das Gebet meines Vaters ein, in dem er um Humor für die schwierigen Situationen gebetet hatte. Ich begann, mit Wynn zu lachen – wenn auch nicht aus vollem Halse.

„Ich bin wohl einem Irrtum aufgesessen, nicht wahr?"

Er schmunzelte und küßte mich ein zweites Mal auf die Nasenspitze.

„Ja, ein bißchen. Du hast natürlich recht: ein Handelsdepot der Hudson's-Bay-Gesellschaft ist dazu da, daß die Pelzjäger dort ihre Felle gegen Waren eintauschen können. Herr Lain hat allerdings auch nichts gegen Barzahlungen in harter Währung. Aber selbst du wirst kein Bargeld brauchen, wenn du bei ihm einkaufen willst. Wir haben nämlich ein Konto bei ihm. Du suchst dir einfach aus, was du brauchst, und er notiert alles in seinem Heft unter meinem Namen. Es wäre allerdings gut, wenn du deinerseits auch über deine Einkäufe Buch führtest, damit ich bei der monatlichen Abrechnung mit Lain einen Vergleich habe."

Ich nickte. Das Ganze klang sehr vernünftig.

Nachdem Wynn sich auf den Weg gemacht hatte, beeilte ich mich, die Wäsche zu waschen. Er hatte mir alle Eimer, die wir besaßen, mit Wasser gefüllt, und der Kessel stand schon auf der Platte unseres Holzofens.

Aus Calgary hatten wir uns ein verzinktes Waschbrett mitgebracht, auf dem alle Wäscheteile einzeln gesäubert werden mußten. An jedem anderen Waschtag hätte ich mir Zeit für das Vorhaben genommen, doch heute brannte ich so sehr darauf, endlich Frau Lain kennenzulernen, daß ich mich außergewöhnlich beeilte. Ich hoffte, gegen Mittag mit der Wäsche fertig zu sein. Dann würde mir genügend Zeit zu einem Gang ins Dorf bleiben, während die Wäsche an der Leine trocknete.

Wynn kam nicht zum Mittagessen nach Hause, so daß ich mir eine einfache Mahlzeit zubereitete und mich dann geschwind umzog. Ich war mir noch immer nicht sicher, wie ich meinen Wunsch, Frau Lain sprechen zu wollen, zum Ausdruck bringen sollte. Wenn ich großes Glück hatte, würde ich sie sogar persönlich im Lager antreffen.

Draußen wehte ein frischer Wind, der drohte, meine sorgfältig hochgesteckte Frisur zunichte zu machen. Ich trug eins der besten Kleider, die ich mir aus Calgary mitgebracht hatte. Der Rocksaum schleifte durch den losen Straßenstaub der Siedlung. Mit der einen Hand hielt ich mir den Hut fest und mit der anderen hob ich den Rock hoch.

Viele kleine, zuweilen regelrecht schäbige Hütten standen zu beiden Seiten der Waldlichtung, die zu dem Handelsdepot führte. Anstatt auf einer geraden Linie nebeneinander zu stehen, lagen sie lustig auf dem gerodeten Boden verstreut, wie es ihren Bauherren gerade in den Sinn gekommen war. Hier und da stieg Rauch aus einem Kaminrohr in die Luft. Andere Hütten besaßen kein Abzugsrohr, so daß der Rauch durch ein unverglastes Fenster ins Freie drang. Kinder unterschiedlichen Alters und in mäßig gepflegter Kleidung spielten im Straßenstaub in der Umgebung. Als sie mich kommen sahen, hielten sie im Spiel inne, um mich aus großen, dunklen Augen anzustarren. Überall kläfften Hunde. Einige von ihnen sahen geradezu gefährlich aus, und ich stellte dankbar fest, daß die allerbösartigsten von ihnen an einer Kette lagen. Ich wagte kaum, mir die Katastrophe vorzustellen, falls sich ein solches Untier losreißen sollte. Um zwei von den grimmig dreinschauenden Hunden machte ich tunlichst einen Bogen.

Auch die Kinder machten keinen sehr freundlichen Eindruck. Vielen von ihnen lächelte ich zu, doch die kleinen Gesichter blieben unbeweglich. Ich konnte es ihnen nicht verübeln. In ihren Augen war ich sicherlich eine sonderbare Erscheinung mit meinen hochgesteckten, rotblonden Locken und dem langen, weiten Kleiderrock, der mit jedem Schritt durch den Staub schleifte. Bei meinem nächsten Gang in die Siedlung würde ich etwas Unauffälligeres tragen, beschloß ich, doch heute lag mir daran, bei der einzigen anderen weißen Frau in der ganzen Siedlung einen guten Eindruck zu machen.

Als ich das Lager der Hudson's-Bay-Gesellschaft erreicht hatte, fand ich Herrn Lain beim Bedienen eines anderen Kunden vor. Der Mann sah weder wie ein Weißer noch wie ein Indianer aus. Ich nahm an, daß er einer von den vielen Mischlingen des Nordens war, von denen Wynn mir einmal erzählt hatte. Er sprach ein gebrochenes Englisch, vermischt mit einigen Ausdrücken, die ich noch nie gehört hatte. Herr Lain schien dagegen keinerlei Schwierigkeiten zu haben, ihn zu verstehen. Wenn er mit dem Kunden sprach, benutzte er sogar selbst hin und wieder einen fremd klingenden Ausdruck.

Nun wandte Herr Lain sich mir zu.

„Schönen guten Tag, Ma'am", begrüßte er mich mit einem breiten Lächeln. „Womit kann ich heute dienen?"

„Ich möchte mich zuerst ein wenig umschauen", erwiderte ich. „Bitte, bedienen Sie ruhig zuerst Ihren Kunden. Ich bin nicht in Eile."

Er nickte mir zu und ging zu seinem Kunden zurück.

Ich ging in dem Lager umher und mußte Wynn recht geben: die Mengen und die Vielfalt der Waren waren tatsächlich erstaunlich. Ebenso erstaunlich, gelinde gesagt, waren die Preise. Dreimal nahm ich etwas aus einem Regal, um es in Anbetracht des Preiszettels bald wieder zurückzustellen. Ich war schon nahe daran, aufzugeben und das Lager mit hochrotem Kopf wieder zu verlassen, als ich Heftzwecken entdeckte. Heftzwecken brauchte ich tatsächlich. Auch sie waren unglaublich teuer, aber ich besaß keine einzige, und obendrein gab es kein anderes Geschäft in erreichbarer Nähe. So beschloß ich also, sie zu kaufen.

Gerade in diesem Moment verließ der andere Kunde den Laden, und Herr Lain wandte sich mir zu.

„Haben Sie gefunden, was Sie brauchen?" sprach er mich munter an.

„Ja, ich ... ich denke schon", stotterte ich.

Herr Lain ging zur Theke voraus. Ich legte die Schachtel mit den Heftzwecken neben die Kasse. Plötzlich wirkte sie erbärmlich und unwichtig.

„Und wär's das für heute?" erkundigte sich Herr Lain.

Gewiß kauften seine Kunden gewöhnlich Vorräte für mehrere Monate auf einmal ein. Meine Heftzweckenschachtel mußte er geradezu für lächerlich halten. Ich errötete.

„Ich habe noch keinen genauen Überblick darüber, was wir brauchen ... und außerdem haben wir uns unsere Vorräte zum größten Teil mitgebracht“, versuchte ich zu erklären. Dann fiel mir ein, daß der Mann, der das einzige Geschäft weit und breit betrieb, das bestimmt nicht gern hörte. Ich errötete tiefer. „Ich ... ich meine, wir ... wir werden natürlich viele Dinge brauchen, wenn es Winter wird und wir unsere Vorräte aufgebraucht haben ...“

Herr Lain schien meine Verlegenheit nicht zu bemerken.

„Und sind Sie mit Ihrem Häuschen zufrieden?“ fragte er.

„Ja, sehr“, antwortete ich, ohne recht zu wissen, wie er seine Frage gemeint hatte.

„Der Mann, der vor Ihnen drin gewohnt hat, war nicht gerade ein Muster an Häuslichkeit“, vertraute er mir an. „Ich hab' eine von den Trappersfrauen rübergeschickt, damit sie mal gründlich saubermachte, nachdem er ausgezogen war. Der Mann vor ihm, das war nun wieder einer von der ganz peniblen Sorte. Bei dem mußten alle Besucher die Stiefel ausziehen, bevor er sie in seine Stube ließ. Deswegen hat er auch Ärger bekommen; die Leute haben sich so beschwert, daß er's lassen mußte.“ Herr Lain schüttelte den Kopf. „Furchtbar war's mit dem Mann. So was an übertriebener Sauberkeit!“

Ich war ihm sehr dankbar dafür, daß er jemanden zum Putzen geschickt hatte. Bei unserer Ankunft hatte die Hütte nicht gerade blitzsauber auf mich gewirkt. Ich konnte mir nicht einmal vorstellen, wie es dort ausgesehen hatte, bevor die Frau dort mit Besen und Eimer ans Werk gegangen war.

Während Herr Lain noch sprach, zog er ein großes Buch mit schwarzem Einband hervor und schlug es auf der Seite mit dem Titel „Delaney, Kön. Nord-West-Polizei“ auf. Unter einer Reihe von Eintragungen, die schon dort vermerkt waren, schrieb er meine Heftzwecken auf. Ein schneller Blick auf die vorherigen Gegenstände sagte mir, daß Wynn Bauholz gekauft hatte – wahrscheinlich für das gewisse Örtchen, das die beiden Männer hinter unserer Hütte errichtet hatten.

Ich warf noch einen kurzen Blick durch das Warenlager und dachte dann wieder an Frau Lain. Wie sollte ich meinen Wunsch, sie kennenzulernen, nur zur Sprache bringen? Doch da kam Herr Lain mir schon zuvor.

„Meine Frau ist übrigens draußen im Garten. Sie möchte Sie gern kennenlernen. Hätten Sie ein paar Minuten übrig? Ich zeig' Ihnen gerade den Weg."

Ich strahlte.

„Aber natürlich!" Die Schachtel mit den Heftzwecken steckte ich in meine Handtasche und folgte Herrn Lain ins Freie.

Der Garten war sorgfältig gejätet worden und schien eine reiche Ernte zu bringen. Wie sehr wünschte ich, auch einen solchen Garten zu haben! Nächstes Jahr würde ich es unbedingt versuchen müssen. Der Gedanke an frisches Gemüse ließ mir geradezu das Wasser im Munde zusammenlaufen. Einige der Gemüsepflanzen hier waren mir fremd, wenn es auch keine allzugroße Vielfalt gab. Der Frost setzte in dieser Gegend viel früher ein. Andererseits hatte ich gehört, daß einige Gemüsesorten wegen des längeren Tageslichts hier schneller heranreiften.

Ich wandte den Blick von den Beeten ab und sah mich nach der Frau um. Sie stand ganz am Ende des Gartens über eine Reihe von Kohlköpfen gebeugt, denen sie ihre gesamte Aufmerksamkeit widmete.

„Nimmie!" rief Herr Lain. „Frau Delaney ist da!"

Der dunkle Schopf hob sich, und im nächsten Moment stand mir die Frau auch schon gegenüber. Ein ruhiges, freundliches Lächeln glänzte auf ihrem Gesicht. Sie reichte mir die Hand zur Begrüßung.

„Wie nett, Sie kennenzulernen!" sagte sie mit sanfter Stimme.

Sie war eine Indianerin.

## Das Einleben ist nicht einfach

Langsam ging ich wieder nach Hause. Den bellenden Hunden und neugierig starrenden Kindern schenkte ich nun keine Beachtung mehr. Ich hatte nur kurz mit Frau Lain geplaudert. Nach meiner anfänglichen Bestürzung hatte ich nicht mehr viel zu sagen gewußt. Ich hoffte inständig, daß es mir dabei gelungen war, meine Enttäuschung überzeugend zu verbergen. Warum hatte Wynn mich nicht darauf vorbereitet? Oder hatte er es selbst nicht gewußt? Und warum war ich nicht von allein auf die Idee gekommen? Wynn hatte mir erzählt, daß es nicht selten vorkommt, daß weiße Männer Indianerfrauen heiraten. Diese waren an das karge Leben gewöhnt, an die schwere Arbeit und das rauhe Klima. Sie nörgelten nicht und bettelten ihre Männer nicht ständig an, wieder in die Welt der Zivilisation zurückzukehren. Warum hatte ich also diese Möglichkeit nicht längst schon in Betracht gezogen?

Wahrscheinlich lag es daran, daß ich mir so sehr eine weiße Freundin in dieser Wildnis ersehnt hatte, und die Frau des Hudson's-Bay-Beauftragten war meine einzige Hoffnung. So sehr ich mich auch selbst eine Närrin schalt, so war die Enttäuschung, die ich nun empfand, sehr groß. Weit und breit war keine Frau zu finden, mit der ich mich über private Dinge hätte austauschen können. Keine Frau, die ich zum Nachmittagskaffee einladen konnte. Keine, mit der ich über Mode und Kochrezepte plaudern konnte. Es würden recht einsame Jahre werden, die nun vor mir lagen. Wenn ich mich nicht vorsah, würde ich bitter werden. Es war höchste Zeit, etwas gegen die Welle von Selbstmitleid zu unternehmen, die über mir zusammenzuschlagen drohte.

Doch jetzt, in diesem Moment, fehlte mir die Kraft und der Mut zu einem solchen Schritt. Ich mußte zuerst Ordnung in meine Gedanken bringen, innerlich zur Ruhe kommen und beten.

Als ich unser Häuschen erreicht hatte, betete ich zuerst eine Zeitlang. Als ich dann meine Wäsche von der Leine hereinholte, um sie zu bügeln, war mir tatsächlich schon viel leichter ums Herz.

Während ich bügelte, dachte ich darüber nach, was ich nur für die Indianerfrauen hier am Ort tun könnte. Gab es Interessen, die wir als Ehefrauen gemeinsam hatten? Konnte ich etwas dazu beitragen, ihre äußere Situation zu verbessern? Ich wußte, daß Wynn es nicht gern sah, wenn ich den Frauen hier zu überstürzt Änderungsvorschläge machte, aber ließ sich nicht doch etwas finden, das wir gemeinsam unternehmen könnten?

Nähunterricht vielleicht? Ich konnte recht gut nähen, wenn es mir auch Schwierigkeiten bereitete, mich von meiner Nähmaschine auf das Nähen von Hand umzustellen. Von Hand zu nähen erschien mir unendlich mühsam und langwierig, und trotz meines Fingerhuts handelte ich mir stets zerstochene Finger dabei ein.

Ja, Nähunterricht war keine schlechte Idee. Ich würde Tee dazu anbieten. Vielleicht tranken Indianerfrauen Tee nicht weniger gern als weiße Frauen. Allmählich stieg meine Begeisterung. Als ich mit dem Bügeln fertig war, hatte auch mein Plan Gestalt angenommen.

Als erstes würde ich ihre Freundschaft gewinnen müssen. Gleichgültig, wie schwer es mir auch fallen würde – ich würde die erstbeste Gelegenheit, die sich bot, dazu benutzen, um die Frauen anzusprechen. Selbst wenn ich lauter Fehler machte, so würde das ein guter Anfang sein. Ich würde ihre Sprache niemals erlernen, wenn ich es nicht einfach einmal wagte.

Doch zuerst hatte ich noch eine Kleinigkeit zu erledigen. Die offenen Vorratsregale gähnten mich an. Ich hatte Berge von Stoffen mitgebracht, und nun konnte ich sie mit Hilfe der Heftzwecken, die ich bei Herrn Lain gekauft hatte, endlich dekorativ verkleiden.

Voll Eifer räumte ich die frisch gebügelte Wäsche und das

Bügelbrett beiseite und ging in Wynns Dienststube, um dort nach einem Hammer zu suchen. Ich fand einen, der neben Wynns übrigem Werkzeug an einem Nagel an der Wand hing, und machte mich an die Arbeit. Mit Stoff, Schere, Hammer und Heftzwecken hatte ich bald hübsche Vorhänge für die Regale gezaubert. Ich war rundherum mit meiner Arbeit zufrieden. Die Vorhänge boten einen wesentlich hübscheren Anblick als die Teller, Kochtöpfe, Pfannen und Konserven. Ich schnitt passende Geschirrdeckchen für den Tisch aus und umsäumte sie, ein Lied dabei summend.

Rechtzeitig vor dem Abendbrot war ich mit dem Nähen fertig. Ich konnte es kaum erwarten, bis Wynn nach Hause kam, um ihm mein vollendetes Werk zu zeigen. Wieder sehnte ich mich plötzlich nach einer weißen Frau, mit der ich meine Freude teilen konnte. Sie hätte Verständnis für mich gehabt. Wynn als Mann und vielbeschäftigter Ordnungshüter konnte womöglich nicht begreifen, warum mir diese kleine Verbesserung meines „Reichs" so viel bedeutete, während eine Frau das auf der Stelle verstanden hätte.

Wynn bemerkte die Veränderung in meiner Küche tatsächlich auf den ersten Blick und lobte mich. Ich strahlte vor Stolz.

Während des Abendessens fragte er mich, ob ich Frau Lain in der Zwischenzeit kennengelernt habe, wie ich es mir vorgenommen hatte. Da ich Wynn nichts von meiner großen Enttäuschung eingestehen wollte, blieb ich mit meinem Bericht so nüchtern wie möglich.

„Sie scheint ein wenig jünger als ihr Mann zu sein", begann ich.

„Ich habe irgendwo gehört, daß er schon zum zweiten Mal verheiratet sei", sagte Wynn.

„Ihren Garten solltest du dir einmal anschauen. Genauso einen möchte ich im nächsten Jahr auch haben. Frisches Gemüse ist doch etwas Leckeres!"

Wynn nickte.

„Deinen Garten sollst du bekommen", versprach er, „und ich steche dir den Boden dazu sogar persönlich um. Ja, frisches Gemüse ist wirklich eine Köstlichkeit. Das vermisse ich auch, um ehrlich zu sein."

„Ich habe nicht alle von den Gemüsesorten erkannt", fuhr ich fort, „aber Karotten, Rüben, Kartoffeln und Zwiebeln hatte sie in Mengen."

„Wie sieht sie eigentlich aus?" wollte Wynn wissen. Frauen war das Aussehen immer besonders wichtig, wie er sich erinnerte.

Ich zögerte. So genau hatte ich mir Frau Lain eigentlich gar nicht angeschaut. Ich dachte nach.

„Hm, sie ist dunkelhaarig, nicht sehr groß und ziemlich schmal."

Das war zwar keine erschöpfende Auskunft, aber an viel mehr konnte ich mich wirklich nicht erinnern.

„Ist sie nett?"

„Ja, das ist sie. Sehr nett sogar", beeilte ich mich.

„Das freut mich zu hören", sagte Wynn. „Schön, daß du eine weiße Frau in der Nähe hast, zu der ..."

Also hatte er es auch nicht gewußt!

„Aber", unterbrach ich ihn und bemühte mich, so unbekümmert wie möglich zu klingen, „weiß ist sie gar nicht. Sie ist eine Indianerin."

Ich wandte mich ab, um die Teekanne vom Herd zu holen. Daher konnte ich nicht erkennen, ob Wynn ebenso überrascht war wie ich. Als ich mich wieder zu ihm setzte, konnte ich nichts dergleichen in seinem Gesicht ablesen.

„Sie wird dir bestimmt eine gute Kameradin werden", meinte er. „Hoffentlich freundet ihr beiden euch bald miteinander an."

Am nächsten Morgen hörte ich Frauenstimmen, die sich unserer Hütte von Westen her näherten. Wie ich es mir vorgenommen hatte, trat ich vor die Tür, um die Frauen zu begrüßen. Es waren drei Indianerinnen, die auf dem Pfad näher kamen und sich dabei lebhaft miteinander unterhielten.

Ihre Kleidung war teils aus Leder, teils aus bunt bedruckten Baumwollstoffen angefertigt, die man in dem Laden am Ort bekam. Aufgestickte Glasperlen sorgten für muntere Farbspritzer auf dem weichen Rehleder.

Als die drei Frauen mich bemerkten, wurden sie plötzlich schweigsam.

Ich kannte kein einziges Wort ihrer Sprache. Mir blieb die Hoffnung, daß sie ein paar Brocken Englisch verstanden.

„Guten Tag!“ rief ich ihnen mit einem Lächeln zu.

Keine Antwort.

„Hallo!“ versuchte ich es erneut.

Das schien auf Verständnis zu stoßen.

„Hallo!“ grüßten sie einstimmig zurück.

„Ich heiße Elisabeth“, sagte ich und deutete mit dem Finger auf mich selbst. Das schien ein viel zu langer Name zu sein, den sie da zu lernen hatten. „Betty“, sagte ich und deutete wieder auf mich.

Die Jüngste des Dreigespanns lächelte und nickte den übrigen zu.

„Betty“, wiederholte ich.

Sie brach in ein Kichern aus und versteckte den Mund hinter ihrer Hand.

Nun war ich mit meiner Weisheit am Ende. Ich hätte die drei Frauen gern hereingebeten, wußte aber nicht, wie ich mich ausdrücken sollte. Da ich ihrer Sprache leider nicht mächtig war, blieb mir nur das Englische.

„Bitte kommen Sie doch herein“, sagte ich und deutete mit der Hand auf die Hütte.

Sie tauschten ratlose Blicke aus.

Die Frau in der Mitte schien zu begreifen. Sie hob den Korb, den sie trug, in die Höhe und sagte klar und deutlich: „Beeren.“

Die drei waren also auf dem Weg zum Beerenpflücken und hatten daher keine Zeit zu einem Besuch bei mir. Das sagte mir zumindest mein gesunder Menschenverstand.

Ich nickte zum Zeichen, daß ich sie verstanden hatte. Die anderen beiden Frauen hoben mir ebenfalls ihre Körbe entgegen.

Wieder nickte ich. Wie konnte ich ihnen nur so viel Erfolg bei ihrer Beerensuche wünschen? Ich suchte noch nach ein paar passenden Worten, als die junge Frau mir zuvorkam. Sie deutete mit dem Finger auf mich, hob ihren Korb erneut in die Höhe, zeigte auf den Pfad und sagte: „Gehen?“

„Ja“, lächelte ich. „Ja, ich gehe gern mit. Warten Sie nur, ich hole mir schnell einen Eimer!“

Ich lief ins Haus und hoffte, daß das Kleeblatt nicht indessen ohne mich loszog. Hastig schrieb ich einen Zettel für Wynn für den Fall, daß er nach Hause kam, während ich noch unterwegs war, nahm mir einen kleineren Eimer, meinen großen Sonnenhut und einen Schal zum Schutz gegen die Moskitos und lief wieder zur Tür hinaus.

Die drei hatten tatsächlich auf mich gewartet.

Mein Hut fiel ihnen sofort auf. Sie zeigten mit dem ausgestreckten Finger darauf und brachen in schallendes Gelächter aus. Ihr Lachen hatte nichts Beleidigendes an sich; sie fanden den Hut offenbar urkomisch und amüsierten sich nach Herzenslust darüber.

Ich stimmte in ihr Lachen ein und ließ die breite Krempe ein wenig heftiger auf- und abwippen, als es notwendig gewesen wäre, um ihnen einen Spaß zu bereiten. Erneut lachten sie auf, und dann machten wir uns gemeinsam auf den Weg zu den Beeren.

Ich hatte nicht die geringste Vorstellung davon, wohin der Pfad führte. Ich prägte mir auffällige Einzelheiten am Wegrand ein, um notfalls auch allein wieder nach Hause zu finden. Ich kannte mich ja in dieser Gegend nicht aus, und es wäre mir überaus peinlich gewesen, wenn Wynn meinetwegen seine Pflichten vernachlässigen müßte, um mich zu suchen.

Wir folgten dem Pfad bis an den Bach und dann dem Bach bis an den Fluß. Am Fluß führte der Pfad am Ufer entlang. Noch war ich davon überzeugt, daß ich den Heimweg auch allein finden würde.

Wir hatten schätzungsweise drei Kilometer zurückgelegt, als die Frauen den Pfad verließen und sich einen Weg quer durch die Wildnis bahnten. Hier gab es keinen Trampelpfad, und ich begann mich zu sorgen. Ohne Weg und Steg würde ich mich niemals hier allein zurechtfinden. Ich hoffte inständig, daß die Frauen sich gut auskannten. Sonst würden wir uns womöglich allesamt bald verirren!

Nach etwa einem weiteren Kilometer erreichten wir endlich das Beerengebiet. Die Büsche waren überladen von Früchten. Aufgeregt redeten die Frauen miteinander und deuteten hier und da auf einzelne Sträucher. Dann machten sie sich an die Arbeit.

Im Pflücken waren mir die Indianerinnen hofflungslos überlegen. Ihre Hände flogen förmlich zwischen den Sträuchern und Körben hin und her. Als ich versuchte, es ihnen nachzumachen, fielen mir mehr Beeren zu Boden als in den Eimer, so daß ich es für klüger hielt, langsamer, aber dafür gründlicher zu arbeiten.

Dabei hörte ich dem Geplauder der Frauen aufmerksam zu. Ich bemühte mich, der Melodie ihrer Sätze zu folgen und auf immer wiederkehrende Ausdrücke zu achten, deren Bedeutung ich aus dem Zusammenhang zu erraten hoffte. Doch es war aussichtslos. Hin und wieder brachen sie in ein kindlich-fröhliches Gelächter aus. Offenbar waren sie von einem Menschenschlag, der das Leben zu genießen verstand. Wie gern hätte ich den Grund ihrer Heiterkeit erfahren und in das Lachen mit eingestimmt! Dann überlegte ich, ob sie sich am Ende gar über mich lustig machten, doch das schien bei näherer Beobachtung nicht der Fall zu sein.

Es war schon um die Mittagszeit, als die jüngste der Frauen zu mir kam und in meinen Eimer spähte. Sie schien von dem Ergebnis meiner Arbeit angetan zu sein. Dann zeigte sie mir ihren Korb. Sie selbst hatte die doppelte Menge gepflückt. Sie kniete sich neben mich und pflückte mit blitzartiger Geschwindigkeit ein paar Hände voll, um die Beeren in meinen Eimer zu werfen. Die anderen beiden Frauen gesellten sich mit ihren vollen Körben ebenfalls zu uns und pflückten Beeren für meinen Eimer. Ich war die einzige, deren Gefäß noch nicht bis an den Rand gefüllt war. Zu viert hatten wir das jedoch schnell erreicht. Mit einem Lächeln bedankte ich mich, und dann standen wir alle auf, um unsere vom Hocken verkrampften Muskeln zu strecken.

Schließlich machten wir uns wieder auf den Heimweg,

wobei wir unseren kostbaren Schatz behutsam am Arm trugen. Es war bereits später Nachmittag, als wir meine Hütte erreichten. Keine von uns hatte auch nur einen Bissen zu Mittag gegessen. Mir knurrte der Magen. Den Indianerfrauen erging es gewiß nicht anders.

„Kommen Sie doch bitte herein!" lud ich sie ein und deutete auf meine Haustür.

Sie schüttelten die Köpfe und deuteten auf ihre Körbe zum Zeichen, daß sie die Beeren nun daheim verarbeiten mußten. Ich hob meinen Eimer in die Höhe.

„Ein Teil davon gehört euch", erinnerte ich sie und zeigte erst auf den Eimer, dann auf ihre Körbe.

Ich war im Begriff, von meinen Beeren auf die schon vollen Körbe der Frauen zu häufen, als diese mit einem Kopfschütteln abwehrten.

„Behalten", sagte eine der Frauen, und die übrigen beiden pflichteten ihr bei: „Behalten."

Ich dankte ihnen, und sie setzten ihren Weg in die Siedlung fort, während ich mir etwas zu essen machte und dann meinen Reichtum an Beeren verarbeitete. Welch eine köstliche Überraschung! Die Beeren waren saftig und süß und stellten eine willkommene Abwechslung zu unseren schlichten Mahlzeiten dar. Mein gemeinsamer Ausflug mit den Indianerfrauen war eine nicht weniger angenehme Überraschung gewesen.

Ich fragte mich, wo sie wohl wohnten und ob ich sie bald wiedersehen würde.

Als Wynn am Abend nach Hause kam, kündigte ich ihm eine Überraschung an.

„Wo hast du die denn nur her?" fragte er erstaunt, als ich die Beerentorte zum Nachtisch auftrug.

„Die habe ich selbst gepflückt – jedenfalls die meisten."

„Und wo hast du sie gefunden?"

„Also, das wirst du kaum erraten", begann ich munter. „Ein paar Indianerfrauen sind heute bei mir vorbeigekommen, und als ich ihnen einen guten Tag gewünscht hatte, haben sie mich eingeladen, mit ihnen zum Beerenpflücken zu gehen. Da bin ich natürlich gleich mitgegangen. Ich habe meinen Eimer nicht ganz voll bekommen, aber sie haben mir geholfen."

„Du hast also ein paar Frauen gefunden, die Englisch können?"

„Nein, so war es nicht gerade."

„Wie habt ihr euch dann verständigt?"

„Nun, sie haben ‚Guten Tag', ‚Beeren' und ‚Gehen' gesagt."

Wynn schmunzelte.

„Das übrige haben wir mit Handzeichen ausgefüllt. Ach Wynn, wenn ich sie doch nur besser verstehen könnte! Sie haben einen solchen Spaß bei der Arbeit gehabt."

„Mit der Zeit wirst du es schon schaffen, Schatz, nur keine Sorge! Wer waren sie denn?"

„Das ist es ja gerade. Ich weiß nicht einmal ihre Namen. Ich konnte sie auch nicht fragen, wo sie wohnen."

Wynn strich mir sanft über das Haar.

„Ja, ja, du hast es nicht leicht hier, nicht wahr?" sagte er.

„Wer weiß – vielleicht habe ich drei Freundinnen gefunden und am selben Tag wieder verloren", sagte ich mutlos.

Am nächsten Morgen war ich gerade mit Küchenarbeit beschäftigt, als ich plötzlich – beinahe direkt hinter mir – jemanden laut rufen hörte. Ich fuhr auf dem Absatz herum. Mitten im Zimmer stand das jüngste Mitglied des Dreigespanns von gestern. Nachdem ich meinen Schrecken überwunden hatte, gelang mir ein Lächeln. Ich zeigte auf einen Stuhl, doch sie schüttelte den Kopf und hielt mir ihren Korb entgegen. Sie war wieder zu den Beerensträuchern unterwegs.

„Ja, ich komme gern mit!" nickte ich ihr zu. „Vielen Dank für die Einladung. Ich hole nur schnell noch meine Sachen. Es wird nicht lange dauern!"

Während ich hastig meinen Hut und den Eimer herbeiholte, überlegte ich, daß sie gewiß kein Wort von dem, was ich soeben gesagt hatte, verstanden hatte.

Wir traten in den sonnigen Morgen hinaus. In einer Entfernung von ein paar Metern warteten vier weitere Frauen. Zwei von ihnen erkannte ich von unserem gestrigen Ausflug;

die beiden anderen waren mir fremd. Ich lächelte ihnen zu, deutete auf mich selbst und sagte: „Betty", was sie unter viel Gekicher teils recht und schlecht wiederholten. Dann machten wir uns auf den Weg. Heute gingen wir vom Fluß aus in einer anderen Richtung weiter. Unterwegs plauderten und lachten die Frauen munter miteinander. Mir blieb nur ein freundliches, aber hilfloses Lächeln.

Wieder pflückten wir bis zum Mittag. Genau wie gestern hatten die Indianerfrauen ihre Körbe lange vor mir gefüllt und halfen mir dann beim Pflücken.

Den Heimweg traten wir im Gänsemarsch an. Unterwegs plauderten die Frauen wieder ohne Unterbrechung. Ich wünschte mir nichts sehnlicher, als an dem Gespräch teilhaben zu können. Wie gern hätte ich die Frauen gefragt, wo sie wohnten und wie sie hießen. Genausogut hätte ich jedoch auch chinesisch sprechen können. Sie verstanden mich nicht.

Als wir unsere Hütte erreicht hatten, lud ich die Frauen erneut durch Gesten zum Eintreten ein. Sie deuteten jedoch wieder auf ihre vollen Körbe und dann auf die Siedlung. Ich hatte mir vorgenommen, sie nicht ohne ein paar Fragen ziehen zu lassen. Ich mußte es einfach versuchen.

„Betty", sagte ich wieder und zeigte auf mich selbst. Dann zeigte ich auf die jüngste der Frauen, die mich zu dem Ausflug abgeholt hatte. Die Frauen sahen sich untereinander an und begannen dann zu lächeln. Sie schienen begriffen zu haben.

„Abendstern", sagte die junge Frau langsam und deutlich. Dann ging sie von einer zur anderen, zeigte auf sie und sagte mir die Namen einer jeden. Es war eine sonderbare Mischung. Die Frau mittleren Alters hieß Kinawaku, die ältere Frau wurde mir als Frau Sam vorgestellt, und die beiden Neulinge, die gestern nicht mit von der Partie gewesen waren, hießen Kleines Reh und Anna. Ich wiederholte alle Namen, um sicher zu sein, daß ich sie richtig verstanden hatte. Die Frauen nickten. Dann wandte ich mich wieder an Abendstern. Ich mußte unbedingt mehr über die Frauen herausfinden.

„Wo wohnen Sie?“ fragte ich.

Sie schüttelte den Kopf. Offenbar hatte sie mich nicht verstanden. Ich sah die anderen Frauen an. Auch sie starrten mich mit unbewegter Miene an.

„Haus? Wo ist Ihr Haus?“ Ich zeigte auf mein eigenes Haus.

Abendsterns Gesicht leuchtete auf.

„Polizei“, sagte sie. Gewiß war sie in dem Glauben, daß ich etwas über unsere Hütte wissen wollte.

Ich deutete in Richtung der Siedlung.

„Wohnen Sie dort?“ fragte ich wieder.

„Lain“, sagte die Frau. Sie kannte also den Namen des Lagerverwalters.

Ich wußte, daß ich die Frauen nicht länger aufhalten konnte. Ich lächelte, trat einen Schritt zurück und nickte ihnen zum Abschied zu. Sie erwiderten mein Lächeln und machten sich, eine nach der anderen, auf den Weg. Anna, die kleine, schmächtige Frau mit der Zahnlücke, wandte sich als letzte zum Gehen. Gerade ging sie an mir vorüber, als sie plötzlich stehenblieb und sich fast unmerklich zu mir vorbeugte.

„Abendstern versteht nicht viel Englisch“, flüsterte sie und folgte dann den anderen auf dem Pfad. Ich starrte ihr mit offenem Mund nach.

## Erste Bekanntschaften

Auch am darauffolgenden Tag gingen wir wieder auf Beerensuche. Anna war dabei, und ich stellte ihr zahllose Fragen. Diesmal wollte ich um keinen Preis der Welt von dem Gespräch ausgeschlossen sein. Ich erfuhr, daß die fünf Frauen allesamt in der Siedlung wohnten. Zwei von ihnen, Frau Sam und Anna selbst, waren mit weißen Trappern verheiratet. Frau Sam wünschte wie eine weiße Frau angeredet zu werden, nämlich beim Namen ihres Mannes. Daß man unter Weißen dazu den Nachnamen anstelle des Vornamens verwendet, hatte sie offenbar nicht recht begriffen. Ihr Mann hieß Sam Lavoie.

Anna sprach ausgezeichnet Englisch, da sie in einem anderen Gebiet Nordkanadas eine Missionsschule besucht hatte. In Beaver River gab es keine Schule. Anna betrachtete sich keineswegs als den anderen Frauen überlegen, sondern lediglich als anders. Später erfuhr ich, daß sie mehr Schulbildung besaß als ihr Mann, der Pelzjäger, obwohl sie die Schule nur bis zur vierten Klasse besucht hatte. Sie war diejenige, die die Zahlungen abwickelte, wenn sie mit ihrem Mann zum Warentausch in das Handelsdepot kam.

Ich fragte Anna über die Familien der anderen Frauen aus. Sie erzählte nicht viel von sich aus, beantwortete aber geduldig meine Fragen. Abendstern war mit Großer Mann verheiratet und hatte vier Kinder. Zwei weitere Kinder waren als Kleinkinder an „Dunkelblut“ gestorben. Was dieser indianische Ausdruck bedeutete, war mir unklar. Später würde ich Wynn danach fragen, nahm ich mir vor. Kinawaki war zweimal verheiratet gewesen. Beide Männer waren verstorben. Nach genaueren Einzelheiten wollte ich mich nicht erkundigen, um nicht unhöflich oder neugierig zu erscheinen. Kinawaki hatte insgesamt neun Kinder geboren, von denen fünf noch am Leben waren. Frau Sam hatte keine Kinder. Sie hatte, wie Anna sich ausdrückte, viel Zeit zum Nichtstun. Kleines Reh, die kleine, rundliche Frau, hatte zwei Jungen, die ihr ständig im Weg waren, und sie selbst, Anna, hatte fünf Kinder, wovon zwei schon im Grab waren und drei bei ihr lebten.

Die hohe Sterblichkeitsrate erschien mir unglaublich. Was mich jedoch noch mehr verwunderte, war die gelassene Art, mit der sie hierzulande hingenommen wurde. War es etwa von vornherein zu erwarten, daß man nur die Hälfte der Kinderschar durchbrachte?

Ich hatte nun schon mehr Übung im Beeren pflücken und kam schneller voran, doch auch heute halfen mir die Frauen zum Schluß, meinen Eimer zu füllen. Auf dem Heimweg ging ich neben Anna her. Der Pfad war eigentlich zu schmal für zwei Personen, und hier und da mußte ich mich ins Dikkicht ducken oder hinter Anna hergehen, um sie anschließend wieder einzuholen. Ich wollte ihr unbedingt klarmachen, daß die Frauen jederzeit zu einem Besuch bei mir willkommen waren.

„Nicht heute", sagte Anna. „Heute haben wir viel Arbeit. Wir müssen die Beeren für den Winter trocknen. Viel Arbeit."

Ich nickte.

„Die Beeren fast alle jetzt", fuhr sie fort. „Rest ist für Bären und Vögel. Wir nicht mehr pflücken."

„Und wenn die Frauen mit den Beeren fertig sind, haben sie dann vielleicht Zeit, um mich zu besuchen?"

„Ich frage sie."

Sie sprach laut und schnell zu den anderen Frauen, die einzeln vor uns hergingen. Keine von ihnen blieb stehen; sie sahen sich nicht einmal nach uns um. Ein paar gerufene Bemerkungen flogen zwischen ihnen hin und her. Dann wandte Anna sich wieder zu mir um.

„Wozu sollen wir denn kommen?" fragte sie geradeheraus.

Ich geriet ins Stottern.

„Nun, einfach nur so … damit ich Sie alle besser kennenlernen kann. Zum Anfreunden ... und vielleicht gibt es eine Tasse Tee dazu ..."

Sie unterbrach mich.

„Tee", sagte sie. „Das ist gut."

Erneut rief sie ihren Dorfgenossinnen etwas zu. Ich erkannte das Wort „Tee", das enormen Eindruck auf die Frauen zu machen schien. Ich sah allgemeines Kopfnicken.

„Wir kommen – irgendwann", sagte Anna.

„Wie schön!" rief ich erleichtert. „Wie wär's mit morgen?"

Anna sah mich verwundert an.

„Morgen? Warum morgen?"

„Nun, ich ... ich dachte, es wäre nett, wenn Sie sobald wie möglich kämen."

„Kommen, wenn Zeit ist", antwortete Anna, und ich nickte.

„Also schön. Kommen, wenn Zeit ist."

Zwei Tage später sah ich von meiner Näharbeit auf. Kleines Reh stand in der Tür. Ich hatte ihr Klopfen nicht gehört. Sie kam lächelnd näher und setzte sich auf den Stuhl, den ich ihr anbot. Ich holte die Teekanne hervor und kochte Tee. Da wir uns nicht miteinander unterhalten konnten, saßen wir nur einfach da und tauschten ein Lächeln und ein Kopfnicken aus. Sie sah voller Interesse zu, wie ich die Porzellantassen aus meinem Regal nahm. Ich hatte weder Kuchen noch Plätzchen zur Hand, so daß ich ein paar Scheiben frisches Brot schnitt und sie mit der Marmelade bestrich, die ich aus den Beeren gekocht hatte.

Gerade hatten wir den ersten Schluck Tee genippt, als Abendstern auftauchte. Auch sie schien nicht angeklopft zu haben. Ich holte eine Tasse für sie, und das Teetrinken konnte weitergehen. Als wir es beendet hatten, beschloß ich, die beiden jungen Frauen durch mein Häuschen zu führen. Aufmerksam schauten sie alles an, ohne daß sich die Spur einer Regung in ihren Gesichtern gezeigt hätte. Ich hatte nicht die geringste Ahnung, ob unser Heim ihnen gefiel, oder ob es eher Unverständnis oder sogar Mißfallen in ihnen hervorrief. Nichts schien sie persönlich berühren zu können.

In meiner Küche führte ich ihnen stolz vor, wie ich den Vorhang am Regal mit einer einzigen Bewegung beiseite schieben konnte, um an den Regalinhalt zu gelangen. Abendstern streckte die Hand aus und versuchte es selbst einmal. Sie zog den Vorhang zur Seite, spähte in das Regal und zog den Vorhang dann wieder zu. Das Ganze wiederholte sie und sagte etwas in ihrer Sprache zu Kleines Reh. Sie sagte es nicht nur einmal, sondern zweimal, und Kleines Reh sagte es ihr nach. Aha! Endlich hatte ich etwas gefunden, das sie beeindruckt hatte. Ich wiederholte das Wort im stillen, bis ich es mir eingeprägt hatte. Ich wollte Wynn am Abend nach seiner Bedeutung fragen.

Nicht lange nach unserem kleinen Teekränzchen kam Wynn zum Abendbrot nach Hause. Das indianische Wort lag mir noch immer auf der Zunge. Ich mußte Wynn fragen, bevor ich es womöglich wieder vergaß.

Kaum war er zur Tür herein, als ich ihn danach fragte. Es war ein Wort, dessen Aussprache mir schwerfiel, und ich war mir nicht sicher, ob ich das Wort richtig behalten hatte.

„Was heißt ‚Winniwischi'?" fragte ich.

Wynn sah mich verwundert an und berichtigte dann meine Aussprache ein wenig.

„Ja, genau das meine ich. Was bedeutet es?"

„Wo hast du dieses Wort nur aufgeschnappt?" wollte er wissen.

„Zwei von den Frauen waren heute Nachmittag zum Teetrinken hier", berichtete ich ihm erfreut. „Jetzt sag endlich, was es bedeutet!"

„Wir würden es vielleicht mit ‚lästiges Übel' oder ‚unnötige Einrichtung' übersetzen. Warum?"

Unnötige Einrichtung! Sie hatten meinen hübschen Vorhang angefaßt und ihn als unnötig oder lästig bezeichnet? Im ersten Moment war ich verwirrt und sogar ein wenig verletzt, doch dann fand ich das Ganze plötzlich unsagbar komisch. Ich brach in ein amüsiertes Gelächter aus.

„Was ist denn daran so lustig?" fragte Wynn erstaunt.

„Ach, eigentlich gar nichts. So also haben die Frauen meinen hübschen, aber unpraktischen Vorhang vor meinem Küchenregal bezeichnet!“

Wieder war es Sonntag, wenn mir auch nicht sehr „sonntäglich“ zumute war. Es war einfach ungewohnt, nicht in die Kirche zu gehen. Ich vermißte den Gottesdienst und die Gemeinschaft mit anderen Gläubigen. Ich vermißte meine Familie. Am meisten fehlte mir jedoch der Segen, der im gemeinsamen Lob Gottes und Gebet liegt.

Wir setzten eine Zeit fest, in der wir zu zweit einen kleinen Gottesdienst feiern wollten. So wollten wir es jeden Sonntag halten, solange wir hier im Norden leben würden. Mit der aufgeschlagenen Bibel vor uns hielten wir also unsere Andacht zu zweit.

Am nächsten Tag, meinem Waschtag, war ich gerade am Bügelbrett beschäftigt, als ein Ruf von der Tür eine Besucherin ankündigte. Es war Abendstern. Frau Sam und Kleines Reh folgten ihr. Ich legte meine Bügelwäsche beiseite und kochte eine Kanne Tee. Er schien den Frauen zu schmecken, denn sie schnalzten anerkennend mit der Zunge. Als der Tee alle war, kam Anna. Ich kochte eine zweite Kanne, und wir fingen wieder von vorn an.

Mit Anna als Dolmetscherin konnte ich endlich ein Gespräch mit den Frauen führen.

„Ich dachte, vielleicht würden Sie alle gern ein wenig nähen“, ließ ich ihnen ausrichten. „Ich habe schon alles vorbereitet.“

Aus meiner Truhe im Schlafzimmer holte ich den Stoff hervor, den ich schon fertig zugeschnitten hatte. Dann nahm ich Nadel und Faden zur Hand und erklärte den Frauen, wie man Kissenbezüge näht. Sie folgten meinen Anweisungen mit etwas unbeholfenen Fingern, doch bald nahmen die Bezüge aus dem zarten, dünnen Stoff Gestalt an. Als sie die Arbeit beendet hatten, reichten sie mir ihr Werk zurück.

„Aber nein“, wehrte ich ab. „Die dürfen Sie behalten,

nehmen Sie sie mit nach Hause!“ Ich zeigte auf die Kissen, die auf dem Sofa lagen. „So können Sie sie daheim auch benutzen“, erklärte ich, und Anna dolmetschte für mich. Die Frauen schauten zwar noch immer ein wenig ratlos drein, doch schließlich nahm jede ihren Kissenbezug mit nach Hause.

Am nächsten Tag kamen die Frauen wieder zu Besuch. Keine von ihnen klopfte vor dem Eintreten an. Ich beschloß, mit Anna darüber zu sprechen und den Frauen klarzumachen, daß man nicht einfach ohne Anklopfen ein anderes Haus betritt. Es war mir unangenehm, wenn meine Gäste unangekündigt plötzlich mitten in der Wohnung standen.

Wieder servierte ich Tee. Allmählich fragte ich mich, was ich mir nur eingehandelt hatte. Waren die Frauen womöglich in dem Glauben, daß ich sie jeden Nachmittag zum Tee erwartete? Ich freute mich zwar über ihren Besuch, aber ich wußte nicht recht, wie ich mich aus der Affäre ziehen sollte.

Nach dem Teetrinken holte ich neue Stoffe zum Nähen. Die Frauen hatten den einfachen Kissenbezug ohne Schwierigkeiten fertiggestellt; vielleicht war es an der Zeit, ihnen etwas Komplizierteres zu zeigen. Ich entschuldigte mich und ging in das Schlafzimmer. Währenddessen hörte ich Geräusche aus der Küche. Kleines Reh verließ das Zimmer und ging vor die Haustür. Ich war schon wieder in der Wohnstube, als sie mit mehreren Körben am Arm zurückkehrte. Jede der Frauen hatte ihr eigenes Handarbeitszeug mitgebracht. Wie vom Donner gerührt, sah ich zu, wie die von der Arbeit rauhen Finger die Nadel flink durch den Stoff führten. Zierliche Muster aus farbigem Garn und bunten Perlen entstanden zügig unter den geübten Händen. Tiefe Schamröte stieg mir ins Gesicht. Wie konnte ich, Elisabeth Delaney, mir nur anmaßen, diesen Indianerfrauen das Nähen beibringen zu wollen! Neben ihrer erstaunlichen Fertigkeit mußten meine bescheidenen Nähkünste geradezu verblassen. Ich wußte nicht einmal, wie ich mich entschuldigen sollte.

„So, Elisabeth“, sagte ich mir im stillen, „du hast also noch eine Menge zu lernen, soviel steht fest!“

Später teilte ich Anna mit, daß es mir lieber wäre, wenn die Frauen anklopften, bevor sie eintraten. Anna sah mich verwundert an. Nicht einmal in der Missionsschule schien es üblich gewesen zu sein, vor dem Betreten eines Zimmers anzuklopfen. Dennoch nickte sie und setzte die anderen Frauen von meinem Wunsch in Kenntnis. Auch diese schienen sich den Grund dafür beim besten Willen nicht erklären zu können, nickten aber ihr Einverständnis. Ich war erleichtert, diese Angelegenheit geregelt zu haben.

Am nächsten Tag schüttelte ich gerade vor der Haustür einen Teppich aus, als Anna erschien. Sie war allein gekommen, doch ich war sicher, daß auch die anderen Frauen nicht lange auf sich warten lassen würden. Ich führte sie zum Haus und öffnete ihr die Tür.

Sie zögerte. Wir blieben stehen, und Anna sagte: „Du hast nicht angeklopft!"

„Aber nein", erklärte ich ihr, „das ist schon in Ordnung so. Tritt nur ein. Bei mir daheim brauche ich nicht anzuklopfen. Wenn ich dich besuchen würde, dann würde ich zuerst anklopfen."

Sie starrte mich an, als hätte ich vollends den Verstand verloren, und betrat dann kopfschüttelnd das Haus. Heute gesellten sich auch Frau Sam und Kinawaki zum Tee zu uns. Beide klopften an, obwohl sie gemeinsam gekommen waren. Abendstern und Kleines Reh fehlten in der Runde.

Als Wynn am Abend nach Hause kam, zog er sich die schweren Stiefel aus und streckte müde seine langen Beine aus. Diese ersten Wochen auf seinem neuen Posten waren sehr anstrengend für ihn. Er mußte sich mit seinem Gebiet vertraut machen, bevor der Winter hereinbrach, damit er für alle Notfälle gerüstet war. Ich war noch mit den letzten Vorbereitungen zum Abendbrot beschäftigt.

„Weißt du", erzählte er mir, „heute abend, auf dem Weg durch die Siedlung, habe ich etwas Seltsames beobachtet. Ich habe zufällig gesehen, wie Anna an ihre eigene Haustür klopfte. Hier hat aber niemand ein Schloß an der Tür, und ich konnte mir beim besten Willen keinen Reim darauf machen, warum in aller Welt sie angeklopft hatte. Deshalb habe ich John Lain gefragt. Er sagte, daß sie irgendwo die Idee aufgeschnappt habe, böse Geister durch Anklopfen aus dem Haus zu vertreiben, bevor sie eintritt."

Ich war wie vom Donner gerührt. Wie hatte sie mich nur so sehr mißverstehen können? Ich hatte doch wahrhaftig nicht die Absicht gehabt, sonderbare Ideen über die Welt der Geister in Umlauf zu setzen. Als ich Wynn alles erklärt hatte, lächelte er nur. Ich dagegen war entsetzt über meine mißliche Lage.

Als Anna mich das nächste Mal besuchte, teilte ich ihr mit, daß ich im Unrecht gewesen war und daß sie gar nicht anzuklopfen brauchte. Sie sollte ruhig mein Haus betreten, wie sie es von Anfang an getan hatte.

Anna nickte mit ausdrucksloser Miene, wenn ich auch ahnte, daß sie diese weißen Frauen, die sich ständig selbst zu widersprechen schienen, für eine seltsame Sorte Menschen halten mußte.

Von diesem Tag an wußte ich nie, wann plötzlich eine Besucherin mitten im Zimmer auftauchen würde. Ich mußte ständig meine Augen überall haben und entwickelte die Angewohnheit, häufig einen Blick über die Schulter zu werfen.

# Eine Freundin

„Wußtest du eigentlich, daß John Lains Schwester hier in der Siedlung lebt?“ fragte Wynn mich eines Morgens beim Frühstück.

Ich sah überrascht auf. Das war mir ja vollkommen neu! Wo mochte sie sich nur so lange versteckt haben? Aber nein – das war ungerecht von mir, so zu denken. Ich war ja selbst erst ein paar Male in der Siedlung gewesen.

„Nein“, antwortete ich. „Hast du sie gesehen?“

„Nur aus der Ferne.“

„Wie sieht sie aus?“

„Sie ist recht hochgewachsen, so wie John. Schmaler ist sie allerdings. Sie geht auffallend aufrecht und forsch, aber mehr weiß ich nicht über sie zu berichten. Ich habe sie nur von hinten gesehen.“

„Wo wohnt sie denn?“ fragte ich. Ich konnte es kaum erwarten, sie einmal zu besuchen.

„Wenn ich mich nicht irre, bewohnt sie ein Zimmer hinter dem Handelsdepot, aber genau weiß ich's nicht.“

Nun, ich würde es schon herausfinden. Und wenn ich sie gefunden hatte, würde ich sie zum Tee einladen. Vielleicht an einem der nächsten Vormittage. Die Indianerfrauen kamen noch immer häufig am Nachmittag.

„Weißt du, wie sie heißt?“ erkundigte ich mich bei Wynn.

„Fräulein Lain; ihren Vornamen weiß ich leider nicht.“

„Sie war also nicht verheiratet? Ist sie erheblich jünger als ihr Bruder?“

„Auch das weiß ich nicht genau, aber ich vermute es.“

Wynn stand vom Tisch auf und nahm seinen Hut vom Haken. Das arme Ding wies noch immer Spuren seiner unsanften Begegnung mit den Wagenrädern auf.

„Heute werde ich erst spät nach Hause kommen“, sagte er. „Ich habe einen weiten Weg zu machen.“

Es würde also ein langer, einsamer Tag ohne ihn werden. Ich sagte jedoch nichts darüber, sondern schlang meine Arme zu einem Abschiedskuß um seinen Hals.

„Paß gut auf dich auf!“ flüsterte ich. „Und komm mir heil wieder!“

Einige Minuten hielt er mich fest umschlungen und schob mich dann sanft von sich. Ohne ein weiteres Wort ging er mit langen, entschlossenen Schritten aus dem Haus und machte sich auf den Weg.

Ich sah ihm nach, bis er meinem Blick entschwunden war. Seufzend wandte ich mich dann um und räumte den Frühstückstisch ab. Dann fiel mir plötzlich Fräulein Lain wieder ein.

Es gab also tatsächlich noch eine weiße Frau außer mir in der Siedlung! Was für ein Mensch mochte sie wohl sein? Bestimmt war sie älter als ich. Vielleicht war sie sogar doppelt so alt wie ich. Ob sie im Norden aufgewachsen war? Oder stammte sie aus einer Stadt, so wie ich?

Da ich ohnehin ein paar Dinge aus dem Lager brauchte, beschloß ich, nach meiner allmorgendlichen Haushaltsarbeit einen Gang in die Siedlung zu machen.

Auf den Fußmarsch ins Dorf war ich allerdings nicht sehr erpicht. Ich traute einigen der kläffenden, knurrenden Hunde nämlich nicht über den Weg. Wenn sie an der Kette lagen, hatte ich keine Angst, aber manche der Trapperfamilien waren zuweilen ein wenig gleichgültig, da sie selbst von jeher an Hunde gewohnt waren. Ich hatte beobachtet, daß einige der Indianerfrauen auf dem Weg durch die Siedlung einen starken Knüppel bei sich trugen. Als ich Wynn einmal nach seiner Bewandtnis fragte, hatte er mir beiläufig erklärt, daß das wegen der Hunde notwendig sei.

An diesem Morgen überwog jedoch mein Eifer, die weiße Frau kennenzulernen, so daß ich beschloß, mich nicht um die Hunde zu scheren. Nachdem ich also das Frühstücksgeschirr aufgewaschen, die beiden Räume unseres Hauses in Ordnung gebracht und vor der Haustür gekehrt hatte, steckte ich mir die Frisur nett zurecht und machte mich auf den Weg ins Dorf. Diesmal trug ich eine beachtliche Einkaufsliste bei mir.

Erfreulicherweise erwiesen sich die Hunde heute als recht friedlich. Die gefährlichsten unter ihnen lagen allesamt an der Kette. Im Straßenstaub spielten Kinder. Da es inzwischen schon September war, rief mir meine Lehrernatur ins Gedächtnis, daß es eigentlich höchste Zeit für den Schulbeginn war. Wie gern hätte ich die Kinder zum Unterricht versammelt! Doch leider kannte ich kein einziges Wort ihrer Sprache – wenn man von dem Ausdruck für „lästiges Übel" einmal absah.

Herr Lain bediente gerade ein paar Indianerfrauen. Eine davon war Frau Sam. Ich begrüßte sie wie eine alte Bekannte, wenn wir auch nicht mehr als „Guten Tag" zueinander sagen konnten.

Ich kaufte die Dinge, die auf meiner Liste standen, und fügte noch ein paar zusätzliche Artikel, die ich in den Regalen entdeckt hatte, dazu. Herr Lain trug alles in sein Rechnungsbuch unter Wynns Namen ein, während auch ich eine Eintragung für Wynns Abrechnung in mein Büchlein machte.

„Wie wär's mit einer Tasse Kaffee?" bot Herr Lain mir dann an und wies mit dem ausgestreckten Daumen rücklings auf eine Kanne, die auf dem Ofen in der Ecke stand. Auf einem Ständer daneben standen Tassen bereit. Ein paar davon waren offensichtlich schon von Kunden benutzt worden. Nach anfänglichem Zögern nahm ich sein Angebot an.

„Ja, gern", sagte ich und bediente mich. Ich hatte ja sowieso ein paar Fragen an Herrn Lain zu stellen, und bei einer Tasse Kaffee würde ich bestimmt die Gelegenheit dazu finden.

„Mein Mann hat mir erzählt, daß Ihre Schwester auch hier lebt", begann ich. Um der Bemerkung die notwendige Beiläufigkeit zu verleihen, nahm ich einen Schluck Kaffee aus meiner Tasse. Er schmeckte entsetzlich. Das Gebräu war so dünn, daß es kaum als Kaffee zu erkennen war, und schal und abgestanden war es dazu. Heiß war es allerdings; das mußte ich Herrn Lain lassen. Ich verbrühte mir beinahe den Mund daran.

Herr Lain war noch mit dem Ausrechnen der Gesamtsumme beschäftigt. Dann hob er den Kopf.

„Katherine? Ja, das stimmt, sie wohnt hier. Schon seit fast zwanzig Jahren übrigens."

Ich war mir nicht sicher, was ich darauf antworten sollte. Katherine war ein hübscher Name. Ich versuchte, mir die Frau vorzustellen, zu der er gehörte.

„Und wo hat sie gewohnt, bevor sie hierher kam?" fragte ich ein wenig befangen. Aus der Antwort würde ich vielleicht Rückschlüsse auf sie ziehen können.

„In St. John."

„St. John? Aber da hat sie ja einen weiten Weg machen müssen!"

„Das kann man wohl sagen", nickte mein Gegenüber. „Sie ist dort Lehrerin gewesen."

„Ach, wirklich?"

Die unbekannte Frau wurde mir immer sympathischer. Lehrerin war sie also gewesen und besaß demnach eine höhere Bildung. Gewiß würden wir viele Gemeinsamkeiten entdecken.

„Ich war auch einmal Lehrerin", bemerkte ich. „Ich würde Ihre Schwester zu gern einmal kennenlernen. Wir werden einander eine Menge zu erzählen haben, denke ich."

Herr Lain warf mir einen sonderbaren, prüfenden Blick zu. Nach einem unerklärlich langen Schweigen brummte er dann ein kurz angebundenes „Ja".

Ich wartete auf eine Erklärung, wie ich die Bekanntschaft dieser Frau schließen konnte. Herr Lain schwieg sich jedoch aus.

„Ist sie ... ich meine, wohnt sie hier in der Nähe?" stieß ich schließlich hervor.

Das war eigentlich eine überflüssige Frage, denn schließlich war ja die ganze Siedlung „in der Nähe", falls sie hier wohnte.

„Meinen Sie ... meinen Sie, daß es ihr etwas ausmacht, wenn ich kurz bei ihr hereinschaue?“ stotterte ich weiter.

Wieder betrachtete mich Herr Lain mit einem seltsamen Ausdruck, um dann mit einer Kopfbewegung auf die Tür zu deuten.

„Wüßte nicht, was sie dagegen haben sollte. Gehen Sie ruhig zu ihr. Ihre Sachen können Sie hier stehen lassen, bis Sie nach Hause gehen.“

Ich bedankte mich und ging durch die Tür ins Freie und um das Haus herum. Links auf der Rückseite des Hauses mußte es einen Eingang geben.

Frau Lain war gerade damit beschäftigt, Wäsche auf die Leine zu hängen. Das Ganze war mir plötzlich unendlich peinlich. Was sollte ich tun, wenn sie mich entdeckte? Andererseits konnte mir das im Grunde gleichgültig sein. Außerdem hatte sie mir den Rücken zugewandt und summte bei der Arbeit leise vor sich hin.

Zaghaft klopfte ich an die Tür. Keine Antwort. Ich klopfte stärker. Wieder keine Antwort. Ich zögerte. Fräulein Lain war offensichtlich nicht zu Hause. Ich beschloß, es noch ein letztes Mal zu versuchen. Schließlich hörte ich ein lautes „Herein!“ und schob die Tür auf, um ein wenig verlegen einzutreten.

Der Raum war so dunkel, daß ich einen Moment brauchte, um etwas unterscheiden zu können.

In einer Ecke saß eine Frau. Die Hände hielt sie untätig auf dem Schoß gefaltet und starrte teilnahmslos die kahle Wand an. Ob sie krank war? Ich wollte gerade eine Entschuldigung vorbringen, um zu einer passenderen Zeit wiederzukommen, als sie zu mir sagte: „Sie sind die Frau von dem Hüter des Gesetzes.“

Ihre Stimme klang hart und heiser.

„Ja“, flüsterte ich und fragte mich dabei, ob ihre Bemerkung eine Feststellung oder ein Urteil sein sollte.

„Was wollen Sie hier?“

„Ich ... nun, ich habe gehört, daß Sie ... daß eine weiße Frau hier wohnt, und ich wollte sie gern einmal kennenlernen.“

„Eine weiße Frau?“ Sie hatte es voller Verachtung hervorgestoßen. „Hier haben weiße Frauen nichts zu suchen. Wer hier wohnt, ist weder weiß noch eine Frau.“

Ihre Worte trafen mich wie ein Keulenschlag. Ich begriff nicht einmal, was sie damit ausdrücken wollte. Ich wandte mich um und wollte wieder gehen, doch sie hielt mich zurück.

„Und woher kommen Sie?“ wollte sie wissen.

„Aus Calgary. Ich war Lehrerin in der Nähe von Lacombe, bevor ich hierherkam. Eigentlich stamme ich aber aus Toronto.“

„So, so, Toronto. In Toronto läßt sich's aushalten. Was in aller Welt hat Sie nur hierher verschlagen?“

„Nun, ich ... ich ... ich habe einen Beamten der Königlichen Nord-West-Polizei geheiratet. Ich ...“

Sie wandte sich ab und spuckte voller Geringschätzung in die Ecke. Als sie mich wieder ansah, sprühte es feurig aus ihren Augen.

„Das ist der erbärmlichste Grund, den ich je gehört habe, in diese gottverlassene Gegend zu ziehen“, krächzte sie. „Manche Leute kommen hierher, weil ihnen nichts anderes übrigbleibt. Meinen Bruder hat das Geld gelockt. Geld, weiter nichts. Hat seine erste Frau hier begraben und ist trotzdem geblieben. Aber Sie ...“

Sie brach ab, hatte mir aber dennoch zu verstehen gegeben, daß ich einen entsetzlichen Fehler gemacht hatte.

Ich fühlte mich gedemütigt und gleichzeitig in meiner Ehre angegriffen. Entschlossen richtete ich mich zu meiner vollen Größe auf und entgegnete:

„Und was hat Sie hierher geführt?“

Wieder sprühten Funken aus ihren Augen. Beinahe befürchtete ich, daß sie aus Zorn einen Gegenstand nach mir werfen würde. Dazu hätte sie allerdings von ihrem Sessel aufstehen müssen, da sich nichts Geeignetes in ihrer Reichweite befand.

„Ich bin gekommen“, zischte sie und betonte jedes Wort scharf, „ich bin gekommen, weil ich keine andere Wahl hatte. Es gab keinen anderen Ort für mich. Deshalb bin ich hier.“

„Das ... das tut mir aufrichtig leid“, murmelte ich zitternd. Einen Moment stand ich wie angewachsen da und sagte dann leise: „Ich glaube, ich gehe am besten wieder.“

Sie nickte wortlos und deutete wütend auf die Tür, als habe sie keine Einwände gegen mein Gehen – ganz im Gegenteil.

Es tat wohl, in den warmen Sonnenschein zu treten und die Tür hinter der erbosten Frau dort in der finsteren Kammer zu schließen. Noch immer zitterte ich am ganzen Leib. Ein solch verbitterter Mensch war mir noch nie im Leben begegnet. Was mochte nur der Grund für ein solches Verhalten sein? Wenn ihr nicht geholfen wurde, würde sie womöglich noch daran zugrunde gehen. Doch was konnte man für sie tun? Ich für meinen Teil hoffte jedenfalls, ihr nie wieder unter die Augen treten zu müssen.

Eine fröhliche Melodie drang an mein Ohr. Frau Lain war noch immer mit dem Aufhängen ihrer Wäsche beschäftigt. Mir lag nicht sehr an einer Begegnung mit ihr, zumal ich noch immer recht verstört war. Hastig machte ich mich auf den Rückweg um das Haus, doch da hatte sie mich schon entdeckt.

„Guten Morgen, Frau Delaney!“ rief sie mir freundlich zu.

Mir blieb keine andere Wahl, als stehenzubleiben und ihren Gruß zu erwidern. Ein zaghaftes Lächeln gelang mir.

„Guten Morgen, Frau Lain“, sagte ich. „Ein herrlicher Tag, nicht wahr?“

„Ja, wahrhaftig. Und ich bin gerade mit meiner Wäsche fertig. Hätten Sie Zeit für eine Tasse Tee bei mir?“

Erst jetzt fiel mir auf, wie gepflegt ihr Englisch war. Sie hatte kaum die Spur eines Akzents.

Am liebsten wäre ich in die Geborgenheit meines Hauses zurückgekehrt, doch eine Ablehnung hätte sehr unhöflich gewirkt. So lächelte ich und sagte: „Wie nett von Ihnen! Herzlichen Dank!“

Sie hängte das letzte Geschirrtuch auf die Leine, nahm ihren Korb und führte mich ins Haus.

Die Stube war ausgesprochen gemütlich. Möbel und Ausstattung waren eine Mischung aus indianischer und weißer Kultur, wodurch sich eine wohlige Atmosphäre ergab.

Sie bot mir einen Stuhl an und ging in ihre kleine Küche. Wenig später kam sie mit einer Teekanne und zwei Porzellantassen wieder. Dazu trug sie einen in Scheiben geschnittenen Blaubeerkuchen auf. Er schmeckte köstlich.

„So, und fühlen Sie sich schon heimisch hier in Beaver River?“ erkundigte sie sich.

„O ja, das kann ich wohl sagen.“

Wir unterhielten uns über dieses und jenes, und bald wurde das Gespräch vertrauter und persönlicher. Verwundert stellte ich fest, daß ich mich genau nach einem solchen Austausch von Frau zu Frau gesehnt hatte, den ich aber nur mit einer weißen Frau für möglich gehalten hätte.

„Fällt Ihnen das lange Alleinsein nicht manchmal schwer?“ fragte sie mich mitfühlend.

„Ja, ein wenig schon. Mein Mann fehlt mir, und die Zeit wird mir lang, wenn er unterwegs ist. Ich weiß nicht recht, wie ich mir die Stunden vertreiben soll. Die Stoffe, die ich mir mitgebracht habe, sind fast alle verarbeitet, und außerdem gibt es nichts mehr, was ich polstern oder mit Vorhängen und Bezügen versehen könnte“, gestand ich ratlos.

„Wenn man eine Familie hat, bleibt einem nicht viel Zeit zur Muße“, erklärte sie mir. „Und im Winter werden Sie viel mehr Arbeit haben. Im Winter brauchen selbst die einfachsten Haushaltsdinge die doppelte Zeit“, fuhr sie fort. Darüber hatte ich noch gar nicht nachgedacht, doch sie hatte gewiß recht.

„Haben Sie denn eine Familie?“ fragte ich sie.

„Nein“, lautete die schliche Antwort, doch ich glaubte, einen schmerzlichen Ausdruck in ihrem Gesicht bemerkt zu haben.

„Haben Sie schon immer hier in der Siedlung gewohnt?“ wechselte ich dann das Thema. Ich vermutete, daß sie aus einer anderen Gegend stammte und erst später nach Beaver River gekommen war; daher überraschte ihre Antwort mich sehr.

„Ja, ich bin noch nie weiter gekommen als ein paar Kilometer von hier. Mein Vater hatte eine kleine Hütte, etwa zehn Kilometer stromaufwärts. Dort bin ich auch geboren."

Sie mußte mir mein Erstaunen angemerkt haben und lächelte.

„Gewiß wundern Sie sich, daß ich Englisch spreche, nicht wahr?"

Ich nickte.

„Wissen Sie, ich bin mit einem Engländer verheiratet." Sie lachte auf. „Keinem richtigen Engländer – er ist Schotte. Seine Kindheit hat er bei einer Familie aus Schweden verbracht, hat eine französische Schule besucht, ist bei einem Meister aus Deutschland zur Lehre gegangen und spricht drei indianische Stammessprachen. Seine Muttersprache ist aber Englisch."

„Alle Achtung!" Ich sah Herrn Lain plötzlich in einem völlig neuen Licht. Richtig, mir war schon einmal aufgefallen, daß er keinen schottischen Akzent hatte. Seine Schwester übrigens auch nicht, wenn ich es mir genauer überlegte. „Alle Achtung!" sagte ich noch einmal. „Spricht er diese Sprachen allesamt fließend?"

„Er spricht etwas Französisch, etwas Deutsch und viel Indianisch", sagte sie mit aufrichtigem Stolz.

„Aber das erklärt noch immer nicht, warum Ihr Englisch so ausgezeichnet ist."

Sie sah mich an, als sei die Antwort eine Selbstverständlichkeit.

„Wenn mein Mann sieben Sprachen beherrscht", sagte sie, „war es nicht zuviel verlangt, wenigstens seine Muttersprache zu erlernen."

Ich nickte. Diese junge Frau imponierte mir.

„Und wie haben Sie sie gelernt?" fragte ich weiter. Ich fühlte mich sehr wohl in ihrer Gegenwart.

„Aus Büchern. Als er merkte, daß ich mit Ernst und Eifer bei der Sache war, hat er mir Bücher besorgt und mir geholfen. An den langen Winterabenden haben wir einander vorgelesen, und er hat meine Aussprache verbessert und mir neue Wörter beigebracht. Ich liebe die englische Sprache. Ich lese auch sehr gern. Manchmal wünsche ich mir nichts sehnlicher, als daß meine indianischen Brüder und Schwestern auch solche wundervollen Geschichten zum Vorlesen für ihre Kinder hätten."

Ich horchte auf.

„Haben Sie schon einmal überlegt, die Geschichten für sie aufzuschreiben? Ich meine, vielleicht könnten Sie indianische Legenden und Märchen zu Papier bringen."

„Hier kann niemand lesen", erwiderte sie traurig.

„Aber wir könnten es den Kindern beibringen", sagte ich hoffnungsvoll.

Sie lächelte ein ergebenes, klägliches Lächeln.

„Sie wollen nicht lernen. Lernen bedeutet Arbeit, und sie spielen lieber."

„Ach, tatsächlich?" fragte ich erstaunt.

„Ich weiß es genau. Ich habe es nämlich schon versucht." Plötzlich sah sie älter aus. Älter und ein wenig müde.

„Ich helfe Ihnen. Gemeinsam können wir es noch einmal probieren."

In ihrem Blick flackerte ein Hoffnungsschimmer auf.

„Würden Sie das wirklich tun? Liegt Ihnen genug an diesen Menschen, um dieses Opfer zu bringen?"

„Aber ja! Am liebsten hätte ich schon längst mit dem Unterricht angefangen, aber mein Mann meinte, ich sollte damit warten und nichts überstürzen. Ich habe sogar ein paar Fibeln mitgebracht, damit ..."

Ich unterbrach mich. Nun hatte ich mich wieder von meiner Begeisterung hinreißen lassen.

Sie nahm meine Hand in die ihre.

„Ich danke Ihnen", sagte sie, „ich danke Ihnen vom Grunde meines Herzens, daß Sie so denken. Vielleicht können wir gemeinsam tatsächlich etwas ausrichten."

„Ich zeige Ihnen meine Bücher und die anderen Dinge, die ich ..."

Doch sie unterbrach mich.

„Ihr Mann hat sehr recht, Frau Delaney. Wir dürfen nichts überstürzen. Die Indianer sind viele Generationen ohne Lesen und Schreiben ausgekommen. Ein paar Wochen mehr oder weniger machen nun auch keinen Unterschied mehr."

Das stimmte gewiß. Ich schluckte meine Enttäuschung hinunter und sah auf die Uhr. Es war schon beinahe Mittag, wie ich überrascht feststellte.

„Liebe Güte! Sehen Sie nur, wie spät es schon ist! Ich muß unbedingt gehen."

Damit stand ich auf und stellte meine leere Tasse auf den Tisch.

„Herzlichen Dank für den Tee – und das Gespräch. Es war sehr schön bei Ihnen!"

„Das Vergnügen ist ganz auf meiner Seite. Ich hoffe, Sie kommen mich bald wieder besuchen, Frau Delaney."

„Ich heiße Elisabeth", sagte ich zu ihr. „Elisabeth oder Betty, wie es Ihnen lieber ist. Wollen wir nicht du sagen?"

Sie nickte lächelnd.

„Elisabeth, ich heiße Nemelaneka. Als ich John heiratete, dachte ich, er möchte lieber eine Frau mit einem englischen Namen. Tagelang habe ich in Büchern geblättert, bis ich den Namen Martha fand. ‚Martha', habe ich zu John gesagt, ‚von jetzt an heiße ich Martha.' – ‚Martha?', hat er gefragt, ‚aber warum denn Martha?' – ‚Weil Martha so hübsch klingt. Oder ist dir ein anderer Name lieber?' – ‚Ja' hat er gesagt, ‚ich mag Nemelaneka am liebsten, deinen indianischen Namen.' So ist es also bei Nemelaneka geblieben. John nennt mich allerdings der Einfachheit halber Nimmie."

„Ne-me-la-ne-ka", wiederholte ich Silbe für Silbe. „Nemelaneka. Das ist ein schöner Name."

„Ja, schön ist er, aber auch sehr lang und schwierig auszusprechen", lachte die junge Frau. „Martha wäre viel unkomplizierter gewesen."

Als ich mich gerade zum Gehen wenden wollte, sagte Nemelaneka sanft: „Bitte urteile nicht zu hart über die arme Katherine. Sie hat viel Schweres in ihrem Leben durchgemacht. Mit Liebe und Verständnis …" Sie unterbrach sich und seufzte, „und mit der Zeit …" fügte sie hinzu. „Es braucht so viel Zeit! Aber vielleicht verwindet sie ihre Vergangenheit trotzdem eines Tages."

Ich sah sie verwundert an, stellte aber keine weiteren

Fragen, sondern nickte nur. Schließlich bedankte ich mich nochmals bei ihr und eilte nach Hause, nachdem ich meine Einkäufe im Lager abgeholt hatte.

## Eine heilsame Erkenntnis

An diesem Tag erschien keine der Frauen zum Tee. Eigentlich hatte ich mich schon seit langem auf einen Tag gefreut, der mir ganz allein gehörte. Ich war recht ratlos gewesen, wie ich diesen täglichen Teestündchen bei mir einen Riegel vorschieben sollte, doch heute mußte ich feststellen, daß ich meine Gäste vermißte. Den ganzen Nachmittag über wußte ich nichts Rechtes mit mir anzufangen. Schließlich legte ich das Buch, das ich zu lesen versucht hatte, aus der Hand, um einen Spaziergang am Flußufer entlang zu machen.

Ich entfernte mich dabei nicht allzusehr von unserem Haus und ließ den Fluß niemals aus den Augen, da ich mich noch immer nicht genau in der Umgebung auskannte.

Es war ein herrlicher Tag. Das Laub hatte sich schon bunt gefärbt. Rot und golden leuchtete es inmitten der dunklen Nadelwälder auf den Hügeln und in den Tälern.

Der Fluß murmelte und sang bei seinem Weg über runde Kieselsteine. Hier und da sah ich Fische Luftsprünge machen, und hinter einer Wegbiegung überraschte ich ein Reh, das sich mit langen Sprüngen in das Dickicht flüchtete. Ich hatte meine helle Freude an der schönen Natur. Nimmie hatte jedoch recht mit ihrer Vermutung. Zuweilen fühlte ich mich auch sehr einsam.

Dann dachte ich an meine Verwandten in Calgary und Toronto. Auch meine Bekannten und die Schulkinder in Pine Springs kamen mir wieder in den Sinn. Ob sie dort inzwischen eine neue Lehrerin hatten? Ich hoffte es von ganzem Herzen. Die Kinder, die einen so vielversprechenden Anfang in der Schule gemacht hatten, brauchten jemanden, der sie weiterführte.

Wenn ich doch nur irgendwie erfahren könnte, wie es meinen Lieben daheim ging! Ich fühlte mich hier so weit von ihnen allen entfernt, wie auf einem anderen Stern, so unerreichbar und abgeschnitten. Es konnte einem von ihnen etwas zustoßen, ohne daß ich davon erfuhr! Diese Vorstellung ließ mich erschaudern, und ich mußte mit ganzer Kraft gegen die Niedergeschlagenheit ankämpfen, die mich zu überwältigen drohte.

Ich zwang mich, auf andere Gedanken zu kommen. Mein Gespräch mit Nimmie fiel mir wieder ein. Ich war unsagbar dankbar für diese Begegnung. Endlich hatte ich eine Frau gefunden, die mein Interesse an einer Schule am Ort teilte – nein, ihr Eifer überstieg sogar meinen. Am liebsten hätte ich auf der Stelle mit dem Unterricht begonnen, aber ich wußte, daß Wynn und Nimmie recht hatten. In dieser Sache war Vorsicht geboten. Man mußte mit viel Geduld vorgehen.

Ein wenig widerwillig lenkte ich meine Schritte wieder heimwärts. Ich hoffte, daß Wynn heute nicht allzu spät zurückkommen würde. In meinem Kopf herrschte ein wahres Wirrwarr, und ich brauchte unbedingt jemanden, dem ich von meinem Erlebnis berichten konnte, jemanden, der zuhörte und mich verstand.

Der Tag kroch nur langsam dahin. Als die Abenddämmerung hereinbrach, war Wynn noch immer nicht zurück. Ich ging in den beiden Räumen umher, die wir unser Heim nannten, um nach einer Beschäftigung zu suchen, konnte aber nichts finden, das mein Interesse geweckt hätte.

Schließlich ging ich vor unserer Haustür auf und ab und überlegte mir dabei im stillen, wie ich meinen Gemüsegarten im nächsten Frühjahr anlegen könnte.

Bedächtig rührte ich in dem Eintopfgericht, rückte die Teller auf dem Tisch zurecht und rührte erneut in der Suppe.

Danach setzte ich mich mit meinem Buch neben die flakkernde Lampe und bemühte mich, die Geschichte aufmerksam zu verfolgen.

Es war zwecklos. Ich kam einfach nicht zur Ruhe. Allmählich packte mich die Wut. Warum mußte Wynn auch so lange ausbleiben? War ihm seine Arbeit denn so wichtig? Lag ihm etwa mehr daran als an seiner Frau? War es tatsächlich notwendig, daß er so viel Zeit aufwendete, oder kam er mit Absicht Abend für Abend spät nach Hause?

Mein Zorn ballte sich zusammen wie finstere Gewitterwolken am Himmel. Wynn hätte längst daheim sein können, wenn er nur gewollt hätte. Davon war ich überzeugt.

Inzwischen war es dunkel geworden. Wynn hatte bestimmt nicht beabsichtigt, so spät nach Hause zu kommen. Nun schlugen meine Gedanken in eine andere Richtung um. Ob etwas Unvorhergesehenes vorgefallen sein konnte? Womöglich hatte er sich in der Wildnis verirrt. Oder vielleicht war er gestürzt. Oder von einem Pelzjäger durch ein grausames Mißgeschick angeschossen worden. Die Polizisten wurden immer wieder vor solchen Jagdunfällen gewarnt. Ich begann, mir ernsthafte Sorgen zu machen. Mir war elend zumute. Ich war überzeugt, daß meinem Mann etwas Furchtbares zugestoßen sein mußte, ohne daß ich auch nur ahnte, wo er steckte oder wie ich ihm helfen sollte. Womöglich lag er schwer verwundet irgendwo im Sterben, und ich saß hier untätig mit einem Buch in den Händen da und grollte vor Zorn über sein langes Ausbleiben!

Was sollte ich nur unternehmen? Suchen konnte ich ihn nicht. In der Dunkelheit würde ich mich niemals zurechtfinden. Selbst bei Tage hatte ich große Mühe, mich in der fremden Umgebung nicht zu verirren. Außerdem wußte ich nicht, in welcher Richtung Wynn unterwegs war. Was also sollte ich tun?

Die Indianer! Sie waren wahre Fachleute, was das Spurenlesen betraf. Hatten sie nicht so etwas wie einen sechsten Sinn in solchen Dingen? Von den Männern am Ort kannte ich keinen, aber ich kannte ihre Frauen. Zu ihnen würde ich gehen und sie um Hilfe bitten.

Ich riß meinen leichten Schal vom Haken und beschloß, ins Dorf zu gehen und an die Türen zu klopfen, bis ich jemanden gefunden hatte, der mir helfen konnte.

Dann fielen mir die Hunde wieder ein. Abends wurden sie oft von der Kette gelassen, wenn keine Besucher mehr erwartet wurden. Neben unserem Haus suchte ich das Gelände ab nach einem kräftigen Stock.

Schritte ließen mich aufschrecken. Ich fuhr auf dem Absatz herum. Der Atem stockte mir. Ich wußte nicht, was mich erwartete.

„Aber Elisabeth!“ sagte Wynn überrascht. „Hast du etwas verloren?“

Am liebsten hätte ich mich ihm an den Hals geworfen, aber Verlegenheit und Zorn zugleich hielten mich zurück. Ich wollte ihm erklären, daß ich mir entsetzliche Sorgen um ihn gemacht hatte, aber ich befürchtete, daß Wynn das kindisch finden würde. Ich wollte ins Schlafzimmer laufen, mich auf das Bett werfen und mir die Angst und die Anspannung der vergangenen Stunden von der Seele weinen, doch ich wollte nicht für hysterisch gehalten werden. Um keinen Preis der Welt sollte er erfahren, was ich gerade in dem Dikkicht neben unserem Haus am Boden gesucht hatte. Deshalb sagte ich nur mit einem unüberhörbaren Vorwurf in der Stimme: „Warum kommst du so spät? Das Abendessen ist kaum noch zu genießen!“ Damit rauschte ich an ihm vorüber und ging in die Küche.

Wynn blieb mir eine Antwort schuldig. Wortlos aß er seinen zu Brei zerkochten Eintopf auf, während ich lustlos in meinem Suppenteller stocherte.

Es war eine lange, schweigsame Mahlzeit. Still saßen wir einander gegenüber, und dabei hätte ich ihm doch so viel zu erzählen gehabt! Es war einfach dumm von mir, mich so zu benehmen, das wußte ich im Grunde genau.

Ich warf Wynn einen verstohlenen Blick zu. Er sah so erschöpft aus, wie ich ihn noch nie erlebt hatte. Plötzlich kam mir der Gedanke, daß auch er womöglich heute einiges erlebt hatte, das er jemandem erzählen wollte. Brauchte vielleicht auch er ein offenes Ohr?

Schließlich holte ich tief Luft und beschloß, meinen verletzten Stolz zu überwinden und ihn zu fragen.

„Du bist heute sehr spät gekommen“, fing ich an. „Ich habe mir große Sorgen um dich gemacht. Was ist denn nur geschehen?“

Wynn sah von seinem Teller auf. Erleichterung stand in seinem Blick zu lesen.

„Eine ganze Menge ist heute passiert“, antwortete er zögernd. „Unser Boot hat ein Leck geschlagen, ein wütender Elchbulle war uns auf den Fersen; der Trapper, den wir aufsuchen mußten, war ausgerechnet heute nicht daheim, und als wir ihn endlich ausfindig gemacht hatten, mußten wir ihn obendrein in Handschellen abführen. Außerdem ist der Indianer, den ich als Führer mitgenommen hatte, böse gestürzt, so daß ich ihn die letzten zwei Meilen praktisch auf meinen Schultern tragen mußte.“

Ich starrte ihn ungläubig an. Das konnte doch nicht wahr sein! Aber an seinem Gesichtsausdruck konnte ich erkennen, daß er jedes Wort ernst gemeint hatte.

„Ach!“ konnte ich nur hervorbringen. „Ach, du liebe Zeit!“

Doch dann lächelte Wynn.

„Nun, jetzt ist alles vorbei“, sagte er. „Das ist das Beste an diesem ganzen Tag – daß er zu Ende ist.“

Vorüber war der Tag jedoch noch lange nicht, wie sich herausstellen sollte. Gerade hatten wir unsere klägliche Mahlzeit beendet, als vor der Haustür jemand nach Wynn rief. Im Dorf hatte sich ein Mann beim Reinigen seines Gewehrs versehentlich in den Fuß geschossen. Wynn mußte die Wunde versorgen.

Wortlos nahm er seinen Hut wieder vom Haken und folgte dem aufgeregten Jungen zurück ins Dorf.

Es war schon gegen Mitternacht, als Wynn endlich nach Hause kam. Ich hatte auf ihn gewartet. Er ging auf mich zu und gab mir einen Kuß.

„Es tut mir leid, Liebling. Du hättest schon längst zu Bett gehen sollen.“

„Ich hätte ohnehin nicht schlafen können“, sagte ich wahrheitsgemäß.

Um ehrlich zu sein, hatte ich in der Zwischenzeit einmal gründlich nachgedacht. Ich hatte nämlich nicht die geringste Ahnung davon, wie Wynns Arbeit aussah. Wenn er abends nach zahllosen, irgendwo in der Wildnis verbrachten Stunden wieder heimkam, unterhielten wir uns gewöhnlich über das, was ich – nicht er – tagsüber erlebt hatte. Ja, ich hatte Wynn noch nie gefragt, was er gearbeitet hatte. Was tat er eigentlich den lieben langen Tag? Gewiß erlebte er nicht immer so viele Mißgeschicke wie heute, oder etwa doch?

Ich hatte darauf gebrannt, ihm von meinem Gespräch mit Nimmie und der Begegnung mit Fräulein Katherine Lain zu berichten. Er dagegen hatte einen so schweren Tag gehabt und hatte sogar in Todesgefahr geschwebt. Und das alles hätte er mit keinem Wort erwähnt, wenn ich ihn nicht beiläufig danach gefragt hätte. Ich schämte mich in Grund und Boden. Von jetzt an, so nahm ich mir felsenfest vor, würde ich mich mehr für die Arbeit meines Mannes interessieren, anstatt nur an meine eigenen, längst nicht so wichtigen Erlebnisse zu denken.

Als Wynn vom Verbinden der Schußwunde nach Hause kam, begrüßte ihn eine wesentlich demütigere Elisabeth. Hatte ich ihn nicht hierher begleitet, um ihm eine Gefährtin und Gehilfin zu sein? Statt dessen hatte ich ein Leben geführt, das allenfalls zu seiner Zierde beigetragen hatte.

Ich erwiderte seinen Kuß und erkundigte mich dann: „Und wie geht es dem Verletzten?"

„Er wird schon durchkommen, obwohl es eine üble Fleischwunde ist. Solange er sich keine Entzündung einhandelt, dürfte er bald wieder auf den Beinen sein."

Allein der Gedanke ließ mich erschaudern.

„Du frierst ja", sagte Wynn. „Du gehörst ins warme Bett!"

„Nein, ich friere nicht, ich ekele mich nur, wenn ich an solche Verletzungen denke", gestand ich. „Möchtest du etwas Heißes trinken? Einen Kaffee vielleicht, oder einen Tee?"

„Tee wäre nicht schlecht. Ist das Wasser noch heiß?"

„Ich habe das Feuer in Brand gehalten. Es wird nur ein paar Minuten dauern."

„Es ist schon spät, Elisabeth. Du bist müde. Ich möchte dir keine ..."

„Laß nur, das macht gar nichts!" versicherte ich ihm und eilte in die Küche.

Wynn setzte sich auf den Sessel. Ich konnte hören, wie er

seine hohen Stiefel auszog. Er konnte sich vor Erschöpfung gewiß kaum noch aufrecht halten, dachte ich.

Ich brachte ihm den Tee, und er trank ihn in langen Zügen.

„Du hast mir doch noch etwas zu erzählen, nicht wahr?" sagte er dann und sah mich aus müden Augen an.

„Das kann bis morgen warten."

„Braucht es aber nicht", entgegnete Wynn beharrlich.

„Ach, es ist wirklich nichts Wichtiges. Ich habe Fräulein Lain heute kennengelernt, und anschließend hat Frau Lain mich zum Tee eingeladen. Beim Frühstück erzähle ich dir dann alles genauer."

Ich nahm Wynns leere Tasse und trug sie in die Küche. Dann wandte ich mich zu ihm um.

„Komm nur!" sagte ich. „Dieser Tag war lang genug."

## Die Kindertante

Die nächsten Wochen verliefen ohne nennenswerte Zwischenfälle. Wynn war nach wie vor sehr beschäftigt, doch nachdem er sein Revier eingehend ausgekundschaftet hatte, konnte er mehr von seinen Aufgaben zu Hause in seiner Dienststube erledigen. Ich freute mich, ihn in meiner Nähe zu haben, und außerdem bekam ich dadurch einen besseren Einblick in seine Tätigkeit.

Für die Menschen in dieser Gegend war Wynn der Hüter des Gesetzes, ihr Anwalt, Ratgeber, technischer Beistand, Schiedsrichter in persönlichen Dingen und vieles mehr – und das alles in einer Person. Er wurde aus den unterschiedlichsten Gründen aufgesucht. Stets war er geduldig und gerecht, wenn ich auch manchmal befürchtete, daß er ein wenig zu unverblümt mit den Dorfbewohnern umging. Diese jedoch schienen an schroffe Umgangsformen gewöhnt zu sein. „Nein, listiger Fuchs, das ist nicht dein Fanggebiet. Wenn ich dich noch einmal dort erwische, muß ich dich einsperren", sagte er einmal, und der Indianer zuckte nicht mit der Wimper. Auf diese Weise wußte er wenigstens, was ihn erwartete.

Die Indianerfrauen kamen oft zum Tee, wenn auch nicht mehr so häufig wie anfangs. Auch Frau Lain, meine Freundin Nimmie, besuchte mich, was ich immer sehr genoß. Fräulein Lain dagegen kam nicht, obwohl ich meinen ganzen Mut zusammengenommen hatte, um sie einzuladen.

Noch immer gab es keine Schule am Ort. Nimmie und ich hatten manche Stunde damit verbracht, sowohl in meinen als auch in ihren Büchern zu blättern. Ich konnte es kaum erwarten, mit dem Unterricht zu beginnen, doch sie war der Meinung, daß wir größere Aussichten auf Erfolg hätten, wenn wir zuerst dem Häuptling klarmachten, wie nützlich eine Schule für die Kinder wäre. Das wiederum würde seine Zeit brauchen, erklärte sie mir. Da der für unsere Siedlung zuständige Häuptling nicht hier, sondern in einem Dorf westlich von hier wohnte, mußten wir uns wohl oder übel in Geduld fassen.

An einem Mittwoch früh meldete sich ein Indianer mit geschwollenem Gesicht bei Wynn. Nach einer kurzen Untersuchung kam mein Mann zu mir in die Küche.

„Hast du heißes Wasser?“ fragte er mich.

Ich zeigte auf den Kessel auf der Herdplatte, und Wynn holte eine Schüssel hervor, legte ein paar primitive Instrumente hinein und übergoß diese dann mit dem kochenden Wasser.

„Was hast du denn damit vor?“ erkundigte ich mich interessiert.

„Reneau hat einen schlimmen Zahn, und der muß raus.“

„Du willst ihn doch nicht etwa eigenhändig ziehen?“ fragte ich ungläubig.

„Wir haben sonst niemanden hier, der es machen könnte“, antwortete Wynn. „Es sei denn, daß du dich gern einmal als Zahnarzt versuchen möchtest“, fügte er dann mit einem spitzbübischen Grinsen hinzu.

„Nein, herzlichen Dank. Auf dieses Vergnügen verzichte ich lieber“, entgegnete ich ohne Zögern.

Dann wurde Wynn plötzlich ernster.

„Weißt du, Elisabeth, es ist vielleicht besser, wenn du wirklich darauf verzichtest, denke ich“, sagte er und drehte die Instrumente in der Schüssel um. „Wie wär’s, wenn du einen kleinen Spaziergang machst, sagen wir, für eine halbe Stunde?“

Ich muß recht verwundert dreingeschaut haben.

„Ich habe keine Betäubungsmittel zur Hand. Ohne Schmerzen wird es aber nicht abgehen.“

Ich begriff, daß Wynn mir den Anblick und die Begleitumstände der „Operation“ ersparen wollte.

„Ich gehe einkaufen“, sagte ich kurz entschlossen.

Es brauchte nicht lange, bis ich mich für den Gang ins Dorf hergerichtet hatte. Wynn war noch immer bei dem nervös zitternden Reneau. Ich wußte nicht zu sagen, welchem der beiden Männer am meisten vor dem Eingriff graute: Reneau oder Wynn.

Da ich im Grunde nichts aus dem Geschäft brauchte, beschloß ich, Nimmie einen Besuch abzustatten. Auf mein Anklopfen erhielt ich jedoch keine Antwort. Ich sah mich suchend um und entdeckte sie unter einer Gruppe von hohen Pappeln, nicht weit von ihrem Garten entfernt. Sie hatte eine Schar von Dorfkindern um sich versammelt. Um sie nicht zu stören, trat ich leise näher. Nimmie erzählte gerade eine Geschichte, und alle Augenpaare waren auf sie geheftet. Es mußte eine fesselnde Geschichte sein, die sie erzählte, denn keins der Kinder rührte sich.

Ich blieb stehen und hörte zu.

„... und der Mann war groß – größer als ein schwarzer Bär, sogar noch größer als ein Grizzly. Er trug einen langen Jagdspeer bei sich und Pfeil und Bogen dazu. Die Pfeilspitzen waren sehr, sehr giftig. Alle hatten Angst vor diesem Mann. Sie fürchteten sich vor seinem Zorn, weil er wie ein Donnerschlag brüllen konnte; sie fürchteten sich vor seinem Speer, weil er so schnell wie der Blitz sein Opfer traf. Sie fürchteten sich vor seinen Giftpfeilen, weil sie so tödlich wie die Fänge einer rasenden Wölfin waren. Alle Menschen hatten entsetzliche Angst vor ihm. Niemand wagte es, ihm zu widersprechen. Lieber wollten sie seine Sklaven bleiben. Jedesmal, wenn die Männer aus dem Wald von ihren Tierfallen zurückkehrten, mußten sie ihm ihre schönsten Felle geben. Nach jedem Fischzug verlangte er einen Teil ihrer Beute. Von jedem Elchbullen, den sie erlegten, mußten sie ihm die besten Fleischstücke abgeben. Sie haßten ihn, weil er ihnen das Leben sauer machte, aber sie wagten es nicht, ihn zum Kampf herauszufordern.

Und dann kam plötzlich ein junger Mann, fast noch ein Kind, und sagte: ‚Ich will mit ihm kämpfen.‘ – ‚Das kannst du nicht‘, sagten die Häuptlinge zu ihm. ‚Du hast ja gar keinen Kopfschmuck aus Zauberfedern. Du hast auch keinen Zaubertrank. Unmöglich kannst du es mit ihm aufnehmen!‘ – ‚Doch, das kann ich‘, widersprach der Junge. David hieß er. ‚Ich kann ihn besiegen, weil mein Gott bei mir ist. Der wird für mich kämpfen.'"

Gebannt hörte ich der Geschichte zu. Mit solchen Bildern hatte ich die Begegnung zwischen David und dem Riesen Goliath noch nie gehört. Es überraschte mich, daß Nimmie die Geschichte überhaupt kannte. Woher nur? Sie hatte doch keine Missionsschule besucht. Und warum erzählte sie den Kindern die Geschichte auf Englisch? Die wenigsten unter ihnen konnten Englisch verstehen.

Was ich sah, fesselte mich. Wie oft erzählte Nimmie den Kindern aus der Siedlung Geschichten, und wie viele von ihren Geschichten mochten aus der Bibel stammen? Deutete sie diese biblischen Geschichten wohl immer in die indianische Kultur um?

„‚Seht mal', sagte David, ‚hier ist mein kleiner Bogen und meine fünf bewährten Pfeile. Gott wird den Flug meiner Pfeile lenken. Vor dem Bären Goliath habe ich keine Angst. Er war böse in Gottes Augen, und darum muß er jetzt sterben.'

Da hat David seinen kleinen Bogen genommen und die fünf Pfeile dazu. Damit ist er furchtlos durch das Tal auf den schrecklichen Feind zugegangen. Goliath lachte ihn grimmig aus. ‚Treibt ihr Scherz mit mir?' rief er den anderen zu. ‚Warum schickt ihr ein jämmerliches Bürschlein anstatt eines Kriegers daher? Schämen solltet ihr euch! Ich kann euren elenden Anblick nicht mehr ertragen. Und diesen Zwerg hier, den werde ich den Vögeln und Füchsen zum Fraß geben.'

Aber David rief dem baumlangen Kerl entgegen: ‚Ich komme nicht als Kind. Ich komme auch nicht als Krieger, sondern ich komme im Namen des lebendigen Gottes, denn du hast dich gegen diesen Gott versündigt.' Er spannte einen von den fünf Pfeilen in die Sehne, flüsterte ein Gebet, daß Gott ihn auf den Flügeln des Windes lenken möge, und zog mit aller Kraft an.

Der Pfeil traf mitten in sein Ziel. Mit einem entsetzlichen Todesschrei stürzte der mächtige Krieger zu Boden."

Hatte ich daran gezweifelt, daß die Kinder die englischen

Worte verstanden, so überzeugte mich der Ausruf des Erstaunens, der nun von allen Seiten erklang, vom Gegenteil. Sie jubelten über den Sieg des Helden David.

Als wieder Ruhe eingekehrt war, fuhr Nimmie fort.

„David lief zu dem toten Riesen, schlug ihm mit einem Hieb den Kopf ab und setzte sich selbst den prächtigen Federschmuck auf. Dann nahm er den langen Speer, Pfeil und Bogen des Mannes und trug sie zu seinem eigenen Stamm. Nun brauchten sie dem bösen Riesen nicht mehr zu dienen. David hatte ihn besiegt, weil er im Namen seines Gottes gegen ihn gekämpft hatte."

Wieder ertönte lautes Jubelgeschrei.

„So, nun müßt ihr aber wieder nach Hause gehen", sagte Nimmie.

„Noch eine Geschichte! Nur noch eine! Eine einzige noch!" bettelten ein Dutzend Kinderstimmen.

„Genau das habt ihr beim letzten Mal auch gesagt", lachte Nimmie. „Ich habe nachgegeben und noch eine Geschichte erzählt, und jetzt wollt ihr noch mehr. Marsch, nach Hause mit euch!"

Widerwillig trollten sich die Kinder davon, und auch Nimmie stand auf. Erst jetzt bemerkte sie meine Gegenwart. Ihr Gesicht zeigte Überraschung, doch sie schien nicht im geringsten verlegen oder verstört zu sein.

„So eine Rasselbande!" sagte sie. „Am liebsten würden sie sich den lieben langen Tag Geschichten erzählen lassen. – Bitte, komm nur rein, Elisabeth! Ich koche uns eine Kanne Tee. Wartest du schon lange auf mich?"

„Nein, gar nicht, und außerdem habe ich gern zugehört. Erzählst du den Kindern oft solche Geschichten?"

„Oft? Nun, ich denke schon, aber nicht oft genug. Ich weiß gar nicht, wer den größeren Spaß dabei hat: die Kinder oder ich! Aus Spaß tue ich so, als wäre es mir eine Qual."

Wieder lachte sie und ging voraus zum Haus.

„Aber du hast sie auf Englisch erzählt", bemerkte ich. „Verstehen sie dich überhaupt?"

„Sie verstehen mehr, als man für möglich halten würde. Sie begreifen zwar nicht jedes einzelne Wort, das sie hören, aber mit jedem Mal, wenn ich eine Geschichte wieder neu erzähle, lernen sie mehr."

„Und du hast eine Geschichte aus der Bibel erzählt", fuhr ich, noch immer verwundert, fort.

„Ja, die Geschichten aus der Bibel lieben sie über alles."

Ich wollte sie nicht fragen, woher sie selbst die biblischen Geschichten kannte.

„Auch ich liebe diese Geschichten sehr", beantwortete sie dann meine unausgesprochene Frage. „Als ich Englisch lernte, las ich oft in der Bibel. Damals hatten wir nicht viele andere Bücher, so daß mein Mann sie als Lehrbuch für mich benutzt hat. Die Geschichten darin gefielen mir so sehr, daß ich noch immer darin lese, obwohl ich nun viele Bücher habe. Sie ist ein gutes Buch."

Sie öffnete die Tür und ließ mich eintreten.

„Die Geschichten von Jesus gefallen mir am besten", fuhr sie fort. „Die Kinder mögen sie auch gern. Darum erzähle ich sie oft: die Geschichte von dem kleinen Jungen mit seinen Fischen und Broten; die Geschichte von dem Kanu, das in einen schweren Sturm geriet; die Geschichte von dem blinden Mann, dem Jesus Heilsalbe auf die Augen gestrichen hat. Ja, das sind wundervolle Geschichten!"

„Weißt du, Nimmie", sagte ich, „das Schönste an diesen Geschichten ist, daß sie sich tatsächlich einmal ereignet haben. Das hat sich alles so zugetragen."

Sie sah mich so überrascht und erstaunt an, daß ich stotterte: „Hat ... hat John dir denn nicht gesagt, daß ... daß die Bibel wahr ist? All die Geschichten, all die Begebenheiten darin ..."

„Sie sind alle wahr?" fragte Nimmie grenzenlos verwundert.

„Ja, das sind sie."

„Auch die Geschichten von Jesus?"

„Aber natürlich!"

„Auch, daß er ohne Grund von diesen bösen Menschen getötet wurde?"

Ich nickte.

„Ja, das stimmt."

Ein Schweigen entstand. Nimmie sah von mir auf die Bibel, die auf einem kleinen Tisch lag. Ihre Augen begannen sich mit Zorn zu füllen.

„Aber das ist eine unerhörte Schande!“ rief sie empört. „Wie konnten sie das nur tun? Das sieht dem weißen Mann ähnlich – einen Mann aus ihren eigenen Reihen zu töten! Niemals würde ein Indianer so etwas tun. Auf ihre Gräber sollte man spucken. Ihre Überreste sollte man den Hunden zu fressen geben!“ Aus ihren dunklen Augen loderte der Zorn, und ihre Nasenflügel bebten.

„Ja, es war eine Schandtat“, gab ich ihr recht. Ich war über ihren Gefühlsausbruch erschrocken. „Aber so einfach verhält es sich nicht. Der Grund, weshalb Jesus sterben mußte, liegt viel tiefer. Wenn du möchtest, können wir es gemeinsam in der Bibel nachschlagen. Ich zeige dir gern die ganze Geschichte von Anfang an.“

Sie wurde ruhiger.

„Er ist nicht für immer tot geblieben, weißt du“, fuhr ich fort.

„Wie? Ist das auch wahr?“ fragte sie erstaunt.

„Ja, auch das ist wahr.“

Sie schwieg einen Moment lang.

„Dann möchte ich mehr darüber wissen.“

Ich lächelte.

„Gut! Sollen wir gleich morgen damit anfangen? Besuch mich doch bitte, ja?“

Sie nickte und stand auf, um den Tee zu kochen. Über die Schulter hinweg sagte sie zu mir: „Elisabeth, es tut mir leid … ich meine, was ich vorhin über den weißen Mann gesagt habe. Es ist nur … manchmal … also, manchmal verstehe ich die Menschen einfach nicht. Sie zerreißen sich gegenseitig. Es ist schlimmer als unter den Wölfen und Füchsen.“ Diesmal hatte sie nicht ausdrücklich von dem weißen Mann gesprochen, obwohl ich vermutete, daß sie ihn damit gemeint hatte.

„Ja, ich weiß“, gab ich ihr beschämt recht. „Auch ich verstehe es nicht. Soweit hätte es nie kommen dürfen. Jedenfalls wollte Gott nicht, daß sich die Menschen gegenseitig hassen und töten. Es ist nicht richtig. Gott möchte, daß wir einander lieben und uns untereinander helfen."

„Weiß das der weiße Mann auch?"

„Manche von ihnen schon."

„Hat der weiße Mann die Bibel nicht schon seit vielen Hunderten von Jahren in den Händen?"

„Ja, schon seit langem."

„Warum liest er sie dann nicht und handelt danach?"

Ich schüttelte ratlos den Kopf. Nimmies Frage war berechtigt.

„Das weiß ich auch nicht", gestand ich schließlich. „Ich weiß es wirklich nicht."

## Das Buch der Bücher

Am nächsten Tag begannen wir, gemeinsam in der Bibel zu lesen, wie wir es vereinbart hatten. Dazu trafen wir uns zwar nicht jeden Tag, aber dennoch regelmäßig. John schien keine Einwände dagegen zu haben, und Wynn unterstützte unser Vorhaben voll und ganz.

Nimmie lernte schnell, und als wir Gottes Plan für seine Schöpfung Stück für Stück betrachteten, lebte Nimmie auf.

„Ach, wenn Katherine doch jetzt nur hier sein könnte!" rief sie wehmütig. „Sie muß unbedingt davon erfahren!"

Ich meinerseits hatte meine Zweifel, ob Katherine ihre Verbitterung auch nur so lange überwinden könnte, um eine Weile zuzuhören, doch Nimmie bestand darauf.

„Würde es dir etwas ausmachen, wenn ich sie beim nächsten Mal mitbringe?"

„Nein, ganz und gar nicht. Ich ... ich bin mir nur nicht sicher, ob sie auch tatsächlich kommen würde. Ich habe sie schon mehrmals zu mir eingeladen, aber sie ist noch kein einziges Mal darauf eingegangen."

„Hast du sie zum Bibellesen eingeladen?"

„Nein, das nicht gerade. Nur einfach zum Tee. Aber wenn sie nicht einmal zum Tee kommen will, dann wird sie bestimmt nicht zum Bibellesen kommen."

„Das ist einen Versuch wert", meinte Nimmie. „Ich werde sie fragen."

Als Nimmie zum nächsten Besuch kam, hatte sie tatsächlich Katherine im Schlepptau. Wie sie dieses Wunder vollbracht hatte, wird mir immer ein Rätsel bleiben. Ich bemühte mich, mein Erstaunen zu verbergen, als ich sie an der Tür begrüßte.

Katherine runzelte die Stirn, als wir unsere Bibeln aufschlugen und zu lesen begannen. Sie hatte ihre eigene Bibel mitgebracht, doch diese wies keine Spuren häufiger Benutzung auf. Den ganzen Vormittag lang hüllte sie sich in Schweigen, während Nimmie das Lesen immer wieder unterbrach, um eine Frage zu stellen oder eine Anmerkung zu machen. Sie wollte um jeden Preis die volle Bedeutung jedes Wortes erfassen, seitdem sie wußte, daß die Bibel wahr ist.

Als sich die beiden Frauen später verabschiedeten, sagte ich ihnen, daß ich mich schon auf unsere nächste Zusammenkunft freute. Katherine runzelte die Stirn und teilte mir in unmißverständlicher Weise mit: „Rechnen Sie nicht mit mir! Ich bin heute nur mitgekommen, weil diese Frau hier mir keine Ruhe gelassen hat. Außerdem steht nichts in diesem Buch, das ich nicht schon längst weiß. Ich bin nämlich kein Heide, müssen Sie wissen. Ich bin kirchlich erzogen worden."

„Dann vermissen Sie die Kirche bestimmt sehr", sagte ich leise.

Sie warf mir einen kühlen Blick zu.

„Auch ich bin in einer Kirchengemeinde aufgewachsen", fuhr ich fort, „und wenn es etwas gibt, das mir hier im Norden fehlt, dann ist es der Gottesdienst am Sonntag."

Sie schnaubte verächtlich, kniff die Lippen zusammen und marschierte zur Tür hinaus.

Nimmie sah mich traurig an und folgte dann ihrer Schwägerin ins Freie.

Wie es möglich war, konnte ich mir nicht erklären, aber zu unserer nächsten Zusammenkunft erschien mit Nimmie eine etwas widerwillige Katherine, ihre Bibel unter dem Arm.

Ich ließ keine Bemerkung darüber fallen, sondern begrüßte die beiden herzlich, bevor wir mit unserem Bibelstudium begannen.

Das Wetter kühlte sich deutlich ab. Tag für Tag zogen große Enten- und Gänseschwärme hoch am Himmel nach Süden.

Die Bäume waren schwarz und kahl, und am Boden raschelte das Laub. Die Felle der Tiere wurden dichter, und die Männer im Dorf sprachen von einem langen, harten Winter.

Wynn ließ einen großen Vorrat an Brennholz anlegen, und wir trafen alle notwendigen Vorbereitungen für die Kälte, die uns nun bevorstand.

Der unvermeidliche Tag kam. Ein eisiger, heulender Nordwind brachte klirrenden Frost und Schneegestöber mit sich. Unser erster Schneesturm war über uns hereingebrochen. Ich war unendlich dankbar, daß Wynn zu Hause in Sicherheit war und nicht irgendwo in der Wildnis von dem Unwetter überrascht wurde.

Trotz des Feuers im Herd sank die Temperatur in unserer Hütte unaufhaltsam. Wynn zündete ein Feuer im Kamin an und verhängte Fenster und Türen mit Decken, um uns gegen den Frost zu schützen, doch das Innere der Hütte blieb kühl. Wir zogen mehrere Kleidungsstücke übereinander an, um unsere Körperwärme zu erhalten.

Am Abend dämmten wir das Feuer ein und gingen zeitig zu Bett. Wir hofften, daß das Unwetter sich bis zum Morgen legen würde. In der Nacht stand Wynn mehrmals auf, um das Feuer in Brand zu halten.

„Hoffentlich ist niemand zu Schaden gekommen“, sagte Wynn. „Für diese Jahreszeit ist der Sturm außergewöhnlich heftig. Mancher war womöglich nicht richtig dafür vorbereitet.“

Ja, es war sehr gefährlich, unversehens von einem solchen Unwetter überrascht zu werden.

Als wir am nächsten Morgen aufwachten, stellten wir zu unserer Enttäuschung fest, daß der Schneesturm noch immer nicht nachgelassen hatte. Mit unverminderter Heftigkeit heulte der Wind.

„Sieh doch mal“, sagte ich zu Wynn und zeigte auf das zu Eis gefrorene Wasser in der Waschschüssel. „Es ist wirklich kalt hier bei uns!“

Ich war gerade im Begriff, den Eisklumpen in den Abfalleimer zu werfen, doch Wynn hielt mich davon ab.

„Werf es nicht fort“, warnte er. „Wir werden es noch brauchen.“

„Du meinst, ich soll dieses abgestandene Wasser noch einmal aufkochen?“

„Wir wissen nicht, wann wir wieder Zugang zu frischem Wasser bekommen. Wir haben nur einen halben Eimer voll, und den werden wir zum Kochen und als Trinkwasser brauchen. Das Waschwasser müssen wir solange wie irgend möglich benutzen.“

Als ich das Frühstücksgeschirr aufgewaschen hatte, verwahrte ich auch dieses Spülwasser in einer Schüssel auf dem Herd. Darin würde ich das Geschirr vom Mittagessen und vielleicht sogar vom Abendessen noch aufwaschen müssen.

Ich wollte mich gerade auf einen langen Tag mit Wynn daheim freuen, als er mit seiner schweren Pelzjacke aus dem Schlafzimmer kam.

„Wohin gehst du?“ fragte ich erschrocken.

„Ich muß zu dem Hudson's-Bay-Lager gehen und mich erkundigen, ob irgend etwas passiert ist. Es wird voraussichtlich nicht lange dauern, aber falls ich nicht in Kürze wiederkomme, brauchst du dich um nichts zu sorgen. Wir haben genug Brennholz vorrätig. Du wirst nicht zu frieren brauchen.“

Er gab mir einen Kuß.

„Und geh nur nicht nach draußen, Liebling“, warnte er mich. „Unter keinen Umständen! Sollte etwas Unvorhergesehenes geschehen, so daß ich bis zum Abend nicht zurückbin, schicke ich jemanden zu dir.“

Bis zum Abend? Welch eine bedrückende Aussicht!

Wynns kräftige Gestalt verschwand in dem dichten Schneetreiben. Ich sah ihm vom Fenster aus nach.

Noch nie war mir ein Tag so endlos erschienen wie dieser. Ich hatte keine Beschäftigung, außer das Feuer in Brand zu halten. Trotz der beiden Feuerstellen fror ich. Ich borgte mir ein Paar von Wynns Wollstrümpfen und zog meine Stiefel darüber. Dennoch fror ich erbärmlich.

Ich ging in der kleinen Stube auf und ab und schlug mit den Armen, um mich aufzuwärmen. Draußen tobte noch immer der Schneesturm. Bald wurde es wieder dunkel. Den ganzen Tag über war es nicht ausgesprochen hell gewesen, aber wenigstens hatte man den Tag von der Nacht unterscheiden können.

Schließlich kochte ich mir einen Tee. Dabei fiel mir ein, daß ich den Tag über vollkommen vergessen hatte, mir eine Mahlzeit zuzubereiten. Schade! Das Kochen hätte mir einen kleinen Zeitvertreib verschafft.

Lange nachdem ich die Lampe angezündet und sie vor das Fenster gestellt hatte, hörte ich Schritte, die sich näherten. Ich lief zur Tür. Es war Wynn. Er war gesund und munter zurückgekehrt. Vor Erleichterung wäre ich fast in Tränen ausgebrochen.

„Ist alles in Ordnung?“ fragte ich und fiel ihm in die Arme.

„Soweit wir wissen, ja“, antwortete er und klopfte sich den Schnee von den Stiefeln. „Wir mußten die verrückte Mary holen. Sie hatte kein Brennholz und hätte den Schneesturm bestimmt nicht bei lebendigem Leib überstanden.“

„Wer ist denn diese Mary?“

„Sie lebt allein, seitdem sie vor drei oder vier Jahren ihren Mann und ihre Kinder verloren hat. Sie wird ‚verrückte Mary‘ genannt – vielleicht zu Recht, vielleicht zu Unrecht; das weiß ich nicht sicher. Sie weigert sich jedenfalls standhaft, in die Siedlung zu ziehen, und sie regt sich leicht über alles mögliche auf. Sie war fuchsteufelswild, weil ich sie gegen ihren Willen aus ihrer Hütte ins Dorf gebracht habe.“

„Gegen ihren Willen?“

Er nickte.

„Sie hat sich geweigert, von selbst zu gehen.“

„Was hat sie denn getan? Hat sie sich mit Händen und Füßen gewehrt?“

„Nein, das nicht, aber sie hat keinen einzigen Schritt freiwillig gemacht. Ich habe sie aus der Hütte zum Schlitten getragen, und sie ist auch brav bis ins Dorf darauf sitzen geblieben. Dann mußte ich sie aber in die Hütte der Familie Lavoie tragen, weil sie sich nicht rühren wollte.“

Ich mußte über diese störrische Indianerin schmunzeln. Sie hatte ihre Meinung deutlich zu verstehen gegeben, das mußte man ihr lassen!

„Jedenfalls ist sie fürs erste in Sicherheit“, meinte Wynn. „Frau Sam glaubt, daß sie nicht ausbüchsen wird, solange der Schneesturm anhält.“

Ich war froh, daß die „verrückte Mary“ ein Dach über dem Kopf hatte. Was mochte sich nur hinter diesem sonderbaren Beinamen verbergen?

## Winter

Mit dem Einbruch des Winters mußten viele Männer aus der Siedlung ihre warmen Hütten verlassen, um ihre Fallen aufzustellen. Die Pelze, die sie um diese Jahreszeit erbeuteten, waren besonders wertvoll, weil sie jetzt am dichtesten waren, und jeder Trapper hatte sein eigenes Fanggebiet zugewiesen bekommen. Als ich Wynn einmal fragte, wie die Zuteilung dieser Gebiete vor sich ging, hatte er mir erklärt, daß es sich dabei um eine Art ungeschriebenes Gesetz handele. Wenn jemand seine Fallen im Bezirk eines anderen aufstellte, so galt das als ein schweres Vergehen.

Eigentlich kamen so gut wie keine Diebstähle hier im Norden vor. Niemand hielt es für notwendig, seinen Besitz hinter Schloß und Riegel zu sichern. Die Häuser waren unverschlossen, und Geräte standen unbewacht in den Höfen und Gärten. Die Hütten draußen in der Wildnis, die sich die Trapper für die Wintermonate gebaut hatten, standen auch anderen zur Benutzung offen. Die meisten Trapper hinterließen ihren etwaigen Gästen einen Vorrat an Brennholz und Decken, Streichhölzern und Konserven. Sie wußten, daß sie sich überall auf die gleiche Gastfreundschaft verlassen konnten.

In einer Gegend, in der fast niemals Diebstähle begangen wurden, stellte das Eindringen in das Fanggebiet eines anderen eine ernste Gefahr für die bestohlene Familie dar, weil durch einen solchen Pelzraub ihr Lebensunterhalt gefährdet war. Nur ein Verbrecher der gemeinsten Sorte beging eine solche Schandtat. Die Rache erfolgte zumeist umgehend und ging nicht selten tödlich aus. Niemand machte dem Bestohlenen Vorwürfe, sich selbst Recht verschafft zu haben. Deshalb mußten die Polizisten im Nordwesten des Landes ständig auf der Hut sein. Bei dem geringsten Verdacht auf einen Pelzraub mußte der Täter ausfindig gemacht und zur Rechenschaft gezogen werden, um Totschlag oder gar Mord zu vermeiden. Wynn behielt die Fallen scharf im Auge und ging jedem Gerücht von Pelzraub auf den Grund.

Die meisten Fallensteller waren Männer, doch auch die verrückte Mary nahm ein kleines Gebiet für sich in Anspruch. Als der Schneesturm sich gelegt hatte, weigerte sie sich, auch nur einen weiteren Tag bei den Lavoies zu bleiben, und machte sich, dürftig gekleidet, wieder auf den Weg, um nach ihren Fallen zu sehen. Sie behauptete, daß ein Wilderer in ihr Gebiet eingedrungen war und ihr die Beute fortnahm.

Die meisten Dorfbewohner taten Marys Beschuldigungen als eins von ihren Hirngespinsten ab, doch Wynn nahm sie ernster. Er mußte den Verdacht als unbegründet zurückweisen, um wieder Frieden herzustellen. Als der Sturm vorüber war, machte er sich deshalb mit Schneeschuhen und dem Hundegespann auf den Weg, um der Sache auf den Grund zu gehen.

Wynns Hundegespann war in einer Einzäunung hinter dem Hudson's Bay-Geschäft untergebracht. Zum einen lagerten die Vorräte an Hundefutter dort, und zum anderen störte ihr Gebell auf diese Weise unsere Nachtruhe nicht.

Jeder einzelne Hund war von Wynns Vorgängern sorgfältig für das Schlittengespann ausgewählt worden. Dabei hatten Ausdauer, Verläßlichkeit und Kraft der Tiere die Hauptrolle gespielt. Weniger Wert hatte man auf eine verträgliche Wesensart gelegt. Einige von den Hunden waren geradezu bösartig, so daß sie in sicherer Entfernung von den anderen Hunden an die Kette gelegt werden mußten. Wynns Hunde waren nicht gerade meine Freunde. Das Einspannen in das Geschirr war ein hartes Stück Arbeit. Es kam vor, daß dabei ein Hund wie aus heiterem Himmel einen anderen anfiel, und bevor man eingreifen konnte, war das ganze Gespann in einen wütenden Kampf verstrickt. Schlitten und Geschirr waren dann ein einziges Durcheinander. Dennoch war das Hundegespann eine Notwendigkeit. Wynn benutzte es im Winter fast täglich.

Er hatte davon gesprochen, sich neue Hunde zu züchten und zu trainieren. Wenn man sie anders erzog, meinte er, wären sie nicht so wild und würden unterwegs weniger Probleme verursachen. Das hielt ich für eine gute Idee. Es würde zwar viel Zeit und Arbeit kosten, aber Wynn war ständig auf der Suche nach geeigneten Jungtieren.

Als er sich nach dem Schneesturm auf den Weg machte, um die Fallen der „verrückten Mary" zu überprüfen, wollte er die Gelegenheit nutzen, um auch bei einem Trapper namens Smith vorbeizuschauen, der einen Wurf Hunde zu verkaufen hatte. Smith lebte in der Nähe der westlichen Flußabzweigung. Am liebsten hätte ich Wynn begleitet, erwähnte aber nichts davon. Es herrschte noch immer eine eisige Kälte, und die Schneemassen waren meterhoch. Mit den Schlittenhunden würde Wynn ohnehin seine liebe Last haben. Da wollte ich ihm auf keinen Fall noch zusätzliche Mühe verursachen.

Wynn kam erst spät am Abend wieder nach Hause. Er hatte sich Marys Fallen zeigen lassen. Sie hatte ständig von „Beweisen" gesprochen und endlose Verdächtigungen geäußert. Das Fanggebiet hatte einmal ihrem Mann gehört, und nun hielt Mary es für ihren unveräußerlichen Besitz. Jemand war in ihr Gebiet eingedrungen, so behauptete sie, und fing die Beute, die ihr selbst zustand. Bisher hatte sie noch keine Überreste von gewilderten Tieren gefunden, doch die fremden Fallen tauchten immer dichter an ihren eigenen auf. Wynn konnte keine fremden Fallen in Marys Gebiet entdecken, aber Mary behauptete steif und fest, daß vor kurzem eine oder zwei aufgestellt worden waren. Das hatte sie aus den Spuren im Schnee geschlossen. Zum Beweis grub sie mit den Händen im Schnee, doch Wynn konnte ihre Beschuldigungen nicht gelten lassen. Er versprach ihr, daß er sich um die Sache kümmern würde, und wies sie an, sich sofort an ihn zu wenden, wenn sie Grund zu neuen Befürchtungen haben sollte.

Dann lenkte Wynn sein Schlittengespann in die Richtung von Smith Hütte. Der Mann war gerade unterwegs, als er eintraf. So machte Wynn ein Feuer im Herd und kochte sich eine Tasse Tee. Die jungen Hunde waren in einer Ecke der Hütte. Wynn beobachtete sie beim Spiel. Die Tiere machten einen gesunden, kräftigen Eindruck. Wynn war recht angetan von dem, was er sah.

Der Tag war schon fortgeschritten, ohne daß Smith heimgekehrt war. Wynn dämmte das Feuer ein, um die Hütte für die Rückkehr des Trappers warm zu halten. Schließlich holte er noch einen Vorrat an Brennholz herein und machte sich wieder auf den Heimweg.

Eins hatte Wynn an seinem Schlittengespann zu schätzen gelernt: unterwegs vergaßen die Hunde meistens ihre Raufereien und legten sich gemeinsam ins Geschirr. Sie galten als das schnellste Gespann weit und breit. Für einen Polizisten kam es vor allem auf Geschwindigkeit an. Manchmal konnten ein paar Minuten über Leben und Tod entscheiden.

Das Gespann brannte darauf, in den Stall zu kommen, so daß Wynn alle Hände voll zu tun hatte, um die Tiere zu zügeln. Auf ebener Strecke stellte er sich auf die Kufen; wenn der Weg über Hindernisse hinweg führte, stieg er ab und folgte dem Gespann auf seinen Schneeschuhen.

Als mein Mann mir am Abend, als wir vor unserem Kamin saßen, von seinen Erlebnissen berichtete, beneidete ich ihn beinahe ein wenig. Es machte gewiß großen Spaß, auf verschneiter Strecke hinter dem flinken Hundegespann durch die Landschaft zu gleiten. Wynn mußte den sehnsüchtigen Ausdruck in meinen Augen bemerkt haben, denn ein paar Tage später überraschte er mich mit der Frage: „Hast du Lust, einen kleinen Ausflug mit mir zu unternehmen?“

Ich sah aus dem Fenster. Der Tag war sonnig und klar. Kein Wind regte sich, und die weiße Schneelandschaft war wie auf einer Weihnachtskarte.

„Ich möchte bei der verrückten Mary nach dem Rechten sehen.“

„Muß man sie denn unbedingt ‚verrückte Mary‘ nennen?“ protestierte ich.

Wynn schmunzelte.

„Hier in der Umgebung gibt es vier Marys: die kleine Mary, die alte Mary, Joes Mary und die verrücke Mary. Unter diesen Namen sind sie in der Siedlung bekannt."

„Mag sein, aber ich finde diesen Beinamen trotzdem nicht schön. Er klingt so ... so herablassend."

„Das stimmt wohl. Meinen Beobachtungen nach könnten die Leute aber durchaus recht haben. Sie scheint tatsächlich unter irgendwelchen Wahnvorstellungen zu leiden. Es hat angefangen, als ihre Kinder an den Pocken starben. Ihr Mann war damals nicht bei ihr, und Mary war ganz allein. Alle fünf Kinder hatte sie sterben sehen, eins nach dem anderen. Seitdem war sie nicht mehr wiederzuerkennen. In der Stadt wäre sie bestimmt in eine Anstalt eingeliefert worden, wo man sich um sie gekümmert hätte. Hier muß sie für sich selbst sorgen. Aus anderen Menschen macht sie sich nichts, und sie nimmt auch niemandes Hilfe an. Hin und wieder, wenn das Wetter wirklich schlecht ist, dann legt ihr einer von den Dorfbewohnern ein Stück Fleisch vor die Haustür. Bedankt hat sie sich noch nie dafür, aber das Fleisch verschwindet; demnach scheint sie es anzunehmen."

Mary tat mir leid. Welch ein erbärmliches Dasein führte sie! Und wie traurig, weit und breit als verrückt zu gelten! Ich hatte sie zwar noch nie gesehen, aber gewiß gab es einen Weg, ihr zu helfen, wenn man sich nur Mühe gab.

„Du hast mir ja noch gar keine Antwort gegeben", riß Wynn mich aus meinen Gedanken.

„Der Ausflug? Ja, furchtbar gern sogar, obwohl ich nicht weiß, wohin du heute fährst."

„Ich möchte ein Auge auf Mary und ihre Tierfallen werfen. Anschließend will ich nachschauen, ob Smith daheim ist. Ich würde ihm nämlich gern zwei oder drei von seinen Hündchen abkaufen."

Ich strahlte.

„Ja, ich komme gern mit!"

„Ich spanne die Hunde ein. Zieh dir deine wärmsten Sachen an. Du mußt unbedingt deine Hose tragen!"

Ich beeilte mich. Um keinen Preis wollte ich Wynn warten lassen. Ich borgte mir ein Paar von seinen langen Unterhosen und zog die einst so verhaßte Männerhose darüber. Das Ergebnis war, daß ich mich nun kaum rühren konnte. Schließlich holte ich mir ein Paar von Wynns dicken Wollstrümpfen und schlüpfte in meinen schweren Wollpullover. Wegen der Fußbekleidung sorgte ich mich allerdings ein wenig. Ich besaß nichts auch nur halbwegs Geeignetes außer meinen Wanderschuhen, und diese würden meine Füße nicht lange vor Erfrierungen schützen können.

Wynn kam bald wieder ins Haus. Die Hunde hatte er draußen gelassen, fächerartig im Schnee angeordnet. Ich war noch immer damit beschäftigt, meine dickbestrumpften Füße in die Wanderschuhe zu zwängen.

„Hier, nimm diese!" sagte er. „Darin wirst du keine kalten Füße bekommen."

Damit reichte er mir ein Paar wunderhübsche, fellgefütterte Mokassins. Sie waren mit zierlichen Mustern aus Glasperlen und Federn versehen.

„Oh Wynn, wie hübsch!" rief ich begeistert. „Woher hast du die nur?"

„Ich hatte sie bei Frau Sam in Auftrag gegeben. Du brauchtest nämlich unbedingt wärmere Schuhe. Gerade heute morgen habe ich sie abholen können."

„Sie sind wirklich wunderhübsch!" schwärmte ich.

„Ja, das sind sie", meinte Wynn. „Und warm obendrein."

Ich begriff, daß die Mokassins zum Gebrauch, nicht zur Zierde bestimmt waren, und beeilte mich, sie anzuziehen. Zuletzt streifte ich noch meine dicken Fausthandschuhe über und folgte dann Wynn nach draußen.

Da ich nicht an Schneeschuhe gewöhnt war, durfte ich auf dem Schlitten fahren. Wynn stapfte neben oder hinter mir her und rief den Hunden seine Befehle zu. Sie gehorchten ihm aufs Wort. Vielleicht war das Gespann gar nicht so schlecht, wie ich gedacht hatte. In ihrem Geschirr legten sie jedenfalls ein weitaus besseres Benehmen an den Tag als im Freien. Sie stiegen in meiner Achtung, als wir nun durch die weiße Winterlandschaft glitten.

„Hui, das macht aber Spaß!“ rief ich Wynn zu, nachdem der Schlitten über eine Schneewehe geflogen war. Er mußte über meine kindliche Begeisterung lachen.

Wir kamen an eine Stelle, wo der Wind den Schnee fast weggefegt hatte.

„Möchtest du ein Weilchen zu Fuß gehen?“ fragte Wynn. Ich nickte und kletterte von dem Schlitten herab, um ihm und dem Hundegespann zu folgen.

Die Hunde wären mir längst davongerannt, wenn ich mich nicht regelrecht gesputet hätte. Offensichtlich bremste Wynn sie durch seine Befehle schon so gut wie möglich, und dennoch vergrößerte sich die Entfernung zwischen mir und ihnen. Ich lief schneller, was wegen der schweren Kleidung, die ich trug, recht beschwerlich war. Schließlich brachte Wynn das Gespann zum Stehen, und ich ließ mich lachend und völlig außer Atem wieder auf den Schlitten fallen. So erschöpft ich war, so hatte mir der kleine Dauerlauf doch gutgetan.

Wynn fand die verrückte Mary draußen bei ihren Tierfallen vor. Sie war eine kleine Frau – eigentlich viel zu zierlich, um diese Männerarbeit zu verrichten, dachte ich. Ich begann, mich ernsthaft um sie zu sorgen.

Ihr glattes, rabenschwarzes Haar trug sie ziemlich kurz. In der Vormittagssonne hatte sie ihre Kapuze zurückgestreift, so daß ihr das Haar ständig ins Gesicht fiel. Zwischen den Strähnen hindurch spähten schwarze, wie Kohle glühende Augen hervor. Ich sah mehrere Narben in ihrem Gesicht und machte mir dann klar, daß sie als einzige die Pockenepidemie überlebt hatte. Auf dem Rücken trug sie eine Art Ledersack, aus dem Fellstücke herausragten. Offensichtlich enthäutete sie ihre Beute, wo sie sie fand, warf die Überreste fort und steckte die Felle in ihren Sack. Von Wynn wußte ich, daß ein Trapper die Pelze daheim sofort reinigte und sie zum Trocknen in einen hölzernen Rahmen spannte. Wenn Mary am Abend nach Hause kam, wartete demnach noch ein hartes Stück Arbeit auf sie.

Ich blieb in der Nähe des Schlittens, während Wynn mit ihr sprach. Wenn ich der Unterhaltung auch nicht folgen konnte, so merkte ich Mary dennoch an, wie aufgebracht sie war. Sie ruderte mit den Armen, schlug die Fäuste gegeneinander und stieß hohe, schrille Schreie wie ein verwundetes Tier aus. Es war mir ein Rätsel, ob sie Wynn damit etwas schildern wollte, das tatsächlich geschehen war, oder ob sie nur ihren Zorn zum Ausdruck brachte.

Nach mehreren Minuten kam Wynn zu unserem Schlitten zurück.

„Nun?" fragte ich.

„Sie behauptet immer noch, daß jemand ihr Fallenrevier bedroht."

„Hältst du es für möglich, daß sie recht hat?"

„Ich weiß es nicht. Das ist schwer zu beurteilen, wenn die Grenzen zwischen den Gebieten nicht deutlich sichtbar markiert sind."

Ich winkte Mary zum Abschied zu, und wir machten uns wieder auf den Weg. Da stand sie, diese kleine Frau, inmitten des verschneiten Waldes. Ganz allein kämpfte sie gegen den ungesehenen, unbekannten Feind an. Sie tat mir sehr leid. Ich weigerte mich, sie für verrückt zu halten. Wenn man ihr schon einen Beinamen geben mußte, dann sollte man sie vielleicht „tapfere Mary" oder „Trapper-Mary" nennen. Es war wirklich nicht nötig, sie als „verrückte Mary" zu bezeichnen.

Smiths Schlittenhunde lagen vor seiner Hütte an der Kette. Sie knurrten und kläfften, als wir uns näherten. Smith kam selbst an die Tür. Als er Wynns Uniform unter seiner Pelzjacke entdeckte, winkte er uns herein. Gewiß bekam er nicht oft Besuch.

Er war nicht sehr gesprächig, aber er grinste zur Begrüßung und kochte uns dann eine Blechkanne voll heißem starkem Tee.

Wir tranken ihn in kleinen Schlücken. Ich bekam den einzigen Stuhl der Hütte zugewiesen, während die beiden Männer sich, halb an die Wand gelehnt, auf den Boden hockten.

Sie unterhielten sich über Fallenbezirke, Pelze und den Pelzmarkt. Ich beteiligte mich nicht an dem Gespräch, weil ich viel zu sehr damit beschäftigt war, den kleinen Hündchen in ihrer Ecke beim Spielen zuzuschauen. Wie flauschige, weiche Bälle sahen sie aus! Ihre winzigen Knopfaugen glitzerten munter, und ihre Schwänze waren gebogen. Es erschien mir unvorstellbar, daß aus diesen niedlichen Tierchen einmal bedrohlich große, knurrende, kampflustige und bösartige Bestien werden sollten. Schon jetzt hatten sie eine beachtliche Größe erreicht und waren gewiß längst entwöhnt.

Nach ein paar Minuten schien Smith daran gelegen zu sein, zur Sache zu kommen.

„Was führt Sie zu mir, Sergeant?“ fragte er Wynn.

Es gehörte einerseits zu Wynns Aufgaben, sich überall über die Geschehnisse im Umkreis auf dem laufenden zu halten; andererseits war es aber auch hier und da angezeigt, ein wenig an Informationen in Umlauf zu setzen.

„Mary hat gemeldet, daß jemand zu dicht an ihren Fallen wildert“, entgegnete Wynn und behielt den Mann dabei aufmerksam im Auge.

„So ein Unfug! Sie ist doch diejenige, die ihre Grenzen ständig weiter zieht! Seit Jahren betreibt sie Pfuscherei mit ihren Fallen, und jetzt, wo sie keine Beute mehr findet, rückt sie immer weiter aus ihrem Gebiet heraus. Haben Sie gesehen, wo sie ihre Fallen aufstellt?“

Wynn nickte. Der Trapper holte eine handgezeichnete Landkarte aus dem Regal in der Ecke und breitete sie auf dem Tisch aus.

„Hier, sehen Sie mal!“ sagte er aufgebracht. „Hier ist mein Bezirk. Der gehört mir schon seit Urzeiten. Er folgt dem Flußlauf hier, geht an den Kiefern hier nach Norden, im Tal entlang bis zu dem Biberdamm, weiter nach Westen und an der Hügelkette zurück. Jeder Trapper weit und breit weiß, daß das mein Bezirk ist. Und sie? Sie stellt doch sage und schreibe ihre Fallen hier auf, und ein paar hier!“ Mit dem Zeigefinger trommelte er auf die Karte, um das Gesagte zu unterstreichen. „Und als ich das letzte Mal nachgeschaut hab’, da standen doch tatsächlich sogar zwei Fallen hier drüben!“

Smith war offensichtlich erbost.

„Wenn sie keine Frau wär', und eine verrückte dazu, dann ..." Er führte den Satz nicht zu Ende.

Wynn betrachtete die Landkarte eingehend.

„Ich werde alles überprüfen", versprach er dann ruhig. „Es ist höchste Zeit, daß wir feststellen, wer hier in wessen Gebiet eingedrungen ist."

Dann richtete Wynn seine Aufmerksamkeit auf die jungen Hündchen, die tolpatschig auf dem Fußboden spielten.

„Ich bin auf der Suche nach jungen Schlittenhunden", sagte er. „Habe gehört, daß Sie gesunde Tiere haben. Diese Kerlchen hier machen ja einen munteren Eindruck. Sind sie zu verkaufen?"

Zum ersten Mal seit unserer Ankunft sah ich Smith lächeln. Er bückte sich und hob eins der Fellknäuelchen hoch. Das Hündchen schnappte verspielt nach seinem Daumen. Smith strich ihm über den flauschigen Rücken und rieb ihm die Ohren.

„So ungern ich mich auch von ihnen trenne, aber was sein muß, muß sein. Hab' selbst mehr als genug Schlittenhunde. In ein paar Wochen gibt es noch einen Wurf. Welchen hätten Sie denn gern?"

Ich für meinen Teil wußte genau, welchen ich am liebsten haben würde. Es war ein kleines Kerlchen mit einem wollig-weichen Schwanz, der sich über seinen Rücken bog. Silbergrau war er, und er hatte schwarze, glänzende Augen und eine klebrige, rote Zunge, mit der er mir den Schnee von den Mokassins geleckt hatte.

Ich wartete gespannt auf Wynns Antwort.

„Was meinst du, Elisabeth? Welchen würdest du denn an meiner Stelle nehmen?" Seine Frage überraschte mich.

„Wie viele brauchst du denn?"

„Ich dachte, ich fange am besten mit zwei Hunden an."

„Für dein Schlittengespann?"

„Wozu würden wir sie sonst brauchen?"

Ich hob das putzige kleine Fellknäuel in meine Arme. Das Hündchen leckte mir die Finger. Ob es mich mochte? Ich fand es jedenfalls allerliebst.

„Hm, ich dachte – vielleicht wäre es keine schlechte Idee, einen Hund im Haus zu halten. Ich meine, dann hätte ich Gesellschaft, und ..."

„Was? Du möchtest einen Hund haben?" fragte er erstaunt.

„Ja!" antwortete ich entschlossen.

Er lachte und sagte dann leise: „Und ich habe immer geglaubt, daß du dich vor Hunden fürchtest!"

„Vor den Dorfhunden schon. Die knurren und bellen so bösartig und schnappen nach einem. Ansonsten mag ich Hunde eigentlich gern. Wirklich! Wenn ich einen eigenen Hund hätte, dann würde ich mich nicht so – nun, so einsam und so unbeschützt fühlen, wenn du unterwegs bist."

Wynn begriff, daß ich es ernst meinte.

„Also schön", lächelte er. „Du bist zuerst an der Reihe."

„Zuerst an der Reihe?"

„Ja, du darfst dir dein Schoßhündchen zuerst aussuchen."

Das war keine schwierige Entscheidung. Ich hielt meinen Liebling ja schon in den Armen.

„Diesen hier", sagte ich, ohne zu zögern.

Smith und Wynn grinsten mich beide an, als ich wieder aufsah.

„Nun, was meinen Sie, Smith?" fragte Wynn zum Scherz.

„Da ist Sie Ihnen aber mächtig zuvorgekommen, Ihre kleine Frau", schmunzelte Smith.

Ich muß wohl sehr verwundert dreingeschaut haben.

„Ja, das glaube ich auch. Hat sich das beste Tier aus dem ganzen Wurf ausgesucht! Den hatte ich eigentlich als Leittier vorgesehen." Wynn trat zu mir und strich dem Hündchen über das Fell. Es knurrte verspielt und streckte die Pfote nach der Männerhand aus.

Ich war rundherum glücklich darüber, eine ausgezeichnete Wahl getroffen zu haben. Andererseits hatte Wynn den Hund für sein Schlittengespann bestimmt. Vielleicht sollte ich ... „Hier, bitte nimm ihn", sagte ich und reichte ihm das Hündchen. „Du brauchst ihn schließlich. Ich kann auch ohne ihn auskommen."

Wynn strich mir über die Wange.

„Nein, behalte ihn nur. Ich glaube, er ist goldrichtig für dich. Für mich sind noch genug andere Hunde da. Sie haben allesamt das Zeug zu prima Schlittenhunden, scheint mir."

Wynn traf seine Wahl. Auch seine beiden Hündchen waren niedlich, aber ich war doch froh, daß er mir erlaubt hatte, als erste zu wählen. Mein Mann händigte Smith das Geld für die Tiere aus, und wir nahmen sie, um uns auf den Heimweg zu machen. Die kleinen Kerlchen waren nicht einfach zu transportieren. Wynn hatte mehr Glück als ich dabei. Er steckte seine beiden Hündchen in seinen Rucksack, so daß nur die Köpfe oben herausschauten. Sie sahen aus großen Augen zu, wie wir durch den Schnee fuhren.

Mein kleiner Freund stellte sich als schwieriger heraus. Ich bestand darauf, ihn auf dem Schoß zu halten. Doch mein fester Griff behagte ihm nicht, und er versuchte, sich winselnd meinen Händen zu entwinden. Ich wußte mir keinen Rat mehr, als er endlich aufgab, sich zufrieden auf meinem Schoß zusammenrollte und einschlief.

Zärtlich strich ich ihm über das weiche Fell. Ich war überglücklich, endlich einen eigenen Hund zu haben. Da ich in einer Großstadt aufgewachsen war, hatten wir nie ein Haustier gehabt. Meine Eltern hatten mir erklärt, daß sich Hunde in der Enge unseres Hauses nicht wohl fühlen würden. Insgeheim hatte ich mir seit jeher ein Tier gewünscht. Vielleicht hatte ich auch aus diesem Grunde die kurze Zeit genossen, in der ich meine Lehrerinnenwohnung mit Napoleon, der Feldmaus, geteilt hatte. Und nun hatte ich endlich einen richtigen Hund! Und was für ein hübsches Kerlchen! Ich würde ihm selbst einen Namen geben. Einem Hund wie diesem gebührte ein imposanter Name, überlegte ich. Herzog vielleicht, oder Prinz oder Marschall? Nein, das alles klang irgendwie zu gewöhnlich.

Plötzlich fiel mir etwas ein. Ich setzte mich seitwärts auf den Schlitten.

„Wynn", rief ich über das Kratzen der Schlittenkufen auf

dem Schnee und das Kläffen der Tiere hinweg, „brauche ich eigentlich einen Mädchennamen oder einen Jungennamen für mein Hündchen?“

Lachend rief Wynn mir zu: „Es ist ein Männchen, mein Schatz!“

# Ein eigenwilliger Gast

Ich nannte meinen Hund Kip. Was mich ausgerechnet zu diesem Namen bewegt hatte, wußte ich selbst nicht zu sagen. Irgendwie paßte er zu dem Hündchen. Kip war ein kluges Kerlchen, und Wynn hatte gemeint, daß man mit dem Dressieren nicht früh genug anfangen konnte. Deshalb verlor ich keine Zeit. Ich wußte zwar nicht viel über Hunde, aber Wynn hatte mir erklärt, Gehorsam sei das A und O, wenn ein Hund seinem Herren von Nutzen sein sollte. Mein Mann gab mir praktische Hinweise und half mir sogar an manchen Abenden, wenn er nicht anderweitig gebraucht wurde.

Es war erstaunlich, wie schnell Kip heranwuchs. Beinahe über Nacht wurde aus dem putzigen Fellknäuel ein schlaksig wirkendes, verspieltes Jungtier. Er war ein Hund von bemerkenswerter Schönheit. Sein Schwanz bog sich über dem dunklen Fell mit den silberfarbenen Spitzen. Er war von Neugier und Aufmerksamkeit beseelt und lernte schnell. Ich hatte ihn auf den ersten Blick ins Herz geschlossen, und er sorgte für Abwechslung in meinem oft eintönigen Alltag, so daß mein Leben durch ihn bereichert wurde.

Weil Kip Auslauf brauchte, unternahm ich viele Spaziergänge mit ihm. Auch mir tat die Bewegung an der frischen Luft gut. Als die Schneedecke immer höher wurde, so daß man zu Fuß kaum mehr vorwärts kam, bat ich Wynn um ein Paar Schneeschuhe, um nicht gänzlich auf die Spaziergänge verzichten zu müssen. Wynn besorgte mir die Schneeschuhe und zeigte mir, wie man damit umgeht. Wenn ich das Schneeschuhlaufen bisher für ein Kinderspiel gehalten hatte, sollte ich nun eines Besseren belehrt werden. Es brauchte sehr viel Übung, um nicht ständig zu stürzen. Kip fand meine Gehversuche lustig. Jedesmal, wenn ich wieder im Schnee gelandet war, kam er herbeigerannt, um mir das Gesicht zu lecken und mich von Kopf bis Fuß mit Pulverschnee einzupudern.

Mit der Zeit lernte ich die Kunst des Schneeschuhlaufens, so daß ich mich selbst bei klirrendem Frost und hohem Schnee unbesorgt ins Freie wagen konnte. Ich machte Spaziergänge am Flußufer entlang, zum Wald westlich von uns und in die Siedlung. Wenn ich Kip zum Einkaufen in das Warenlager mitnahm, trug ich ihn auf den Armen, obwohl er ziemlich schwer war und es ihm gar nicht paßte, getragen zu werden. Lieber wollte er im Schnee tollen. Auf dem Weg ins Dorf hatte ich jedoch schon manchen Hundekampf gesehen. Ich wollte um jeden Preis vermeiden, daß Kip von einem der bösartigen Hunde angegriffen wurde. Deshalb nahm ich meinen protestierenden Liebling einfach auf den Arm, wenn ich zum Einkaufen, zu Nimmie oder unserem Bibelgesprächskreis ging. Dabei fragte ich mich ernsthaft, wie lange ich wohl Kip noch tragen könnte. Daheim bleiben wollte ich nicht, aber Kip allein zu Hause zu lassen, erschien mir auch nicht als ideale Lösung. In Zukunft würden wir wohl oder übel auf unseren gemeinsamen Spaziergängen das Dorf meiden müssen und statt dessen querfeldein marschieren.

Im Verlauf der folgenden Wochen wurde die Schneedecke immer höher. Die Dorfbewohner begannen, sich um ihre Nahrungsmittel und ihr Brennholz zu sorgen. Es kostete sie unendlich viel Zeit und Kraft, die täglichen Mahlzeiten zuzubereiten und die Hütten zu heizen.

Weihnachten erschien mir in diesem Jahr beinahe unwirklich. Niemand im Dorf feierte das Fest. So verbrachten Wynn und ich die Feiertage still zu Hause in unserer Hütte. Wir lasen gemeinsam die Weihnachtsgeschichte, und ich weinte ein paar Tränen vor Heimweh. Ich bemühte mich, sie vor Wynn zu verbergen, aber er ahnte gewiß, was in mir vorging. Es gab in diesem Jahr keinen traditionellen Gänse- oder Putenbraten mit den üblichen Beilagen, sondern einen Wildbraten und eine Heidelbeertorte, die ich aus den im

Herbst gesammelten und eingekochten Beeren gebacken hatte. Die Indianerfrauen hatten ihre Beerenernte für den Winter getrocknet, doch ich hatte mich nicht auf die Kunst des Beerentrocknens verstanden. Außerdem, so fand ich, schmeckte das eingekochte Obst besser. Die Weihnachtstorte war jedenfalls ausgezeichnet.

Am Nachmittag schlug Wynn einen Spaziergang mit Kip vor. Wir hatten großen Spaß miteinander, aber der bittere Frost trieb uns bald wieder in unsere warme Hütte zurück. Selbst Kip schien dankbar zu sein, der eisigen Kälte zu entkommen.

Ein neues Jahr begann. Mehrmals mußte Wynn nach erneutem Schneefall in der Nacht morgens unsere Haustür freischaufeln. Wenn Kip nicht gewesen wäre, hätte ich unsere Stube gewiß tagelang nicht verlassen. Kip war jedoch bewegungshungrig und winselte so lange an der Tür, bis ich nachgab und mich für einen Spaziergang fertigmachte.

Hin und wieder brachten die Trapper Fleisch mit nach Hause. Die Frauen besserten ihre karge Kost durch Fische auf, die sie durch ein Loch in der Eisdecke auf dem Fluß angelten. Das war bei dem klirrenden Frost ein mühseliges Unterfangen, und ich empfand tiefes Mitleid mit ihnen. Die Frauen und Kinder suchten oft den Wald nach herumliegendem Brennholz ab. Ich fragte mich, warum die Dorfbewohner sich keinen ausreichenden Vorrat an Brennmaterial anlegten, bevor der Winter hereinbrach. Die Indianer schienen ihr Brennholz jedoch nur dann zu sammeln, wenn sie neues brauchten. Im Winter brannten die Feuerstellen bei Tag und Nacht, so daß Berge von Brennholz gebraucht wurden.

Nach wie vor traf ich mich mit Nimmie und Fräulein Lain zum Bibellesen, wenn letztere auch so kühl und unbeteiligt geblieben war wie am Anfang. Sie wirkte bis auf den Grund ihres Herzens verbittert und verstört. Mit der Zeit erfuhr ich ihre Geschichte:

Als dreijähriges Kind hatte sie beide Eltern verloren. Damals war ihr Bruder fünf Jahre alt gewesen. Eine gütige Familie aus Schweden hatte sich über die beiden Kinder erbarmt und sie mit ihren eigenen Kindern aufgezogen. John und Katherine wurden freundlich und liebevoll behandelt, doch die Familie lebte in ärmlichen, sparsamen Verhältnissen, so daß alle Kinder schon früh Geld verdienen mußten.

Die Eltern legten viel Wert auf Bildung und schickten daher jedes Kind in die Schule, so lange es möglich war. Mit etwa dreizehn Jahren hatte jedes von ihnen dann für sich selbst zu sorgen. Als John die Familie verließ, ging er bei einem Kaufmann in der Stadt als Buchhalter und Lageraufseher in die Lehre. Dieser Kaufmann stammte aus Deutschland. John wohnte in seinem Haus und lernte dort Deutsch. Katherine hatte es sich zum Ziel gesetzt, Lehrerin zu werden. Sie verdingte sich als Hausmädchen bei der Familie eines Arztes und besuchte in ihrer knapp bemessenen freien Zeit Schulungskurse.

Der Frau des Arztes konnte das junge Mädchen nichts recht machen. Katherine mußte manchen unbegründeten Zornausbruch über sich ergehen lassen. Wenn sie nur eine andere Unterkunft und Anstellung gefunden hätte, hätte sie lieber heute als morgen gekündigt. Als dann ihre Ausbildung endlich abgeschlossen war, bekam sie an der Schule am Ort eine Anstellung als Lehrerin. Plötzlich fiel es der Frau des Doktors wie Schuppen von den Augen. Sie sah, daß sie nun eine fleißige Arbeitskraft verlieren würde, und versuchte mit allen Mitteln, Fräulein Lains Anstellung als Lehrerin zu verhindern. Doch vergeblich. Fräulein Lain bekam die Stelle und zog in eine Pension um. Dort lernte sie einen jungen Mann kennen, der sich ebenfalls in der Pension einquartiert hatte. Nach einigen Monaten kamen sich die beiden näher und verlobten sich schließlich. Katherine war überglücklich. Zum ersten Mal in ihrem Leben hatte sie eine Arbeit, die ihr echte Freude bereitete, ein eigenes Einkommen und einen Menschen, der sie liebte.

Auch der junge Mann schien glücklich zu sein und drängte zu einer baldigen Heirat. Fräulein Lain erklärte ihm, daß sie damit noch warten müsse, bis ihre Ersparnisse für ein Brautkleid und eine kleine Aussteuer reichten. Ihr Verlobter wollte jedoch nicht länger warten und suchte nach einem Ausweg, bis ihm die rettende Idee kam: er hatte eine Schwester, die am Ort wohnte und ihnen bestimmt helfen würde.

So stiegen sie in die Straßenbahn, um die Schwester aufzusuchen. Fräulein Lain freute sich sehr. Wenn ihr Jim recht hatte und die Schwester tatsächlich hilfsbereit war, dann würde sie in Kürze verheiratet sein und ein eigenes Heim haben.

Von der Haltestelle der Straßenbahn aus legten sie das letzte Stück Wegs zu Fuß zurück. Dort angekommen, stockte Fräulein Lain vor Entsetzen der Atem. Es mußte sich um einen Irrtum handeln. Sie standen nämlich vor keinem anderen als dem Haus des Arztes.

Die beiden betraten das Haus, doch jede Hoffnung wurde bald zunichte gemacht. Die zänkische Frau weigerte sich, auch nur einen Heller vorzustrecken. Doch nicht genug damit: sie beschwerte sich lauthals über die Unzuverlässigkeit, die unverträgliche Wesensart, die Faulheit und sogar den schlechten Namen des jungen Mädchens. Jim stand wie angewachsen da und brachte kein einziges Wort zur Verteidigung seiner Katherine hervor.

Die Kluft zwischen den beiden war bald unüberbrückbar geworden. Jim löste die Verlobung. Fräulein Lain ließ die Schule und alle Träume ihres Lebens hinter sich und machte sich auf den Weg zu ihrem Bruder, der inzwischen im Norden Kanadas lebte.

Ihre Verbitterung hatte sie nie überwinden können. Im Gegenteil: in den zwanzig Jahren, die sie hier lebte, hatte sie sich immer tiefer hinein verbohrt. Ihre seelische Not war groß und verständlich, aber ich konnte mich manchmal des Eindrucks nicht erwehren, daß sie sich sogar darin sonnte. Jedenfalls gelang es ihr, alle Menschen in ihrer Nähe gründlich daran teilhaben zu lassen.

Trotz ihrer Bitterkeit wurde mir Fräulein Lain allmählich sympathischer. Einerseits tat sie mir in ihrem Elend leid, doch andererseits wollte mir manchmal fast der Kragen platzen. Bestimmt gab es noch andere Menschen, die nicht minder unter ihrem Schicksal gelitten und es dennoch verkraftet hatten. Warum sollte es Fräulein Lain nicht möglich sein, ihr Herzeleid zu überwinden, wenn sie nur den Willen dazu besaß?

Nimmie behandelte sie stets mit Geduld und voller Liebenswürdigkeit. Fräulein Lain ihrerseits begegnete ihrer Schwägerin schroff und herrschsüchtig. Mich würdigte sie kaum eines Wortes. Vielleicht war ich ihr der Mühe nicht wert; vielleicht dachte sie auch, daß ich mich von ihr nicht einschüchtern lassen würde; das wußte ich nicht.

Trotz aller Schwierigkeiten machten wir gute Fortschritte mit unserem Bibelstudium. Wir arbeiteten uns durch manche Lektion, und ich spürte Nimmie eine innere Verwandlung ab. In ihrem Eifer, ihrer Sanftmütigkeit und Offenheit machte sie mir große Freude. Wenn wir uns einmal wegen eines Schneesturms nicht treffen konnten, war sie zutiefst enttäuscht darüber. Jede Lektion, die wir am Vormittag gemeinsam gelernt hatten, gab sie am Abend an John weiter. Es überraschte mich, daß auch John Interesse an der Bibel zeigte. Auch er schien offen für die Wahrheit des Wortes Gottes.

Mitte Januar brach ein heftiger Schneesturm herein. Noch nie in meinem ganzen Leben hatte ich in so kurzer Zeit derartige Schneemassen fallen gesehen. Ich sorgte mich um Wynn, der gerade irgendwo in der weißen Schneewüste mit dem Hundeschlitten unterwegs war. Ich wußte zwar, daß Hunde einen außergewöhnlich scharfen Ortssinn besaßen, aber dennoch betete ich den ganzen Tag über darum, daß die Hunde meinen Mann nur jetzt nicht im Stich lassen würden.

Die Temperatur sank, und das Wasser in der Waschschüssel gefror wieder zu Eis. Um die Hütte halbwegs warm zu halten, mußte ich ständig frisches Brennholz nachschieben. Kip winselte an der Tür nach Auslauf, doch ich gab nicht nach. Er bettelte so lange weiter, bis ich ihn schließlich für ein paar Minuten allein losschickte. Das hatte ich bisher noch nie getan, und auf einmal packte mich die Angst, daß ich ihn womöglich nun nicht wiedersehen würde. Doch kurze Zeit später winselte er vor der Tür, um wieder ins Warme gelassen zu werden.

Ich fütterte Kip und kochte mir eine Kanne Tee. Noch immer wartete ich auf Wynn. Es war schon dunkel draußen, als plötzlich jemand an die Tür klopfte. Das Herz wollte mir stocken, als ich aufstand, um zu öffnen. Wer mochte es nur sein? Wynn klopfte doch nicht an. Wer mochte nur um diese Zeit kommen, und warum? War Wynn etwas zugestoßen?

Aber es war doch Wynn. In seinen Armen trug er ein großes Bündel. Ich öffnete ihm die Tür weit.

„Hier habe ich die verrückte Mary", sagte er nur. „Sie war allein in ihrer Hütte – ohne Brennholz und Lebensmittel."

Ich lief voraus und warf die Kissen von der Liege, um Platz für sie zu schaffen.

Er schlug die Decken zurück, und vor Kälte zitternd lag sie nun da. Einen Moment war ich nicht sicher, ob sie überhaupt bei Bewußtsein war, doch dann flatterten ihre Augenlider, und sie sah uns an. Ich lächelte ihr zu, doch ihr Ausdruck blieb unbewegt.

„Hast du eine warme Mahlzeit für sie?" fragte Wynn.

„Auf dem Herd steht Suppe, und ich habe gerade Tee gekocht."

„Ein wenig Suppe. Nicht zuviel. Ich werde sie füttern müssen."

Während ich eine Tasse Suppe holte, befreite Wynn die schmächtige Indianerin von den Decken, streifte ihre Mokassins ab und wickelte die Ledertücher von ihren Füßen. Er massierte ihr gerade die Zehen, als ich mit der Suppe kam. Er griff nach der Tasse, doch ich wehrte ab.

„Laß nur, ich füttere sie", sagte ich, „damit du in der Zwischenzeit ihre Füße versorgen kannst."

Anfangs wandte sie sich ab, als sie den Löffel sah, doch als ich ihr ein paar Tropfen von der Suppe in den Mund geträufelt hatte, öffnete sie ihn, so daß ich sie besser füttern konnte. Sie aß mehrere Löffel voll, bis ich eine Pause einlegte.

„Soll ich ihr etwas Tee einflößen?" fragte ich Wynn.

„Ja, ein wenig“, antwortete er, und ich holte den Tee, um ihn der Frau löffelweise zu trinken zu geben.

Sie zitterte noch immer. Noch nie hatte ich jemanden so entsetzlich frieren gesehen. Deshalb holte ich weitere Dekken und breitete sie über sie.

Wir machten Mary ein Bett auf der Couch zurecht und sahen auch in der Nacht nach ihr. Mehrmals wachte ich auf und sah Wynn über sie gebeugt. Er flößte ihr heiße Suppe ein oder massierte ihre von Erfrierungen befallenen Füße.

Wir pflegten Mary mehrere Tage. Ihre Zehen schwollen zu einer besorgniserregenden Größe an. Leider gab es nichts mehr, das wir für ihre Füße tun konnten. Jede Stunde gab ich ihr ein paar Löffel Suppe. Sie aß nun mit Appetit, war aber noch zu schwach, um selbständig essen zu können.

Ich wußte genau, daß sie sprechen konnte, aber sie sagte kein Wort zu mir. An dem Tag, als wir sie bei ihren Tierfallen aufgesucht hatten, hatte ich sie mit Wynn sprechen gehört. Sie hatte ihrer Empörung sogar recht wortreich Luft gemacht. Ihr Schweigen war daher aus irgendwelchen Gründen beabsichtigt. Kopfschüttelnd ließ ich sie gewähren, ohne mich meinerseits ebenfalls auszuschweigen. Ich redete mit ihr, wenn ich sie fütterte oder ihre Füße versorgte. Ich sprach über das Wetter, wenn ich das Geschirr abwusch oder frische Holzscheite in den Kamin schob. Ich redete mit ihr, wie ich zuweilen mit Kip redete. So bezog ich sie in mein Leben ein, ohne eine Antwort zu erwarten.

Von ihrer Liege aus verfolgten ihre schwarzen Augen jede meiner Bewegungen, doch Mary hüllte sich nach wie vor in Schweigen.

Als das Schlimmste des Schneesturms vorüber war, kamen Frau Sam und Abendstern, mich zu besuchen. Sie waren mehrere Wochen lang nicht mehr bei mir gewesen, und ich freute mich sehr, sie einmal wiederzusehen. Ich vermutete, daß ihr eigentliches Anliegen war, Mary zu sehen, doch wenn es sich so verhielt, so wußten sie das gut zu verbergen. Nach einem verstohlenen Blick in die Richtung der Liege taten sie so, als gäbe es sie nicht. Sie gingen zu meinem

Küchentisch, wo sie gewöhnlich ihren Tee bekamen, und setzten sich.

Sie sprachen über den Sturm, den Mangel an Brennholz und die enormen Schwierigkeiten beim Angeln im Eis. Dabei drückten sie sich vorwiegend durch Handzeichen aus, wenn sie auch hier und da ein indianisches oder englisches Wort einflochten. Abendstern spielte mit Kip. Er schien ihr sehr zu gefallen. Die Indianer hielten ihre Hunde niemals in ihren Hütten, sondern im Freien. Es muß ihr sonderbar erschienen sein, daß Kip bei uns in der Hütte lebte.

Als die beiden Besucherinnen sich erhoben, um sich zu verabschieden, folgte ich ihnen zur Tür.

„Mary geht es schon viel besser", sagte ich leise, um die beiden über unseren Gast in Kenntnis zu setzen. „In ein paar Tagen kann sie vielleicht schon wieder sitzen."

Ich erhielt keine Antwort.

„Und wenn sie erst sitzen kann, dann kann sie auch selbständig essen, und es dauert nicht mehr lange, bis sie wieder ganz gesund ist. Sie erholt sich langsam, aber sicher."

Da ich nicht wußte, wie viele von meinen Worten die beiden begriffen, unterstrich ich das Gesagte mit Gesten.

Frau Sam schüttelte den Kopf. Sie wandte sich von der Tür aus um und sah mich an.

„Nicht bleiben", sagte sie laut und deutlich.

„Doch, sie muß noch eine Weile bei uns bleiben", widersprach ich. „Sie braucht viel Pflege. Es dauert noch viele Tage, bis sie sich wieder selbst versorgen kann."

Frau Sam schüttelte wieder den Kopf.

„Nicht bleiben", wiederholte sie beharrlich. „Sie gehen – bald."

Frau Sam sollte recht behalten. Als wir am nächsten Morgen aufwachten, war keine Mary mehr da. Wie sie es angestellt hat, sich von uns aus bis zu ihrer Hütte zu schleppen, wird mir immer ein Rätsel bleiben. Sie war so schwach, und ihre Füße waren dick angeschwollen, aber dennoch war und blieb sie verschwunden. Wynn machte sich sofort auf den Weg, um sie zu suchen. Er fand sie in ihrer ungeheizten

Hütte; zum Schutz gegen die bittere Kälte hatte sie sich in ein paar abgenutzte Decken gehüllt. Sie weigerte sich standhaft, ihre Hütte zu verlassen.

Wynn sammelte Brennholz, machte ein Feuer im Ofen und kochte ihr eine Kanne Tee aus der Notration, die er stets bei sich trug. Den Rest des Vormittags verbrachte er damit, ihr einen größeren Vorrat an Brennholz zu beschaffen.

Schließlich nahm er sein Gewehr und ging in den Wald, wo es ihm gelang, einen Rehbock zu erlegen. Diesen reinigte er und hängte ihn an einem Baum unweit von Marys Hütte auf. Durch den Frost konserviert, würde das Fleisch mehrere Wochen lang für die einsame Frau ausreichen.

Zum Schluß gab er ihr Anweisungen, wie sie ihre Füße versorgen sollte, schenkte ihr seine Notrationen und machte sich wieder auf den Heimweg.

Ich weinte, als Wynn mir von alledem berichtete. Die kleine, einsame Frau dort draußen im Wald tat mir unendlich leid.

„Wir können jetzt nichts mehr für sie tun“, versuchte Wynn mich zu trösten. „Wenn wir sie wieder holten, würde sie uns nur ein zweites Mal davonlaufen, und wer weiß, ob sie den Weg noch einmal schaffen würde.“

Ich wußte, daß er recht hatte. Er hatte sein Bestes für Mary getan. Nun blieb uns nur noch die Hoffnung, daß sie am Leben bleiben würde.

## Der große Schneesturm

Ein Sturm nach dem anderen tobte über die kleine Siedlung hinweg. Wir nahmen das Wetter hin, wie es kam. An guten Tagen, wenn sich der Wind gelegt hatte, ging ich mit Kip spazieren. Wenn ein starker Wind wehte und heftiges Schneetreiben herrschte, blieb ich frierend zu Hause. Allmählich fürchtete ich den Wind. Er war nicht nur eiskalt und bedrohlich, sondern sperrte mich in meiner eigenen Hütte ein. Wie ich bald erfahren sollte, konnte er auch tödlich sein.

An einem kalten, windigen Morgen kam Wynn vom Dorf zurück, wo er ein paar Dinge besorgt hatte, und teilte mir mit, daß er sich unverzüglich auf den Weg zu einer Siedlung südlich von uns machen müßte.

„Heute etwa?“ fragte ich ungläubig. Es war bitterkalt draußen. Der scharfe Wind machte den Frost nahezu unerträglich.

„Jetzt gleich“, antwortete er. „Sobald ich die Hunde eingespannt habe, fahre ich los.“

Wynn kam kurz in die Hütte, um sich noch ein paar zusätzliche Kleidungsstücke überzuziehen und seinen Rucksack mit Notrationen und Verbandszeug zu füllen. Ich sah erschrocken zu. Er schien mit Verzögerungen zu rechnen.

„Es kann sein, daß ich heute abend nicht heimkomme, mein Liebes“, sagte er und richtete sich wieder auf, um mich in die Arme zu nehmen. „Mach dir bitte keine Sorgen um mich. Ich kann unterwegs bei irgendeinem Trapper Unterschlupf finden, wenn der Sturm noch schlimmer wird. Hast du alles, was du brauchst?“

Ich? Ich war hier bestens versorgt. Er war schließlich

derjenige, der dem Sturm trotzen mußte. Wynn überzeugte sich davon, daß ein ausreichender Brennstoffvorrat zur Verfügung stand.

„Draußen neben der Tür haben wir noch einen großen Holzstapel, falls du alles aufbrauchen solltest, was hier drinnen liegt", erklärte er mir. „Und geh unter keinen Umständen ins Freie, bis der Sturm vorüber ist. Wenn du dann nach draußen gehst, nimm unbedingt Kip mit!"

Ich nickte. Es klang beinahe, als wollte Wynn sich für eine halbe Ewigkeit verabschieden! Tränen stiegen mir in die Augen.

„Mir wird schon nichts zustoßen", sagte er und trocknete mir zärtlich die Tränen. „Ich liebe dich!"

Ich wollte ihm sagen, daß ich ihn auch liebte, doch ich brachte kein Wort heraus. Meine Kehle war trocken und wie zugeschnürt.

„Wo ... wohin gehst du denn?" stieß ich dann mühsam hervor.

„Eine Meldung ist gerade bei uns eingegangen, daß einer von den Trappern in der Nähe von Beaver Falls schon seit zwei Wochen von niemandem mehr gesehen worden ist. Sein Freund hat gesagt, daß er sich gewöhnlich jeden Freitagabend zum Kartenspielen einstellt, ist aber schon die beiden letzten Freitage nicht aufgetaucht. Er macht sich Sorgen um ihn."

„Hat er denn keine eigene Hütte?"

„Dort hat schon jemand nachgeschaut. Er ist nicht daheim."

„Wenn er schon seit geschlagenen zwei Wochen verschwunden ist", sagte ich ein wenig verärgert, „warum hat man das denn nicht früher gemeldet, als das Wetter noch besser war?"

„Das ist mir auch ein Rätsel; jetzt liegt aber die Meldung vor, und ich muß mich darum kümmern."

Ich war wütend auf den säumigen Trapper und nahm es seinem Freund übel, daß er erst jetzt eine Vermißtenmeldung aufgegeben hatte. Ich war sogar ein wenig böse auf Wynn, der seine Pflicht so übermäßig ernst nahm. Gewiß war es vernünftiger, mit der Suche zu warten, bis das Wetter sich besserte.

Ich gab ihm einen Abschiedskuß und ließ ihn schweren Herzens ziehen. Eine andere Wahl blieb mir nicht.

Selbst Kip konnte mir die Zeit an diesem unendlich langen Tag nicht vertreiben. Ich sprach mit ihm, fütterte ihn und streichelte ihn, aber mit den Gedanken war ich bei Wynn. Ich hoffte inständig, daß er vor Anbruch der Dunkelheit zurück sein würde.

Es wurde Abend, doch Wynn kam nicht. Ich wickelte mich in Decken und setzte mich auf unsere Liege. Kip rollte sich neben meinen Füßen zusammen. Ab und zu hob er den Kopf, um auf irgendein Geräusch zu lauschen. Ich hörte über dem Pfeifen des Windes einen Wolf heulen. Auch Kip war es nicht entgangen. Er wurde unruhig, antwortete aber nicht auf das Heulen.

Das Feuer behielt ich aufmerksam im Auge. Wenn Wynn nach Hause kam, würde er völlig durchgefroren sein und die Wärme brauchen.

Mehrmals nickte ich ein, um immer wieder aufzuwachen und auf Schritte vor der Hütte zu lauschen. Nichts geschah. Gegen Morgen gab ich schließlich die Hoffnung auf und schlief fest ein.

Als ich aufwachte, rüttelte der Wind heftig an der ganzen Hütte. Das Feuer war bis auf eine kleine Glut erloschen, so daß ich mich beeilte, frisches Brennholz nachzulegen. Der Wind pfiff durch jede Ritze in den Wänden. Das Innere der Hütte kühlte sich weiter ab, und draußen herrschte dichtes Schneetreiben. Selbst Kip machte einen verstörten Eindruck.

Den ganzen Tag über heizte ich beide Feuerstellen. Dabei war abzusehen, daß sich der Holzvorrat in der Kiste dem Ende zuneigte. Ich würde bald Holz von draußen herbeischaffen müssen. Wie es wohl den indianischen Familien ergehen mochte? Sie hatten gewiß längst nicht soviel Holz auf Vorrat wie ich. Wahrscheinlich hatten sie ihr Brennholz längst aufgebraucht. Wenn es doch nur eine Möglichkeit gäbe, sie alle hier bei uns vor der eisigen Kälte zu schützen!

Ich befreite ein kleines Fleckchen an der Fensterscheibe von den Eisblumen darauf und spähte hinaus. Von dem Dorf war nichts zu sehen. Nicht einmal die Birke konnte ich ausmachen, die nur wenige Meter von unserer Hütte entfernt stand. Das dichte Schneetreiben hatte die Landschaft verschluckt.

Ich wollte eine Tasse Tee trinken, doch meine Hände zitterten, als ich sie an den Mund hob. Ich war den Tränen nahe, doch es war mir klar, daß ich mit Weinen nichts ausrichten würde.

Ich hielt das Feuer in Gang, betete, ging in der Hütte auf und ab, las in meiner Bibel, betete wieder. Irgendwie brachte ich auch den zweiten Tag ohne Wynn hinter mich.

Wieder wurde es Abend, und wieder wartete ich vergeblich auf meinen Mann. Wieder ging ich nicht zu Bett. Kip winselte und vergrub seine Nase in meiner Hand. Ich streichelte sein dichtes, weiches Fell und redete sanft auf ihn ein, doch gegen die Tränen, die nun über meine Wangen rollten, war ich machtlos.

Irgendwie verging auch diese Nacht. Am Morgen heulte der Wind noch immer um unsere Hütte, und der Schnee fiel in großen, dicken Flocken. Ich hatte das Gefühl, den Sturm keine Minute länger ertragen zu können. Das unablässige Pfeifen des Windes trieb mich an den Rand des Wahnsinns. Ich suchte Zuflucht in meiner Bibel und betete, bis ich mich vollkommen erschöpft fühlte. Am Vormittag, nachdem ich mehrere Stunden gelesen, geweint und gebetet hatte, schlief ich ein. Die langen Tage und schlaflosen Nächte forderten ihren Tribut, und mein Körper verlangte Schlaf, so sehr ich mich auch dagegen wehrte.

Als ich aufwachte, konnte ich meinen Augen kaum trauen: die Sonne schien! Der Wind hatte sich gelegt, und der Schneefall hatte aufgehört. Der Sturm war vorüber! Am liebsten hätte ich gejubelt und wäre losgelaufen. Ich wollte aus meiner Gefangenschaft ausbrechen und endlich wieder einen anderen Menschen sehen. Wie mochten die Dorfbewohner den Sturm überstanden haben? Und Wynn? Jetzt, da der Sturm vorüber war, würde er gewiß bald heimkehren. Ich mußte ihm unbedingt eine warme Mahlzeit zubereiten.

Erst jetzt bemerkte ich, daß das Feuer im Kamin und im Herd erloschen war. Ich mußte es so schnell wie möglich wieder in Gang bringen. Das Holz, das ich von draußen hereingeholt hatte, war fast aufgebraucht, doch neben der Tür lag noch ein großer Vorrat. Ich beeilte mich, etwas davon zu holen, doch ich konnte die Tür nicht öffnen. So sehr ich mich auch anstrengte, sie bewegte sich nicht. Ich versuchte es noch einmal. Die Tür gab nicht nach. Der Schnee hatte sie zugeweht. Ich machte noch einen Versuch. Gewiß würde ich die Tür öffnen können, wenn ich mit aller Kraft dagegen drückte. Immer wieder stemmte ich mich mit meinem ganzen Gewicht gegen die Tür, doch ohne Erfolg. Sie ließ sich nicht bewegen.

Das Feuer im Herd ging aus. Ich hielt nur den Kamin in Brand, um das wenige Brennholz, das mir geblieben war, zu sparen. Bald würde Wynn ohnehin heimkehren. Bestimmt würde ich bis dahin noch mit dem Holz auskommen. Wenn er kam, würde er den Eingang zu unserer Hütte von außen freischaufeln, und wir waren gerettet.

Doch der Tag verstrich, und Wynn kam nicht.

Ich trat ans Fenster und spähte durch ein Loch in den Eisblumen zu der Siedlung hinüber. Von den Hütten konnte ich Rauch aufsteigen sehen. Menschen und Hunde gingen zwischen den Hütten umher. Ich wollte ihnen zuwinken, doch ich wußte, daß das vergeblich sein würde. Niemand im Dorf würde eine kleine Hand hinter einem vereisten Fenster erkennen können. Ich legte den letzten Holzscheit in den Kamin und wartete. „Wynn kommt bestimmt bald!" sagte ich tonlos zu Kip.

Das Feuer erlosch. Ich wickelte mich in Decken und kauerte mich auf die Liege. Dennoch fror ich entsetzlich. Meine Hände und Füße machten mir Sorgen. Schließlich nahm ich den schweren Fellteppich vom Fußboden und hüllte mich noch zusätzlich hinein. Das war zwar unbequem, half aber gegen die Kälte. Kip bettelte winselnd darum, nach draußen gelassen zu werden, doch das war unmöglich. Ich überlegte, ob ich ihn vielleicht durch das Fenster ins Freie schieben könnte, damit er irgendwie im Dorf Hilfe holte, doch das Fenster war viel zu klein für Kips nahezu ausgewachsenen Hundekörper.

Wieder wurde es Abend. Ich wickelte mich in meine Dekken, so gut es ging, und versuchte Schlaf zu finden. Betend schlief ich dann schließlich ein.

Ein paarmal wurde ich durch die Kälte wach. Ich war viel zu schläfrig, um mich auf den Grund meines Frierens zu besinnen. Auch Kip regte sich. Ich zog mir die Decken fester um die Schultern und schlief weiter. Kip hatte sich auf meinen Füßen zusammengerollt. Er war zwar schwer, aber ich ließ ihn gewähren.

„Hallo! Hallo! Jemand daheim?"

Eine Männerstimme riß mich aus dem Schlaf. Benommen schlug ich die Decken zurück und hastete zur Tür. Noch immer konnte ich sie nicht öffnen.

„Ich bekomme die Tür nicht auf!" rief ich, so laut ich konnte. Dann hörte ich Schaufeln. Jemand legte unseren Eingang frei. Es war Herr Lain mit zwei von den Dorfbewohnern. Ich war einerseits erleichtert, sie zu sehen, andererseits aber grenzenlos enttäuscht, daß Wynn nicht bei ihnen war. Als die Männer endlich eintraten, war meine erste Frage: „Haben Sie von meinem Mann gehört?"

Herr Lain blieb stehen und sah sich um.

„Haben Sie von meinem Mann gehört?" fragte ich erneut.

„Nein, Ma'am, noch nicht, aber er ist bestimmt in Sicherheit."

Ich versuchte, soviel Trost aus diesen Worten zu schöpfen, wie ich nur konnte. Dennoch fragte ich mich, ob Herr Lain tatsächlich Bescheid wußte, oder ob er mich nur beruhigen wollte.

„Und wie geht es Ihnen?" fragte er mich.

„Mir geht's gut – soweit ich weiß", sagte ich und bewegte prüfend meine Arme und Beine. „Ich habe mich noch nie im Leben so über Besuch gefreut wie jetzt", sagte ich dann. „Haben Sie vielen Dank!"

„Wie lange sind Sie schon ohne Brennholz?“
„Nur über Nacht.“
„Das ist viel zu lang“, sagte der hochgewachsene Mann und griff nach meiner Hand. „Sind Ihre Finger in Ordnung?“
„Ja.“
„Und Ihre Füße?“
„Auch.“
„Lassen Sie mal nachschauen!“
Ich wollte widersprechen, aber er duldete keinerlei Protest.
„Zeigen Sie mir mal Ihre Füße, Frau Delaney!“
Ich ging in mein Schlafzimmer, um meine langen Strümpfe auszuziehen, und kam barfuß in die Wohnstube zurück. Der Fußboden war eiskalt. Herr Lain schob mich auf einen Stuhl und untersuchte jeden Fuß aufmerksam.
„Da haben Sie aber großes Glück gehabt“, sagte er schließlich. „Es ist mir ein Rätsel, warum Sie keine schweren Erfrierungen haben.“
„Kip hat auf meinen Füßen geschlafen“, fiel mir plötzlich ein.
„Wie bitte?“
„Kip. Mein Hund. Er lag auf meinen Füßen. Ich erinnere mich verschwommen daran. Er war ziemlich schwer.“
„Also, das ist doch ...“, sagte Herr Lain und fing an zu lachen. „Du Bursche“, sagte er und strich Kip über das prächtige Fell, „mir scheint, du bist mehr als nur ein hübsches Kerlchen!“
Der eine der beiden Indianer hatte unterdessen ein Feuer im Kamin gemacht, das munter brannte.
„Höchste Zeit, Ihre Hütte aufzutauen“, sagte Herr Lain und ging an den Herd. „Das Wasser im Eimer ist ein einziger Eisbrocken.“
Er hatte recht. Auch das Wasser in der Waschschüssel und der Tee in meiner kostbaren Teekanne war gefroren, wie ich erschüttert feststellen mußte. Durch den Druck des gefrorenen Tees war die Kanne zersprungen. Die schöne Zeit der Nachmittagstees mit meinen Freundinnen war nun endgül-

tig vorbei. Am liebsten wäre ich in Tränen ausgebrochen, doch vor den drei Männern wollte ich meine Enttäuschung nicht zeigen. Außerdem war ich noch immer um Wynn besorgt.

„So, nun ziehen Sie sich schnell etwas Warmes an die Füße!“ befahl Herr Lain. Erst jetzt bemerkte ich, daß ich noch immer barfuß auf dem eiskalten Boden stand.

Ich gehorchte und schlüpfe in meine weichen Mokassins. Dann sah ich mich in der Küche um, um festzustellen, ob der Frost noch weiteren Schaden angerichtet hatte. Mehrere Konservendosen waren durch den Druck von innen geborsten. Der Eimer war unbeschädigt. Die Schöpfkelle hatte den Druck vermutlich nach oben anstatt seitwärts geleitet. Ob der Kessel unversehrt war, würde ich erst feststellen können, wenn ich ihn aufgetaut hatte.

Das Spülbecken war unbeschädigt. Die schrägen Seitenwände hatten das gefrierende Wasser einfach in die Höhe geschoben. Insgesamt hielt sich der Schaden in Grenzen, und ich war dankbar, daß ich weder Finger noch Zehen eingebüßt hatte.

„Wir haben heute morgen keinen Rauch über Ihrer Hütte gesehen. Hat uns einen mächtigen Schrecken eingejagt“, erklärte Herr Lain.

„Ich habe auch große Angst ausgestanden“, gab ich zu. „Ich wußte ja nicht, wann Hilfe kommen würde.“

„Der Sturm hat überall seine Opfer gefordert. Nimmie hat das halbe Dorf bei sich daheim. Sie müht sich ab, ihnen allen etwas Heißes einzuflößen. Mehrere Familien haben kein Brennholz mehr.“

„Ist jemand ...“ Ich wollte mich erkundigen, ob es auch Tote gegeben hatte, konnte meine Frage aber nicht über die Lippen bringen. Die Sorge um Wynn machte mich beinahe krank.

Herr Lain hatte begriffen, was ich fragen wollte. Er zögerte, ehe er mit seiner Antwort herausrückte.

„Ja, wir haben ein paar Leute verloren – die meisten davon waren schon älter. Ein kleines Mädchen ist auch umgekommen. Sie war immer schon kränklich. Die Kälte war einfach zuviel für sie. Das hat Nimmie hart getroffen. Sie hat das Mädchen besonders gern gemocht."

Die arme Nimmie!

Das Feuer im Herd und im Kamin brannte jetzt lichterloh, und allmählich wurde es wieder wärmer in der Hütte. Bis sie richtig durchwärmt war, würde es noch eine Weile dauern. Die beiden Indianer machten sich auf den Rückweg. Herr Lain holte einen Vorrat an Holzscheiten von draußen herein und verabschiedete sich ebenfalls.

„So, jetzt dürften Sie eigentlich fürs erste versorgt sein", meinte er. „Von jetzt an geben wir besser auf Sie acht. Heute wird es wohl nicht mehr schneien. Der Himmel ist klar."

„Darf ich mit Ihnen kommen?" fragte ich schnell. Ich wußte, daß Nimmie Hilfe brauchte. Zuerst war ich mir nicht schlüssig, ob ich lieber hier auf Wynn warten sollte, doch mein Gewissen siegte, und ich holte schnell meinen Mantel.

Kip wollte mir folgen, doch ich schob ihn in die Hütte zurück.

„Du wartest hier!" bestimmte ich. „Ich komme bald wieder."

„Wenn Sie möchten, können Sie ihn gern mitnehmen", sagte Herr Lain.

„Lieber nicht; womöglich wird er dann im Dorf in einen Hundekampf verwickelt", wand ich ein.

„Ja, das ist möglich."

„Genau! Und ich möchte nicht, daß er verletzt wird."

„Haben Sie ihn deshalb anfangs immer getragen?"

Inzwischen hatten wir die Tür vor dem winselnden Kip geschlossen und machten uns durch hohe Schneewehen auf den Weg ins Dorf.

Mein Atem flog in weißen Fetzen vor mir her. Ich hatte Herrn Lain nicht gleich antworten können, weil ich meine liebe Not hatte, auf meinen Schneeschuhen mit ihm Schritt zu halten. Deshalb nickte ich nur.

„Und haben Sie vor, ihn sein Leben lang in der Hütte zu halten?"

Ich schüttelte den Kopf.

„Was wollen Sie dann mit ihm anfangen?“

„Ich gehe dort hinten mit ihm spazieren“, sagte ich und deutete mit ausgestrecktem Arm in die dem Dorf entgegengesetzte Richtung.

„Sie werden ihn aber nicht immer von den anderen Hunden fernhalten können, wissen Sie.“

Daran hatte ich auch schon gedacht.

„Wenn Sie mich fragen“, sagte Herr Lain, „dann wird Ihr Kip sich prima schlagen, wenn es mal zu einem Kampf kommen sollte. Sie haben ihn gut gefüttert, und er wiegt ein paar Pfund mehr als die Dorfhunde, die sich ihr Fressen selbst suchen müssen. Viel Bewegung hat er auch gehabt. Seine Knochen und Muskeln sind gut entwickelt. Obendrein ist er nicht auf den Kopf gefallen. Er wird sich schon zu wehren wissen, wenn's darauf ankommt!“

Ich war mir nicht sicher, auf was er hinauswollte.

„Sie meinen also, daß ...“ begann ich, doch Herr Lain fiel mir ins Wort. „Ich meine, daß man Kindern und Hunden gleichermaßen die Gelegenheit geben sollte, erwachsen zu werden, und zwar auf ganz natürliche Weise. Man kann sie doch nicht ihr Leben lang gegen die böse Welt abschirmen, sonst werden sie nie zu dem, was sie eigentlich sein sollen. Kip ist ein Schlittenhund. Zugegeben, Schlittenhunde sind ziemlich kampflustig, und irgendwann gibt es halt Kämpfe, ob man will oder nicht. Besonders hier im Norden. Ich meine, Sie sollten Kip die Chance geben zu trainieren, bevor er eines Tages plötzlich von einem Tier angefallen wird und dann um sein Leben kämpfen muß.“

Eigentlich wollte ich protestieren und sagen, daß ich Kip von solch wilden Bestien fernhalten würde, solange ich lebte. Doch im Grunde wußte ich, wie recht der Mann hatte. Kip war ein Hund des Nordens. Er mußte für das Leben im Norden gerüstet sein. Dieser Gedanke jagte mir zwar eine Gänsehaut über den Rücken, doch ich konnte mich vor den Tatsachen nicht verschließen.

Schweigend stapfte ich weiter und dachte dabei über die Worte des Mannes neben mir nach. Ich würde Kip zugestehen müssen, zu einem erwachsenen Schlittenhund zu werden. Es war wohl am besten, ihn in der Siedlung mit all den gefährlichen Dorfhunden frei laufen zu lassen.

Doch zuallererst würde ich mit Wynn alles besprechen und ihn fragen, ob er Herrn Lains Meinung teilte. Ach, wenn er doch nur endlich nach Hause käme! Seit drei Tagen war er nun schon unterwegs. So lange konnte ihn sein Auftrag unmöglich in Anspruch genommen haben.

Ich kämpfte gegen die Tränen an, die winzige Eiszapfen auf meinen Wangen formten, und hastete hinter Herrn Lain her. Nimmie brauchte mich.

## Das Nachspiel des Sturms

Die Lage in dem Warenlager war sogar noch schlimmer, als ich befürchtet hatte. Der Verkaufsraum war gedrängt voll von frierenden und hungrigen Menschen. Nimmie, die damit beschäftigt war, Suppentassen mit einer dünnen, dampfenden Brühe zu füllen, begrüßte mich mit einem Lächeln. Frau Sam war die einzige, die ich erkannte. Ein paar der Kinder hatte ich an dem Tag gesehen, als ich Nimmie beim Geschichtenerzählen angetroffen hatte.

Einige der Dorfbewohner trugen Verbände an den Händen und Füßen. Ich vermutete, daß sie dort Erfrierungen erlitten hatten.

Ich ging auf Frau Sam zu.

„Wo ist Ihr Mann?“ fragte ich sie. Als sie mich verständnislos anstarrte, wiederholte ich: „Sam? Wo ist Sam?“

„Fallen“, antwortete sie und beschrieb mit einer Geste das Zuschnappen einer Falle.

„Und die anderen? Abendstern und Kleines Reh und Anna? Haben Sie sie gesehen?“

Sie schüttelte nur den Kopf.

Mit besorgtem Blick schauten wir einander an. Ich wußte nicht, ob die Männer meiner Freundinnen bei ihren Tierfallen von dem Sturm überrascht worden waren. Ich wußte nicht einmal, ob sie daheim überhaupt in größerer Sicherheit gewesen wären oder nicht.

Nimmie war erleichtert, mich zu sehen.

„Ich bin ja so froh, daß es dir gut geht“, sagte sie, als sie die letzte Suppentasse gefüllt hatte. „So einen argen Sturm habe ich noch nie erlebt. Ich habe Angst gehabt, daß du nicht genug Holz hättest.“

Herr Lain hatte ihr anscheinend nichts von dem rauchlosen Schornstein gesagt, damit sie sich nicht sorgte, bis er selbst nach dem Rechten gesehen hatte.

„Oh, ich hatte jede Menge Holz daheim“, sagte ich daher nur. „Wie kann ich mich denn hier nützlich machen?“ fragte ich dann.

„Die vielen Leute dort drüben – die haben noch nichts zu essen bekommen. Ich habe keine Tassen und Teller mehr. Ich weiß wirklich nicht, wie ...“

Da kam mir eine Idee.

„Fräulein Lain!“ rief ich. „Ob sie vielleicht Geschirr hat, das wir uns ausleihen könnten?“

„Daran habe ich noch gar nicht gedacht.“

„Ich schaue schnell nach.“ Damit eilte ich aus dem Lager und ging um das Gebäude herum zum hinteren Eingang.

Ein gekrächztes „Herein“ gestattete mir einzutreten. Fräulein Lain saß in ihrer warmen Stube vor dem Kamin, die Füße auf einem Schemel und die Hände im Schoß gefaltet.

Ich starrte sie verwundert an. Wußte sie denn nicht, was auf der anderen Seite des Hauses vor sich ging? Endlich fand ich meine Stimme wieder.

„Ich komme wegen Nimmie“, begann ich. „Sie hat fast drei Dutzend Menschen mit Essen zu versorgen, und es fehlt an Geschirr. Würden Sie uns bitte Ihr Geschirr leihen?“

Sie würdigte mich keines Blickes.

„Von mir aus“, sagte sie, ohne aufzuschauen.

Ihr Verhalten ärgerte mich, doch ich hielt meine Zunge im Zaum, schluckte und fragte dann ruhig: „Wo steht denn Ihr Geschirr?“

„Überlegen Sie doch mal. Wo könnte das Geschirr wohl sein?“ entgegnete sie spöttisch.

„Darf ich es mir aus dem Schrank holen?“ fragte ich, noch immer überrascht.

„Ich wüßte nicht, wer das für Sie besorgen sollte, wenn Sie es nicht selbst tun“, war ihre bissige Antwort.

Ich holte tief Luft, ging an ihren Schrank und holte das Geschirr hervor. Ich stapelte es in einer Spülschüssel, die ich auf einem Regal entdeckt hatte. Als ich alle Teller und

Tassen, die ich nur finden konnte, in die Schüssel gelegt hatte, wollte ich mich wieder auf den Rückweg machen.

„Spülen Sie sie mit kochendem Wasser ab, wenn Sie fertig sind!“ sagte Fräulein Lain, ohne den Blick von dem Feuer zu wenden.

Ich fuhr auf dem Absatz herum.

„Wissen Sie eigentlich“, schleuderte ich ihr entgegen, „daß hinter dieser Wand dort Menschen um ihr Leben kämpfen? Wissen Sie, daß viele von ihnen Finger und Zehen verlieren werden? Wissen Sie, daß Nimmie schon die halbe Nacht auf den Beinen ist, um diese Leute zu versorgen? Und Sie? Sie sitzen hier in aller Seelenruhe und ... und lassen sich vor Selbstmitleid so richtig wohl sein und ... und denken an nichts als an Ihre verlorene Liebe! Soll ich Ihnen mal sagen, was ich denke? Ich meine, daß Sie froh sein können, diesen Mann losgeworden zu sein. Wenn der nämlich nicht mehr für Sie übrig hatte, als Sie wegen einer ... einer zänkischen, nörglerischen Schwester sitzenzulassen, dann war es mit ihm nicht weit her. Und interessiert es Sie, was ich noch meine?“ Ich war mir ziemlich sicher, daß Fräulein Lain nicht das geringste Interesse an meiner Meinung hatte, aber ich war so sehr in Fahrt geraten, daß ich dennoch weitersprach. „Wenn Sie nach zwanzig Jahren immer noch vor Ihrem Kamin sitzen und ihr seelisches Wehwehchen voller Selbstmitleid hegen und pflegen, während andere Menschen vor Kälte und Hunger fast umkommen, dann ist es mit Ihnen auch nicht weit her, daß Sie's nur wissen. Und vielleicht ... vielleicht hat die Arztfrau doch recht gehabt. Vielleicht ist der arme, kleine Jim viel besser dran ohne Sie!“

Damit marschierte ich aus der Stube und schlug die Tür hinter mir zu. Auf halbem Weg zum Lager wurde mir dann schlagartig klar, was ich soeben angerichtet hatte. Ich biß mir auf die Lippe, während mir die Tränen über die Wangen liefen. Täglich hatte ich für diese Frau gebetet. Ich hatte mir die größte Mühe gegeben, um ihr echtes Mitgefühl, ja Liebe entgegenzubringen. Nimmie hatte ihr Bestes getan, um die Mauer, hinter der sie sich verschanzt hatte, zu durchbrechen – und ich hatte mit ein paar unbedachten Worten im Zorn alle diese Anstrengungen zunichte gemacht und jede Hoffnung zerstört! Ich würde mich entschuldigen müssen, aber gewiß würde sie meine Entschuldigung nicht annehmen. Niemals würde ich dieses Unheil wieder gutmachen können.

„O mein Gott!“ betete ich schuldbewußt, „bitte vergib mir doch! Ich hätte das alles nicht sagen dürfen!“

Doch zunächst würde die Entschuldigung warten müssen. Nimmie brauchte mich, und zwar auf der Stelle.

Wir arbeiteten den ganzen Vormittag über. Die notleidenden Dorfbewohner erhielten Nahrung und medizinische Hilfe, soweit das in unserer Macht stand. Herr Lain nahm ein paar der Männer mit ins Dorf, um in jeder Hütte nach dem Rechten zu schauen. Die Lage war noch schlimmer, als wir befürchtet hatten. Außer dem kleinen Mädchen hatte der Sturm fünf weitere Todesopfer gefordert: ein älteres Ehepaar, das allein eine Hütte am Rand des Dorfes bewohnt hatte, eine Großmutter in der Familie unserer einstigen Kutschierer und einen alten Mann, der schon vor Ausbruch des Sturms sehr krank gewesen war. Man vermutete, daß er aufgrund seines geschwächten Zustands ohnehin gestorben wäre. Außerdem eine Frau mittleren Alters, die sich auf der Suche nach Brennholz im Sturm verirrt hatte und erfroren war. Wegen der hohen Schneedecke und des frostharten Bodens war es unmöglich, Gräber auszuheben. Aus diesem Grund wurden die Leichname in Decken verschnürt und an Bäumen aufgehängt, bis im Frühjahr das Begräbnis stattfinden konnte. Zu diesem Zweck hatten die Indianer eine Baumgruppe bestimmt, die sogenannten „Totenbäume“, wie Herr Lain erklärte. Bevor die Leichen aber an die Bäume gehängt werden konnten, mußten sie von einem Vertreter der Nord-West-Polizei untersucht werden und anschließend zum Begräbnis freigegeben werden. Daher wurden die Leichen bis zu Wynns Rückkehr in einem leeren Raum untergebracht.

Das Versorgen der Dorfbewohner lenkte mich ein wenig von meinen Sorgen um Wynn ab, wenn ich ihn auch sehr vermißte. Den ganzen Tag über hatten Nimmie und ich alle Hände voll zu tun, um den armen Menschen zu helfen. Am frühen Nachmittag wurde das Haus allmählich leerer. Viele Familien hatten sich in der Zwischenzeit Brennholz beschafft und kehrten in ihre Hütten zurück. Diejenigen, die blieben, brauchten wieder eine Mahlzeit, so daß ich mir erneut am Suppentopf zu schaffen machte, um ein leider recht kärgliches Gebräu zu kochen.

Nimmie hatte gerade eine geschwollene Hand versorgt, als ich sie ausrufen hörte: „Katherine! Was ist los?"

Ich fuhr herum. Richtig, dort stand Fräulein Lain! Ich wußte, daß ich längst um Entschuldigung hätte bitten sollen, aber dies schien kaum der richtige Zeitpunkt dafür zu sein. Ich war mir nicht sicher, wie ich mich verhalten sollte.

Fräulein Lain blieb stumm, so daß Nimmie fortfuhr: „Möchtest du etwas?"

„Ja", sagte Fräulein Lain gefaßt, „ich möchte helfen."

Ich weiß nicht, wer von uns beiden mehr verblüfft war: Nimmie oder ich. Mit offenem Mund starrten wir Fräulein Lain an. Ihre Augen waren rot und geschwollen; sie hatte offensichtlich geweint.

„Ich möchte helfen", wiederholte sie. „Würdest du mir sagen, wie ich mich nützlich machen kann?"

„Hm, also ... wir ... wir kochen gerade eine Mahlzeit. Einige von den Leuten hier sind gerade erst gekommen. Sie haben seit zwei Tagen nichts gegessen. Elisabeth kocht ihnen eine Suppe."

„Und wie kann ich helfen?" fragte Fräulein Lain erneut.

„Nun, wir ... wir brauchen Geschirr. Wir haben noch keine Zeit gehabt, um das Geschirr zu spülen." Nimmie deutete auf die Spülschüssel, die randvoll mit gebrauchtem Geschirr auf dem Herd stand. Ohne ein weiteres Wort rollte Fräulein Lain sich die Ärmel hoch und machte sich ans Werk.

Nimmie sah mich an, und ich zuckte hilflos die Achseln. Ich hatte nicht die geringste Ahnung, was diese Veränderung bewirkt hatte, wagte aber auch keine Fragen zu stellen – jedenfalls im Moment nicht.

Bis zum Spätnachmittag gab es nichts mehr, was wir für die Dorfbewohner tun konnten. Alle waren nun wieder in ihre Hütten zurückgekehrt. Aus den Schornsteinen quoll Rauch. Nimmie schlug vor, daß wir uns bei einer Tasse Tee ein wenig ausruhten, doch ich zog es vor, wieder nach Hause zu gehen. Kip war allein in unserer Hütte eingesperrt, und zudem würde Wynn gewiß bald kommen. In der Zwischenzeit würde das Feuer vermutlich erloschen sein, so daß unsere Hütte sich rasch abkühlen würde. Nimmie hatte Verständnis und ließ mich gehen.

Kip war überglücklich, mich endlich wiederzusehen, und warf mich mit seiner stürmischen Begrüßung beinahe zu Boden. Ich ließ ihn ins Freie, während ich frisches Brennholz im Kamin und im Herd aufschichtete. Es dauerte eine Weile, bis die Stube wieder wärmer wurde und der Teekessel pfiff. Der Kessel war am Ausguß ein wenig undicht, konnte aber noch weiterhin benutzt werden. Meiner Porzellankanne trauerte ich indessen nach. Ich hatte Lust auf eine Tasse Tee. Schließlich besann ich mich auf eine kleine Porzellankanne, die ich aus einem versteckten Winkel zutage förderte. Vielleicht bildete ich es mir nur ein, aber irgendwie schmeckte mir der Tee nicht so gut wie aus der anderen Kanne.

Als die Dunkelheit hereinbrach, war die Stube wieder recht warm und gemütlich, wenn ich auch noch immer fror. Wo mochte Wynn nur so lange stecken? Wie lange brauchte er dazu, den vermißten Pelzjäger aufzufinden? Lesend und betend saß ich vor meinem Kamin. Schließlich legte ich die Bibel beiseite und ging in der Stube auf und ab. Dabei ließ ich meinen Tränen freien Lauf.

Spät dämmte ich das Feuer ein, wickelte mich in Decken und kauerte mich wieder auf der Liege zusammen. Kip kletterte auf das Fußende und legte sich auf meine Füße. Dieses Mal verbot ich es ihm nicht, hatte ich es doch Kip zu verdanken, daß mir in der vergangenen Nacht meine Zehen nicht erfroren waren.

Voll stand der Mond am Himmel und ließ sein weißes Licht durch das kleine, von Eisblumen bedeckte Fenster in die Stube strömen. Alles erschien mir unwirklich hell, da das Mondlicht auf eine weiße Winterlandschaft fiel. Gerade wollte ich wieder beten, als ich Geräusche vor der Tür hörte, und bevor ich mich auch nur aus den Decken befreien konnte, stand Wynn vor mir.

Ich sprang nicht einmal auf, um ihm entgegenzueilen. Ich vergrub nur mein Gesicht in den Händen und begann zu schluchzen, bis ich am ganzen Leib bebte. Ich war ja so erleichtert, so dankbar, ihn wohlbehalten wiederzusehen! Er kam auf mich zu und nahm mich in seine Arme. Ich klammerte mich an ihn, und er hielt mich lange umschlungen, strich mir über das Haar und klopfte mir auf den Rücken.

„Ist ja gut, Liebling. Ist ja alles gut!“ tröstete er mich wie ein Kind.

Wir versuchten nicht einmal zu sprechen. Dazu bestand keine Notwendigkeit. Später würden wir noch genug Zeit finden, um einander alles, was sich während dieser vier schrecklichen Tage ereignet hatte, zu berichten. Jetzt, in diesen Augenblicken, genügte es uns, daß wir wieder vereint waren.

Nach Wynns Rückkehr wartete eine unerfreuliche Aufgabe auf ihn. Außer den Leichnamen, die er zu untersuchen hatte, hatte er noch einen weiteren auf dem Hundeschlitten mitgebracht. Er hatte den vermißten Mann zwar gefunden, doch für diesen war alle Hilfe zu spät gekommen.

Allem Anschein nach war der Trapper versehentlich mit dem Fuß in eine seiner Fallen geraten. Es war ihm zwar gelungen, sich wieder zu befreien, doch mit einem zerfleischten Fuß hatte er seine Hütte nicht mehr erreichen können. Wynn hatte seine Leiche am Wegrand gefunden.

Ich fragte ihn, ob der Mann eine Frau und Kinder gehabt hatte.

„Nein“, sagte Wynn, „seine Frau ist vor drei Jahren im Kindbett gestorben.“

Es war eine traurige Zeit für uns alle. Nachdem die Leichname untersucht worden waren und Wynn die notwendigen

Formulare ausgefüllt hatte, wurde den Indianern die Erlaubnis zum Bestatten ihrer Toten erteilt.

Es war eine schweigsame Versammlung, die sich in einer langen Reihe auf den Weg aus dem Dorf zu den Totenbäumen machte. Wynn und ich schlossen uns dem Trauerzug an. Der Klang des Totengesangs ließ mich durch und durch erschauern. Noch nie hatte ich etwas Derartiges gehört. Es war kein Weinen, sondern ein Schreien, ein kehliges Klagen, das sich beim Gehen hob und senkte. Es griff mir ans Herz, und ich weinte leise mit den Trauernden.

Mit Anbruch der Dämmerung begann ein stetes Trommeln, das durch die ganze Siedlung hallte, um die Todesnachricht weithin zu verkünden. Selbst Kip wurde unruhig und winselte.

„Werden sie denn die ganze Nacht weitermachen?“ fragte ich Wynn ängstlich. Das durchdringende, monotone Geräusch machte mich gereizt und bedrückt.

„Aber nein! Sie hören gewiß bald wieder auf.“

Vom Fenster aus konnte ich die offenen Feuer auf dem Dorfplatz erkennen. Um das Feuer tanzten die Indianer im Rhythmus der Trommeln. Die Trommler saßen im Schein der Flammen und schlugen mit den Händen auf ihre Instrumente. Dazu sangen sie eine monotone Melodie, die sich in der Nachtluft hob und senkte.

Wynn sollte recht behalten. So plötzlich, wie das Trommeln begonnen hatte, verstummte es auch wieder. Ich sah noch einmal aus dem Fenster. Die Gestalten in der Ferne verschwanden nach und nach in den Hütten. Die Feuer waren zu einer schwachen Glut erstorben. Die Toten hatten eine ordnungsgemäße, würdige Bestattung erhalten.

## Das Dorfleben geht weiter

Der Januar verstrich, und der Februar zog ein. Es gab weitere Schneestürme, doch keiner war auch nur annähernd so heftig wie der Blizzard Mitte Januar. Ein arbeitsreicher Tag nach dem anderen verging. Wir setzten unsere gemeinsamen Bibelstunden fort, und Fräulein Lain fehlte kein einziges Mal dabei. Wenn der Umgang mit ihr auch noch immer nicht einfach war, so war ihr nun eine neue Haltung, eine frische Einstellung zum Leben anzumerken. Für meine unbedachten Worte hatte ich noch immer nicht um Entschuldigung gebeten. Ich war zwar nach wie vor grundsätzlich bereit dazu, doch hatte ich einfach noch keine passende Gelegenheit gefunden. „Danke, mein Herr", betete ich, „daß du etwas Schlechtes in etwas Gutes verwandelt hast!"

Wenn Nachwuchs im Dorf erwartet wurde, so rief man die indianischen Hebammen für die Niederkunft zu Hilfe. Zwischen Anfang Oktober und Mitte Januar wurden vier Säuglinge geboren. Trotz der bitteren Kälte hatten wir bisher keine Kinder außer dem kleinen Mädchen verloren. Zu meinem großen Erschrecken hörte ich, wie Nimmie und Fräulein Lain dies als ungewöhnlich bezeichneten.

Am liebsten hätte ich die beiden gefragt, ob man etwa von vornherein damit rechnen müßte, Kinder zu verlieren. Aus ihrem Gespräch schloß ich aber dann, daß der Tod hier im Norden als so alltäglich wie das Leben hingenommen wurde. Aufgrund des harten Klimas, der unzulänglichen medizinischen Versorgung und der mangelhaften Ernährung war die Kindersterblichkeit tatsächlich hoch hier. Ich war unsagbar betroffen, besonders da ich genau wußte, daß entsprechende Arzneien und gute Ärzte manchen Kindern das Leben retten könnten.

Wynn behielt die Streitigkeiten zwischen Mary und Smith

scharf im Auge. Er hatte Mary häufig besucht. Inzwischen stellte sie wieder ihre Fallen auf. Wie sie diese schwere Arbeit bewältigte, blieb Wynn ein Rätsel. Diese kleine, schmächtige Frau schien ungeahnte Kräfte zu besitzen. Obwohl sie durch Erfrierungen mehrere Zehen eingebüßt hatte, humpelte sie tagein, tagaus durch ihr Fallengebiet, überprüfte die Fallen, entnahm die Beute, häutete die Kadaver und reinigte die Pelze. Dadurch hatte sie sich ein ansehnliches Sümmchen erwirtschaftet, meinte Wynn. Er gelangte aber auch zu der Ansicht, daß alle Zeichen darauf hinwiesen, daß Smith mit seinen Anschuldigungen recht hatte: Mary drang immer wieder in sein Revier ein.

„Bestimmt handelt es sich um einen Irrtum!" wandte ich ein. „Und wenn sie sich schon an dem Jagdgebiet von anderen vergreift, tut sie es bestimmt unwissentlich. So etwas würde sie doch niemals mit Absicht tun!"

Doch Wynn lächelte nur.

Kip war ein prächtiges Tier. Ich erzählte Wynn, was Herr Lain mir gesagt hatte, nämlich daß ich Kip zugestehen sollte, seine Stellung unter den Dorfhunden einzunehmen.

„Findest du, daß er damit recht hat?" fragte ich Wynn ein wenig beklommen.

„Ich fürchte ja", antwortete er. „Früher oder später wird es ohnehin dazu kommen, ob du willst oder nicht. Eines Tages wird Kip zu einem Kampf herausgefordert werden, und entweder wird er sich dann dem Angreifer stellen oder die Flucht ergreifen müssen."

Daß Kip die Flucht ergreifen würde, konnte ich mir nicht vorstellen. Ich war mir nicht einmal sicher, ob ich mir das wünschte. Aber ein blutiger Kampf? Nein, das wollte ich auch nicht.

„Meinst du, daß er jetzt alt genug dafür ist?" fragte ich mit einem leichten Beben in der Stimme.

Mein Blick fiel auf Kips wunderhübsches, silberglänzendes Fell und den schwungvoll gebogenen Schwanz. Ich schauderte bei dem Gedanken, daß er sich blutig zerfleischte Ohren und häßliche Narben einhandeln könnte.

„Hm, du brauchst nichts zu überstürzen", sagte Wynn und strich mir tröstend über die Hand. „Es hat keine Eile."

Wynn verbrachte viel Zeit damit, seine jungen Schlittenhunde zu dressieren. Wie ihr Bruder Kip wuchsen auch sie rasch heran, doch Wynn wollte sie vorerst noch nicht in ihr Geschirr spannen, bis ihre Knochen und Muskeln voll ausgebildet waren. Aus dem zweiten Wurf, von dem Smith gesprochen hatte, hatte er sich zwei weitere Jungtiere ausgesucht. Wynn war sehr mit seiner Wahl zufrieden. Die Tiere waren klug und kräftig und lernten schnell. Bisher hatten sie noch keinen Hang zur Boshaftigkeit gezeigt. Wynn hatte sie mit Bestimmtheit und Freundlichkeit erzogen, anstatt sie hart zu behandeln. Das dankten sie ihm durch ihren Respekt und ihre Ergebenheit.

Meine Freundinnen aus dem Dorf waren viel zu beschäftigt damit, ihre Feuerstellen in Brand zu halten und die Mahlzeiten für ihre Familien zuzubereiten, um Zeit für ein Teestündchen bei mir zu erübrigen. Nur hin und wieder kamen sie allein oder zu zweit auf ein paar Minuten. Manchmal brachten sie auch eine Nachbarin mit, um sie mir vorzustellen. Noch immer konnte keine rechte Unterhaltung aufkommen. Viele der Frauen konnten ein paar Brocken Englisch, doch dabei handelte es sich um Begriffe aus der Handelssprache, die sie im Warenlager aufgeschnappt hatten und die sich daher kaum zu einer Plauderei unter Frauen eigneten. Mit vereinten Kräften, unterstützt durch lebhafte Gestik, gelang es uns, einander ein paar Dinge zu erzählen, doch oft saßen wir nur schweigend beieinander und genossen unsere stille Geselligkeit. Für mich war das eine vollkommen neue Erfahrung. Ich war es gewohnt, mit anderen Frauen zu plaudern. Einfach schweigend mit meinen Gästen um den Tisch zu sitzen, fiel mir anfangs ziemlich schwer, doch mit der Zeit lernte ich auch diese Stunden zu schätzen.

Abendstern erwartete wieder ein Baby. Täglich wartete ich auf die Nachricht von dem frohen Ereignis und betete, daß sie ein gesundes Kind zur Welt bringen möge.

Was den Zeitpunkt ihrer Niederkunft betraf, so drückte Abendstern sich recht vage aus. Als ich mich einmal danach erkundigt hatte, hatte sie nur mit den Achseln gezuckt. Ich hatte vermutet, daß sie meine Frage nicht verstanden hatte, so daß ich sie mit anderen Worten wiederholte. Wieder zuckte sie mit den Achseln und sagte nur: „Kommt, wenn Zeit ist“, wie Anna für mich dolmetschte.

Mitten in der Nacht schreckten wir aus dem Schlaf, als jemand unsere Tür öffnete und nach Wynn rief. Gleichzeitig fuhren wir beide im Bett hoch. Wynn suchte im Dunkeln nach seinen Kleidern und zog sich hastig an.

Das Herz pochte mir bis zum Hals, als ich auf die aufgeregten Stimmen im Nebenzimmer lauschte. Wenig später kam Wynn, eine Laterne in der Hand, wieder zu mir.

„Es ist Abendstern“, sagte er. „Sie hat Schwierigkeiten bei der Entbindung.“

Wynn schlüpfte in seine Pelzjacke und gab mir einen Kuß auf die Stirn.

„Sorg dich nur nicht allzusehr!“ sagte er. „Ich komme so schnell wie möglich zurück.“

Ich bemühte mich zwar, mir keine Sorgen zu machen, aber es wollte mir nicht recht gelingen. Wenn die erfahrenen Hebammen ratlos waren, was konnte Wynn dann schon ausrichten?

Schließlich stand ich auf und legte frisches Brennholz auf das Feuer. Dann stellte ich die Lampe auf den kleinen Tisch, hüllte mich in eine Decke und nahm meine Bibel zur Hand. Ich blätterte in den Psalmen und überflog einige der dick unterstrichenen Verheißungen darin. Es fiel mir schwer, mich auf das Gelesene zu konzentrieren. Ich schloß die Augen und begann zu beten: für Abendstern und für das ungeborene Kind; für Wynn, daß Gott ihm Weisheit schenken und ihn bei seiner schwierigen Aufgabe recht leiten möge und für mich, daß Gott mir die nötige innere Ruhe zum Lesen seines Wortes schenken möge.

Nach einigen Minuten der Stille schlug ich erneut die Bibel auf. Wieder überflog mein Blick die Seiten. Inzwischen war ich viel ruhiger geworden. Mein Zittern hatte nachgelassen. Ich las Abschnitt um Abschnitt, bis ich auf Psalm 27, Vers 14 stieß. Da hielt ich inne und las diesen Vers noch einmal: „Harre des Herrn! Sei getrost und unverzagt und harre des Herrn!“

„Ja, lieber Herr“, betete ich. „Ich will geduldig sein und auf Dich harren.“ Danach nahm ich das winzige Strickjäckchen zur Hand, an dessen Fertigstellung nur noch einige Reihen fehlten, und strickte, um mir die Zeit zu vertreiben.

Die Morgendämmerung brach schon fast herein, als Wynn endlich zurückkam. Er war erschöpft, aber seine Augen leuchteten. Ich wußte, daß er gute Nachricht mitbrachte.

„Wie geht es ihr?“ fragte ich gespannt.

„Bestens! Und ihrem Sprößling ebenso!“ antwortete er.

Voll Dankbarkeit schloß ich die Augen. Tränen der Erleichterung rollten mir über die Wangen. Dann sah ich wieder lächelnd zu Wynn auf.

„Du mußt furchtbar müde sein. Möchtest du gern eine Tasse Kaffee, bevor du dich wieder ins Bett legst?“

„Wieder ins Bett?“ antwortete Wynn lachend. „Mein Schatz, ich habe nicht die Absicht, wieder ins Bett zu gehen. Es ist höchste Zeit, den neuen Tag anzufangen!“

So bereitete ich unser Frühstück vor, während Wynn sich rasierte. Nachdem wir gefrühstückt und unsere Andacht gehalten hatten, machte er sich tatsächlich auf den Weg, um die Pflichten des Tages, der für ihn schon vor Stunden begonnen hatte, in Angriff zu nehmen.

Beim Spalten von hartgefrorenem Brennholz verletzte sich einer der Dorfjungen mit seiner Axt. Man brachte ihn zu Wynn, der glücklicherweise gerade zu Hause war. Nach einem einzigen Blick auf das verwundete Bein hatte ich das Gefühl, als wollte sich mir der Magen umdrehen. Wir nahmen die Kissen von unserer Liege, und Wynn legte den Jungen auf die dünne Matratze.

Sein Hosenbein war zerrissen und voller Blut. Als erstes mußte Wynn das Bein reinigen, damit er das Ausmaß der Verletzung feststellen konnte. Er bat mich um eine Schere, mit der er das zerrissene Hosenbein abschnitt, und dann um eine Schüssel mit heißem Wasser und seine Hausapotheke.

Die beiden jungen Indianer, die ihren Kameraden hergebracht hatten, standen hilflos um ihn herum. Keiner von ihnen verstand Englisch, und sie wirkten nicht weniger verstört als ich.

Irgendwie gelang es mir, Wynns Anweisungen zu befolgen: ihm das heiße Wasser und die Mulltücher zu bringen, die Instrumente auf dem Herd auszukochen und sie ihm dann zu reichen.

Wynn reinigte die Wunde gründlich und stillte die Blutung. Dann nähte er sie mit ein paar Stichen. Die einzigen Anzeichen seiner Schmerzen, die der Junge zeigte, waren ein bleiches Gesicht und zusammengepreßte Lippen. Ich sah nur hin, wenn es sich nicht vermeiden ließ. Die meiste Zeit wandte ich den Blick von der Wunde ab und richtete ihn statt dessen auf meine Hände, auf den Fußboden oder auf Wynns Gesicht. Die ganze Prozedur schien eine halbe Ewigkeit in Anspruch zu nehmen, obwohl Wynn in Wirklichkeit flink arbeitete. Erleichtert seufzte ich auf, als ich ihn sagen hörte: „So, das wär's!“ Nun konnte ich mich endlich einer Ohnmacht hingeben.

Erstaunlicherweise verlor ich jedoch nicht das Bewußtsein. Es gelang mir, mich auf den Beinen zu halten. Die beiden jungen Indianer hoben ihren noch immer bleichen Kameraden von der Liege. Auch ich machte einen Schritt vorwärts.

„Vielleicht sollten wir ihn eine Weile hierbehalten“, schlug ich Wynn vor. „Er ist eigentlich viel zu schwach. Hier könnte ich ihn doch pflegen.“

Wynn hob überrascht die Brauen. Dann sprach er mit den beiden jungen Indianern, die ihren Freund zu uns gebracht hatten! Nach einem kurzen Wortwechsel nickten sie und machten sich allein auf den Rückweg. Wynn überzeugte sich davon, daß es dem verletzten Jungen an nichts fehlte, und nahm dann seinen Hut.

„Ich gehe am besten gleich zu seiner Mutter“, sagte er. „Sie muß ja schließlich erfahren, was vorgefallen ist.“

Etwa eine Viertelstunde später kehrte er mit einer besorgt dreinschauenden Frau zurück.

Sie trat zu ihrem Sohn an die Liege und sagte leise etwas zu ihm. Er schlug seine Augen auf und antwortete ihr. Sie sprach weiter, nickte uns dann zu und verließ uns.

Der Junge hieß Nannuk. Er blieb insgesamt fünf Tage bei uns. Ich hatte ihn gern zu Gast gehabt. Er konnte zwar nicht mit mir sprechen, aber lachen konnte er. Und wie er essen konnte! Seine Wunde entzündete sich nicht, wofür wir sehr dankbar waren. Wynn hatte größte Sorgfalt walten lassen und den Verband jeden Morgen und jeden Abend erneuert. Als Nannuk uns nach fünf Tagen verließ, sah die Wunde schon viel besser aus.

Bevor er ging, gab ich ihm ein frisches Brot mit auf den Weg. Er steckte es unter die Jacke. Seine Augen funkelten fröhlich. Zum Abschied strich er Kip, den er liebgewonnen hatte, noch einmal über das dichte Fell und humpelte dann an zwei behelfsmäßigen Stöcken zur Tür hinaus.

## März

Als es März wurde, konnte ich nur noch an den Frühling denken, doch Wynn warnte mich, daß ich mich nicht zu früh darauf freuen sollte. Kein Mensch in der ganzen Siedlung rechnete schon jetzt mit dem Frühling. Ich dagegen steckte voller Ungeduld. Ich hatte das Gefühl, seit Jahren nichts als Schnee gesehen zu haben, sooft ich zum Fenster hinausschaute.

Wenn mein Mann nicht zu Hause war, fühlte ich mich ziemlich einsam. Meine Freundinnen aus dem Dorf hatten schon seit Wochen keine Zeit mehr für ein gemütliches Plauderstündchen bei mir gehabt. Nimmie hatte eine arge Grippe, so daß wir unsere gemeinsamen Bibelstunden vorerst ausfallen lassen mußten. Ich fühlte mich noch immer nicht sehr wohl in Fräulein Lains Gegenwart, obwohl sie mir inzwischen erlaubt hatte, sie mit „Katherine" anzureden. Unter Umständen hätte ich sie sogar hin und wieder besucht, wenn sie nicht mit Nimmies Krankenpflege beschäftigt gewesen wäre. Nur zu gern hätte auch ich Nimmie gepflegt, doch ich wußte genau, wie wichtig es war, daß Katherine diese Aufgabe übernahm. So blieb ich also untätig zu Hause.

Ich hatte keine Näharbeiten zu erledigen, und meine Flickwäsche war samt und sonders aufgearbeitet. Meine Bücher hatte ich allesamt schon mehrmals durchgelesen. So blieb mir nichts weiter zu tun, als täglich drei Mahlzeiten auf den Tisch zu bringen und anschließend das Geschirr zu spülen.

Auch der Mahlzeiten selbst war ich längst überdrüssig. Ständig kochte ich dieselben Gerichte, und zwar aus Konservendosen. Eine Konserve von diesem, eine Konserve von jenem. Zwar besserten wir unsere eintönige Kost durch frischen Fisch und frisches Wild auf, doch selbst das hatte seinen Reiz längst verloren. Wildfleisch hatte einen herben Geschmack, und ich hatte so große Lust nach einem zarten Rindersteak oder auch nur einer einzigen Portion Schinken.

Mit jeder Faser meines Herzens sehnte ich mich nach dem Frühling. Doch hier im Norden kommt er erst sehr spät.

Eines Nachmittags beschloß ich, einen Spaziergang ins Dorf zu machen. Vielleicht würde es mir gelingen, etwas Eßbares im Warenlager aufzutreiben, das nicht allzu teuer war und eine willkommene Abwechslung zu unserer eintönigen Kost darstellen würde.

Ich zog mich warm an und streifte meine Fäustlinge über. Kip wartete schon schwanzwedelnd an der Tür.

„Möchtest du an die frische Luft?" Das war eine überflüssige Frage. Ich schnallte meine Schneeschuhe an und stapfte los. Die Sonne schien, und der Himmel war klar. „Wenn Wynn sich doch nur ein einziges Mal irren würde und jetzt wirklich der Frühling käme!" seufzte ich.

So machten wir uns auf den Weg durch den hellen Morgensonnenschein, ich auf meinen Schneeschuhen und Kip fröhlich umhertollend und allerhand Dinge beschnüffelnd, die nur Hunde etwas angehen. Wie schön war doch die Welt!

Vor lauter Eifer, endlich einmal wieder einen Spaziergang machen zu können, hatte ich mit keinem Gedanken an die Dorfhunde gedacht. Doch selbst wenn sie mir in den Sinn gekommen wären, hätte ich diesen Spaziergang womöglich trotzdem unternommen. Ich war zu der Überzeugung gelangt, daß Herr Lain und Wynn recht hatten: unmöglich würde ich Kip ein Leben lang vor den Gefahren der Dorfhunde bewahren können.

Auf halbem Weg in die Siedlung begegnete ich Herrn Lain, der mich herzlich begrüßte. Ich erkundigte mich nach Nimmies Wohlergehen, und er gab mir erleichtert zur Antwort, daß sie sich schon viel besser fühlte.

Gemeinsam gingen wir in Richtung des Warenlagers, als ich plötzlich den Schatten eines vorüberstürmenden Hundes bemerkte. Ich schrak auf. Im gleichen Moment ließ mich ein scharfes Bellen herumfahren.

Kip hatte mit der Schnauze in einem Kaninchenloch gestöbert. Da sprang der Dorfhund mit Riesensätzen auf ihn zu. Ich konnte vor Schreck kein Glied mehr rühren.

Wenige Meter vor Kip blieb der fremde Hund plötzlich stehen und sträubte sein Fell. Wir konnten sein angriffslustiges Knurren hören. Kip stand wie angewurzelt da, als sei er sich nicht sicher, was er von dem Ganzen halten sollte. Herr Lain legte mir beruhigend seine Hand auf den Arm.

„Jetzt werden die beiden aufeinander losgehen, nicht wahr?" fragte ich mit erstickter Stimme.

„Warten wir's ab!" antwortete Herr Lain. „Vielleicht ist Kip ja schlau genug, um sich nicht auf einen Kampf einzulassen."

„Schlau genug? Aber Sie haben doch selbst gesagt, daß er es lernen muß, sich seiner Haut zu wehren."

„Aber nicht mit diesem Kerl hier. Nicht mit Lavoies Blitz!"

Ich starrte Herrn Lain entgeistert an.

„Wie meinen Sie das?" fragte ich immer noch zitternd.

„Blitz ist hier der Häuptling. Der hat sämtliche Dorfhunde in die Flucht geschlagen."

In panischer Angst sah ich mich nach einer Waffe um – einer Keule, einem Stein, irgendeinem Gegenstand, mit dem ich einen Kampf abwenden könnte. Doch ich fand nichts.

„Wir müssen eingreifen!" rief ich angstvoll. „Sonst geht es Kip womöglich an den Kragen!" Ich wollte auf die Hunde losstürzen, doch Herr Lain hielt mich zurück.

„Das dürfen Sie auf keinen Fall! Wenn es tatsächlich zu einem Kampf kommen sollte, wird es gefährlich. Sie könnten sich schwere Verletzungen einhandeln."

Der andere Hund umkreiste Kip nun mit gefletschten Zähnen. Er knurrte grimmig. Rundherum im Kreis ging er, und ich hätte schwören können, daß er meinem Kip dabei in Hundesprache jede nur denkbare Gemeinheit entgegenschleuderte. Kip machte einen empörten, ja, sogar einen erbosten Eindruck. Jeden Moment würden sie einander an die Gurgel springen, befürchtete ich.

Dann geschah etwas Seltsames. Kip senkte seinen

Schwanz und wedelte ihn demütig auf dem Boden hin und her. Er winselte, als wolle er sich dafür entschuldigen, in das Hoheitsgebiet des anderen Hundes eingedrungen zu sein. Der große Köter hatte das Nackenfell noch immer gesträubt. Er rückte näher an Kip heran und forderte ihn mit scharfem Gebell heraus. Kip verzichtete auf eine Retourkutsche. Der andere Hund schoß ihm einen letzten verächtlichen Blick zu, machte noch einen Kreis um ihn und trollte sich dann, das Nackenfell noch immer gesträubt, davon.

Ich wußte nicht, ob ich erleichtert oder beschämt sein sollte.

Herr Lain grinste nur.

„Kluges Kerlchen!" meinte er anerkennend. „In ein paar Monaten sieht sich der alte Blitz am besten gehörig vor, wenn er Kip begegnen sollte."

Was er damit gemeint hatte, war mir zwar unklar, aber ich atmete wieder freier und setzte meinen Weg in der Siedlung fort. Nun erschien mir der Tag längst nicht mehr so sonnig wie zuvor, und mir lag sehr daran, meine Einkäufe so schnell wie möglich zu erledigen und wieder nach Hause zu gehen.

Zu meiner großen Freude kamen Anna und Frau Sam am anderen Tag zum Tee. Daß Anna dabei war, freute mich besonders, weil ich mit ihrer Hilfe endlich etwas vom Dorfklatsch mitbekam. Wir unterhielten uns über die Familien am Ort und wie es Ihnen in der kalten Jahreszeit ergangen war. Das Leben hier im hohen Norden schien im Winter ein einziger Kampf ums Dasein zu sein, während man im Sommer ein sorgloses Leben führte. Aber der Sommer war eben nur von kurzer Dauer.

Abendstern und ihrem Säugling ginge es gut, hörte ich. Ich hatte sie nicht gesehen, seitdem ich ihr kurz nach der Geburt des Kleinen das Strickjäckchen und eine Suppe gebracht hatte. Das Baby war ein strammer Junge, und Abendstern war mit Recht stolz auf ihren Sprößling.

Wieder hatte es einen Todesfall in der Siedlung gegeben, berichtete Anna. Eine Indianerin von etwa vierzig Jahren war an der Grippe gestorben. Ihre Gesundheit war schon seit Jahren angegriffen gewesen. Sie hatte insgesamt fünfzehn Kinder zur Welt gebracht, und nach jeder Geburt war sie schwächer geworden. Von ihren fünfzehn Kindern lebten nur noch sieben. Auch ihr Leichnam wurde in Decken geschnürt und in den Zweigen der Totenbäume bestattet. Die Trommeln waren geschlagen worden, um die Todesnachricht weithin zu verbreiten, und die lodernden Feuer hatten die Nacht erhellt.

Ein weiteres Kind wurde geboren. Bei dieser Niederkunft konnte die Hebamme auf Wynns Hilfe verzichten.

Es hatte einige Kranke im Dorf gegeben, doch insgesamt war es ohne Epidemien abgegangen. Die Möglichkeit einer Epidemie wurde stets unter vorgehaltener Hand und flüsternd erwähnt. Man lebte in Furcht und Zittern vor einer entsetzlichen Krankheit, die die Siedlung heimsuchen könnte, wobei man hilflos zuschauen mußte. Es gab weder Krankenhäuser noch Ärzte, und Arzneien standen nur in sehr geringem Maß zur Verfügung.

Schließlich unterhielten wir uns über erfreulichere Dinge. Ich erzählte Anna und Frau Sam von meiner Sehnsucht nach dem Frühling. Ich hoffte, von den Frauen die Kunst des Kräuter- und Beerensammelns zu erlernen. Auch von dem Garten, den ich anlegen wollte, erzählte ich den beiden. Wir alle konnten den warmen Sonnenschein und die erfrischenden Regenschauer kaum erwarten. Selbst die gefürchteten Moskitos würden wir gern in Kauf nehmen, wenn es nur endlich Frühling werden wollte.

„Wie geht es Nannuk?“ erkundigte ich mich.

„Er rennt schon wieder“, sagte Anna mit strahlenden Augen.

„Wie schön“, erwiderte ich erleichtert.

Nach einer Pause fuhr ich fort: „Ich muß oft an die arme Mary denken. Ich kann mir beim besten Willen nicht vorstellen, wie sie ihre Pelzjagd bewerkstelligt, seitdem sie durch den Frost so viele Zehen eingebüßt hat!“

„Sie ist verrückt“, murmelte Anna und schlürfte ihren Tee.

Ich wollte widersprechen, sagte aber statt dessen: „Sie tut

mir leid. Zuerst hat sie alle Kinder verloren, und dann ist ihr Mann auch noch gestorben. Die Ärmste!"

„Mann nicht gestorben", entgegnete Anna ruhig und überlegt.

Erstaunt sah ich sie an. Anna hätte es doch eigentlich besser wissen müssen. Sie wohnte schließlich schon seit vielen Jahren hier.

„Bist du dir da ganz sicher? Wir haben gehört, daß ihr Mann tot ist."

„Tot. Aber nicht gestorben."

Nun wußte ich überhaupt nicht mehr, was ich denken sollte. Anna leerte ihre Teetasse und erhob sich, um wieder nach Hause zu gehen. Auch Frau Sam Lavoie stand auf und ging auf die Tür zu. Anna folgte ihr. Als sie die Tür erreicht hatten, wandte Anna sich noch einmal zu mir um.

„Sie ihn getötet", sagte sie einfach und bestimmt. „Sie ihn wegen Fallen getötet. Mein Joe alles gesehen." Damit drehte sie sich um und schloß die Tür hinter sich.

Ich brannte darauf, Wynn zu berichten, was ich soeben von Anna gehört hatte. Sie mußte sich geirrt haben. So etwas konnte Mary einfach nicht getan haben, sonst hätte Joe es bestimmt der Polizei gemeldet. Irgendwo mußte ein Irrtum vorliegen.

Als mein Mann später nach Hause kam, hatte er schlechte Nachrichten für mich. Mary war in das behelfsmäßige Gefängnis am Ort eingesperrt worden. Wynn hatte sie dorthin abführen müssen. Später würde sie zu einer Gerichtsverhandlung in die nächste Bezirkshauptstadt gebracht werden. Sie hatte nicht nur ihre Fallen in Smiths Gebiet aufgestellt, sondern sogar verendete Tiere aus Smiths Fallen gestohlen. Wynn hatte sie dabei ertappt. Das war ein ernster Verstoß gegen Recht und Gesetz, und Mary hatte keinerlei Erklärung zu ihrer Verteidigung vorzubringen gewußt.

Ich fühlte mich hundeelend.

„Wo ist sie denn jetzt?"

„Hinter Lains Laden gibt es eine kleine Kammer, wo er Pelze lagert, wenn der Raum nicht anderweitig benötigt wird."

Und nun wurde er für andere Zwecke benötigt. Mary war darin eingesperrt.

„Darf – ich – sie besuchen?“ stotterte ich.

Wynn sah mich überrascht an. Nach kurzem Zögern antwortete er: „Aber natürlich, wenn du möchtest.“

Ja, ich wollte wirklich. Am nächsten Tag ging ich zu ihr und brachte ihr frisches Brot und ein Gefäß mit Suppe. Mary nahm das Essen, ohne mich auch nur eines Blickes zu würdigen. Ich versuchte, ihr etwas zu sagen, erhielt aber keine Antwort. Offensichtlich hatte keine Notwendigkeit bestanden, ihr etwas zu essen zu bringen. Nimmie oder Herr Lain schienen sie auf das beste versorgt zu haben.

Ich machte einen erneuten Versuch, mit ihr ins Gespräch zu kommen. Noch immer sah sie geflissentlich zur Seite.

„Ich möchte Ihnen helfen“, sagte ich. „Kann ich irgend etwas für Sie tun?“ Sie wandte mir den Rücken zu, legte sich auf die Pritsche in der Ecke und deckte sich zu.

Noch verstörter als zuvor kehrte ich nach Hause zurück. Ich beschloß, Wynn mein Herz auszuschütten. Gewiß gab es einen Ausweg aus dieser bösen Lage.

„Mußt du denn unbedingt so hart mit ihr verfahren?“ fragte ich.

„Ich fürchte ja, Elisabeth. Der Sachverhalt ist eindeutig. Ich habe Mary auf frischer Tat ertappt. Sie hat die Beute aus Smiths Fallen gestohlen.“

„Aber ... aber kann man es nicht bei einer Verwarnung belassen oder ... oder ein Auge zudrücken und sie noch einmal davonkommen lassen?“

„Mary ist kein ungezogenes Schulmädchen. Sie weiß genau, wie schwer ihr Verbrechen wiegt.“

„Aber jetzt, wo sie weiß, wie genau du aufpaßt, würde sie es bestimmt nie wieder tun“, entgegnete ich beharrlich.

„Liebling, wenn ich Mary laufenließe, dann wird hier niemand mehr das Gesetz respektieren. Außerdem wird sie es immer wieder versuchen; vielleicht nicht sofort, aber mit der Zeit ganz bestimmt. Sie hat einen inneren Drang, Pelze zu sammeln, und nichts auf der Welt wird sie davon abhalten können.“

Ich dachte an das, was Anna gesagt hatte. Wynn hatte ich noch nichts davon erzählt. Jetzt wurde mir ganz elend bei dem Gedanken.

„Sie wird gerecht behandelt werden“, fuhr Wynn fort. „Man wird ihre geistige Verfassung berücksichtigen. Und im übrigen wird sie ein besseres Leben haben als draußen bei ihren Fallen.“

„Aber das wird sie nicht überstehen!“ rief ich empört. „Sie wird es nicht aushalten, eingesperrt zu sein. Sie hat es ja noch nicht einmal fertiggebracht, hier bei uns zu bleiben. Sie ist wie ein Vogel, der seine Freiheit braucht!“

Traurig schaute Wynn mich an. Selbst bei der besten Pflege würde das Eingesperrtsein Marys Zustand nicht ändern. Sie brauchte die Wälder. Ohne ihre Freiheit würde sie zugrunde gehen.

„Es gibt noch etwas zu bedenken, mein Liebes“, fuhr Wynn dann fort. „Stell dir vor, welche Folgen es nach sich ziehen könnte, wenn ich das Gesetz nicht ordnungsgemäß vertrete. Smith oder jemand anders könnte ja auf die Idee kommen, die Sache nach eigenem Gutdünken zu bereinigen. Mary könnte ermordet oder so arg zusammengeschlagen werden, daß sie den Rest ihres Lebens als Krüppel verbringen müßte. So oder so würde das ihren sicheren Tod bedeuten.“

Daran hatte ich noch gar nicht gedacht.

Wynn hielt eine weitere Diskussion über den Fall Mary für überflüssig.

„Ich bin in den Norden geschickt worden, um für Recht und Ordnung zu sorgen, Elisabeth, und genau das beabsichtige ich auch, mit Gottes Hilfe zu tun.“

Ja, ich wußte, daß er den Vorschriften des Gesetzes, nicht seinen eigenen Gefühlen, folgen würde.

Mary wurde nicht mehr zu einer Gerichtsverhandlung vorgeladen. Zwei Tage später fand Nimmie sie tot auf ihrer Liege in der Ecke, wo sie im Schlaf gestorben war.

# Nimmie

Der März schleppte sich auf schwachen, unsicheren Beinen voran. Ich sehnte mich nach einem Frühling, der munter und blitzblank ins Land hereingetanzt kam. Ich glaube, die Dorfbewohner freuten sich nun ebenfalls auf den frischen Frühlingswind.

Für einige der Frauen in der Siedlung bedeutete das Frühjahr ein langersehntes Wiedersehen mit ihren Männern nach monatelanger Trennung. Manche Fallengebiete lagen weit vom Dorf entfernt, und wenn die Männer im Herbst von daheim auszogen, kamen sie erst zurück, wenn der Schnee schmolz. Andere, deren Jagdrevier näher am Dorf lag, verbrachten den Winter teils im Wald und teils bei ihren Familien daheim.

Nimmie hatte sich inzwischen wieder von ihrer Grippe erholt, so daß wir mit unseren Bibelstunden fortfahren konnten. Bei jeder Zusammenkunft lernte ich eine neue Lektion von Nimmie. Sie war immer geduldig und ausgeglichen und hatte ein Herz treu wie Gold. Der Wahrheit gegenüber war sie sehr aufgeschlossen.

An einem Abend, als Wynn und ich uns gerade vor unserem Kamin niedergelassen hatten, brachte ich das Gespräch auf sie.

„Weißt du, ich habe Nimmie wirklich liebgewonnen", begann ich. „Sie ist ein wunderbarer Mensch. Komisch – als ich sie zum ersten Mal gesehen hatte, war ich so sehr enttäuscht. Davon habe ich dir noch gar nichts erzählt, oder?"

Wynn schüttelte den Kopf und sah mir aufmerksam in die Augen.

„Das hat wohl daran gelegen, daß ich mich ein wenig geschämt habe. Weißt du, ich hatte ein Vorurteil mit mir herumgetragen. Ich liebe zwar die Indianer, aber ich hatte mir so sehr eine Freundin gewünscht, mit der ich ... nun, mit der ich mich verstehen und austauschen konnte. Und da hatte ich gemeint, daß ... daß diese Frau ... eine Weiße sein müßte. Nun, das war ein großer Irrtum. Ich hatte mir eine weiße Frau zur Freundin gewünscht, und statt dessen habe ich nun eine ganz liebe an Nimmie gefunden."

Wynn nahm meine Hand in seine. Ich glaube, er verstand mich.

Mit jedem Zusammensein vertrauten Nimmie und ich einander mehr persönliche Dinge an: Gedanken, Gefühle und Entdeckungen, die wir in der Bibel gemacht hatten.

Eines Tages stand sie allein vor meiner Tür. Da es nicht unser gewohnter Bibelgesprächstag war, überraschte mich dieser Besuch ein wenig.

„Hast du Zeit für mich?" fragte sie. Zeit war etwas, das ich im Überfluß besaß. Erfreut bat ich Nimmie in unsere Hütte.

Sie legte ihren Umhang beiseite und setzte sich auf einen Stuhl am Küchentisch. Ich schob den Wasserkessel in die Mitte der Herdplatte, legte frisches Brennholz nach und wartete darauf, daß sie beginnen würde.

„Ich habe viel über den Vers nachgedacht, den wir gestern gelesen haben", sagte sie. „Ich meine den Vers, wo es heißt, daß Jesus für die Gottlosen gestorben ist."

Ich nickte. Ich erinnerte mich gut an diesen Vers.

„Weißt du, ich bin gottlos", fuhr Nimmie dann leise fort.

„Ja, wir alle sind ohne Gott", pflichtete ich ihr bei.

Nimmie riß die Augen auf.

„Du etwa auch?"

„Natürlich. Ich auch."

„Aber ..." begann Nimmie, doch dann unterbrach sie sich.

„In der Bibel steht, daß alle Menschen ohne Ausnahme gesündigt haben, erinnerst du dich? Über diesen Vers haben wir doch vor ein paar Wochen gesprochen."

„Ja, richtig", nickte Nimmie. „Damals war mir wohl nicht recht klar, was das bedeutet."

„Nun, es stimmt aber. In der Bibel heißt es auch, daß es keinen Gerechten gibt, nicht einen einzigen."

Nimmie schwieg.

„Ja, an den Vers entsinne ich mich auch", sagte sie dann.

„Es heißt auch: ‚Als wir noch Sünder waren, hat er uns geliebt.'"

„Das ist es ja gerade, was mir nicht in den Kopf will!" Nimmie hob den Kopf. „Ich kann mir einfach nicht vorstellen, daß es jemanden gibt, der freiwillig stirbt, damit ..." Wieder unterbrach sie sich.

„Elisabeth", sagte sie und sah mich offen an, „ich bin ein schlechter Mensch."

Ich wollte widersprechen, doch Nimmie fuhr fort: „Du kennst mich nicht, Elisabeth. Du hast ja keine Ahnung, was ich um ein Haar getan hätte."

Sie weinte nicht. Die Indianer weinen nicht. Statt dessen senkte sie den Kopf vor grenzenloser Selbstverachtung und hielt den Blick von mir abgewandt.

„Möchtest du es mir erzählen?" fragte ich schließlich vorsichtig. Nimmie schien vollkommen verstört zu sein.

„Ich habe die Verrückte Mary versorgt. Ich habe ihr alle Mahlzeiten und eine Waschschüssel für ihre Hände gebracht. Ich habe ihre entzündete Zehe verbunden, die noch von ihren Erfrierungen herrührte und einfach nicht heilen wollte. Jedes Mal, wenn ich zu ihr kam, haben wir miteinander gesprochen. Ich habe versucht, ihr Mut zu machen. ‚Es wird schon alles wieder gut werden', habe ich sie zu trösten versucht, doch sie hat immer nur um eins gebettelt. Sie hat mich angefleht, es ihr zu bringen. Ich habe es ihr standhaft verweigert. Sie wollte ihr Jagdmesser haben."

Ich verstand nicht, auf was Nimmie hinauswollte. Eine Zeitlang schwiegen wir beide, während ich über ihre Worte nachdachte. Warum sollte es denn schlimm gewesen sein, daß sie sich so liebevoll um Mary gekümmert hatte? Schließlich hob Nimmie den Kopf und sah mich an.

„Ich wußte genau, warum sie ihr Messer haben wollte. Sie konnte es nicht ertragen, wie ein ... wie ein Huhn in einem Käfig eingesperrt zu sein."

Plötzlich ging mir ein Licht auf. Mary hatte sich das Leben nehmen wollen!

„Ich ... ich habe immer wieder nein gesagt, bis ich es eines Morgens nicht mehr mit ansehen konnte. Sie war nahe daran, in der kleinen Kammer vollends den Verstand zu verlieren. Und bald sollte sie aus ihrer Heimat und ihrem Stamm fortgeschickt und für immer eingesperrt werden. Das hätte sie niemals überlebt. Langsam und elendig wäre sie daran zugrunde gegangen. Wäre es dann nicht besser, wenn sie freiwillig und schnell in den Tod ginge?

So habe ich das Messer schließlich doch geholt und es in meinem Kleid versteckt. Ich wollte es ihr zustecken, als ich ihr das Frühstück brachte. Als ich aber die Tür aufschloß, da war die Verrückte Mary ... da war sie ..."

Ja, ich wußte, was sie sagen wollte. Mary war sanft entschlafen.

Die Gedanken überstürzten sich in meinem Kopf, und mein Herz klopfte mir bis zum Hals. Was sollte ich nur Nimmie in ihrer großen Seelenqual sagen?

Wußte sie überhaupt, wie ernst ihr um ein Haar begangenes Verbrechen gewesen wäre? Wynn hätte sie festnehmen müssen. Sie wäre diejenige gewesen, die in der kleinen Kammer hinter dem Warenlager ihres Mannes eingesperrt worden wäre. Sie wäre vor Gericht gestellt und verurteilt worden. Ein furchtbares Verbrechen wäre ihr angelastet worden.

Entsetzen über das soeben Gehörte packte mich und ich begann zu zittern, doch Nimmie sprach weiter.

„Ich bin ein gottloser Mensch", sagte sie. „Ich bin eine Sünderin. Als ich jene Verse zum ersten Mal las, dachte ich, daß jemand anders damit gemeint wäre. Jetzt aber weiß ich, daß ich selbst gemeint bin. Mein Herz ist schwer, Elisabeth. Ich habe in der letzten Nacht keinen Schlaf gefunden. Ich liebe ihn, diesen Jesus. Aber mit meiner Sünde habe ich ihm sehr weh getan."

Daß sie richtig gehandelt hatte, konnte ich Nimmie beim besten Willen nicht sagen. Sie hatte recht: es war falsch von ihr gewesen. Wenn sie sich an Marys Selbstmord mitschuldig gemacht hätte, wäre das ein regelrechtes Verbrechen gewesen. Doch Gott in seiner großen Gnade hatte sie davor bewahrt. Ich dankte ihm dafür, daß er zur rechten Zeit eingegriffen hatte. Was Nimmie beinahe getan hätte, erwähnte ich nicht mehr. Statt dessen sprach ich über das, was sie nun zu tun hatte.

„Nimmie, als ich erkannte, daß ich eine Sünderin bin und daß es nicht in meiner Macht steht, meine Schuld wiedergutzumachen, da habe ich das einzige getan, was man in dieser Lage tun kann – und tun muß. Ich habe ein Geschenk angenommen. Es ist das Geschenk Gottes an die ganze Menschheit, nämlich seine Vergebung. Diese Vergebung ist für uns da, weil Gottes Sohn am Kreuz für unsere Sünden gestorben ist. Er hat die Todesstrafe, die wir eigentlich verdient hätten, auf sich genommen, damit wir sie nicht mehr zu erleiden hätten. Diese große Liebe kann auch ich nicht begreifen, Nimmie, aber ich weiß, daß sie echt ist. Ich habe sie nämlich selbst erlebt. Als ich zu Gott betete und ihm meine Sünden bekannte, begriff ich plötzlich, daß Jesus für mich persönlich gestorben war. Ich nahm ihn als meinen Erlöser an. Da wurde ich von dieser Liebe ganz durchflutet. Wo vorher Angst und Unruhe geherrscht hatte, wohnte jetzt Freude und Frieden."

„Und würde er das auch für mich tun?"

„Selbstverständlich. Er sehnt sich sogar danach. Deshalb ist er ja auf diese Erde gekommen und am Kreuz gestorben. Er liebt dich ja so sehr, Nimmie!"

Ihre Augen blieben trocken, doch meine füllten sich mit Tränen.

Schließlich beugten wir uns zum Gebet. Zuerst betete ich, dann Nimmie. Mit einfachen Worten bekannte sie Gott ihre Sünden, bat um Vergebung und endete mit Lob und Dank.

Nach unserem Gebet nahm ich Nimmie in die Arme. Selbst in ihren Augen glänzte es nun feucht. Wir nahmen uns Zeit, um gemeinsam einige der herrlichen Verheißungen Gottes in der Bibel zu lesen, und dann eilte Nimmie auch schon zurück ins Dorf, um ihrem Mann von ihrem Glück zu erzählen.

Als sie sich verabschiedet hatte, war mein Herz voller Freude. Jetzt war Nimmie mir mehr als nur eine gute Freundin. Sie war meine Schwester geworden.

Niemand von uns hatte geahnt, wie bald Nimmies neugefundener Glaube auf die Probe gestellt werden würde. Kaum zwei Wochen nach dem Tag, als Nimmie und ich zum ersten Mal miteinander gebetet hatten, ereignete sich eine Katastrophe. Die ganze Siedlung sollte darunter leiden, doch Nimmie und ihr Mann waren die am schlimmsten Betroffenen.

Gegen zwei Uhr in der Nacht hörten wir plötzlich laute aufgeregte Stimmen vor unserer Hütte. Mit einem Satz sprangen wir beide aus dem Bett und stürzten ans Fenster. Die ganze Gegend war in ein grellrotes Licht getaucht.

„Feuer!" rief Wynn schon, bevor er das Fenster erreicht hatte.

„Oh, lieber Gott, nur das nicht!" betete ich laut.

Aber Wynn hatte recht gehabt. Eine Zeitlang hatte es den Anschein, als gehe das ganze Dorf in Flammen auf. Während ich noch ganz benommen war, hatte Wynn sich schon angekleidet.

„Bleib hier, Elisabeth!" sagte er. „Ich schicke alle, die Hilfe brauchen, hierher zu dir. Du weißt ja, wo unser Verbandszeug ist. Hol es gleich hervor, damit alles bereit ist für den Fall, daß es benötigt wird!"

Bevor ich auch nur ein Wort erwidern konnte, war er verschwunden.

Hastig kleidete ich mich an, wobei ich große Ängste ausstand, daß ich gebraucht würde, bevor ich Wynns Anweisungen befolgen konnte. Die Stimmen draußen wurden lauter. Ich konnte sogar das Knistern der Flammen hören. Kip winselte vor der Tür. Sein Instinkt witterte Gefahr.

„Schon gut, Kip!" beruhigte ich ihn. „Hier bist du ja in Sicherheit!"

Nachdem ich das Verbandszeug und die Brandsalben auf dem Tisch ausgebreitet hatte, wie Wynn es angeordnet hatte, legte ich frisches Holz auf das Feuer im Herd und setzte einen vollen Wasserkessel zum Kochen auf.

Der Geruch von Rauch hing nun schwer in der Luft. Mir wurde ganz elend zumute. Der Brandgeruch war ein böses Omen. Er bedeutete materiellen Verlust und womöglich sogar Tod. Ich trat ans Fenster, um auszumachen, wieviel von unserer Siedlung in Flammen stand. Es war das Warenlager der Hudson's-Bay-Gesellschaft, das lichterloh brannte. Wild schlugen die Flammen zum Himmel. Männer standen in sicherer Entfernung um das Gebäude, ohne auch nur das geringste ausrichten zu können. Es gab keine offizielle Feuerwehr im Dorf, und mit nichts als Eimern und Schnee zur Hand konnte man gegen ein solches Feuer nichts ausrichten.

Eine Hütte in der Nähe des Warenlagers brannte ebenfalls. Ich betete für die Bewohner, daß sie in Sicherheit wären. Allmählich konnte ich einzelne Gestalten erkennen. Auf den Dächern von mehreren Hütten standen Männer. Eine Eimerbrigade reichte ihnen mit Schnee gefüllte Eimer. Frauen und Kinder irrten umher oder kauerten sich angstvoll in Gruppen zusammen. Der ganze Anblick war ein Bild des Schreckens und der Verzweiflung.

Ein Geräusch von der Tür her ließ mich herumfahren. Drei Frauen standen dicht aneinandergedrängt vor mir. Eine von ihnen hielt einen Säugling in den Armen, und eine andere hatte ein größeres Kind an der Hand. Ich hatte sie schon an dem Tag gesehen, als Nimmie und ich im Warenlager Suppe an frierende Dorfbewohner verteilt hatten. Ihre Namen kannte ich jedoch nicht.

„Kommen Sie herein", begrüßte ich sie. „Wie geht es Nimmie? Haben Sie Nimmie gesehen?"

Eine der Frauen schüttelte den Kopf. Die anderen beiden starrten mich nur ausdruckslos an.

Dann schoben sie das kleine Mädchen ein paar Schritte vor. Ihr Gesicht war von Ruß und Tränenspuren verschmiert. An der Hand hatte sie eine häßliche Brandwunde. Erschrocken zog ich ihr die Jacke aus und kniete mich vor sie auf den Fußboden.

Ich hatte so gut wie keine Erfahrung in der Behandlung von Verbrennungen. Wahllos griff ich nach einer Salbendose und las die Aufschrift. Daraus konnte ich nicht viel entnehmen. Wahrscheinlich würde ich gut daran tun, die Wunde zuerst zu reinigen, aber wie? Ich erwärmte eine Schüssel mit Wasser auf Zimmertemperatur, um das angegriffene Gewebe nicht weiter zu beschädigen. Dann wischte ich mit einem weichen Lappen den Schmutz und den Ruß ab, so gut es ging, und bemühte mich dabei sehr, dem Kind nicht weh zu tun. Behutsam strich ich etwas von der Salbe auf die Wunde und verband sie anschließend mit einem sauberen Stück Mull.

Kaum war ich mit dem Verbinden fertig, als die andere Frau mir den Säugling reichte. Sie hustete zum Zeichen, daß der Kleine Atembeschwerden hatte, und deutete durch das Fenster auf das Feuer.

„Rauch“, sagte sie.

„Hat er Rauch eingeatmet?“ fragte ich.

„Rauch“, war alles, was sie mir antworten konnte.

Eine Rauchvergiftung also. Aber wie sollte ich sie behandeln? Ich hatte keine Ahnung, was in einem solchen Fall zu tun war. Aber selbst wenn ich mich in der Behandlung ausgekannt hätte, hätten mir zweifellos die notwendigen Instrumente oder Arzneien gefehlt.

Ich nahm den Säugling auf den Arm. Um die Frauen zu beruhigen, mußte ich irgend etwas unternehmen, aber was? Womit linderte man nur Atembeschwerden? Das einzige Mittel, das mir einfallen wollte, war Wasserdampf, doch womöglich war das in diesem Fall sogar schädlich. Ich wußte mir einfach keinen Rat.

Schließlich wickelte ich den Säugling aus seiner Decke und legte ihn auf die Liege. Dann suchte ich in Wynns Hausapotheke nach irgendeiner Medizin, die dem Säugling guttun würde. Gegen Rauchvergiftung konnte ich jedoch nichts finden. Schließlich griff ich eine Salbe gegen Husten heraus und rieb etwas davon auf die winzige Brust des Kindes.

Ich war noch mit dem Säugling beschäftigt, als erneut die

Tür ging. Weitere Frauen und Kinder kamen, eher aus Angst als wegen Verletzungen. Einige hatten geringe Brandwunden, doch glücklicherweise war niemand ernsthaft verletzt. Der Geruch von Rauch haftete an ihren Kleidern, und in den Gesichtern stand noch deutlich die Angst vor dem Feuer.

Jedesmal, wenn eine neue Gruppe kam, stellte ich dieselbe Frage: „Wo ist Nimmie? Die Lains? Sind sie unverletzt?" Doch zur Antwort erhielt ich nur Achselzucken und verständnislose Blicke.

Die Morgensonne hatte sich schon über dem Horizont erhoben, als Wynn einen jungen Mann hereintrug, der eine schlimme Verbrennung am Fuß hatte.

So erleichtert ich auch war, meinen Mann wiederzusehen, tat mir der junge Mann doch sehr leid.

„Und wie geht es Nimmie?" fragte ich wieder. „Wie geht es den Lains?"

„Gut", antwortete Wynn. „Alle drei sind unversehrt."

Ich war unsagbar erleichtert.

Daraufhin gab Wynn mir Anweisungen, was er zur Behandlung des Fußes brauchen würde, und ich besorgte ihm alles, so gut ich konnte. Nachdem er dem jungen Mann eine Arznei gegen seine Schmerzen verabreicht hatte, versorgte er die Wunde, soweit das in seiner Macht stand. Dann legte er einen losen Verband an und ließ den jungen Mann auf unserer Liege zurück, um sich wieder an den Löscharbeiten zu beteiligen.

Doch zuerst nahm er mich in seine Arme. Da viele Augenpaare auf uns gerichtet waren, zog er mich nur kurz an sich.

„Ich denke, die übrigen Hütten werden wir vor dem Feuer retten können. Es wird nicht mehr lange dauern, bis du alle wieder nach Hause schicken kannst." Damit machte er sich wieder auf den Weg.

Ich sah mich unter den noch immer von Furcht geprägten Gesichtern um.

„Sergeant Delaney sagt, daß das Feuer bald gelöscht sein wird", teilte ich ihnen mit und unterstrich das Gesagte mit Gesten. „Dann können Sie alle wieder in Ihre Hütten zurückkehren. Die übrigen Gebäude sind vor dem Feuer in Sicherheit."

Ich wußte nicht, wie viele der Anwesenden mich überhaupt verstanden hatten. Von ihrer Sprache kannte ich nur wenige Ausdrücke, und das Wort für Feuer war mir nicht geläufig."

„Aber zuerst", fuhr ich fort, „trinken wir noch Tee zusammen."

Ich kochte eine Kanne Tee nach der anderen. Mit den Tassen mußten wir uns abwechseln. Dennoch besserte sich die gedrückte Stimmung nach und nach. Einige der Frauen begannen sogar, miteinander zu plaudern, wie ich zu meiner Erleichterung feststellte.

Ich sah nach dem jungen Mann mit der Verbrennung am Fuß. Er schien sich, so gut ihm das unter den Umständen möglich war, von dem Schrecken zu erholen. Ich bot ihm etwas Tee an, doch er schüttelte den Kopf.

Im Verlauf des Vormittags wurde das Feuer im Dorf zu einem glühenden Aschehaufen. In kleinen Gruppen verließen die Frauen und Kinder unsere Hütte.

Der junge Mann war inzwischen eingeschlafen; ob aus Erschöpfung oder als Folge der Arznei, das wußte ich nicht zu sagen. Ich begann, die Tassen aufzuwaschen und Ordnung in unserer kleinen Stube zu schaffen.

Als Wynn endlich zurückkam, war der junge Mann wieder wach und hatte mir mehrere Fragen gestellt, die ich weder verstand noch beantworten konnte. Ich war erleichtert, als Wynn kam, damit er dem Jungen die gewünschte Auskunft geben konnte.

Ich öffnete ihm die Tür. Nachdem ein kurzer, banger Blick mir bestätigt hatte, daß er unverletzt war, deutete ich auf den jungen Mann auf der Liege.

„Er wollte mich etwas fragen", sagte ich. „Aber ich kann mich einfach nicht mit ihm verständigen."

Wynn trat zu dem jungen Mann und kniete sich neben ihn auf den Boden. Der Junge sagte etwas in dem weichen, fließenden Ton seiner Muttersprache. Wynn erwiderte ihm ein paar kurze Worte, nickte ihm zu und stand dann auf, um dem jungen Mann auf die Beine zu helfen.

„Ich bringe ihn nach Hause", erklärte mir Wynn.

Der junge Mann sah aus, als ob er einer Ohnmacht nahe sei.

„Wäre es … wäre es nicht besser, du würdest ihn tragen?" fragte ich besorgt.

„Das würde ich gern tun", sagte Wynn, „aber es würde eine große Schande für ihn bedeuten, von einem anderen Mann durch die Siedlung getragen zu werden."

Ich sah den tapferen Jungen an. Sein Gesicht war schmerzverzerrt. Trotzdem war er eisern dazu entschlossen, zu Fuß zu gehen, anstatt sich tragen zu lassen.

Ich nickte ihm zu.

„Hoffentlich schafft er's bis nach Hause!" sagte ich zu Wynn.

„Dafür werde ich schon sorgen", versprach er leise, und gemeinsam machten sie sich auf den Weg.

Als Wynn zurückkehrte, hatte er die Lains im Schlepptau.

„Hast du für fünf hungrige Leute genug Essen im Haus?" fragte er mich. Ich warf einen Blick auf meinen Herd. Es war beinahe Mittag, und keiner von uns hatte auch nur einen Bissen zu sich genommen.

„Ganz bestimmt", sagte ich, ohne zu zögern. Bevor ich mich aber in der Küche an die Arbeit machte, mußte ich mich doch erst mit eigenen Augen davon überzeugen, daß es Nimmie und Katherine tatsächlich gutging.

An unserer Tür zogen sie ihre verrußten Mäntel aus und klopften den Schnee von ihren Stiefeln ab. Ihre Gesichter waren von Ruß und Tränenspuren überzogen. Ob die Tränen vom Weinen oder von dem beißenden Qualm herrührten, wagte ich nicht zu fragen. Ihre Schultern waren vor Erschöpfung gebeugt. Sie hatten eine lange, aufregende und angstvolle Nacht hinter sich. Ihr Zuhause war restlos zerstört. Ihre einzige Einnahmequelle war zunächst versiegt. In einer einzigen Nacht hatten sie all ihr Hab und Gut verloren.

Ich ging auf die drei vom Unglück so hart getroffenen Menschen zu, konnte aber kein Wort hervorbringen, um mein Mitgefühl auszudrücken. Besorgt schaute ich Nimmie an. Sie beantwortete meine unausgesprochene Frage mit einem tapferen Kopfnicken. Ja, alles würde wieder gut werden.

Dann streckte ich Katherine die Hand entgegen und fragte sie: „Und – bist auch du unverletzt?"

Ihre Antwort überraschte mich.

„Ich habe keine Verbrennungen oder andere äußere Verletzungen."

Damit hatte sie im Grunde angedeutet, daß ihre Verletzungen eher seelischer Natur waren. Sie würden mit der Zeit schon heilen, denn nun kannte sie ja das Geheimnis echter Heilung, den „Heiland".

Zu Herrn Lain sagte ich beinahe flüsternd: „Es tut mir so sehr leid, daß das passieren mußte."

Er lächelte mühsam.

„Sie wissen ja: Unkraut vergeht nicht, Frau Delaney. Wir werden's schon irgendwie verkraften."

Ich erwiderte sein Lächeln und machte mich dann am Herd zu schaffen, um bald eine heiße Mahlzeit auf den Tisch bringen zu können.

Nach dem Essen setzten wir uns um den Kamin und unterhielten uns mit gedämpfter Stimme.

„Wie soll es denn jetzt weitergehen, John? Können wir euch irgendwie helfen?" fragte Wynn.

Herr Lain zuckte mit den Achseln.

„Ich weiß selbst noch nicht, was werden soll."

„Sie können gern bei uns wohnen, bis sich eine andere Unterkunft findet", bot Wynn den dreien an.

„Ja, Katherine bekommt die Liege", meldete ich mich zu Wort. „Aber woher nehmen wir ein zweites Bett?"

Nimmie schüttelte den Kopf.

„Es gibt keine Betten im Dorf", sagte sie. „Sorg dich nur nicht deswegen! Ich mache John und mir einfach selbst ein Bett."

Ich schaute sie verwundert an.

„Nun, aus Tannenzweigen und Felldecken", erklärte sie. „Ich weiß, wie man eine Schlafstelle herrichtet, um die uns die reichsten Weißen beneiden würden!"

Ich bewunderte Nimmies Mut und ihren Sinn für Humor in dieser bedrückenden Lage.

„Um uns selbst mache ich mir nicht einmal die größten Sorgen", fuhr Herr Lain fort. Mit hängenden Schultern saß er da, obwohl er sich die größte Mühe gab, sich nicht zu sehr niederdrücken zu lassen.

„Sie wissen doch, Wynn, wie es um diese Jahreszeit ist", fuhr er fort. „Wir haben einen langen, harten Winter hinter uns. Die meisten Familien haben keine Lebensmittel mehr auf Vorrat. Bis zur ersten Ernte hätten sie sich ausschließlich auf die Waren verlassen, die sie mit ihrer Pelzausbeute erstanden hätten. Mehr als fünf Tassen Mehl hat bestimmt niemand im Haus. Wie sollen die Leute aber ihre Grütze ohne Mehl kochen? Und woher sollen sie ihr Salz und ihren Tee bekommen, und ..."

Wynn unterbrach ihn.

„Wir tun uns zusammen und sorgen für sie. Die Indianer sind harte Zeiten gewöhnt. Sie werden es schon überstehen."

Eine Zeitlang schwiegen wir. Herr Lain ergriff als erster wieder das Wort.

„Wie steht es denn um Sie beiden? Was haben Sie an Vorräten im Haus?"

Wynn schüttelte den Kopf.

„Nicht genug für das ganze Dorf, soviel steht fest. Wir werden uns alles genau einteilen müssen, um über die Runden zu kommen."

Herr Lain nickte.

„Ja, das ist eine gute Idee", sagte er ein wenig betrübt. „Geben Sie nur nichts von dem wenigen, das Sie haben, an andere ab. Damit ist nämlich niemandem gedient. Irgend jemand muß schließlich bei Kräften bleiben, und mir scheint, daß das Los Sie trifft, Sergeant."

Schlagartig wurde mir das volle Ausmaß der Katastrophe bewußt. „O mein Gott", betete ich im stillen, „laß doch bitte nicht zu, daß ich meine Tür vor hungrigen Menschen verschließen muß! Lieber verschenke ich meine letzte Brotscheibe und teile die Not der anderen."

Sollte Herr Lain etwa recht haben? Würde es tatsächlich dahin kommen, daß wir dazu gezwungen sein würden, unsere Lebensmittel für uns selbst zu verbrauchen, damit uns die nötige Kraft erhalten blieb, um den Dorfbewohnern zu helfen? Ich hoffte von ganzem Herzen, daß dieser Fall niemals eintreten würde.

„Hm, mir scheint, zuerst werden wir eine kleine Bestandsaufnahme machen müssen", schlug Wynn vor. „Wir gehen von Familie zu Familie und erkundigen uns nach den Lebensmittelvorräten, die sie im Hause haben. Ich gebe Ihnen ein kleines Heft, John, wenn Sie mit mir kommen möchten. Unterwegs können Sie sich dann alles genau notieren."

Herr Lain nickte und stand auf, nahm seinen schweren, von Rußspuren übersäten Mantel und seine Biberkappe, um Wynn zu folgen.

„Und Elisabeth", sagte Wynn zu mir, „würdest du bitte das gleiche hier bei uns tun, sobald du die Zeit dazu findest? Es ist wichtig, daß wir genau wissen, über welche Vorräte wir insgesamt verfügen."

Ich nickte. Die Lage schien tatsächlich sehr ernst zu sein.

Nachdem die Männer gegangen waren, wandte ich mich an Nimmie und Katherine.

„Ihr zwei ruht euch am besten eine Weile aus", schlug ich vor. „Ihr seht ja vollkommen erschöpft aus!"

„Ich helfe dir bei deiner Bestandsaufnahme", erbot Nimmie sich.

„Nein, das ist nicht nötig. Es wird ohnehin nicht lange dauern. Wir haben gar nicht viel zu zählen. Leg dich lieber hin und schlafe ein bißchen!"

Nimmie zögerte noch immer, aber ich bestand auf meinem Vorschlag, so daß sie und Katherine sich schließlich in unser Schlafzimmer zurückzogen, ihre rußbefleckten Kleider auszogen und bald fest eingeschlafen waren.

Ich wusch unser Geschirr auf und räumte die kleine Stube ein wenig auf. Dann nahm ich Papier und Bleistift zur Hand und begann mit der Bestandsaufnahme.

Ich maß und zählte alles auf das genaueste: jede Tasse

Mehl, jeden Löffel Teeblätter. Ich sortierte alle Konserven und zählte sie. Ich wog Zucker und Salz, den Kaffee, die getrockneten Bohnen und den Reis. Nachdem ich die Küchenvorräte aufgenommen hatte, ging ich an die Lebensmittel in der Vorratskammer und notierte alles genau.

Zuerst erschienen mir unsere Vorräte reichlich, doch dann überlegte ich, wie viele Tage wir damit auskommen mußten. Plötzlich sah die Lage nicht mehr so rosig aus. Herr Lain hatte recht gehabt. Wir alle würden mit unseren Vorräten sehr haushalten müssen, wenn wir den Rest dieses Winters einigermaßen überstehen wollten.

Ziemlich niedergeschlagen kehrte ich in die Küche zurück. Von jetzt an würde ich alle Mahlzeiten sorgfältig planen müssen, um mit den Vorräten auszukommen.

Inzwischen war es Spätnachmittag geworden. Wynn und Herr Lain waren schon seit mehreren Stunden unterwegs. Ich sah ungeduldig aus dem Fenster und hoffte, daß sie bald zurückkehren würden.

Da kam Nimmie aus dem Schlafzimmer. Sie sah schon viel erholter aus.

„Elisabeth“, begann sie, „darf ich mir deine Schneeschuhe leihen?“

„Natürlich, aber fühlst du dich denn kräftig genug für einen Gang nach draußen?“

„Gewiß“, sagte sie mit einem sanften Lächeln. „Die Bewegung und der heilsame Atem der Natur werden mir guttun.“

„Die Schneeschuhe stehen draußen vor der Tür“, erklärte ich ihr. Ja, ein wenig von dem heilsamen Atem der Natur würde auch mir guttun, dachte ich.

Wynn und Herr Lain kehrten vor Nimmie wieder zurück. Was sie berichteten, klang äußerst besorgniserregend. Sämtliche Lebensmittelvorräte im ganzen Dorf waren auf zwei kurzen Seiten des Notizbuches aufgeführt. Die Indianer hatten sich immer auf die Vorräte des Warenlagers verlassen und nicht für die Zukunft vorgesorgt. Außer Wurzeln, Kräutern und getrockneten Beeren verfügte kaum jemand über nennenswerte Vorräte, und auch diese wurden zusehends knapper.

Es stand nicht gut um die Dorfbewohner. „Bitte, himmlischer Vater, laß doch den Frühling in diesem Jahr bald einkehren!“ betete ich.

Als die Dunkelheit hereinbrach und Nimmie noch immer nicht zurückgekehrt war, begann ich mich um sie zu sorgen. Das wagte ich jedoch nicht auszusprechen, da Wynn und Herr Lain ohnehin genug Sorgen hatten. Immer wieder trat ich ans Fenster und hielt Ausschau nach ihr. Wenn ich ihr doch nur Kip mitgegeben hätte!

Herr Lain, der gerade mit Wynn im Gespräch war, hielt mitten im Satz inne und wandte sich zu mir um. „Wenn Sie sich wegen Nimmie Sorgen machen“, sagte er, als er bemerkte, daß ich wiederholt zum Fenster hinaus in die Dunkelheit starrte, „dann sparen Sie sich am besten die Mühe. Nimmie kennt sich in den Wäldern wie in ihrer Westentasche aus. Ihr droht keine Gefahr, auch nicht bei Nacht!“

Ich errötete leicht.

„Trotzdem hoffe ich, daß sie bald kommt!“ erwiderte ich kleinlaut.

Katherine kam aus dem Schlafzimmer. Auch sie wirkte erfrischt.

„Ich habe ja fast den ganzen Tag verschlafen!“ gestand sie. „Das tut mir leid. Eigentlich wollte ich dir helfen, aber ich habe fest geschlafen. Du hättest mich längst rufen sollen.“

„Aber es gab doch gar nicht viel zu tun“, wehrte ich ab. „Außerdem hast du den Schlaf bitter nötig gehabt.“

Wir kochten unser Abendessen. Katherine deckte den Tisch. Da er ziemlich klein war und wir nur zwei Stühle besaßen, würden wir unsere Teller am Tisch füllen und uns dann in der Stube verteilen müssen.

Gerade wollten wir mit der Mahlzeit beginnen, als wir Nimmie hörten. Mit einem Seufzer der Erleichterung öffnete ich die Tür, und sie kam, beinahe vollkommen hinter Tannenzweigen versteckt, hereinspaziert. Wie sie sich so hoch beladen konnte, war mir ein Rätsel. Hinter ihrem Bündel hervor lächelte sie uns entgegen, und John half ihr, sich von der Last zu befreien.

Wir aßen gemeinsam zu Abend, danach machte Nimmie sich erneut auf den Weg nach draußen. Mit ein paar Tierfellen kehrte sie bald darauf zurück. Aus den Zweigen und den Fellen machte sie dann ein Bett für John und sich in einer Ecke von Wynns Dienststube.

Wynn betete mit uns, dann legten wir uns zeitig schlafen. Es war ein langer, anstrengender Tag gewesen, und nun gab es nichts mehr für uns zu tun. Der Morgen würde neue Arbeit und Mühe mit sich bringen, und wir würden uns den Aufgaben jedes Tages neu stellen müssen.

## Karge Kost

Für einen der nächsten Tage beraumte Wynn eine Versammlung der Dorfbewohner an. Sie kamen vor dem Schutthaufen zusammen, der bis vor kurzem noch ihr Einkaufszentrum gewesen war, das sie alle mit Lebensmitteln versorgt hatte. Besorgte Augenpaare musterten die Trümmer mit traurigem Blick. Selbst das wenige, was aus den Flammen gerettet worden war, war so gut wie unbrauchbar.

Wynn stellte sich vor die versammelte Dorfgemeinde und sprach sie in ihrer Stammessprache an. Nimmie stand neben mir und flüsterte mir die Übersetzung ins Ohr.

„Wir haben uns versammelt, weil wir zueinanderstehen wollen. Wir gehören zueinander und stehen füreinander ein. Wir haben unser Warenlager verloren und damit die Quelle unserer Lebensmittelversorgung. Jetzt müssen wir unsere Nahrung selbst beschaffen. Das ist nichts Neues; viele, viele Monde lang haben unsere Vorväter das auch getan. Es wird nicht leicht sein. Wir müssen alle gemeinsam dafür arbeiten.

Ihr habt noch etwas Mehl und Salz für eure Grütze. Damit müßt ihr sehr sparsam umgehen, weil es für viele Tage reichen muß.

Zum Glück haben wir die Wälder und Flüsse. Sie werden uns nicht im Stich lassen. Dort gibt es Fleisch in Hülle und Fülle für uns, wenn wir es uns nur holen. Von jetzt an gehen wir gemeinsam auf die Jagd und teilen die Beute mit den anderen Familien im Dorf.

Unter der Schneedecke gibt es eßbare Pflanzen. Ihr kennt sie ja gut. Wir werden in Gruppen losziehen, um sie zu sammeln. Diejenigen, die daheim bleiben, geben auf die Feuerstellen acht.

Wenn unsere Munition zu Ende geht, haben wir noch

Fallen und Schlingen. Deshalb werden wir nicht zu verhungern brauchen.

Wir haben auch Arznei. Habt darum keine Angst vor Krankheiten.

Unsere größte Hoffnung aber liegt darin, daß wir einen Gott haben, der unsere Not sieht. Er hat verheißen, seine Kinder nicht zu verlassen und ihnen zu helfen.

Wir werden es schaffen. Wir werden am Leben bleiben, bis die Flüsse wieder eisfrei sind, bis die grünen Blätter wieder an den Bäumen tanzen und die wilden Blumen und Pflanzen wieder blühen."

Nach dieser Rede hätte ich am liebsten gejubelt und in die Hände geklatscht. Doch als Wynn geendet hatte, gingen die Dorfbewohner still ihrer Wege, wenn sich ihre müden Schultern auch ein wenig gestrafft hatten und die Verzweiflung in ihren Gesichtern einem neuen Hoffnungsschimmer gewichen war.

Von da an kam Wynn nur noch selten nach Hause. Er schickte Jäger in die Wälder und gab den schärfsten Gewehrschützen sorgfältig abgezählte Munition mit auf den Weg. Er stellte Gruppen zusammen, die Löcher in die Eisschicht auf dem Fluß hacken sollten, um in stundenlanger Arbeit bei bitterer Kälte nach Fischen zu angeln. Die älteren Frauen wurden mit ihren Körben in den Wald geschickt, um eßbare Kräuter und Wurzeln unter dem Schnee zu suchen, während die jüngeren Frauen die Feuerstellen der Nachbarinnen zu versorgen hatten. Auch die Kinder halfen mit, indem sie die kleineren Kinder hüteten und Brennholz sammelten. Die ganze Siedlung trug zur Nahrungsbeschaffung bei. Selbst die älteren und schwachen Menschen halfen mit, indem sie die Suppen rührten und die Feuerstellen in Brand hielten, während die übrigen Familienmitglieder auf der Suche nach etwas Eßbarem unterwegs waren.

Eine unbewohnte Hütte wurde für die Familie hergerichtet, deren Unterkunft in Flammen aufgegangen war. So ging das Leben in der Siedlung weiter.

Einige der Pelzjäger, die von ihren entlegenen Fallengebieten aus den unheilverkündenden Feuerschein am Nachthimmel gesehen hatten, kamen in die Siedlung, um nach ihren Familien zu sehen. Mit gesenktem Kopf nahmen sie zur Kenntnis, was das Unglück für die gesamte Dorfbevölkerung bedeutete. Ich glaube, auch sie beteten auf ihre Weise für einen baldigen Frühling.

Einige Tage später waren Nimmie und ich allein. Ich wußte, wie sehr sie darunter litt, ihr hübsches Heim mit all den kostbaren, handgearbeiteten Kunstgegenständen verloren zu haben. Sie gestand, daß ihr „das Herz deshalb schmerze", wie sie sich ausdrückte, aber sie konnte dennoch lächeln.

„Ich habe ja meinen John noch", sagte sie dankbar. „Wenn ich ihn verloren hätte, dann wäre ich selbst auch verloren."

Ich dachte an Wynn und verstand Nimmie gut.

„Ich habe viel nachgedacht", sagte sie dann langsam. „Vielleicht ist das alles ja Gottes Strafe für meine Sünde gewesen."

Ich wollte widersprechen, wußte aber nicht recht, was ich ihr sagen sollte. Nimmie fuhr fort.

„Und dann habe ich überlegt: Nein, das kann nicht sein. Ich war schon eine Sünderin, bevor ich der verrückten Mary das Messer zustecken wollte. Jetzt habe ich etwas begriffen, was mir vorher unklar war. Ich bin nicht zur Sünderin geworden, weil ich das Messer geholt habe, sondern umgekehrt: ich habe das Messer geholt, weil ich eine Sünderin war. Verstehst du, was ich meine, Elisabeth?"

Ich nickte bedächtig. Ja, ich mußte ihr recht geben.

„Eine Sünderin bin ich schon lange. Ich habe es nur nicht gewußt. Zugegeben, ich wußte schon, daß in meinem Herzen ein Schmerz war, der mich bekümmerte, aber ich wußte nicht, woran das lag.

Jetzt aber ist der Schmerz fort. Selbst nach dem Feuer habe ich Frieden im Herzen. Wenn der Brand ein Strafgericht Gottes gewesen wäre, dann würde ich seine Liebe und Nähe doch nicht so deutlich spüren, wie ich es jetzt tue und auch in der Nacht, als alles, was ich besaß, in Flammen aufging. Nein, er wollte mich nicht bestrafen. Ich glaube, er wollte mich prüfen, wie stark ich sein kann."

Wieder nickte ich. Nimmie schien eine Antwort auf ihre Fragen gefunden zu haben. Meine Augen füllten sich mit Tränen. Sie besaß einen festen Glauben, die gute Nimmie.

„John und ich haben gestern abend noch lange miteinander gesprochen." Sie machte eine Pause. „Wir werden von hier weggehen."

Ich wollte protestieren und griff ängstlich nach ihrem Arm.

„Wir werden aber zurückkehren", beeilte sie sich, um mich zu beruhigen. „Wir kommen wieder, wenn die Krähen zu ihren Nestern zurückkehren. Dann werden wir das Handelslager wieder aufbauen, sobald man Holz aus dem Wald herbeischaffen kann. Und wir werden Vorräte für die Menschen in der Siedlung mitbringen."

So erleichtert ich auch darüber war, daß sie zurückkehren würden, so begriff ich noch immer nicht den Grund ihrer Reise.

„John hat viel zu tun. Die Pläne für das neue Gebäude werden ihn viel Mühe kosten", erklärte Nimmie. „Er muß die Waren schicken lassen, sobald die Flüsse eisfrei sind. Wir werden alle Hände voll zu tun haben. Die Zeit wird schnell vergehen. John will mir auch die großen Städte zeigen, über die ich so viel gelesen habe." Nimmies Ausdruck wirkte beinahe verklärt. Einen Moment wünschte ich mir, mit ihnen reisen zu können, doch dann dachte ich wieder an Wynn. Ich wußte, daß ich Beaver River niemals ohne ihn verlassen würde.

„Außerdem", meinte Nimmie, „sind unsere Vorräte hier knapp – auch die euren. Wenn wir wegfahren, bedeutet das ein paar hungrige Münder weniger, die gefüttert werden wollen, und so kommt ihr länger mit euren Lebensmitteln aus."

„Und was soll aus Katherine werden?"

„John will sie fragen, was sie tun möchte. Wir sind sicher, daß sie mit uns reisen wird."

Damit blieb nur noch eine Frage offen:

„Und wann soll es losgehen?"

„Morgen. Morgen früh, sobald die Sonne am Himmel steht."

Katherine entschloß sich tatsächlich, John und Nimmie zu begleiten. Ihr Reisegepäck war spärlich. Herr Lain hatte seine Schlittenhunde und den Schlitten vor dem Feuer retten können. Die drei hatten weder zusätzliche Kleidung noch Reiseproviant. Wynn versorgte sie mit einem guten Gewehr und Munition. Viele Dorfbewohner kamen, um sich von den Lains zu verabschieden und ihnen Geschenke für die Reise mitzugeben: Nahrungsmittel, Kleider und Fallen. Ich wußte, daß die Dorfbewohner diese Dinge selbst kaum entbehren konnten, doch auch die Lains brauchten sie dringend. Keins der Geschenke wurde zurückgewiesen, um die Geber nicht zu kränken. Aus Liebe wurden sie überreicht, und aus Liebe wurden sie auch angenommen.

Endlich war der Schlitten beladen, die Hunde eingespannt und die drei Reisenden bereit zur Abfahrt.

In letzter Minute nahm Nimmie mich beiseite. Ich war nicht sicher, ob ich überhaupt ein Wort herausbringen könnte, ohne in Tränen auszubrechen.

„Ich habe ein wunderbares Geheimnis", sagte sie leise. Ihre Augen strahlten vor Glück. „Ich wollte es dir unbedingt verraten, bevor wir wegfahren. Ich bekomme ein Baby! Denk dir nur, nach zehn Ehejahren endlich ein Baby!"

„O Nimmie!" Mehr brachte ich nicht heraus. Ich nahm sie in die Arme und weinte in ihre warme Pelzjacke hinein.

Ich war die einzige, die weinte. Die Indianer zeigen ihre Gefühle auf andere Art. Auch ihre Herzen waren betrübt; das wußte ich. Es fiel mir unendlich schwer, mich von unseren guten Freunden zu verabschieden und sie den Elementen der Natur und der Kälte zu überlassen. Ich betete, daß sie ihr Ziel gesund erreichen möchten. Wenn jemand sich darauf verstand, unter schwierigen Umständen die Prärie zu durchqueren, dann war es Herr Lain. Nimmie war ein Kind des Waldes, und ihr Mann war selbst jahrelang Pelzjäger gewesen, bevor er das Handelsdepot in Beaver River übernommen hatte. John und Nimmie würden sich zu helfen wissen, was immer auch geschehen mochte. Davon war ich überzeugt.

Für Katherine würde die Reise dagegen nicht einfach werden. Sie hatte sich lange geweigert, die Lebensweise des Nordens zu übernehmen. Die Reise würde lang und überaus anstrengend für sie werden. Ich betete, Gott möge ihr beistehen.

Und Nimmie. Nimmie, die werdende Mutter. Wie sie sich freute! Ich betete aus tiefstem Herzen, daß sie gesund bleiben und Gott seine schützende Hand über das ungeborene Kindlein halten möge.

Ich stand da und sah ihnen nach, bis das Gefährt immer kleiner wurde. Ein letztes Zuwinken von dem Hügel hinter der Siedlung, und wir sahen sie nicht mehr. Ich legte Kip eine Hand auf den Kopf und machte mich wieder auf den Heimweg. Tränen verschleierten meinen Blick. Ich wußte, daß Wynn mich aufmerksam beobachtete, um sich davon zu überzeugen, daß alles in Ordnung war.

## Ein wachsames Auge

„Gibt es denn gar nichts, was ich tun könnte, um zu helfen?“ fragte ich Wynn.

Er hatte sich seit dem Feuer fast Tag und Nacht dafür eingesetzt, daß die Dorfbewohner etwas zu essen hatten. Ich dagegen hatte so gut wie nichts getan – außer hinter Nimmie herzutrauern.

„Doch Elisabeth. Etwas sehr Wichtiges sogar“, antwortete Wynn. „Es wäre gut, wenn du dich unter den Familien nach Anzeichen von Krankheiten umschauen würdest. Ich denke, wir werden diesen Winter überstehen, solange keine Epidemie ausbricht. Das kann man aber nur verhindern, indem man Krankheiten so früh wie möglich entdeckt und die Patienten von den übrigen Dorfbewohnern isoliert.“

„Was soll ich also tun?“ fragte ich noch einmal. Ich war immerhin keine ausgebildete Krankenschwester und wußte nicht viel über Heilkunde.

„Du besuchst einfach die Familien der Reihe nach, sobald du Zeit dazu findest. Achte auf Husten und Fieber oder andere Beschwerden. Dann sagst du mir Bescheid, in welcher Hütte jemand krank ist, und ich werde sofort etwas dagegen unternehmen.“

Das klang nicht sehr schwierig.

„Wie sieht es denn bis jetzt aus, Wynn? Wie steht es um die Versorgungslage der Dorfbewohner?“ fragte ich.

Er sah mich an. Ich wußte, daß er mir eine aufrichtige Antwort geben würde.

„Nicht gut. Bis jetzt ist es uns zwar gelungen, jede Familie mit Lebensmitteln zu versorgen, aber ein wenig gekochtes Fleisch mit ein paar Wurzeln dazu, läßt eben doch viel zu wünschen übrig. Wir werden es aber trotzdem irgendwie schaffen, vorausgesetzt daß keine schlimme Krankheit ausbricht. Bisher haben alle gut mitgearbeitet. Wenn sie nur den Mut nicht verlieren, dann sind wir gerettet."

„Aber jetzt wird es doch nicht mehr lange dauern", sagte ich hoffnungsvoll.

„Bis zur Schneeschmelze nicht – das heißt, aller Voraussicht nach. Wenn der Schnee aber schmilzt, dann kehren die Trapper wieder aus dem Wald ins Dorf zurück. Das bedeutet zwar mehr Jäger und Angler, die uns helfen können, aber auch mehr hungrige Münder. Bis die Wälder und Wiesen die erste Ernte abwerfen, werden noch etliche Wochen vergehen."

Wynn zog mich an sich und umarmte mich, bevor er sich auf den Weg machte, um einen neuen, anstrengenden Tag zu beginnen.

Ich wusch das Geschirr auf und schaffte Ordnung in unserer Hütte. Seit dem Feuer warf ich unsere gebrauchten Teeblätter und den Kaffeesatz nicht mehr nach einmaliger Benutzung fort, sondern trocknete sie, um sie später ein zweites Mal zu verwenden. Auch die kleinsten Essensreste bewahrte ich auf. Bestimmt würde sich irgendwann eine Gelegenheit finden, um sie noch zu verwerten. Unsere Mahlzeiten waren ohnehin kärglich genug und wurden sorgfältig eingeteilt. Wynn und ich ernährten uns hauptsächlich von Fleisch; als Beilage brachte ich kleine Mengen von Gemüsekonserven auf den Tisch. Süßspeisen fehlten völlig auf unserem Speisezettel; nur hin und wieder leisteten wir uns eine dünn mit Zucker bestreute Brotscheibe. Auch das Brot wurde in Rationen eingeteilt. Jeder bekam pro Tag eine Scheibe, die ich zuweilen recht dünn schnitt, wenn ich auch Wynn stets eine etwas dickere gab. Dabei mußte ich sehr aufpassen, daß er es nicht bemerkte und mich deshalb ausschalt.

Ich hatte mich so sehr mit Nimmie über ihr „süßes Geheimnis" gefreut. Eigentlich hatte ich mich selbst auch nach einem Kind gesehnt. Wynn und ich hatten oft darüber gesprochen. Monat für Monat hatte ich gehofft, daß Gott uns endlich segnen würde, doch jetzt dankte ich ihm, daß ich kein Kind unter dem Herzen trug. Unsere karge Kost reichte einfach nicht aus, um ein Kind im Mutterleib zu ernähren.

„Ich will warten, lieber Gott“, betete ich nun. „Ja, lieber will ich warten.“

Als ich mit dem Aufwasch fertig war, zog ich meinen Mantel und ein Paar Fäustlinge an und machte mich auf den Weg ins Dorf. Inzwischen war es April geworden. Bestimmt würde ich meine Winterkleidung nun nicht mehr lange benötigen.

An diesem Vormittag besuchte ich mehrere Familien. „Nein, keinen Tee, bitte!“ mußte ich immer wieder den Hausfrauen entgegnen, die mir Tee anbieten wollten. Ich rieb mir den Bauch, als bekomme mir dieses Getränk nicht gut. Auf keinen Fall wollte ich, daß sie bei meinen Besuchen ihre spärlichen Vorräte an Tee aufbrauchten.

Viele der Frauen kannte ich mit Namen. Ich hatte ihr Vertrauen gewonnen, obgleich sie sich gewiß darüber wunderten, daß ich anscheinend nichts Dringenderes zu tun hatte, als die Familien in der Siedlung zu besuchen, während alle anderen Frauen mit ihrer Arbeit beschäftigt waren. Bei meinen Besuchen hielt ich nach jeglichen Anzeichen von Krankheit Ausschau. Zuerst stellte ich nur ein paar Fälle von Erkältungen fest. Ich merkte mir die betroffenen Familien für den Fall, daß Wynn hier nach dem Rechten sehen wollte.

Eins der Kinder bei Familie Arbus hustete so heftig, daß ich Schlimmes befürchtete. „Nur keinen Keuchhusten! Nur das nicht!“ betete ich im stillen und riet Anna, das Kind von seinen Geschwistern zu trennen, bis Wynn es untersucht hatte.

„Aber er Holz holen“, sagte Anna. „Seine Arbeit!“

„Nicht heute. Ich helfe dir mit dem Holz. Er soll daheim bleiben, wo es warm ist.“

Anna war von der Bestimmtheit meiner Worte überrascht, machte aber keine weiteren Einwände. Schließlich war ich die „Frau Sergeant“, deren Anweisungen unbedingt zu befolgen waren.

Ich machte mich auf den Weg, um das Holz zu holen, wie ich es versprochen hatte. Das erwies sich jedoch als ein hartes Stück Arbeit. Der Schnee lag hoch, und die Axt war stumpf. Ich tat mich schwer, mit dem Brennholz auf dem Rücken auf Schneeschuhen zu gehen. Ich besaß nicht annähernd die Geschicklichkeit der indianischen Kinder. Um genügend Brennholz heranzuschaffen, mußte ich mehrmals in den Wald gehen, und als ich endlich fertig war, wurde es schon dunkel. Dann würde es nicht mehr lange dauern, bis Wynn nach Hause kam. Ich hatte heute nicht alle Familien besuchen können. Die übrigen nahm ich mir für morgen vor.

Als Wynn heimkehrte, berichtete ich ihm, was ich beobachtet hatte.

„Du hast gute Arbeit geleistet“, lobte er mich. „Ich gehe am besten gleich zu Frau Arbus.“

„Warte doch bis nach dem Essen!“ schlug ich vor. „Dann gehe ich mit dir.“

Er willigte ein, und wir nahmen unsere einfache Mahlzeit ein.

Gemeinsam stapften wir danach durch den knirschenden Schnee. Der Mond warf lange Schatten, die um uns tanzten. Aus den Hütten um die Dorfmitte drang schwaches Lampenlicht, das flackernd auf die hohen Schneewehen fiel.

„Hier ist es hübsch bei Nacht, nicht wahr?“ sagte ich zu Wynn.

„Bei Tage nicht?“ entgegnete er.

„Nein, das wollte ich damit nicht sagen. Es ist nur, daß … daß … Bei Tage sieht man halt auch das Elend, die Armut und die Not. An manchen Tagen“, fuhr ich fort, „wünsche ich mir, daß es drei Meter hoch Schnee hätte, der den häßlichen Schutthaufen im Dorf unter sich begraben würde, damit man ihn nicht mehr anschauen muß.“

„Ja, hübsch ist es wirklich nicht anzuschauen. Dabei habe ich geglaubt, daß du es kaum erwarten kannst, bis der Schnee schmilzt.“

„Das stimmt auch. Der Schnee selbst macht mir nicht viel aus. Er verzaubert die Landschaft, und es macht Spaß, darin zu gehen und damit zu spielen. Es ist der Wind, den ich hasse. Den Wind kann ich einfach nicht ausstehen. Ich bekomme eine Gänsehaut, wenn ich nur daran denke. Er ist so … so … bedrohlich. Ich hasse ihn!"

Wynn nahm meine Hand und zog mich dichter an sich.

„Weißt du, es wäre gut, wenn du auch die guten Seiten des Windes sehen könntest. Gott hat ja auch den Wind geschaffen. Er dient vielen Zwecken und hat seinen Platz in unserer Welt. Du wirst dich niemals völlig heimisch hier fühlen, wenn du dich nicht mit dem Wind anfreundest. Versuche einfach, seine Schönheit zu entdecken, mein Liebes!"

Er blieb stehen.

„Sieh mal dort drüben! Siehst du die Schneewehe? Der Kamm der Spitze fällt in einer sanften Kurve ab. Der Schatten, den das Mondlicht wirft, ist wie ein violettes Samttuch. Sieh nur, wie hübsch das aussieht!"

Wynn hatte recht.

Er deutete auf andere windgeformte Schneekonturen in der Dorfmitte. Ich mußte lachen.

„Also schön", versprach ich, „ich will mich bemühen, dem Wind auch etwas Gutes abzugewinnen."

„Das Schönste am Wind ist sein Gesang", fuhr Wynn fort. „Wir haben noch immer keine Gelegenheit dazu gefunden, einmal unter freiem Himmel zu übernachten, aber wenn es erst Frühling wird, holen wir das nach. Wir suchen uns ein Plätzchen, wo wir lagern und das Lied des Windes in den hohen Tannen hören können. Es klingt einfach wunderbar."

„Ich werde dich beim Wort nehmen, wenn der Frühling kommt!" versprach ich.

Inzwischen hatten wir die erste Hütte erreicht. Wynn untersuchte den Hals des Kindes und fühlte seine Stirn. Es schien sich um keine ernste Erkrankung zu handeln. Wynn gab der Mutter etwas Arznei und erklärte ihr, daß sie davon jeden Morgen einen Löffel voll verabreichen solle. Sie nickte, und wir gingen zur nächsten Hütte weiter.

Wieder gab es keinen Grund zur Sorge. Wynn hinterließ nicht einmal Medizin für das Kind. Er wies mich allerdings an, den Fall die nächsten Tage über im Auge zu behalten.

Als wir zu der dritten Hütte kamen, hörten wir schon vor

der Tür jemand husten. Wynn blieb stehen, um genau zu lauschen.

„Du hast recht", sagte er. „Der Husten klingt böse. Keuchhusten zählt zu den gefürchtetsten Krankheiten hier im Norden. Oft geht er tödlich aus."

„Haben wir denn Arznei dafür?" fragte ich Wynn, wobei ich mich auf das Schlimmste gefaßt machte.

„Bei weitem nicht genug, falls es sich wirklich herausstellen sollte, daß es Keuchhusten ist."

Wir betraten die Hütte, und Wynn untersuchte das kranke Kind, so gut es ihm seine bescheidenen Instrumente erlaubten, an Hals, Brustkorb und Ohren.

„Seit wann hustet er schon?" fragte er Anna.

„Zwei Wochen."

„Er hat einen schlimmen Husten, Anna. Du mußt ihn im Haus behalten. Und die anderen Kinder sollen ihm nicht zu nahe kommen. Wasche sein Geschirr in sehr heißem Wasser ab und übergieße es dann mit kochendem Wasser. Von dieser Arznei hier gibst du ihm einen Löffel, wenn die Sonne aufgeht, einen Löffel, wenn sie hoch am Himmel steht, und einen, wenn sie untergeht. Hast du das verstanden?"

„Verstanden", nickte Anna.

Zur Sicherheit wiederholte er seine Anweisungen in ihrer Muttersprache.

„Verstanden", sagte sie noch einmal.

„Meine Frau kommt morgen wieder, um nach dem Kleinen zu sehen."

„Betty kommen", sagte sie zufrieden. Es freute mich, daß sie mich beim Vornamen genannt hatte.

„Wie können wir nur mehr Arznei beschaffen?" fragte ich Wynn auf dem Heimweg.

„Dazu fehlt uns die Zeit. Bis wir jemanden in die nächste Stadt geschickt haben, kann das halbe Dorf schon infiziert sein."

„Aber was sollen wir denn tun?"

„Es bleibt uns nichts anderes übrig, als einfach abzuwarten und zu hoffen, daß wir uns geirrt haben. Abwarten – und beten."

## Gefährliche Fallen

Da ich nun voll und ganz mit meiner neuen Aufgabe beschäftigt war, hatte ich nicht mehr viel Zeit für Kip. Er brauchte jedoch dringend seinen Auslauf, so daß ich ihn wohl oder übel allein nach draußen lassen mußte. So ungern ich das auch tat, kehrte er doch jedes Mal prompt wieder zurück.

Eines Abends kam er mit zerzaustem Fell nach Hause. Ich zog ihn näher an mich und sah ihn mir genauer an. An seiner Schnauze hing ein kleines Haarbüschel. Ich entfernte es und betrachtete es verwundert von allen Seiten.

„Sieht so aus, als hätte er sich ein kleines Gefecht geliefert“, bemerkte Wynn beiläufig.

„Glaubst du wirklich?“ fragte ich alarmiert. Ich mußte unwillkürlich an den gefährlich aussehenden Blitz denken.

„Er scheint sich aber prächtig geschlagen zu haben“, sagte Wynn. „Ich möchte wetten, daß er als Sieger aus dem Kampf hervorgegangen ist.“

Ich strich Kip über das Fell. Ich konnte keine Verletzung fühlen, und er machte nicht gerade den Eindruck, als litte er Schmerzen. Ganz im Gegenteil: er schien mit sich und der Welt zufrieden zu sein.

„Was soll ich denn jetzt mit ihm anfangen?“ fragte ich Wynn.

„Wie meinst du das?“

„Ich habe doch keine Zeit für Spaziergänge mit ihm, und ihn den ganzen Tag ins Haus einsperren, möchte ich auch nicht.“

„Also, wenn du mich fragst, kann er ganz gut auf sich selbst achtgeben.“

„Aber was geschieht, wenn er Blitz über den Weg laufen sollte? Beim letzten Mal ist er noch glimpflich davongekommen, aber wenn er es schon mit anderen Hunden aufnimmt, dann wird er sich eines Tages vielleicht sogar an Blitz heranwagen."

Wynn schmunzelte.

„Hm, irgend jemand muß dem alten Stammeshäuptling ja schließlich einmal die Leviten lesen."

„Aber Wynn!" rief ich empört. „Das ist überhaupt nicht lustig. Er könnte doch verletzt werden!"

Wynn wurde ernster und entschuldigte sich.

„Tut mir leid. So hab' ich's gar nicht gemeint. Du hast natürlich recht: es ist durchaus möglich, daß Kip sich eine Verletzung zuzieht. Viel wahrscheinlicher ist es aber, daß er als Sieger aus dem Kampf hervorgeht. Beim letzten Mal hat Kip die Herausforderung nicht angenommen, weil er genau wußte, daß es dafür noch zu früh war. Das war sehr klug von ihm. Wenn er sich tatsächlich mit Blitz anlegt, dann ist das ein Zeichen dafür, daß er dem Gegner gewachsen ist. Wann es soweit ist, wissen wir natürlich nicht. Wir müssen uns halt auf seinen eigenen Instinkt verlassen.

Kip hat Blitz einiges voraus. Er bringt zum Beispiel mehr auf die Waage als er. Seine Ernährung ist besser als die von Blitz. Außerdem ist er jünger und beweglicher, und ich halte ihn für gewitzter. Wenn es wirklich zu einer Rauferei kommen sollte, dann hat Kip viel bessere Chancen."

Nun, mit einer vagen Chance wollte ich mich nicht zufrieden geben. Ich wollte sicher sein. Am liebsten hätte ich ihn von allen Gefahren ferngehalten, aber ich wußte, daß mir das nicht gelingen würde.

„Daß du dich nur ordentlich benimmst!" drohte ich ihm. „Sonst ... sonst lege ich dich an die Kette, daß du's nur weißt!"

Bei meinem Rundgang durch die Siedlung stieß ich auf ein paar weitere Fälle von Erkältungskrankheiten, aber nirgends fand ich schlimmen Husten vor. Der Zustand von Annas kleinem Jungen hatte sich nicht verschlechtert. Die Arznei schien zu wirken, denn der Husten ging allmählich zurück. Anna strahlte vor Freude. Keins ihrer anderen Kinder hatte sich angesteckt. Auch sie hatte gewiß mit Schrecken an

Keuchhusten gedacht. Sie kannte seine Anzeichen zweifellos besser als ich.

Mit jedem Tag schien die Sonne nun ein wenig wärmer. Oft schob ich meine Kapuze zurück und knöpfte mir die Jacke auf. Die Schneewehen schrumpften zusammen, und der Wind war nicht mehr so beißend wie bisher. Inzwischen war es Mitte April geworden. Nun konnte der Frühling doch nicht mehr fern sein, dachte ich voller Vorfreude.

„Was hältst du davon, einen Tag Pause einzulegen?“ fragte Wynn mich eines Morgens. Überrascht sah ich von dem Brot auf, das ich gerade in dünne Scheiben schnitt.

„Prima! Was hast du denn vor?“

„Ich muß jemanden aufsuchen, der rund zwei Meilen von der Siedlung entfernt wohnt. Weil du eine so fleißige Krankenschwester gewesen bist, dachte ich, du möchtest mich vielleicht begleiten.“

„Mit Vergnügen!“ gab ich erfreut zurück.

„Die Schneedecke wird immer dünner. Ich glaube, das Hundegespann werden wir in diesem Winter nicht mehr oft benutzen.“ Das freute mich ungemein.

„Wann soll's denn losgehen?“ fragte ich.

„Ich dachte, in einer halben Stunde.“

„Gut, ich warte auf dich. Darf Kip auch mitkommen?“

„Aber sicher. Du mußt nur darauf achten, daß er den Schlittenhunden nicht zu nahe kommt. Kip ist ihnen fremd. Sie könnten sich durch ihn bedroht fühlen.“

Das würde mir gewiß keine Schwierigkeiten bereiten. Kip war ein gehorsames Tier und kam auf der Stelle „bei Fuß“, wenn ich ihn rief.

Fröhlich summte ich eine Melodie vor mich hin, während ich mich für den Ausflug fertig machte. Ich freute mich riesig auf diesen Tag, den ich mit Wynn verbringen würde. Die Sonne schien. Bald würde der Winter vorüber sein und die ganze Natur wieder erwachen. Nimmie würde zurückkehren, das neue Handelslager aufgebaut werden. Unsere Freunde im Dorf würden wieder mit Lebensmitteln versorgt werden. Ich war mit der ganzen Welt zufrieden.

„Danke, lieber Vater im Himmel!“ flüsterte ich. „Du hast uns in der Not geholfen.“

Bald hatte Wynn die Hunde in ihr Geschirr gespannt. Ich rief Kip und trat ins Freie. Es war ein herrlicher Tag. Wynn besuchte den Mann, der ihm als krank gemeldet worden war, in seiner Hütte. Er holte Holz und Wasser für ihn und sorgte dafür, daß er alle notwendigen Vorräte zur Hand hatte. Zuletzt gab er ihm etwas Medizin und versprach, in ein paar Tagen wieder nach ihm zu sehen. Der Mann schien nicht ernsthaft krank zu sein; es handelte sich nur um eine Grippe. Wir verabschiedeten uns und machten uns auf den Rückweg.

Auf halber Strecke hörten wir plötzlich einen entsetzlichen Schrei, der die Stille dieses sonnigen Tages zerriß. Erschrocken blieb ich stehen.

„Was war das denn?“ fragte ich tonlos. Wynn brachte das Gespann neben mir zum Stehen.

„Ich schaue lieber gleich nach“, erwiderte er und nahm sein Gewehr zur Hand. Ein erneuter Schrei.

„Warte hier!“ ordnete Wynn an. „Es wird nicht lange dauern. Bestimmt ist dort drüben irgendwo ein Tier in eine Falle geraten.“

Ich setzte mich auf den Schlitten, mit dem Rücken gegen die Richtung, in die Wynn ging, und versuchte, dem gellenden Schrei keine weitere Beachtung zu schenken. Statt dessen beobachtete ich die Schlittenhunde. Sie lagen mit dem Kopf auf den Pfoten im Schnee oder leckten sich die Schneekristalle von den Beinen. Das Schreien schienen sie kaum wahrzunehmen. Sie genossen es, sich einmal ausruhen zu dürfen.

Plötzlich kam mir Kip wieder in den Sinn. Einen Moment hatte ich ihn vollkommen vergessen.

Als ich mich nach ihm umschaute, verschwand er gerade hinter einer Baumgruppe. Er mußte Wynn gefolgt sein. Auf einmal fiel mir Wynns Gewehr ein. Was, wenn er gerade zum Schuß angesetzt hatte und Kip ihm in die Bahn geriet?

„Kip!“ rief ich laut und sprang auf. „Kip, komm zurück!“

Keuchend lief ich durch den Schnee hinter meinem Hund her. Es war kein weiter Weg. Bald hatte ich Wynn und Kip gefunden.

Und dann sah ich es. Inmitten eines tiefroten Flecken Schnees lag es am Boden: ein kleines Tier mit dichtem Pelz. Sein Fuß steckte in einer Falle. Seine Augen waren groß und flehend auf uns gerichtet. Und sein Bein ... sein Bein ... Wynn holte gerade mit dem Gewehrkolben aus.

Ich stieß einen spitzen Schrei aus und wandte mich entsetzt ab. Erst jetzt bemerkte Wynn meine Gegenwart.

„Elisabeth!" sagte er, nahm mich in seine Arme und drehte mir den Kopf von dem gräßlichen Anblick weg. „Ich habe dich doch gebeten, bei dem Gespann ..."

„Schon, aber Kip – er ist mir weggelaufen. Ich habe ihn erst gesehen, als ..."

Wynn hielt mich fest umklammert. Ich begann zu weinen und am ganzen Leib zu zittern.

„Das arme Tier!" schluchzte ich. „Das arme kleine Tier!"

Wynn ließ mich ausweinen.

„Ach, Wynn!" schluchzte ich. „Wie furchtbar!"

„Ja", stimmte er zu, „es ist wirklich ein schlimmer Anblick."

„Hast du es getötet?"

„Ich hatte keine andere Wahl, Liebling. Du hast selbst gesehen, wie schwer verletzt es war."

„Hättest du es nicht einfach befreien können?"

„Es war einem Trapper in die Falle gegangen. Selbst wenn ich es befreit hätte, wäre es bald verendet."

„Wie schrecklich!" Erneut brach ich in Tränen aus. „Kannst du denn nichts dagegen unternehmen, Wynn? Kannst du ihnen nicht sagen, daß sie damit aufhören sollen? Du bist doch schließlich der Hüter des Gesetzes hier. Auf dich werden sie schon hören!"

Wynn schüttelte mich bei den Schultern, um mich zur Vernunft zu bringen.

„Ich kann den Pelzhandel nicht abschaffen. Das weißt du genau. Pelzhandel gehört zum Leben der Menschen in dieser Gegend. Sie ernähren sich davon. Wenn sie den Pelzhandel nicht hätten, könnten sie sich nicht über Wasser halten. Ich weiß, es ist ein grausames Handwerk. Mir widerstrebt es auch, aber wir müssen uns wohl oder übel damit abfinden."

Ich wußte, daß er recht hatte, und bemühte mich, meine Tränen zurückzuhalten. Ich dachte an die Familien in der Siedlung. Die Pelze, die sie gegen Nahrungsmittel eintauschten, waren für sie lebensnotwendig.

Trotzdem haßte ich die Fallenstellerei, aber auch ich würde mich damit abfinden müssen. Wenn es doch nur einen humaneren Weg gäbe, um die Tiere zu töten!

Es tat mir leid, daß der erste Tag, den wir seit vielen Wochen gemeinsam verbringen konnten, nun verdorben war. Ich versuchte, den Schaden wiedergutzumachen, und nahm mir vor, das entsetzliche Erlebnis nicht mehr zu erwähnen. Zwar konnte ich kein besonders festliches Essen für meinen Mann kochen, aber die wenigen Stunden, die uns nun noch blieben, wollte ich wenigstens gemütlich mit ihm verbringen. Ich stellte mir einen Abend vor dem Kamin mit einem unserer Lieblingsbücher vor.

Als Wynn die Hunde wieder ins Dorf gebracht hatte und müde nach Hause kam, erzählte ich ihm von meinem Vorschlag. Er lächelte und hob mein Gesicht zu sich empor, um mir einen Kuß auf die Nasenspitze zu geben.

„Gute Idee!" sagte er.

Später saßen wir vor dem Kamin. Ich machte den Anfang mit dem Vorlesen, während Wynn seinen Kopf auf meinen Schoß legte. Plötzlich wurden wir durch Geräusche von der Tür her aufgeschreckt.

Unter der Tür stand ein Mann, der einen anderen auf den Schultern trug.

„Bein", teilte er uns mit und legte seinen Kameraden auf dem Fußboden ab.

Der Verletzte stöhnte vor Schmerzen. Wynn kniete sich neben ihn nieder und begann, das Bein abzutasten.

„Ein Knochenbruch", stellte er fest. „Wir werden ihn einrichten müssen. Wenigstens hat er keinen offenen Bruch. Ich kann weder Knochensplitter noch Muskelrisse fühlen."

Wynn setzte seine Untersuchung fort, und der Mann am Boden stöhnte erneut auf.

„Es wird nicht gerade angenehm werden", warnte mich Wynn. „Möchtest du nicht lieber einen kurzen Spaziergang machen?"

„Brauchst du mich denn nicht?"

„Ich könnte deine Hilfe schon gebrauchen, aber diese Prozedur möchte ich dir nicht zumuten."

„Ich glaube ... ich glaube, ich werd's schon schaffen."

„Also schön." Wynn wandte sich an den Mann, der seinen Kameraden hergebracht hatte.

„Wie ist es passiert?"

„Gefallen."

„Wann?"

„Ungefähr Stunde."

„Kommen Sie, wir legen ihn auf die Liege hier."

Mit vereinten Kräften hoben wir ihn auf die Liege, und dann holte Wynn sein Verbandszeug. Aus einer braunen Flasche goß er etwas von einer stark riechenden Flüssigkeit auf ein Tuch und reichte es mir.

„Am besten stellst du dich hierher. So hältst du das Tuch über sein Gesicht, so, siehst du? Warte, bis wir anfangen können, den Bruch einzurichten. Halte ihm das Tuch nicht zu lange über die Nase. Ich sage dir Bescheid, wann du es wegnehmen sollst."

Gehorsam stellte ich mich mit dem Tuch in der Hand neben den Mann und befolgte Wynns Anweisungen. Ich konnte ihm nicht zusehen. Außerdem war ich mit dem Narkosemittel viel zu beschäftigt. Trotz des Mittels stöhnte der Mann und wälzte sich auf der Liege hin und her. Wynn rief den anderen Mann zu Hilfe. Endlich war alles vorüber, und Wynn legte eine behelfsmäßige Schiene an das Bein.

„Hol dir noch einen Nachbarn", sagte Wynn zu dem Pelzjäger, „dann könnt ihr ihn zu zweit wieder nach Hause bringen."

Auf Wynns Stirn glitzerten Schweißperlen. Seine Hand zitterte leicht, als er sich eine Haarsträhne aus dem Gesicht wischte. Dann trat er wieder zu dem Mann auf der Liege und legte ihm seine Hand auf die Schulter.

„Alles schon ausgestanden. Starker Rehbock!" sagte er beruhigend. „Das Schlimmste ist vorbei. Deine Freunde bringen dich gleich wieder nach Hause in dein eigenes Bett. Ich gebe dir Medizin gegen die Schmerzen."

Der Mann nickte. Wynn brachte ihm eine Tablette und ein Glas Wasser. Dankbar nahm der Mann seine Arznei ein.

Bald kamen die Männer und trugen ihren Kameraden behutsam zu seiner Hütte zurück, wo seine Frau ihn besorgt erwartete.

Wynn setzte sich wieder an den Kamin und warf mir ein verschmitztes Lächeln zu.

„Wo bleibt denn nur der gemütliche Abend zu zweit, den du mir versprochen hattest, Liebling?" fragte er.

Ich ging auf ihn zu und schlang ihm die Arme um den Hals.

„Gibt es eigentlich etwas, das du nicht kannst?" fragte ich mit aufrichtiger Bewunderung in der Stimme. „Du hilfst bei Entbindungen, nähst häßliche Schnittwunden zu, richtest Knochenbrüche ein, ziehst entzündete Zähne, versorgst die Kranken und beschaffst Nahrung für das ganze Dorf. Gibt es überhaupt etwas, das du nicht kannst?"

Wynn küßte mich. Er lächelte sein offenes, stilles Lächeln, das ich so sehr an ihm liebte.

„Überleg mal, Elisabeth!" sagte er scherzend. „Meinst du wirklich, ich sei so dumm und würde dir das verraten?"

## Frühling

Obwohl wir keinerlei Nachricht von den Lains erhalten hatten, begann ich, Ausschau nach ihnen zu halten. „Wenn der Fluß auftaut“ oder „wenn die Baumstämme aus dem Wald geholt werden können“ waren keine allzu genauen Zeitangaben. Nun, inzwischen war die Eisschicht auf dem Fluß nahezu verschwunden, und auch in den Wäldern taute der Schnee. Eine erwartungsvolle Spannung ergriff mich.

„Ich komme rechtzeitig wieder, um meinen Garten anzulegen“, hatte Nimmie gesagt. „Dann helfe ich dir, auch einen für dich anzulegen.“

Auf diesen Garten freute ich mich riesig. Noch mehr aber freute ich mich auf Nimmie. Auch an Katherine dachte ich oft. Ob sie mit John und Nimmie zurückkehren würde? Sie hatte viel Schweres erlebt, aber manches Elend hatte sie auch selbst verschuldet. Ich war so dankbar, daß sie endlich aus ihrer Verschanzung der Bitterkeit hervorgekommen war.

Auch an das Kind, das Nimmie erwartete, mußte ich denken. Eine Schwangerschaft war eigentlich alles andere als ideal für die lange, beschwerliche Reise von Edmonton hierher. Ich erinnerte mich noch gut an die Strapazen unserer Reise. Nimmie jedoch war ein Kind des Waldes und mit dem Fluß vertraut. Sie würde die Strecke viel leichter als ich bewältigen. Daheim in Toronto hatte ich stets Ausschau nach der ersten Blaumeise gehalten. Sehnsüchtig hatte ich auf das erste Gezwitscher des Rotkehlchens gewartet, hatte mich auf die ersten Krokusse gefreut. Der Tag, an dem ich die erste, zarte Veilchenblüte entdeckte, war immer ein Festtag für mich gewesen. Doch nun wartete ich nur auf Nimmie. Wenn sie erst wieder hier war, hatte der Frühling wahrhaftig seinen Einzug gehalten. Mit der Rückkehr der Lains würde die ganze Siedlung nach diesem langen, schweren Winter wieder aufleben.

Die dicken Jacken und Mäntel blieben nun an ihren Haken hängen. Kinder spielten in Baumwollkleidern und Flanellhemden im Freien. Frauen trugen ihre Körbe in den Wald, um das erste frische Grün zu sammeln. Männer kehrten aus ihren Fallengebieten zurück, um die Ausbeute des Winters zu gerben. Noch immer wehten Rauchfahnen aus den Abzugsrohren der Indianerhütten, doch hin und wieder ließ man das Feuer auch ausgehen. Es brauchte jetzt nicht mehr den ganzen Tag über zu brennen.

Ein neues Gefühl ergriff die Dorfbewohner, ein Gefühl des Befreitseins nach langer Gefangenschaft. Dennoch wartete ich geduldig weiter. War der Frühling nun tatsächlich eingekehrt, oder würde ein plötzlicher Nordwind neuen Schnee mit sich bringen?

Eines Tages kam plötzlich ein Mann aufgeregt in unsere Siedlung geritten. Sein Pferd war außer Atem. In gebrochenem Englisch stieß er keuchend hervor: „Sie kommen! Sie kommen! Viele, viele Wagen!“

Aus allen Hütten strömten die Bewohner hervor.

„Wo? Wo?“

Der Mann antwortete in seiner Muttersprache. Ich platzte nahezu vor Neugier. Aufgeregt lief ich durch die Menschenmenge, bis ich Wynn gefunden hatte.

„Sind sie es tatsächlich?“ fragte ich in atemloser Spannung.

„Ja, sie sind's!“ sagte er schmunzelnd. „Sie haben viele Wagenladungen mit Vorräten mitgebracht.“

„Wie weit sind sie denn noch entfernt?“

„Etwa fünf Meilen.“

Fünf Meilen. Das war noch weit. Ich konnte es kaum erwarten. Die Zeit würde mir wie eine Ewigkeit erscheinen.

„Ich stelle gleich ein Essen für sie auf den Tisch!“ sagte ich und wollte loslaufen.

Wynn faßte meine Hand und hielt mich zurück.

„Warte doch! Sie kommen doch erst in einer Stunde hier an."

Ich schaute ihn enttäuscht an.

„Möchtest du ihnen gern entgegengehen?" schlug er vor.

„Aber sicher!" rief ich begeistert.

„Hol dir schnell eine Strickjacke! Bis wir zurückkommen, könnte es kühl werden."

Ich lief los, um meine Jacke zu holen. Meine langen Röcke hob ich ein wenig an, um schneller vorwärts zu kommen. Die Lains waren hier! Nein, sie waren beinahe hier. Sie waren auf dem Weg hierher.

Keuchend hastete ich zu Wynn zurück.

„Komm, laß uns gehen!" drängte ich ihn. Ich war schon jetzt außer Atem.

Er nahm meinen Arm.

„Wir haben ein paar Meilen Fußmarsch vor uns", erinnerte er mich. „Wenn du in dem Tempo weiterrennst, wirst du es nie schaffen!"

Natürlich hatte er recht. Also verlangsamte ich mein Tempo. Die Dorfbewohner schlossen sich uns an. Sie kamen alle mit: die Mütter mit den Allerjüngsten auf den Armen, die Väter mit den Kleinkindern hoch auf den Schultern. Selbst die älteren Leute mit ihren Gehstöcken machten sich auf den Weg, wenn auch langsamer als die übrigen. Das ganze Dorf wollte ihren Freunden entgegengehen.

Wir gingen so schnell, wie Wynn es zuließ. Tief atmete ich die frische, würzige Waldluft ein. Sie war zwar noch recht kühl, trug aber deutlich den Duft von frischem Grün, fand ich. Oder gaukelte meine Phantasie mir das nur vor?"

„Meinst du, daß der Frühling nun endlich da ist?" fragte ich Wynn.

„Ich denke schon."

„Woran siehst du das denn?"

„Der Fluß ist fast frei von Eis."

Ich nickte.

„Der Schnee ist so gut wie weggeschmolzen."

Wieder nickte ich.

„Es ist wärmer geworden“, fuhr Wynn fort, „und ich habe schon mehrere Gänseschwärme am Himmel gesehen.“

Er schwieg.

„Brauchst du noch mehr Zeichen?“

Ich schlug mir auf die Wange.

„Die Moskitos sind wieder da“, sagte ich ergeben.

„Na, siehst du! Dann kann es ja keinen Zweifel mehr geben. Wenn die Moskitos wiederkommen, dann muß es wirklich Frühling sein!“ Wir lachten beide.

Kip tollte uns voraus, witterte hier einen Kaninchenbau und bellte dort ein paar vorwitzige Eichhörnchen an. Ich mußte über ihn lachen.

„Ich glaube, er freut sich nicht weniger als wir“, sagte ich zu Wynn.

Wynn nahm meine Hand in die seine.

„Dieser Winter war hart für dich, mein Liebes, nicht wahr?“

„Er war für uns alle hart“, antwortete ich wahrheitsgemäß.

„Aber die Menschen hier – sie sind an das rauhe Klima gewöhnt. Für dich war es ungewohnt. War es ... war es zuviel für dich?“

„Ich gebe zu, daß ich mich nach einer frischen Möhre sehne. Und ich gebe auch zu, daß ich mich riesig auf das erste Stück Kuchen freue. Ich gebe sogar zu, daß ein Teller Spinat, den ich eigentlich nicht ausstehen kann, vielleicht eine wahre Köstlichkeit ist. Aber es tut mir nicht leid, daß ich mit dir gekommen bin, Wynn.“

Er blieb am Wegesrand stehen und zog mich an sich. Tief schaute er mir in die Augen.

„Ich freue mich so sehr über deine Worte, Liebling. Und ich möchte dir auch etwas sagen. Eigentlich hätte ich es dir schon längst sagen sollen, aber jetzt sollst du es wissen: ich bin richtig stolz auf dich, Elisabeth! Du hast Charakterstärke bewiesen, bist mir tapfer zur Seite gestanden und hast gezeigt, daß du auch schwere Zeiten durchstehen kannst. Ja, du warst mir eine große Hilfe, meine rechte Hand. Ich weiß nicht, wie ich es ohne dich geschafft hätte. Du hast ein ums andere Mal meine Befürchtungen widerlegt. Ja, du gehörst hierher, an meine Seite."

Er küßte mich, und ich wischte mir Tränen des Glücks aus den Augen. Dann hörten wir auch schon das Knarren der Wagenräder. Sie kamen! Dort hinter dem Hügel war Nimmie! Dort hinter dem Hügel war aber auch der langersehnte Nachschub an Lebensmitteln – und damit neue Hoffnung. Mein Herz machte einen Satz. Schnell gab ich Wynn einen Kuß und eilte davon, der Karawane entgegen.

Der Frühling war tatsächlich gekommen – endlich!